本书为国家社科基金艺术学项目
（批准号：16BB022）成果

格萨尔史诗从说唱到戏剧演变研究

曹娅丽　邸莎若拉　著

中国社会科学出版社

图书在版编目（CIP）数据

格萨尔史诗从说唱到戏剧演变研究／曹娅丽，邸莎若拉著．—北京：中国社会科学出版社，2020.9

ISBN 978-7-5203-7230-5

Ⅰ.①格… Ⅱ.①曹…②邸… Ⅲ.①《格萨尔》—诗歌研究 Ⅳ.①I207.914

中国版本图书馆 CIP 数据核字（2020）第 175343 号

出 版 人	赵剑英
责任编辑	张　潜
责任校对	郝阳洋
责任印制	王　超

出　　版	中国社会科学出版社
社　　址	北京鼓楼西大街甲158号
邮　　编	100720
网　　址	http://www.csspw.cn
发 行 部	010-84083685
门 市 部	010-84029450
经　　销	新华书店及其他书店
印　　刷	北京君升印刷有限公司
装　　订	廊坊市广阳区广增装订厂
版　　次	2020年9月第1版
印　　次	2020年9月第1次印刷
开　　本	710×1000 1/16
印　　张	20.75
插　　页	2
字　　数	320千字
定　　价	118.00元

凡购买中国社会科学出版社图书，如有质量问题请与本社营销中心联系调换

电话：010-84083683

版权所有　侵权必究

序　言

宁可"仲肯"

彭兆荣

曹娅丽教授的国家艺术类课题"藏族格萨尔史诗从说唱到戏剧演变研究"的结项成果即将出版，她嘱我为之作序，我欣然答应，却满心忐忑。

答应，是因为她是我特别的"学生"，曹教授曾经在厦门大学作为我名下的访问学者，我成了她的"老师"。我是她的先生邸平伟教授当年在青海时聘请的青海民族大学第一位"昆仑学者"。我们在一起工作、合作有很长的历史了。我与他们交往很多，交情非常好，学术交流也多。

答应，因为曹教授所做的研究集中在青海，青海唤起我对那个地方美好的回忆：作为"昆仑学者"，我与他们夫妻、青海民族大学的老师、同学一起田野考察做研究，做课题，出丛书；我请了我的美国老师 Nelson 教授去青海调研，我们一起上昆仑山找昆仑玉，我们一起去玉树看星空的神奇，去海北看草原的辽阔，去原子弹实验地听爆炸的历史回声，去王洛宾博物馆共鸣草原的牧歌，去青海湖喂鳇鱼感受"鱼之乐"，去刚察体察满目格桑花的暖情，去盐湖看盐的洁净，去热贡了解唐卡的手工文明，去互助县参加土族婚礼的闹腾，去藏医药博物馆与从伯克利（UC Berkeley）回来的馆长海聊，还走过一段藏族同胞朝圣之路……

答应，还因为我知道曹娅丽教授近十几年对研究的执韧，了解她作为一位满族的女学者转身藏文化研究之决绝，了解她为研究藏戏在青海果洛、黄南藏区考察近三十年来行走于藏区寺院的艰苦。她自 1985 年大学毕业便投身藏族戏剧研究,从1985年大学毕业从事《中国戏曲志·青海卷》编纂工作,专注于藏戏研究,2000年开始致力于格萨尔研究,做了长达十余年的田野考察,我当然也深切体会到她的敬业、聪慧和对学问追求的无怨无悔。

志忑,是因为娅丽研究藏戏,研究格萨尔,关于格萨尔戏剧研究就出版了四部专著,其中《格萨尔马背藏戏》一书被青海省列为青海省非物质文化遗产保护丛书。她是我国最好的藏戏专家之一。而我对格萨尔的研究基本上处在"白板"状态。学者最大的忌讳就是不懂装懂;以一个格萨尔研究的外行去评说格萨尔研究的专行,完全一派黑色幽默。

志忑,是因为藏族文化的博大精深,尽管我一直很喜欢藏族文化,我也招收、认领了几位藏族学生,青海的、西藏的、四川的都有。我也去西藏林芝地区做过一段时间的调研,青海的藏区我大多走遍,还做过几次专题调研:在青海湖做过旅游与生态方面的调研,设计过专门的方案;到热贡调研唐卡好几次,出版过唐卡调研的专书;我也写过专题文章。尽管如此,藏族文化无边无际的浩瀚,让我觉得越是想了解,似乎越是悠远。我此生大概只能是怀揣敬畏的份儿了。不谙藏文化,要为藏文化作序,犯难。

答应了,再志忑,还得做。我开始以各种方式挤对自己,其中最有效的办法,就是把曹教授的大作认真地加以研读,去追踪、去感受、去体会,去发现、去回忆……我发现了"仲肯",也找到了下笔的入口。

格萨尔最初是以口头传唱的形态出现,通称"仲肯"(仲堪),其实就是藏族的民间传唱人。"仲"的藏语意思为"故事","肯"的藏语意思为说唱故事的人。有些藏族地区称之为"格萨仲"。这仿佛西方"历史"History(his story)的原型——即从口述传说故事开始。希罗多德的《历史》的原型就是这样的。所以,"仲肯"涉及一种"大历史"的原生形态,是超越文字"小历史"的历史。

藏族的格萨尔正是难得的样板。也就是说,格萨尔原是流行于藏族民间的说唱艺术,民间艺人"仲肯"在藏族群众中以唱为媒。大致的线索是:11—13世纪,"仲肯"依据神话传说,以口头诗歌形式传唱部族的英雄事迹,"格萨尔"的英雄故事也逐渐定型,并在藏族民间不断流传、演绎，成为一部在群众中广泛传播的、以口头传唱为媒介的英雄"史诗"类的故事。

但我一直不太认可将我国少数民族的具有族源意义的，以英雄祖先为原型的纪念性，具有族群缘生性认同纽带，将口传、音声、体姿、仪式、宗教、技艺融于一体的记忆性表达当作"史诗"，原因是："史诗"是西方的概念。西方关于史诗的观念是建立在古希腊荷马史诗基型之上的，史诗研究以亚里士多德以后的古典诗学为范式。史诗属于西方文学中的一种文类（即史诗、抒情诗、戏剧并称为西方文学的三个基本类型）。

虽然，从发生形态上说，史诗的雏形仍以口传形式流传。在文字尚未出现之前，史诗最初是纯口述式记忆的，人们会用口述形式将史诗世代相传，荷马原来就是个行吟说唱艺人；随着时间的推移而增添情节，后人根据这些故事整理、加工，以文字记载成为我们今天见到的文字文本。西方史诗的代表是荷马史诗《伊利亚特》和《奥德赛》。世界更古老的史诗有巴比伦史诗《吉尔伽美什》、印度史诗《摩诃婆罗多》《罗摩衍那》等。

我国汉族历史上没有史诗。少数民族的"史诗说"也是近几十年才出现的，藏族的《格萨尔》、蒙古族的《江格尔》、柯尔克孜族的《玛纳斯》较为钦定。同时，越来越多的史诗出现：比如《苗族史诗》（包括《金银歌》《古枫歌》《蝴蝶歌》《洪水滔天》和《溯河西迁》五部分），新近出现的苗族史诗还有《亚鲁王》；瑶族创世史诗《密洛陀》；侗族史诗《侗族祖先哪里来》《祖源》《祖先落寨歌》；壮族创世史诗《布洛陀》；彝族史诗《梅葛》；畲族史诗《高皇歌》，等等。

史诗出现的雨后春笋态势有两个原因：一是认为史诗是"宏大历史"的证明。二是史诗可以作为"文化资本"申报非遗；这助推了我国一些少数民族以他们英雄祖先的口传故事作为"史诗类"来申报。这两个原因都是语境制造的、有限的"话语"，比如作为以少数民族"史诗"申报非遗项目显然是伴随着国际的"遗产事业"，我国的"遗产运动"出现的产物，是没有经过严密学术评估的、运动性操作的产物。

在我看来，附会"史诗"不仅需要人为地以"史诗的标准"来要求，有削足适履之嫌。对于藏族的格萨尔，宁肯"仲肯"，原因是，"史诗"的框囿窄化了格萨尔的丰富性。事实上，在格萨尔的传唱传统中，"仲肯"的内容比史诗更多样、更丰富、更深邃，单是类型——按照格学大师降边嘉措先生总结的就有六类：

1. 托梦艺人。

藏语称作"包仲"，指通过做梦学会说唱的格萨尔故事。

2. 顿悟艺人。

藏语称作"达朗住"，大致的意思是"顿悟"。按字面翻译，是忽然醒悟的意思。

3. 吟诵艺人。

藏语称作"顿仲"，"顿"，即吟诵。这类艺人有两个特点：一是识字，能看本子吟诵，离开本子便不会讲。二是嗓音比较好，吟诵时声音洪亮，抑扬顿挫，节奏鲜明。

4. 藏宝艺人。

"藏着宝贝"，意思是说仲肯心里藏着宝贝，即"格萨尔"，他们收藏着"宝藏"，就像深山藏着宝藏一样。

5. 圆光艺人。

藏语叫"扎包"。圆光是苯教术语。神汉在降神或占卜时，看着铜镜，以观吉凶，谓之圆光。

6. 掘藏艺人。

藏语叫"德峨"，意为"挖掘格萨尔故事的人"。掘藏艺人挖掘、发现、编撰的《格萨尔》故事，称为"德仲"。

"仲肯"中那么多的样态，那么多的形式，那么多的规程，那么多的容纳，那么大的智慧，"史诗"反而显得相形见绌。

除此之外，仲肯之于格萨尔还存在几种重要的表现和推展形态，比如，在格萨尔英雄故事从说唱到戏剧演变的"表演化"过程中，有一个环节很重要，那就是由"仲肯"生成的演唱方式和表演程式。今天，以格萨尔为题材的藏戏之所以能够成为藏族人民重要的纪念性娱乐节目，深受藏族同胞的热爱,"仲肯"起到了重要链接和催化作用。

说唱格萨尔的英雄故事为"仲肯"的专职,具有"神圣性"。格萨尔王的故事在藏族的传说中具有神圣性,传说他是莲花生大士的化身,一生戎马,扬善抑恶,弘扬佛法,为藏族历史上的大英雄。而仲肯传颂他也是神圣的。虽然,要成为"仲肯"需要经过专门的师徒学习过程,但需要有特别的禀赋;有学者认为,仲肯的能力是神授予的,故也称为"神授艺人"。

格萨尔英雄故事在民间自然而然地演化成为一种仪式。仪式具有"展示性";在仪式"展示化"过程中,"仲肯"是一个不可或缺的角色。比如在今天的格萨尔艺术节上,"仲肯"说唱贯穿整个艺术节,连续演述三天。也可以这么说,仲肯是格萨尔王口传故事仪式化的主导角色。

格萨尔的英雄原型故事包含着明显的"即兴性",这是口述传统中的特殊智慧和技艺;仿佛荷马是个"瞎子",却是非文字、前文字的口述技艺天才。这类"行吟诗人"靠腿、靠嘴成为早期文明和文化的传播者。"仲肯"也有这种特点,对于格萨尔英雄故事的创作,它不靠文字记载,也没有文本,说唱者在口耳相传的基础上,在表演中即兴创造,是一种前文字时代的古老叙事。

格萨尔的英雄原型故事展现出了藏族文化中特有的"体姿性"方式。也就是说,简单地将仲肯定位于"口述"还是不够的,边走边说、载歌载舞、身体力行等符合藏族人民的文化生性。无论是仪式、戏剧、舞蹈,还是骑马、竞技等都少不了身体表达。所以,"仲肯"其实是融口述与体姿于一体的体现——embodiment。

格萨尔英雄原型故事并不局限于单一的叙事,而是具有"贯穿性"。"贯穿性"包含多方面的意思,在此我只侧重于领域(比如今日之学科)的贯穿。"仲肯"的叙事包含了英雄祖先的族源性口述(历史)、经文(文学)、仪式(人类学)、声音(音乐)、羌姆(舞蹈)、诵经(宗教)、表演(戏剧)等。

格萨尔英雄故事的表达,除了口述外——早期的"诗歌"是将"说"与"唱"同置的,或介于说话与吟唱之间;后来才逐渐分开,其中"音声韵"成了一种特别的表述形态。格萨尔口头叙事中存在的声音、音阶、韵律、调式、唱词和表演等诸多因素，具有藏族说唱艺术与戏剧表演独特的音、声、韵形制。

格萨尔英雄原型故事还包含"地方性"和地方性差异。比如在青海，果洛的格萨尔"仲肯"便与其他地方有些差异。格学大家降边嘉措评价说："果洛是《格萨尔》流传最广泛的地区之一，那里的山山水水都与史诗《格萨尔》有着密切的联系。"在果洛，一个会说格萨尔史诗故事的说唱艺人，在生活中就以说唱和扮演格萨尔为生，说唱格萨尔是他生命和生活中的最重要部分，是他的精神支柱。

还有一点值得特别言说，传统的藏族属于游牧民族，骑马是他们生活、生计的常态；"马背性"也成为仲肯的一种方式。格萨尔英雄不仅是骑马英雄，也是马背上的表演者。因此，马背藏戏表演不仅有着特殊的演唱形式，也成为"仲肯"的一项特殊的技艺。马背藏戏就此成为以《格萨尔》为原型的藏戏中的独特形式，而"仲肯"也自然而然地成为在马背上传播藏文化的说唱者、传播者。

图1　马背藏戏表演

上述的评说和"瞎说"主要是从曹教授的课题成果中学习来的，是受曹教授的研究成果启发得来的。当然，宁可"仲肯"是我的观点；我研究少数民族文化三十多年，深知保护少数民族"文化物种"的独特性至为重要，比起那些特定语境中的获得性项目、比起经济交换中的短期利益、比起连续不断"运动"的政府行为等都更为重要,这就是:保持独特和独立的自我。我曾经写过一篇文章:《艺术抑或吉则,这是一个问题——以青海热贡唐卡为例》(载于《西北民族研究》2013 年第 2 期),同样不同意以其他文明体系、其他民族文化中的概念、范式附会、套用特定的民族。"仲肯"就是"仲肯",只有藏族有,其他民族没有。"史诗"则多得很,多一个"名头"没有人在意。所以,明智的策略是:只有坚持"仲肯",对于保护民族文化遗产、保护文化的多样性才是最"中肯"的。

或许,曹教授的下一个课题,第五部藏族文化专著就是藏族格萨尔原型中的"仲肯"研究。

是为序。

彭兆荣

2020 年 5 月 21 日于厦门大学海韵西区

目 录

绪 论 ………………………………………………………… (1)
    一 研究缘由及意义 ……………………………………… (1)
    二 研究内容及重要观点 ………………………………… (4)
    三 相关研究成果述评 …………………………………… (8)
    四 研究资料、理论与方法 ……………………………… (15)

第一章 藏族格萨尔史诗说唱表演传统的形成 ……………… (21)
    一 青藏高原生态与格萨尔史诗说唱 …………………… (21)
    二 生态环境与格萨尔文化传统 ………………………… (27)
    三 苯教文化与格萨尔说唱 ……………………………… (39)
    四 藏传佛教文化与格萨尔说唱 ………………………… (43)

第二章 格萨尔：从神话到史诗叙事演述 …………………… (52)
    一 神话中的格萨尔 ……………………………………… (52)
    二 史诗文学中的格萨尔 ………………………………… (59)
    三 传统习俗中的格萨尔：格萨尔婚俗与"嘎嘉洛婚礼"演述 …… (62)
    四 格萨尔地方性知识与民间记忆的文化意义 ………… (66)

第三章 "仲肯"与说唱艺术 ………………………………… (70)
    一 "仲肯"生成与种类 ………………………………… (72)
    二 仲肯口头叙事表演程式 ……………………………… (78)
    三 仲肯表演心理与社会行为 …………………………… (94)

第四章　从史诗说唱到戏剧文本书写 (102)
一　口头叙事表演文本 (105)
二　口头叙事说唱传统与文本书写 (109)
三　口头叙事说唱传统与戏剧文本的书写 (118)

第五章　从格萨尔乐舞仪式到戏剧演述 (122)
一　原始时期的乐舞 (122)
二　苯教乐舞与巫师 (124)
三　从说唱到乐舞表演形态 (128)
四　从乐舞到戏剧演述 (133)

第六章　从格萨尔史诗到音画诗剧 (144)
一　史诗与音画诗剧 (144)
二　《赛马称王》表演与诗剧审美意蕴 (148)
三　《赛马称王》的诗乐舞三位一体的美学意境 (153)
四　格萨尔剧诗的美学风格 (155)
五　格萨尔剧诗表演传统 (159)

第七章　从赛马称王到马背藏戏 (163)
一　赛马称王与马背藏戏 (163)
二　马背藏戏表演形态 (165)
三　马背藏戏与说唱艺术 (171)
四　马背藏戏唱词 (172)
五　音乐与舞蹈 (186)
六　马背藏戏表演场域 (194)

第八章　格萨尔说唱音乐形态与藏戏音乐 (200)
一　说唱音乐与戏曲音乐 (200)
二　史诗说唱音乐形态特征 (202)

三　史诗说唱音乐与唱腔 …………………………………………（206）
　　四　格萨尔说唱唱腔与藏戏 ………………………………………（231）

第九章　格萨尔戏剧演述的诗学特质 …………………………………（234）
　　一　格萨尔口头叙事语言与诗学 …………………………………（234）
　　二　格萨尔说唱音乐中的民歌与曲牌 ……………………………（239）
　　三　格萨尔说唱音乐中的戏剧唱腔 ………………………………（246）
　　四　格萨尔戏剧演述的诗学特质 …………………………………（249）

第十章　格萨尔戏剧结构与程式 ………………………………………（258）
　　一　史诗结构与戏剧程式 …………………………………………（258）
　　二　格萨尔剧目与表演 ……………………………………………（260）
　　三　戏剧演述形态的说唱叙事结构 ………………………………（272）
　　四　戏剧表演程式与程式动作 ……………………………………（277）
　　五　戏剧表演结构与角色扮演 ……………………………………（285）
　　六　舞台艺术形态 …………………………………………………（289）

余　论 ……………………………………………………………………（295）
　　一　格萨尔史诗从说唱到藏戏演变的基础 ………………………（295）
　　二　格萨尔藏戏表演具有戏剧美学特征 …………………………（297）
　　三　格萨尔藏戏承载着丰富的、独特的民族记忆 ………………（303）

参考文献 …………………………………………………………………（307）

后　记 ……………………………………………………………………（314）

绪 论

一 研究缘由及意义

藏族格萨尔是流传于青藏高原藏族聚居地区的一部由藏族民间"仲肯"① 演唱的描写格萨尔英雄的史诗,是集说唱、表演、叙事与演述于一体的说唱表演艺术。其特点是节奏明快、语调昂扬,既适合于表现重大事件,又便于口头吟诵。歌手"仲肯"是介于神与听众之间"通神"的凡人,听众通过他们的演唱了解格萨尔的英雄事迹。数百年来,格萨尔史诗凝聚了民众的精神,构成了藏民族文化传统血脉和充满诗意的艺术底蕴,在长期的流传中,呈现了格萨尔演述类型及其文本形态的多样性,如藏族唐卡艺术、乐舞仪式、戏剧演述等形态。

我们最初对藏族格萨尔史诗从说唱到戏剧表演的关注,是在 2002 年 7 月,当时青海果洛藏族自治州举办"格萨尔史诗说唱艺术节",内容包括史诗说唱和藏戏表演,地点在大武镇赛马场,演出时间为一周。开幕仪式由格萨尔"仲肯"说唱表演拉开序幕,"仲肯"说唱连续演述三天,接着,由果洛各寺院藏戏团表演格萨尔藏戏。说是表演,实际上艺人进入演唱状态,呈现的不仅仅是艺术表演,而是一种艺术行为,更是藏民族一种独特的生活方式和审美意识,他们在格萨尔艺术节中以会说格萨尔故事来彰显自我。这种行为正是日渐产生的一种由口头传统到乐舞、诗剧、歌舞和戏剧演述的民俗生活,其演述类型及其文本形态呈现出多

---

① 仲肯:"仲",即说唱故事,"肯",意为人,"仲肯"即说唱故事的人,歌者。

样性和多元性。这种演述类型来自口头诗人"仲肯"的创造。

　　口头诗人对于格萨尔英雄诗歌的创作，是一种活态即兴创作，它没有文字记载，说唱者们是在表演中创造的，是比书面文学更为古老的口头传统的产物。在青海果洛，一个会说格萨尔史诗故事的说唱艺人，在生活中就以说唱和扮演格萨尔为生，说唱格萨尔是他生活的一部分，是他的精神支柱。这种说唱形式不仅呈现出格萨尔艺人口头创作过程和说唱表演的独特性，而且，也通过说唱转化为戏剧表演形式。即是说，口头叙事表演的说唱传统在延续的过程中保留着即兴创作，当走向书面文本时，其表演中的即兴性发生了变化，例如格萨尔戏剧、乐舞的演述，最初是格萨尔"仲肯"面对绘画演述故事，由僧人扮演格萨尔故事中的角色，边说唱边表演，后来按口头叙事表演书写文本来表演，戏剧表演成为延续这种传统的载体。

　　20世纪80年代初，青海省《格萨尔》史诗研究所就已开始着手对藏族格萨尔史诗进行挖掘、抢救与整理工作，特别是对格萨尔"仲肯"口头演唱文本的记录翻译有了较为深入的研究。记录口头艺人的表演，为今天研究民族史诗口头叙事表演传统奠定了基础，同时也为研究格萨尔戏剧、音乐、舞蹈和美术等艺术形式提供了丰富的资料。其中以格萨尔学界著名的角巴东主研究员为领军人物的研究团队关于格萨尔史诗与艺人说唱传统的研究，已经有许多著作，并对格萨尔艺人演唱文本录制了说唱磁带。角巴东主先生和青海省格萨尔研究所给我们留下了青海省藏区格萨尔史诗文本的藏文与口述资料，它们是以唱片和抄本形式保存的文本，是活态史诗传统的实验室记录。

　　自2002年7月，我们开始关注格萨尔戏剧叙事表演以来，在青海省果洛、玉树、黄南藏族地区发现各寺院有格萨尔戏剧表演，这种戏剧表演是格萨尔史诗说唱表演的延续，即由说唱艺人演唱史诗内容，由演员扮演其人物角色，戏剧文本并非创作的演出脚本，而是史诗说唱文本。格萨尔史诗依然是鲜活的口头创作，它所呈现的戏剧艺术样态既承袭了口头叙事表演传统，又具戏剧诗的审美特征。自此，笔者便开始关注格萨尔史诗文本与戏剧演述之间的文本转化或者说史诗的口头叙事表演特点，其口头叙事表演成为我们一直以来思考与研究的问题。也就是说，关注藏族格萨尔史诗从说唱转换为一种新的呈现形式——格萨尔戏剧演述形态，这种戏剧演述沿袭了藏族传统口头叙事史诗中的讲唱都由一人承担多种声音的特点，即在具体表演中由一个说唱艺人扮演各种角色的声音，讲述格萨尔史诗故事，而演员要依据说唱艺人的讲述事件进行戏剧扮演，展示戏剧情境，这是一种由说唱艺人演述史诗的戏剧表演。这种独具特色的艺术形式在青藏高原族群中世代传承着，既延续了格萨尔史诗说唱表演，又继承了藏族乐舞羌姆表演程式，它彰显着格萨尔口头叙事表演的艺术魅力，并成为我们研究藏族格萨尔史诗从说唱到戏剧演变的基石。基于此，我们通过格萨尔史诗口头叙事中存在的声音、音调、韵律、唱词和表演等诸多因素来关注藏族格萨尔史诗说唱艺术与戏剧演述所产生的诗学效果，关注口头叙事表演与戏剧文本的书写，关注静态中动态表演的情境，更是关注格萨尔史诗演述类型及其形态的多样性研究。这种观察与研究是十分有意义的。

首先，从遗产保护方面来看，2006年5月20日格萨（斯）尔和藏戏被选入了我国第一批国家级非物质文化遗产名录，2008年6月14日果洛"格萨尔马背藏戏"被选入了我国第二批国家级非物质文化遗产名录，2009年格萨（斯）尔和藏戏被列入联合国教科文组织人类非物质文化遗产代表作名录。这些都充分说明《格萨尔》史诗和藏戏得到了国际社会的普遍重视与高度评价，也说明格萨尔文化本身具有很高的历史文化价值。如此，本课题以格萨尔史诗从说唱到戏剧演变研究为主，显然对《格萨尔》遗产实施保护与研究等都具有重要的学术价值和现实意义。

其次，从戏剧表演理论研究方面来看，一方面，研究格萨尔从说唱到戏剧演述形态，对于中国少数民族戏剧表演理论的研究，增添了一页新的内容，即戏剧学术界对格萨尔戏剧的研究从无到有，从相对薄弱到逐渐发展、壮大，从内容的单一性到日趋丰富性和完整性，从对大范围的、普遍性的研究转向区域性的、地方性的民族志研究；另一方面，从藏族格萨尔史诗说唱到戏剧演变研究，特别是对说唱艺人的创造性研究以及个人传统的传承方式的研究，从对静态文本叙事转向戏剧动态表演和交流过程的研究。

再次，从藏戏剧种的历史发展来看，藏戏自8世纪萌芽，11世纪初步形成，至 14 世纪唐东杰布将仙女舞融入戏剧故事，人物扮演乃至情节铺排，便产生了历史悠久而古老的西藏藏戏、安多藏戏、华热藏戏、康巴藏戏等。其藏戏表演剧目均以藏族八大传统藏戏为主，如《诺桑王传》《智美更登》《白玛文巴》《苏吉尼玛》《卓瓦桑姆》《朗萨雯波》《顿月顿珠》《松赞干布》，其表演程式在不同地区有不同特点，但基本上是遵循着西藏藏戏的表演程式。

20 世纪 80 年代在青海果洛、玉树等地发掘的格萨尔戏剧，其表演剧目均以《格萨尔》史诗为主要内容，有《英雄诞生》《赛马称王》《天岭卜筮》《十三轶事》《霍岭大战》《阿德拉姆》《姑母回岭》和《达色施财》等。其表演既独具剧诗特点，又保留着说唱文学输入戏剧的初始形态，是藏戏的重要组成部分。所以，研究从分类学上关注格萨尔史诗从说唱到戏剧演变这一现象，正是本课题涉及的一个重要方面。旨在通过考察藏族格萨尔史诗从说唱到戏剧表演形态、演述语境和剧目内容的发生与发展，凸显中国少数民族戏剧艺术研究的理论与实践价值。

因此，藏戏是青藏高原特定族群的集体表述和历史记忆。格萨尔戏剧在青藏高原这块雄奇而神秘的土地上诞生与生存、传承与发展，是中华民族传统文化珍贵的文化遗产之一。青藏高原因其独特的人文与自然条件而形成的格萨尔口头叙事表演艺术，独显其地域特色和民族艺术审美特质。藏戏中的艺术神韵和鲜明的人物形象，体现了中华民族戏剧文化的共同特征和藏民族戏剧的独特个性，藏戏的发展历史，承载着高原的社会史、文化史、宗教史、艺术史、生活史，具有特殊地位和历史文化价值。因此，探讨藏族格萨尔戏剧表演传统对于我们研究藏族地区的戏剧文化、民族艺术、民俗等均具有十分重要的学术价值和理论意义。

二 研究内容及重要观点

这项研究成果主要内容以田野调查的形式和民族志的阐释框架，观察藏族史诗演述类型的形成及其文本形态呈现出的多样性，包括各大寺院与民间遗存的"格萨尔"说唱文本、说唱表演形式、乐舞、剧目、口传艺人与文化习俗及其艺术特色等历史变迁，从文化人类学视野将格萨尔藏戏演述与藏民族世代相传的史诗相对照，甚至与传统习俗相对照，阐释藏族格萨尔史诗与戏剧发生、功能、发展及其演述形态、叙事模式之间的文本转化，是口头传统与戏剧的互文与衍生，从而解释格萨尔史诗从说唱到戏剧表演的演变过程。具体内容从三个方面展开，分章加以阐述。

（一）对于藏族《格萨尔》史诗与说唱生成的自然地理与历史文化语境研究

在第一章对于格萨尔史诗说唱表演传统形成的论述中，从族群生活环境、地方资料和学者、表演者口述诸方面观察，每个民族都形成了自己稳定的艺术传统，创造了独特的民族艺术，民族艺术发展的支点是民族精神，它凝聚了一个民族的哲学、性格、文化与心理积淀。而民族的精神气质与一个民族生活的环境、时代有关，这是决定一个民族文化传统与民族精神的重要元素。格萨尔史诗说唱与戏剧产生形成于青藏高原这一特定的自然地理环境、政治经济条件和思想文化氛围中，是特定语境下的产物。阐述其自然生态孕育了原住民传统的生态智慧观念，内化了他们对自然的崇拜、价值观、知识、态度和技能。

第二章是格萨尔从神话到史诗叙事表演研究。通过考察格萨尔神话传说中的婚俗与歌舞剧"嘎嘉洛婚礼"表演，在人类学层面对格萨尔原型、口头传统、内容与功能知识体系进行梳理，阐述格萨尔从生成、说唱者、史诗作品、说唱传统转向文本—话语—文化的互文性，包括格萨尔神话、传说、信仰、故事、婚俗、说唱与戏剧演述，它们在地方知识的语境中相互依存、相互阐释，构成了口头传统的互文关系。解释了千百年来，格萨尔这一现象成为一种重要的地方性知识、民间记忆与民间信仰，基于此，形成了格萨尔史诗演述类型及其文本形态的多样性。

第三章是"仲肯"与说唱艺术研究。格萨尔史诗是由民间艺人"仲肯"在藏族群众中广为传唱的说唱艺术，从"仲肯"的生成与成长、表演与程式、表演者心理与社会行为、表演者口头叙事与象征、表演者记忆与传承等方面给予关注，尤其对青海格萨尔说唱者达哇扎巴做个案研究，观察说唱艺人达哇扎巴用诗行编织故事，用吟诵来讲述格萨尔这种特殊的表演方法，可看出格萨尔口头叙事表演的程式和艺术结构是一种无意识的吸收、融会贯通的过程。长期的田野考察发现，格萨尔口头说唱表演者的创作完全使用本民族的诗歌传统要素来构建格萨尔史诗的程式，这些程式包含了说唱内容、礼仪场合、仪式和庆典，呈现出格萨尔史诗的口头叙事说唱形式与戏剧演述特点，以此阐释格萨尔戏剧是在继承史诗说唱传统的基础上，保留了说唱曲艺之特点。

（二）藏族史诗演述类型及其文本形态的多样性研究

第四章是史诗说唱到戏剧文本书写演变的研究，即对格萨尔史诗说唱表演文本、口头叙事说唱传统与文本书写及其戏剧文本的书写做了较为翔实的分析。早在吐蕃时期格萨尔史诗就以说唱形式在藏区广为流传，它既保留了曲艺的特点，又具戏剧演述形态，且在表演体制中遗留有许多说书人叙述的因素，呈现出说书人的叙述手法和程式，与元杂剧的演述有着种种关联。本章运用理查德·鲍曼表演理论，通过说唱演述案例，来考察格萨尔戏剧叙事过程中文本和动态表演的互动，格萨尔讲述人采取的传统化行为以及具体情境中的"语境化"，探讨格萨尔史诗从说唱文本到戏剧演述形态演变研究。

第五章是格萨尔乐舞仪式到戏剧演述形态演变的研究。乐舞是一种沟通神灵与人类之间的媒介，是伴随巫术而成为具有特殊功能的符号。其中，诗歌与音乐、舞蹈是密切相关，格萨尔史诗发生最初都只是为了乐神、事神、娱神而存在的，格萨尔乐舞在各寺院被称为"跳神"，或称"神舞"，亦称"格萨尔羌姆乐舞"。数百年来，格萨尔乐舞在藏区各寺院世代传承着，包括演述形态、艺人特别是有创造性的艺人，他们在传承中起到了戏剧仪式作用，因此，格萨尔藏戏与神舞同出一源。

第六章是从格萨尔史诗到音画诗剧演述的研究。主要以格萨尔剧目《赛马称王》为例，考察格萨尔史诗转换为音画诗剧表演的审美特性，阐述了格萨尔戏剧表演呈现出来的史诗说唱、羌姆乐舞与诗剧表演，具有民族戏剧"剧诗"的美学特征，既延续了说唱艺术传统，也延续了诗、乐、舞三位一体原始艺术。

第七章是赛马称王故事到马背藏戏演变研究。《赛马称王篇》是格萨尔史诗篇章中格萨尔赛马称王的故事，其故事在民间由格萨尔仲肯传唱，形成了藏族赛马习俗，后演变为在草原上表演的戏剧剧目，其表演是由演员骑着马匹在马背上完成唱、念、舞、技戏曲表演程式的戏剧形式，称为马背藏戏。它经历了从史诗说唱到民间赛马习俗，再到戏剧扮演，形成了独具美学特征的格萨尔戏剧演述形态。

（三）关于格萨尔藏戏从说唱音乐到戏曲音乐演变过程的研究

第八章主要是对格萨尔说唱音乐形态与藏戏音乐形成的阐述。这章就格萨尔史诗口头叙事中存在的音调、韵律、节奏、唱词、诗节、声腔、叙事范式等诸多因素，包含古老的民歌、说唱、吟诵、歌唱、咒语、预言、仪式与祭祀以及各种叙事，阐述格萨尔史诗民间调式与曲牌的丰富多彩，并指出了迄今为止保留着大量的格萨尔说唱曲调及音乐种类，既丰富又独特，如格萨尔仲、喇嘛嘛呢、折嘎、古歌、哈热哈通调、嘶鸣调、河水慢流调、珠姆调、超同调、丹玛调、辛巴调、道歌调、吉祥调、赞帽调、凯旋调等，不同人物有不同的唱腔曲调，是一个难得的"曲调库"和音乐生态系统。甚至保存了大量的口述资料，包括如山水赞、服饰赞、牛羊赞、婚礼赞等赞词及表演，它包含了藏民族生态文化价值观，对于研究格萨尔藏戏的演变具有较高的艺术审美价值。

第九章是对格萨尔戏剧演述的诗学特质研究。通过对格萨尔史诗与藏戏审美形态的考察，以格萨尔口头叙事语言与诗学、说唱音乐中的民歌与曲牌、戏剧唱腔等格萨尔戏剧演述审美形态为切入点，阐释格萨尔戏剧呈现出的戏剧演述的诗学特质。

第十章是对格萨尔戏剧结构与程式研究。通过考察格萨尔口头叙事表演的史诗结构与戏剧程式、格萨尔剧目与表演、戏剧演述形态的说唱叙事结构、戏剧表演结构与角色扮演、舞台艺术形态等，阐述了格萨尔戏剧演述有其独特的结构和审美特征。具有丰富而自成体系的藏戏表演程式、技艺技法：在艺术形式上，它既保留了寺院的宗教音乐、舞蹈以及绘画艺术，又吸收了民间的音乐歌舞、说唱等艺术营养，同时受到汉族文化的影响，借鉴了汉族戏曲的表演程式，故而自成一个完整独特的格萨尔戏剧演述体系，独具戏剧美学特征。

三 相关研究成果述评

国内外关于格萨尔史诗的研究应该说还是比较充分与深入的，尤其是青藏高原本土学者对格萨尔史诗进行了比较系统而深入的研究，发表了大量学术论文，出版了多部相关专著，但是对于史诗从说唱到戏剧的演变研究一直以来在学界是空白的。对于史诗研究取向大致沿着梳理格萨尔史诗文学的诸构成要素和探析格萨尔史诗的宗教渊源与社会行为这两种发展方向演变而进行。其研究着眼点集中于格萨尔的文本翻译、语言修辞、艺人演唱类型等诸多方面，且取得了颇多的成果，具体表现为以下几方面。

第一，在20世纪80年代初期，主要以抢救、搜集和整理艺人的文本为主，以艺人和文本的研究为辅，认为格萨尔史诗是由散韵文演唱而成的，由研究者将发现的口头艺人说唱故事录制编辑，对此进行了严谨而认真的探索，并依据民间叙事诗的形式解读史诗。

此阶段研究的代表人物有角巴东主、黄志、旦正等研究员。从20世纪50年代至90年代，他们有组织、有计划地开展了搜集、整理《格萨尔》史诗这样一项跨世纪的文化建设工程。在"六五""七五"和"八五"期间，连续三次将《格萨尔》的搜集整理和学术研究列为国家重点科研项目。"九五"期间，则把编纂出版40卷的精选本作为重点科研项目加以推进。这其中，青海省由于是《格萨尔》史诗流传最广的地区之一，自然成为发掘、整理、翻译、出版、研究《格萨尔》起步最早的省区之一。据著名学者角巴东主先生介绍，早在1953年，青海省就开始搜集整理《格萨尔》口头说唱本，1958年搜集到16部，40万字，并译成汉文。在20世纪60年代，青海省《格萨尔》研究所开展大规模的民间调查搜集工作，获得了大量的《格萨尔》手抄本、木刻本和画卷、绣像、雕塑、宝剑、铠甲、弓箭等文物。长期以来，该所对格萨尔口头说唱本、说唱艺人、格萨尔遗迹、文物进行记录、整理、翻译、录像、艺人保护等抢救工作。截至目前，发现说唱艺人100多名，并为其中的55位著名艺人建立了艺术档案。此外，出版学术著作、古籍整理、翻译著作等100

余部，发表论文1000余篇。其中已搜集到藏文原始资料28部74种之多，并翻译为汉文；整理、出版《格萨尔》藏文本35部。这些成果主要集中在青海省果洛藏族自治州。1957年青海省委发出了《关于继承发扬本省各民族民间文化艺术遗产的指示》，号召全省文艺工作者，积极抢救流传在民间的民间文学。青海省文联根据有关指示精神，组织人力对史诗进行了初步调查和搜集。到1959年5月，全省已搜集到8部，初步译成汉文的约400万字。另外，还搜集到苏联列宁格勒图书馆收藏的藏文《格萨尔王传》影印本两部，蒙古人民共和国的《岭格萨尔的故事》全部，法国达维·尼尔的英译本《岭·超人格萨尔的一生》，蒙古人民共和国语言学副博士策·达木丁苏伦的《格萨尔王传》研究论文集等。据统计，1957年至1964年，青海省累计搜集到藏文手抄本、木刻本有28部74种之多。当时，青海省组织各种社会力量，将全部藏文资料翻译成了汉文，铅印成内部资料本，2000多万字，拥有了可能找到的国内外所有的关于《格萨尔》的论著、参考资料、访问记等各种材料。①

党的十一届三中全会以来，在有关单位及干部群众的大力支持下，经过三年的努力，青海省不仅聚拢了"文化大革命"中散佚的藏文手抄本、木刻本及铅印的汉译本资料，同时在玉树、果洛等地搜集到了15部资料本（含异文本）。据1987年统计，青海省已搜集到各种藏文本57部、120种（含异文本），汉译文28部、42种。此项工作为后来的整理、翻译、出版、研究等工作创造了条件。青海省在搜集史诗的整个工作中，投入的人力、财力、物力最多，是其他省区所无法比拟的，因而取得的成果也是最瞩目的。②

第二，在21世纪初期，不仅抢救、搜集和整理格萨尔艺人的文本，而且开始着重关注艺人和文本的研究。

梳理该阶段研究历程及内容，我们不得不提到青海省著名的藏族专家角巴东主。角巴东主系青海省文联原副主席、巡视员，青海省《格萨尔》研究所所长，现任中国《格萨尔》学会副会长，青海省《格萨尔》

---

① 此处引用资料由青海省格萨尔研究所角巴东主研究员提供。
② 同上。

学会会长，中共青海省委党校聘请教授，青海师大聘请教授，青海省人民政府文史研究馆馆员，青海省政协咨政室咨政，青海民族大学藏学院《格萨尔》硕士生导师，教授，享受国务院特殊津贴专家。审视角巴东主的研究成果，我们不仅能切身感受到作为一名藏族地方学者对《格萨尔》史诗的热爱之情，更能捕捉到他对《格萨尔》史诗的研究价值取向，即不仅抢救、搜集和整理艺人的文本，而且开始着重关注艺人和文本的研究。正是他的潜心钻研，角巴东主从20世纪80年代初开始从事《格萨尔》的搜集、整理、翻译、出版和研究工作至今。出版的作品有：《格萨尔新探》、《〈格萨尔〉疑难新论》、《神奇的〈格萨尔〉艺人》、《藏区格萨尔遗迹遗物普查与考证》、《〈格萨尔〉儿童文学丛书》（六本）、《八部〈格萨尔〉汉译本系列丛书》等40多部书。其中专著《〈格萨尔〉新探》的出版，填补了无藏文版《格萨尔》研究专著的空白。其主编的我国第一部《格萨尔》儿童文学丛书（六本）于1998年由民族出版社出版发行，该丛书的出版，填补了我国无藏文《格萨尔》儿童文学丛书的空白，此成果荣获1998年青海省"五个一工程"入选奖。《八部〈格萨尔〉汉译本系列丛书》，于2011年由高等教育出版社出版，填补了我国无《格萨尔》汉译本系列丛书的空白。此外，经他翻译整理公开出版的格萨尔成果有12部：《格萨尔·琼察五兄弟》、《格萨尔·丹玛青稞宗》、《霍岭大战》（上、下册）（精选本）、《吉茹珊瑚宗》（精选本）、《卡其松耳石宗》（精选本）、《托岭之战》（精选本）、《杂日药宗》（精选本）、《阿扎玛瑙宗》（精选本）、《格萨尔·岭国歌舞》、《格萨尔·吉祥五祝福》、《格萨尔综合本》等。此外，在《中国藏学》《西藏研究》等刊物上发表了《论格萨尔的生平探讨》《论〈格萨尔〉与宗教的关系》《论蒙藏〈格萨尔〉的关系》《格萨尔遗迹考略》等60余篇藏学论文。由于他的学术影响力，多次受邀参加国际《格萨尔》学术讨论会，例如，分别于1995年、1998年、2000年、2006年、2010年应邀参加了在奥地利、美国、荷兰、德国、加拿大、蒙古国等国举办的第七、八、九、十一、十二、十三届国际藏学会，并宣读论文。2002年10月，参加中国藏学家代表团并担任副团长出访法国、德国、葡萄牙三国进行学术交流。2011年应邀赴加拿大多伦多大学讲学，2012年3月应邀赴日本外国语大学讲学等，为传播弘扬《格萨尔》史诗做出了应有的贡献。

2012年，由角巴东主先生主编完成《格萨尔王传》汉译本系列丛书，包括《格萨尔王传》汉译本系列丛书之一——《丹玛青稞宗》，《格萨尔王传》汉译本系列丛书之二——《辛丹内讧》，《格萨尔王传》汉译本系列丛书之三——《大食财宝宗》，《格萨尔王传》汉译本系列丛书之四——《卡切玉宗》，《格萨尔王传》汉译本系列丛书之五——《象雄穆德宗》，《格萨尔王传》汉译本系列丛书之六——《歇日珊瑚宗》，《格萨尔王传》汉译本系列丛书之七——《雪山水晶宗》和《格萨尔王传》汉译本系列丛书之八——《阿达拉姆》。为格萨尔遗产的挖掘与整理做出了贡献。

为进一步将有关研究系统化、深入化，角巴东主先生围绕《格萨尔》史诗内容，积极申报并承担了多项国家级课题，例如，2003年全国哲学社科研究项目"格萨尔数据信息建设"、2006年度国家社会科学基金项目"藏区《格萨尔》遗迹遗物普查与考证"并于2006年被列为教育部后期资助项目、2007年承担国家重点科研项目"40卷藏文《格萨尔》精选本"、2008年获批国家社会科学攻关项目"《格萨尔》新探"、2009年全国哲学社会科学重点项目"藏区'格萨尔'说唱艺人普查与研究"、2013年"藏文《格萨尔》流传版本普查与研究"被列为全国哲学社会科学重点项目。

由于角巴东主先生所做的巨大贡献，1997年被文化部、国家民委、中国文联、中国社科院授予"《格萨尔》抢救与研究工作中有突出贡献的先进个人"称号；2004年被国家人事部、中国文联授予"全国首届中青年德艺双馨文艺工作者"称号；2012年被授予"青海省有突出贡献老文艺家"称号。

在这里，还要提到格萨尔学著名大师、中国社会科学院少数民族文学研究所研究员降边嘉措，自1958年他从事藏文翻译和编辑出版工作开始，到1980年夏，主要从事藏族英雄史诗《格萨尔》和藏族当代文学的研究和翻译。在"六五""七五"和"八五"期间，连续三次担任国家重点科研项目《格萨尔王传》搜集整理和学术研究的项目负责人和学科带头人。1986年由他撰写的《〈格萨尔〉初探》出版，这是我国研究格萨尔的第一部专著,也是我国学术界研究我国史诗的第一部专著。它填补了我国民族民间文学领域里一个重要的空白,从此结束了我国没有研究史诗专著的历史,具有里程碑的意义。其中《格萨尔论》对史诗文本结构、文本内容的分析和理解、在历史唯物主义的视角下把"社会反映论"的原则作为唯一的审美标准对文本的历史、文化、思想、艺术的元素加以解读,用实证主义方法分析艺人类型,为此后格萨尔研究奠定了基础。

第三,自2010年以来,从文艺学和文学批评的视野下阐述文学艺术的主体性元素和主体性作用,并从比较和互文性审美意识对史诗艺人、文本和语境做全面的理性透视。

此阶段研究代表人物为中国社会科学院民族文学研究所博士、研究员诺布旺丹。他的主要研究成果有,《伏藏史诗:藏族史诗的困境》,阐述了伏藏在《格萨尔》史诗中既表现为一种传承形态,也表现为一种文本类型。它是佛教伏藏传统在《格萨尔》文化传统中的嫁接和移植,也是史诗佛教化的主要因素。佛教化在《格萨尔》史诗中表现为三个方面,即史诗思想内容和故事范型的佛教化、史诗传承形态的神秘化和史诗文本类型的书面化。《艺人、文本和语境:文化批评视野下的格萨尔史诗传统》,正是诺布旺丹通过对格萨尔文本、艺人和语境三者结构性关联和互动的阐释,揭示了活态史诗格萨尔的演进历程。就史诗文本而言,格萨尔史诗经历了从历史到民间故事、从民间故事到神话、从神话再到史诗的发展过程。从艺人身份的演变角度讲,经过了从集体记忆到个体记忆,再到职业化或半职业化三个阶段。从史诗语境的变迁来说,经历了诗性思维、泛佛教化和后现代三个阶段。本书的写作在掌握了大量的田野资料基础上,借鉴和应用口头诗学、宗教学、符号学、象征学和文学的理论和方法,不仅从宏观上把握格萨尔史诗的发展脉络,而且对格萨尔艺人的称谓、类型与源流批评,格萨尔文本化的发展历程,格萨尔的当代语境及其影响等问题进行了全新的阐释。最终得出结论认为,格萨尔史诗的逻辑发展脉络便是,发端于"史",演进于"喻",完成于"境"。

对于诺布旺丹的研究,国际史诗学会会长、中国社会科学院民文所所长、研究员朝戈金给予很高的评价,认为迄今为止,关于《格萨尔》

史诗的研究，大多数还是对外在现象的描述式文字，理论的提升很不够。就此而言，诺布旺丹的著作，在问题意识上，在研究方法上，在解析材料上，进而在较为宏观地把握史诗传统的历史文化背景和文化语境上，走出了自己的路子，这是要充分肯定的。

著名作家阿来对于诺布旺丹的研究认为：《格萨尔》史诗可以说是一部藏族人的心灵史，一部藏文化的百科全书，于是，格萨尔史诗的流传与艺人的特殊生存状态本身自然就构成了一种特别的"社会事实"，旺丹这部专著，从诸多艺人的生存状态与精神状态入手，也就是以"叙述体加以呈现"，详细地呈现了这种具有特殊性的"社会事实"，结果自然就构成了一部奇特的"民族志"——关于一部伟大的心灵史如何在日常生活中，由那些看似寻常，却以通灵一般的状态民间艺人所传布的"民族志"。

第四，在格萨尔音乐方面的研究学者和成果比较多。青海省扎西达杰发表于《中国藏学》1993年第2期的《〈格萨尔〉的音乐性》[曾于第二届《格萨（斯）尔》国际学术研讨会上宣读]一文从"贯穿始终的音乐性""浓笔描绘的音乐现象""庞大的音乐曲名体系"三个方面分析、论述了史诗本身包含的丰富的音乐内容和表现出的高度的音乐性。他认为：(1) 最早的《格萨尔》不是写出来的，也不是讲出来的，而是唱出来的；(2) 从散文到诗歌，整个的故事、对话都是在"歌唱"状态中进行；(3) 在《格萨尔》中，音乐不是外加的饰物，而是史诗本体、本质的反映；(4)《格萨尔》的音乐不是简单的、原始的音乐，而是形成了一定见解、理论，并具自己体系的较高级、较复杂的音乐。有着较高的研究价值和一定的实用价值；(5)《格萨尔》中描述的丰富的音乐现象，为认识、研究藏族古音乐、古歌曲提供了珍贵的资料和参考的依据；(6) 史诗文字本身反映出的强烈音乐性，说明《格萨尔》是熔史诗特点与剧本特点于一炉，将文学性与"歌唱式"聚于一身的混合产物。即从文学角度讲是鸿篇的英雄史诗，从艺术角度讲是巨型的音乐诗剧。实际上，扎西达杰已经涉及戏剧领域的研究了。青海省学者郭晋渊早在20世纪90年代末曾就格萨尔藏戏曲牌音乐有较为详细的研究。

第五，关于藏族格萨尔藏戏的发掘与研究，晚于史诗本体的研究。

主要由曹娅丽教授在长期的从事藏戏学研究中，发现在20世纪80年代初，青海果洛地区演出《格萨尔》戏剧剧目十余部，戏剧团体24个。

那是2002年7月，笔者在青海果洛地区考察时，首次发现了以演出格萨尔史诗为主的藏戏，亦称为果洛"格萨尔"藏戏。在每年藏历新年，青海果洛地区藏传佛教寺院均有演出格萨尔藏戏活动，格萨尔等剧中角色，穿着戏装，骑着真马，手执兵器，在高亢激越的《格萨尔王传》说唱曲调旋律中，"厮杀"在绿茵草原上。四周围观的牧民一厢情愿地把历史再现在现实生活之中，再现在自己的眼前，同主人公一起在失败与成功中经历悲欢离合的情感体验。特别是新年至时，也配合主人公唱起传统的说唱曲调。戏里戏外，角色与观众审美客体与审美主体，完全融为一体。这次发现的学术价值，不仅了解到一种奇特的原始形态的藏戏演出，更在于从说唱艺术蜕变为代言体戏剧综合形态，存在于戏剧发生学的普遍含义。曹娅丽据此写出的论文一经发表，便引起了藏戏学界的关注①。

由此，曹娅丽教授开始关注格萨尔遗产的戏剧人类学研究、格萨尔口头叙事表演的民族志研究。特别是，关于遗产背景下的格萨尔戏剧艺术这一研究，近年来有了较为深度的综合研究。尤其进入21世纪以后，一些艺术学、民俗学、文学的著述也涉及格萨尔戏剧遗产各个领域，如马盛德、曹娅丽合著的《人神共舞：青海宗教祭祀舞蹈考察与研究》，有一章关于格萨尔戏剧研究的内容。西藏刘志群研究员著的《中国藏戏艺术》《藏戏与藏俗》和《中国藏戏史》，曹娅丽教授的《青海藏戏艺术》《藏地诗颂：青藏高原藏戏遗产的保护与研究》和《格萨尔遗产的戏剧人类学的研究》，还有戏曲理论家曲六乙先生的《中国少数民族戏剧通史》、王文章主编的《中国少数民族剧种发展史》等都有专章阐述，其中曹娅丽教授在对果洛格萨尔乐舞和戏剧的研究中，做了较为详细的考察与分析，这些研究成果为本项课题的研究提供了很多借鉴。还有《格萨尔遗产的戏剧人类学研究》从青海果洛格萨尔戏剧演述入手，对于格萨尔戏剧遗产传承现状，戏剧演述形态、戏剧功能等方面做了深入考察，在这

---

① 曹娅丽：《青海黄南藏戏》，文化艺术出版社2007年版，第3页。

样的背景下关注格萨尔戏剧演述形态与遗产保护的，即在中国社会不断走向现代化的变迁过程中，一方面，中国少数民族艺术研究在学术观念、学术方法、学术成果、学术视野等方面引起重视。另一方面，中国少数民族艺术遗产保护受到关注。

此外，在曹娅丽教授关于"格萨尔口头叙事表演的民族志研究"中对于格萨尔口头史诗表演传统文本与戏剧文本书写的比较以及所呈现的戏剧形式的研究进行了梳理和阐述，发现史诗从说唱到戏剧的演变，是关于戏曲发生学的研究，这一发现值得深入而系统地考察与研究格萨尔史诗从说唱到戏剧演变过程。正是基于这样的认识，我们将展开以青海果洛、玉树、黄南等地区格萨尔史诗从说唱到戏剧演变研究，通过田野考察从艺术人类学与文化生态学的角度，对20世纪80年代初恢复的格萨尔史诗从说唱呈现出来的戏剧表演形态、格萨尔说唱者表演行为、文本书写进行观察，试图对格萨尔戏剧演述类型及文本多样性等做出较为全面的描述和理性分析，探讨格萨尔史诗从说唱到戏剧演变研究，从而揭示格萨尔戏剧演述本质和全貌，使其成为一种集理论与实践的综合研究。而且我们认为它并不是一种孤立的艺术或宗教现象，而是与人有着密切相关的种种社会生活及意识处在某一特定结构系统中的文化行为。

四　研究资料、理论与方法

（一）资料

本课题运用的资料，有课题组成员实地调查记录（其中包括民间传说与传闻文本、祭祀仪式表演文本等）、地方文人民族志手稿、民俗资料等多种。其中笔者的实地调查记录、访谈记录和搜集到的口头说唱表演文本转换为戏剧演唱文本资料是支撑本课题的最重要的资料。

课题组主持人曾经从事中国十大文艺集成（志书）工作，对于格萨尔口头叙事表演的关注与调查长达十年多的时间，每年在各地区从事超出一周的田野考察活动，其间接触、访问了超过十多个戏班的队长（戏班由村支书记或村长负责)、戏师(编剧或导演)以及一些演员,搜集了大量口头谈话记录与书面材料,并且与各地相关的文化干部保持着长期而经常性的接触。

2014年8月2—5日,课题主持人前往青海省玉树藏族自治州治多县参加嘎嘉洛文化学术考察与研讨会,其间考察了格萨尔艺人说唱表演和歌舞剧,并与格萨尔说唱艺人交流。2015年8月在青海果洛考察时,又发现格萨尔音画诗剧表演不同类型的文本。因此,多年的考察,为本项课题的研究提供了大量的第一手资料。也使得其研究有了一定的广度和深度。这是来自民间的力量,来自族群的对自身文化的阐释。即是说,此课题的研究得力于民间广大格萨尔信徒的帮助,得力于扎根于青藏高原这片沃土的滋润,更得力于格萨尔口头叙事表演传统的活态传承者——说唱艺人,使得我们的课题能够有一个持续性的观察过程。

(二) 理论

本书运用表演民族志理论对《格萨尔》口头叙事表演传统进行观察、描述和分析。"'表演民族志'一词并非指涉某一种特殊的理论或者分析方法,而是指研究口头传统时的一种一般性方法。这种'以表演为中心'的方法的核心在于,它不再把口头传统仅仅视为文本性的对象(textual-objects),而是将口头传统视为一种特殊的交流行为模式的展示,是实践社会生活的资源"①。"民族志是指对某一特定社区中文化行为独特的动态过程(dynamics)和文化范式进行的持续考察。由于民族志主要强调田野研究,所以同一个持续的、经验性的考察过程,能够延伸至对历史性个案或者书写资料的考察"②。"'表演'的另一个含义集中于文化的表演,即象征意义上具有共鸣性的公共事件,例如节日、奇观、戏剧或者集市等,其中体现、实践着某一社区的核心意义和价值,并将之展示出来以引起检查和阐释"③。

---

① [美]理查德·鲍曼:《作为表演的口头艺术》,杨利慧、安德明译,广西师范大学出版社2008年版,第244页。
② 同上书,第245页。
③ 同上书,第244页。

表演理论（Performance Theory），有人称之为"美国表演学派"（American Performance-school），或者表演研究方法，是20世纪60年代末70年代初从美国兴起的，80年代至90年代上半期臻至顶峰，至今仍然具有强大的生命力，并广泛影响到了世界范围内的诸多学科领域，例如民俗学、人类学、语言学、宗教研究、音乐、戏剧、话语研究（discourse studies）、区域研究等许多研究领域，并为民俗学学科赢得了广泛的声誉。"表演理论兴起的学术背景主要有三方面，一是哲学思想和人类学研究的促动；二是语言学的重大影响；三是民俗学本身的方法论转向。"① 言及民俗学方法转向而论，在表演理论正式提出之前，已经有一些民俗学者、特别是一些做了大量田野调查的民俗学者，对民间表演的艺术性产生了兴趣，并开始注意对语境的考察和研究。但是，"研究没有走向动态的表演过程的分析，而是最终回到了文本形式的研究。因此，由于多种因素的促动，表演逐渐成为美国民俗学、语言学、人类学等领域关注的焦点和时尚，学者们的注意力由此转向了对表演的艺术性、交流民族志的研究"②。其表演理论的学者队伍极其庞大，其中主要代表人物是美国人类学家理查德·鲍曼，影响最大，他在论文《作为表演的口头艺术》中比较系统地介绍了表演理论，是至今被引用最多的表演理论著述。他明确地指出了"表演"的本质："表演是一种言说的方式，是一种交流的模式。"③ 这里值得指出的是，鲍曼教授提出口头艺术是一种表演。关键词"表演"（performance），还可译为"演述"或"展演"，由此，可看出"表演"一词传达双重含义：艺术行为即民俗实践，和艺术事件，即表演的情境，包括表演者、艺术形式、听众和场景等④。这里笔者想强调的是，在格萨尔戏剧表演中用"演述"更为合适，因为，格萨尔戏剧是由说唱者扮演各种角色的声音，来讲述格萨尔史诗故事，而演员要依据讲

---

① ［美］理查德·鲍曼：《作为表演的口头艺术》，杨利慧、安德明译，广西师范大学出版社2008年版，第244页。
② 同上。
③ 同上。
④ 同上书，第246、249页。

述人的讲述事件进行戏剧扮演，是一种演述史诗的戏剧表演[①]。所以格萨尔戏剧演述形态是更具体、更直接的一种演述史诗的戏剧表演剧诗风格。基于此，本书从表演理论的视角出发，不仅关注格萨尔史诗口头艺术文本在特定语境中的动态形成过程和其形式的研究，更关注在特定语境中考察格萨尔史诗与戏剧叙事的演述及其意义的再创造、表演者与参与者之间的交流，也就是不仅仅限于叙事文本的形式或者内容的研究，而是形式、功能、意义和演述的有机融合。同时运用理查·谢克纳的人类表演学理论分析格萨尔口头叙事表演的戏剧功能，力图对格萨尔史诗从说唱到戏剧演变全貌做系统把握，为戏剧发生学研究领域提供有益的借鉴。

（三）方法

在研究方法上，注意历时性、共时性两者的有机结合，即把格萨尔戏剧研究置于整个社会变迁和中西文化交流的背景下，通过对格萨尔戏剧在特定语境中注重表演结构和发生语境的系统考察，包括演述形态、艺人、特别是有创造性的艺人，关注他们在传统的传承和变异中所起的作用，从神话到史诗、从历史到民间故事、从民间故事到神话、从史诗再到戏剧的发展过程。既对静态文本的关注，更注重对动态的表演和交流过程的关注，从而寻求建构戏剧叙事表演理论的框架，并致力于揭示和发掘藏民族戏剧自身形成与发展的基本特点。

研究格萨尔戏剧，首先是研究格萨尔史诗，具体体现为以历史脉络为经，以研究事项为纬，把追根溯源的研究与横向比较的研究两种研究方法结合起来使用。在研究中，格萨尔史诗生成时代背景和社会环境，是形成格萨尔戏剧研究特色的一个重要因素，这是历史的脉络。其次对于格萨尔戏剧相关的说唱、音乐、舞蹈等学科的研究与梳理也是十分重要的，他们是格萨尔戏剧重要的组成部分，甚至可以说是格萨尔戏剧的灵魂。我们可以通过横向比较来分析考察格萨尔戏剧中说唱、音乐和舞蹈的戏剧元素等，在论述过程中，既注意借鉴其他领域的理论又有独立的关系，这是共时性的研究。而格萨尔戏剧学和遗产学的研究又汲取了

---

① 曹娅丽：《格萨尔遗产的戏剧人类学研究》，北京民族出版社2013年版，第25页。

很多社会学、艺术学、美学和人类学等多领域的理论和方法。

《格萨尔》史诗具有一定的特殊性：一方面，它多以口头形式和表演形式流传，并以口耳相传和口传心授的方式保存。另一方面，它的表演往往受到环境场域、受众心理、族群意识、审美观念等多方面因素的影响。可见，格萨尔戏剧表演是一种时空性很强的动态文化，它不能脱离民族特殊的生活生产方式，是一个民族个性、民族审美习惯的"活态"的显现，其最大的特点是具有强烈的文化本土化的特征。因而，建立在口承和表演基础上的传统艺术，一旦失去了对文化的传承载体和艺术存续的文化空间的研究，也便失去了文化遗产保护的真正价值。

基于以上的理解，我们对于藏族格萨尔史诗从说唱到戏剧研究，其主要的目的是通过对民俗生态文化、社会历史文化，以及艺术空间和演述模式的田野考察，将格萨尔口头叙事表演戏剧形式作为文化的一部分，采用文化人类学方法对戏剧艺术实践展开"活化"研究的新兴研究领域，并将其置于具体的活态表演语境中进行研究，以田野调查、比较研究和语境研究为基本研究方法。探讨和梳理格萨尔藏戏演变发展（共时性）的本质特征、价值及其意义，而且还要对产生那种文化的历史语境进行全面考察（历时性），以达到较全面地了解格萨尔藏戏在该区域的文化和生态形貌。具体地说，本课题以戏剧学、人类学与遗产学为基础性学科，结合相关学科的优势，包括生态学、民俗学、艺术学、历史学、文学等，对于藏族格萨尔史诗从说唱到藏戏的演变，即经历了神话传说、格萨尔仲肯讲述故事的说唱形式，到格萨尔乐舞、剧诗演述，具有了浓郁的戏剧扮演，从而形成藏戏。这是关注族群文化的历史演进过程的关键，是我们在保护藏戏时必须首先明确的。

因此，通过考察格萨尔史诗转换为一种新的呈现形式——格萨尔戏剧演述形态，观察其沿袭了藏族传统口头叙事史诗中的讲唱都由一人承担，并扮演各种角色的声音，讲述格萨尔史诗故事，而演员要依据讲述人的讲述事件进行戏剧扮演，展示戏剧情境，这其实是一种演述史诗的戏剧叙事表演。这是一个典型案例。对其研究，旨在于建立一个可供戏剧表演人类学家、戏剧学家、史学家和宗教民俗学专家借鉴和参考的准确数据，更在于建立具有中国特色，特别是推进少数民族戏剧发生与演变的研究。

  本书的研究意义：一是在于研究中国少数民族戏剧发生系统，对于构建民族戏剧学创新体系具有较高研究价值和重大理论意义；二是重视藏戏分类学研究，包括戏剧的发生学、戏剧生态学、戏剧表演学的新兴、交叉学科等研究，即针对藏族格萨尔史诗从说唱到戏剧的演变过程的研究，开展具有填补空白意义的藏戏发生与演变的研究将成为一个特色；三是说唱是中国民族历史和民族文学的特殊传承载体，在其历史发展中催生了中国古典长篇小说、史诗，孕育了诸多戏曲剧种。中国历史上各个少数民族的史诗以及许多民歌与叙事诗，借曲艺艺术的"说唱"得以传播、弘扬和保存，也是许多戏曲剧种所形成的桥梁与母体，对其研究增添了一页新的内容。因此，对格萨尔史诗从说唱到戏剧演变过程的本质、模式、程式及其表演的社会文化心理与生态系统进行调查、评估、分类和归纳做综合性研究，将有利于推进少数民族戏剧发生与演变的研究视野和研究角度，凸显藏族格萨尔史诗从说唱到戏剧演变研究的意义，以及在藏戏学研究上的独特贡献。

第一章

藏族格萨尔史诗说唱表演传统的形成

一个民族的文化传统与民族精神，与民族的生活习惯、风土人情、文化传统、心理积淀等特点密切相连，其决定因素在于地理环境的差异性。因此，一个族群的艺术发生土壤必定是建立在时代、环境和民族精神基础之上的。正如萨波奇·本采在《音乐地理》中指出，控制人类文化传播的主要法则可以从地表的山岳和水域分布图中求得，水是传播和扩散文化的，而山则拦阻和保护它。但有时自然灾害会对一个民族、一个地域文化带来破坏。那么，相应地就会产生对自然的敬畏与膜拜，由此，会创造出具有民族特性的传统文化和民族精神，并在民族艺术中得到体现，如神话、传说、故事、歌舞、戏剧、绘画的多种叙事方式。

一 青藏高原生态与格萨尔史诗说唱

格萨尔史诗说唱与戏剧产生形成于青藏高原这一特定的自然地理环境、政治经济条件和思想文化氛围中，是特定语境下的产物。其自然生态孕育了原住民传统的生态智慧观念，内化了他们对自然的崇拜、价值观、知识、态度和技能。因为，从族群生活环境、地方资料和学者、表演者口述中观察，每个民族都形成了自己稳定的艺术传统，创造了独特的民族艺术，民族艺术发展的支点是民族精神，它凝聚了一个民族的哲学、性格、文化与心理积淀。而民族的精神气质与一个民族生活的环境、时代有关,这是决定一个民族文化传统与民族精神的重要元素。

因此,要研究藏族格萨尔史诗从说唱到戏剧演变过程,首先要观察其艺术生成的语境,即是说,一部说唱艺术,其"音乐体系、旋律、结构和节奏是重要元素,在这里潜藏着某些未知的主宰着音乐寿命的新原则"①。按照古希腊民族的生存环境与地理环境,古希腊三面环海,海洋具有传播和扩散文化的功能,而中国多山多水,特别是青藏高原高山峻岭,湖泊众多,地质地貌异常独特。不仅能传播文化,且能抑制文化的传播而具有保护文化的屏障,因而,特殊的地理环境产生了独具特色的民族艺术——《格萨尔史诗》[藏语: གེ་སར་རྒྱལ་པོ་(Ge-sar rgal-po);蒙古语: Гэсэр Хаан]。这是一部在藏族人民群众中广泛流传的歌颂格萨尔英雄故事的一种叙事诗,即口头史诗。它不但流行于藏族地区,而且流传在国内的蒙古族、土族等地区以及蒙古人民共和国、苏联的布里亚特自治共和国等地区。它是我国享誉世界的一部口头叙事表演的英雄史诗。它从其原始雏形发展到今天,经历近 10 个世纪,共有百余部之多,可谓鸿篇巨制,在形成与流传的历史进程中,因各个族群独特的人文及自然生态环境,在民族语言、唱腔韵律、表演程式上有着鲜明的个性特征,故而自成一个完整独特的口头叙事说唱表演传统。在民间以两种形式流传,一是口头说唱形式,二是以抄本、刻本形式。口头说唱是其主要形式,是通过说唱艺人"仲肯"(藏语སྒྲུང་མཁན་或者སྒྲུང་)的游吟说唱而世代相传。艺人说唱传统是格萨尔史诗得以延续与传承的根基,是格萨尔遗产保护的载体。从口头史诗表演的发生学、生态环境、演述功能、说唱艺人演述和综合的艺术手段等方面来看,格萨尔口头叙事与族群历史记忆的关系,是以礼佛祈祷、惩恶扬善为基本精神,反映了藏民族对真善美的追求,对美好生活的向往。它和一切文化现象一样,不是孤立封闭的,而是多元文化的综合体。因此,格萨尔口头叙事说唱表演便是属于这样一种特殊的文化表述样本,它属于特别的族群,属于特殊的传统,也属于特定的场合。所以,格萨尔口头叙事说唱传统的形成,它既集结了某

---

① [匈]萨波奇·本采:《旋律史》,司徒幼文译,人民出版社1993年版,第301页。

种人们对宗教的"信仰",同时又隐含着历史事件和历史线索。基于此,格萨尔史诗说唱艺术在藏族族群中世代相传过程中,呈现出藏族史诗演述类型及其文本形态的多样性,包括口头传统、习俗、乐舞、绘画、戏剧等演述类型。由此,关注格萨尔口头叙事表演传统,必须探究其生成语境。

生态学是对生物生态的认识,生态学深刻地影响了人文社会科学对文化的理解。生态学是致力于人与环境之间复杂关系的研究。青藏高原生态资源极为丰富,尤其是水资源,是其生态系统的纽带,对于文化艺术的生成起到重要的作用。水是人类生命生存的重要资源,也是生物体最重要的组成部分。水是自然遗产的重要组成部分,是所有生物的结构组成和生命活动的主要物质基础。

(一) 水与文化遗产

水,象形。甲骨文字形。中间像水脉,两旁似流水。从水的字形来看,或表示江河或水利名称,或表示水的流动,或水的性质状态。其本义是以雨的形式从云端降下的液体,无色无味且透明,形成河流、湖泊和海洋。从化学意义上说,水(H_2O)是由氢、氧两种元素组成的无机物,在常温常压下为无色无味的透明液体。从宽泛意义上说,水,包括天然水(河流、湖泊、大气水、海水、地下水等),人工制水(通过化学反应使氢氧原子结合得到水),属于自然遗产。

从文化内涵来看,《淮南子·天文》:积阴之寒气为水。《书·洪范》:五行一曰水,二曰火,三曰木,四曰金,五曰土。在中国的《辞海》里有关于水的词条,中国文学、历史书籍中,关于水、涉及水的成语、俚语、俗语数不胜数。仁者乐山,智者乐水,水确实构成一种文化现象。

《水经》是一部记述河道水系的著作,记河流水道137条。郦道元的注中增补到1252条,注文相当于原书的20倍。全书40卷,每条水道均穷其源流,并详细记述河流所经山川、城镇、历史古迹、风土人情的种种情况。《水经注》是公元6世纪以前中国最全面系统的综合性地理专著。注文不仅精确,而且文字绚烂优美,描绘山水风景生动传神,有较高的文学价值,映射了生活在江河流域族群以水为中心的知识生产方式、信仰与江河表述。

因此，水是文化遗产，具有文化属性的一种社会现象，即以水为主体，与人相互作用，就形成了水文化。广义的水文化是人们在社会实践中，以水为载体创造的物质、精神财富的总和，是民族文化中以水为载体形成的各种文化现象的统称。狭义的水文化是与水有关的各种社会意识，如与水有关的社会政治、哲学思想、科学教育、文学艺术、理想信念、价值观念、法律法规、道德规范、民风习俗、宗教信仰等意识形态。而在水文化中，表现更多的则是自然现象。河流、海洋、湖泊等各种水体，均是相互联系的自然资源，与不同气候、环境、地域相互作用等，形成自然学。人们欣赏水、利用水、治理水、疏导水等各种水事行为活动和水事精神活动，均涵盖着自然科学的内容。但单纯的水事活动，产生不了水文化，水文化中更涵盖着心理学的内容。自然资源与人的心理相互作用，通过水事活动和水事思维，散发出文化的气息，渗透出社会心理学和个体心理学的内容，这种对水文化表述与信仰密切相关，体现了江河文明。

（二）水与格萨尔信仰的表述

从全球范围讲，水是连接所有生态系统的纽带，自然生态系统既能控制水的流动又能不断促使水的净化和循环。因此水在自然环境中，对于生物和人类的生存来说具有决定性的意义。水在生命演化中起到了重要的作用。人类很早就开始对水产生了认识，东西方古代朴素的物质观中都把水视为一种基本的组成元素，水是中国古代五行之一；西方古代的四元素说中也有水；佛教四大①也有水；水博大精深，既用宽阔温暖的胸膛包容人间万象，又用豪迈奔放的气概荡涤世间污浊。

青藏高原是黄河、长江和澜沧江发源地，是中华文明的源头，黄河、长江、澜沧江之水塑造了其流域多民族的民族精神，造就了一个民族的意象与哲学思想、理性与道德修养、文化与心理积淀。因此，水遗产贯穿中华民族的思想体系和文化传统，生活在江河流域的民族以水为中心的

---

① 四大：古印度称地、水、火、风为"四大"。

生产方式、山水信仰，形成了江河文明的独特表述。从青藏高原三江源头到江河流域，中华民族对水的崇拜，如同将自己融入自然物的存在中去，把自我及其特征性的跃动的心灵置入其中。因此，在神话、史诗、歌舞中大多体现在对山川、江河、湖泊、海洋等自然景观的抒情式的吟咏、赞美与描摹上，而人在这景物中化为神灵。

在文明的早期，人们开始探讨世界各种事物的组成或者分类，水在其中扮演了重要角色。在古代西方、佛教、中国古代的五行学说中，水代表了所有的液体，以及具有流动、润湿、阴柔性质的事物。

在人类的童年时期，对于水兼有养育与毁灭能力、不可捉摸的性情，产生了对水的敬畏和崇拜。人类通过赋予水以神的灵性，祈祷水给人类带来安宁、丰收和幸福。

水在宗教圣事中是净化和过度的象征，在世俗观念中也是新生和复活的象征。

正如哲学家加斯东·巴什拉在《水与梦》中所说：水，是所有民族、所有时代、所有场合崇拜，奉若神明和圣化的水。如果说埃及人崇拜尼罗河，亚述人和迦勒底人崇拜江河，腓尼基人崇拜阿多尼斯河的源头，希腊人则虚构了阿耳忒弥斯源头的女神，佛教则把恒河作为印度的圣河，青藏高原藏民族则把水视为圣水加以膜拜，江河流域的多民族把黄河视为母亲河。这神奇而有生命的水，人们在漫漫岁月中使它负载了与创世和再生的各种神话相关的众多形象。

中国人对于自然山水的信仰，自古有之，中国传统上的龙王就是对水的神格化。凡有水域水源处皆有龙王，龙王庙、堂遍及全国各地。祭龙王祈雨是中国传统的信仰习俗。

中国对于水的信仰，需要我们去做一番辛苦的近代人类学的知识考古学似乎才能梳理得清楚。从江河文明的这个论述主题中来看，江河文明的核心在于自然中的水通过流动、聚集而成的江河、湖泊，乃至于海洋，而人作为一个活的有机体，同样需要依赖于这些自然存在的水而存活，并因此才可以延续自身。自然的水因此就构成了人的有机体生命以及社会生活的基础。因此，世界四大文明古国，它们的文明发展都无一例外地跟河流之水紧密相关，也就不足为奇了。

在年鉴史学家布罗代尔看来，古代世界，在其历史的黎明时期，就在上述这些区域形成了不同区域的"大河文明"，诸如"黄河流域的中国文明，印度河沿岸的前印度文明，幼发拉底河和底格里斯河沿岸的苏美尔、巴比伦和亚述文明，尼罗河沿岸的埃及文明"①。在这一点上，作为文明古国之一的中国，它的文明显然更应该是与黄河、长江及其诸多分支水系的存在之间都有一些相互的关联。

黄河、长江及其诸多分支水系无不与青藏高原这种特殊的地理地缘结构相关联，而且使得许多古老的文化特质得以传承，这一区域内的许多文化事象都呈现出原始的未经雕琢的自然乡土风味和原始宗教气息。

课题组在考察格萨尔口头叙事说唱表演中发现，格萨尔创世和再生的各种神话，与江河、湖水或流域相关联，在格萨尔神话传说中，就有对山水赞词的表述，即人对于自然之水所寄予的情感在文化表达上，与人的社会生活之间有某种直接的联系，呈现了青藏高原族群对于水的崇拜，形成了古代藏民族文明。青藏高原藏民族的知识论取向直接投向人生活的自然存在的江河湖泊，因此，青藏高原江河源头族群对于水崇拜可以说是以人为中心的一门在知识论上进行不懈探索和知识积累的学问。乃至于成就了黄河、长江流域多民族江河文明的表述。

这种词源学意义上的考察，对于理解今天世界的人类学知识的构成是极有意义的，因为我们可以由此而注意到，一种认识论上的转向也开始在发生，即从人对自然、对外在于它的神的世界的依附和敬畏，一下子转变为对这些外部存在物的认识把握以及超越，这有一种由里向外的翻转。由此而有了一套以人为中心的知识生产、生活方式，在此意义上，所有现代意义上的人文学科，它们都无法脱离这种人类中心论思维方式的约束和限定。

在此人类学认识论的基础上，再加上近代以来对人文主义的启蒙关怀，一切外部的山川、河流以及湖泊、森林、海洋之类，所有这些自然的存在，都一下子被转译成了支撑人去生活的某种生态学加经济学意义

---

① ［法］布罗代尔：《文明史纲》，肖超等译，广西师范大学出版社2003年版，第30页。

上的自然资源，它们似乎天然地就是为人而服务的，并自然地存在在那里的，跟人之间没有什么根本的联系，而人在这个世界上的作为，其最高的理想就是对这些自然物的征服，并开发出来一门对自然进行管理的学问，即"自然资源管理"①。由此，一种人类学的描述就成了一方面是要像科学家那样去做细致观察，并将自然发生的各类现象加以细致的描记和分类；另一方面却又把审视的眼光直接聚焦在人的活动之上，由此而衍生出各种分支性的对人的生活的某一方面的科学描述与分析。

二 生态环境与格萨尔文化传统

生态环境是涵养传统文化生存与传承的土壤和空间，是传统文化赖以生存的社会、人文生态环境，藏族《格萨尔》史诗诞生于我国青藏高原，主要分布于西藏、青海、甘肃和四川等藏民族地区。生活在这里的藏族族群用自己的母语世代传唱着格萨尔的故事，这是他们生活中重要的组成部分，史诗说唱者以会讲述格萨尔故事为荣，他们把会说格萨尔故事的艺人视为神人，是有至高德行的文化人；把表演看成一种特殊的、艺术的交流方式，认为是神授予仲肯的讲述才智和表演才能的。仲肯的口头表演，是通过展演荣誉来展示交流能力——特殊技巧和效果成为表演者具体行动。仲肯在讲述中充当着重要的角色，因此，他们朝着被艺术性地叙述和赞颂的目标前进，艺术性地展示自己的行为。同时，他们帮助人们追忆往昔的光荣和荣耀，强化历史的自豪感，起到凝聚族群历史记忆的作用。毫无疑问，格萨尔便是青藏高原特定地缘族群集体认知价值的审美体现。事实上，这部卷帙浩繁的《格萨尔》史诗，以极其丰富的想象力和极富浪漫气息的手法，描绘了格萨尔王一生的赫赫战功，迄今已经有愈千年的历史。在如此漫长的历史发展过程中，《格萨尔》史诗植根于青藏高原独特的自然环境与多元的人文环境，与《格萨尔》史诗艺人口头表演相生相伴，从远古的神话和宗教中走来，一路吸收其他

---

① 赵旭东：《乡村成为问题与成为问题的中国乡村研究》，中国社会科学出版社2008年版，第3页。

民族文化艺术的丰富养料，承载了大量的历史和民族文化信息，起着推动情节发展，完善人物形象塑造，引起民众共鸣的作用。

（一）独特的自然生态环境

独特的自然环境造就了格萨尔说唱表演传统，神灵崇拜是《格萨尔》史诗诞生的直接因素。青藏高原是全球海拔最高、多山多水的独特地域。从地理位置来看，青藏高原地域辽阔，西起帕米尔高原，东及横断山，北接昆仑山、阿尔金山和祁连山，南抵喜马拉雅山，大部在中国西南部，包括西藏自治区和青海省的全部、四川省西部、新疆维吾尔自治区南部，以及甘肃、云南的一部分。在我国境内，青藏高原的面积为240万平方千米，约占中国陆地总面积的1/4，同时，青藏高原也是亚洲许多河流的发源地，拥有丰富的动植物区系、独特的生态格局和独有的生态适应力。青海省地处青藏高原腹地，青海南部的果洛、玉树便是格萨尔诞生的地方，这里面积大，人口少，海拔高，高山多，湖泊多，动植物等资源极为丰富，但是这里的自然、文化生态极为脆弱。因此，造就了格萨尔神奇而美丽的传说，赋予了格萨尔说唱艺术之神韵。

1. 多山，形成了格萨尔神灵崇拜的核心内容

青藏高原高山峻岭，山峦连绵。青海境内著名的昆仑山脉穿过腹地、衍生出通往青海玉树、青海南部果洛的巴颜喀拉山和唐古拉山脉。藏区四大神山之一的阿尼玛卿雪山壮丽巍峨，是开天辟地九大造化神之一，专司安多地区的山河浮沉和沧桑之变，是藏族人民的守护神，也是众多虔信的藏传佛教信徒的心灵归宿，格萨尔被藏民族视为山神、战神的化身。在果洛境内的年保玉则神山，素有"天神的花园"之美誉。千百年来，生活在果洛的藏族人民自豪地认定自己就是格萨尔王的后裔和子民，世世代代传唱着英雄格萨尔王的不朽业绩。

2. 多水，孕育了格萨尔史诗艺术的表述形式

青藏高原素有中华水塔之称，其中江源格拉丹东雪山群，使得湖泊、沼泽、水系呈扇状分布，黄河、长江、澜沧江从这里发源，大部分为外流区，三江流域面积之和占全州面积的95%左右，在本区西部可可西里地区发育有以湖泊为基准面的内陆水系。黄河的藏语名称叫作"玛

曲"。"玛"是藏语"玛沙"一词的简称，意思为孔雀；"曲"为河流的意思，故玛曲意为孔雀河。黄河源头，发源于曲麻莱县麻多乡西南面的巴颜喀拉山麓约古宗列盆地约古宗列山北麓的千眼泉水，像孔雀开屏一样布满草原，闪烁于蓝天与绿草之间，汇成一股河流向东流淌与卡日趋交汇后继续向东南方向流淌，流经星宿海后称为玛曲，玛曲全长 95 千米，向东南流入果洛藏族自治州境内的扎陵湖。这里便有了格萨尔寄魂湖的传说。

  雪域高原，广袤无垠，万里山川，雄浑神奇。生活在这里的藏民族顽强勇敢、古朴善良。特殊的自然地理和人文环境造就了他们坦然、安定、自信的民族性格和轻物质、重精神的人生价值观。格萨尔口头叙事说唱表演传统在这里艺术地生成，是与族群生活环境密不可分的。基于此形成了一个民族的文化传统与民族精神，其艺术传统又与民族的生活习惯、风土人情、文化传统、心理积淀以及历史变迁等特点密切相连，起决定因素的是地理环境的差异性。因此，位于青藏高原腹地青海省南部，青、甘、川三省交界地带的果洛藏族自治州是安多、康巴文化的交汇点，是古丝绸南路和唐蕃古道的重要路段，这里被誉为"英雄格萨尔的故乡"。在格萨尔诗篇中的"格萨尔的放逐地麦玛玉隆森多、赛马称王地阿玉迪，格萨尔的寄魂山、王妃珠姆的嘎嘉洛部落"等都在果洛、玉树境内，格萨尔与王妃珠姆的婚俗在玉树藏族自治州治多县延续、格萨尔赛马称王至今传演不息。尽管他们的物质生产力水平十分有限，但他们的精神生活却极为丰富，创造出了令世人惊叹的藏民族传统文化，《格萨尔》史诗说唱与戏剧便是其中一朵光彩照人的奇葩。

（二）神灵崇拜与格萨尔

  青藏高原这种特殊的地理地缘结构使得许多古老的文化特质得以传承，这一区域内的许多文化事象都呈现出原始的未经雕琢的自然乡土风味和原始宗教气息。同时，青藏高原地处以藏文化为主要代表的少数民族文化和中原汉文化的多文化交汇带，这也使得生于斯长于斯的格萨尔文化呈现出多元文化交相辉映的特点。如宗教信仰、社会制度和藏民族生活方式及其艺术行为，与《格萨尔》口头叙事表演产生和发展的内在联系和基本的历史紧密相连。威尔·杜兰博士也曾经强调："文明不是由伟大的种族所创造，而是由伟大的文明创造民族。地理环境与经济条件创造某一文化，而文化又创造了某种典型。"①在这里，我们依据降边嘉措先生研究《格萨尔》史诗的分期，把藏族文化发展的历史大体划分为自然崇拜、苯教文化和佛教文化三个阶段②，这些文化为格萨尔口头叙事说唱表演传统的形成奠定了基础。

1. 自然崇拜与生存空间

青藏高原多山多水，高山峻岭、广袤无垠的草原，高耸入云的雪山，还有高寒缺氧的生态环境和瞬息万变的恶劣气候。这就是藏族先民的生存空间，他们无法理解也无法解释如此复杂的客观环境和自然现象，也无法科学回答许许多多时时困扰他们的问题，于是就产生了各种幻觉、幻想、假设和想象，创造出了一个又一个主宰世间万象的超自然神灵。对这些超自然神灵的信仰、依赖、恐惧或憎恶、厌弃，逐渐演变成了对自然的崇拜。他们赋予自然万物以神的品格，然后又心甘情愿地匍匐在这些自然神的脚下，对它们顶礼膜拜。在这一漫长的历史过程中，他们把自然神灵化，把神灵人格化。

在藏族先民那里，自然界与人类的关系是完全对立的，自然界有无限的威力，不可制服。在这种万物皆有灵的思维方式支配之下，藏族先民对青藏高原的每一座大山、每一条河流和每一个湖泊都充满敬畏之情，创造了一个又一个美丽的神话传说，并因之形成了对神山圣湖的崇拜。这是藏族先民自然崇拜的一个重要内容。

在安多藏区，藏民族崇拜阿尼玛卿（ཨ་མྱེས་རྨ་ཆེན།）雪山，阿尼玛卿在全藏区都具有神圣的地位，是雪域高原上的一座著名神山。阿尼，藏语意为"先祖先翁"，玛卿，意为"黄河源头最大的山"。所以阿尼玛卿的整个含义就是"黄河流经的大雪山爷爷"③。由于阿尼玛卿雪山的独特地位，被藏族人民视为开天辟地的九大造化神之一，也是二十座神圣雪山之一，

---

① ［美］威尔·杜兰:《世界文明史》第1卷（上册），东方出版社1999年版，第3、4、5页。
② 降边嘉措:《格萨尔论》，内蒙古大学出版社1999年版，第5页。
③ 马盛德、曹娅丽:《人神共舞：青海宗教祭祀舞蹈田野考察与研究》，文化艺术出版社2005年版，第267页。

专掌安多（ᨠᨍ）地区的山河浮沉和沧桑之变。因而，藏民族赋予了格萨尔神性。

"阿尼玛卿雪山以其雄伟壮观，气势磅礴的雄姿，千百年来关于它的神奇故事和传说征服了无数善男信女。它和西藏的冈仁波钦、云南的梅里雪山、玉树的尕朵觉沃并称藏传佛教四大神山；每年都有大批信徒到这里祭山、转山。虔诚的信徒更是不远万里叩着长头，持续数月，乃至更长时间朝拜神山。他们对阿尼玛卿山神的法力深信不疑，遇到灾难，总要呼唤阿尼玛卿，盼望法力无边的山神给予救助。"①

"在青海藏区，到处可以看到阿尼玛卿山神的画像，画面所绘有一位白盔、白甲、白袍，胯下白马、手执银枪的英俊战神，有些像《三国演义》中赵子龙的形象。阿尼玛卿山神武艺超群，万众景仰；拥有无穷的智慧，慈善的心肠，他震慑了人间群魔，保护着千千万万黎民百姓，永保四方安宁。阿尼玛卿雪山在藏族民间传说中还是英雄格萨尔王的寄魂之山。有一则民间传说描叙格萨尔王的母亲夜里梦见了黄衣天神，并与天神相亲相爱，梦后生下了格萨尔王；黄衣天神就是阿尼玛卿山，因而阿尼玛卿山成了格萨尔王的战神、保护神，为格萨尔王渡危解难，尽心尽力。格萨尔王是岭国的国王，岭国即阿尼玛卿山和巴颜喀拉山之间的雪域，格萨尔王东征西讨，降魔平叛，统一了雪域。这位格萨尔王创下了赫赫声名，千百年后人们仍然传唱着他的丰功伟绩。阿尼玛卿山威风凛凛，人们祭祀山神，顶礼膜拜千年不绝。阿尼玛卿山在藏族传统文化中具有举足轻重的地位。而且，对于河源地区的藏族同胞来说，在对阿尼玛卿雪山的崇拜中蕴含了对黄河的崇拜，对黄河的崇拜中又蕴含了对雪山的崇拜。"②

果洛地区广为流传的阿尼玛卿雪山神话，被藏族群众加以人格化，视为"格萨尔战神"。当地的一首藏族民歌唱道："上面能见的那座山，它是拉萨的香茅山，佛法在梅里兴起发展；对面能见的那座山，它是牧

---

① 马盛德、曹娅丽：《人神共舞：青海宗教祭祀舞蹈田野考察与研究》，文化艺术出版社2005年版，第267页。

② 同上。

区的玛卿山，心愿在那里如意实现；下面能见的那座山，它是尊崇的五台山，骏马在那里驰骋争先。"佳节时分，人们更是拿出柏香、炒面、酥油对山神煨桑祭祀，"山巅洁白的巍巍雪山/水晶天成的巨大宫殿/山间碧水绿玉绕山泉/山麓百花药草呈眼前/无数潺潺流水挂峭岩/三百六十座雪峰绕神山"。祭词中先对阿尼玛卿雪山做了许多神话化的描述，接着还希冀这位"相貌堂堂白玉晶莹身/右手握有如意珍珠宝/左手执着百颗晶珠链/向着万物降下甘露雨霖"的山神能给芸芸众生带来福祉，消尽一切天灾人祸，满足人们的各种心愿①。

格学泰斗降边嘉措评价说："果洛是《格萨尔》流传最广泛的地区之一，那里的山山水水都与史诗《格萨尔》有着密切的联系。"② 果洛地区，有关格萨尔的风物遗迹传说非常的丰富，这些传说和遗迹分散在果洛境内，它们既独立而零散，又是对历史面貌的真实反映。当我们对照《格萨尔》史诗的部本时发现，它们之间相互关联而又有规律可循：格萨尔母亲梦中与化为黄人的神山阿尼玛卿结合，而受孕生下格萨尔，阿尼玛卿雪山成为格萨尔王的寄魂山，成为岭国的神山；从黄河上游达日县格萨尔的第一块领地玉龙森多出发，在黄河源头的玛多县，格萨尔赛马而一跃成为英雄格萨尔王，成为岭国的王；在英雄格萨尔王的诞生地——玛多，他迎娶了居住在玛多县扎陵湖湖畔被誉为天下第一美女，嘉洛的女儿珠姆。从此，沿玛域（黄河上游），围绕着阿尼玛卿雪山，在上玛域十三岳和下玛域九圣峰为标志的岭国土地上，史诗《英雄格萨尔王》的故事开始传唱。

据考察，果洛地区，一般在藏历大年三十、正月十五和十日大法会等重要节日仪式期间，都会有相关的宗教活动和与祭山神相伴的娱乐活动。如藏历六月四日，即世界公桑日，以祭奉阿尼玛卿雪山、年宝玉则、玛域上部十三岳、玛域下部九圣山而举行重要仪式活动。其间，各寺院就近念经祈愿，统一煨桑，还会举行《格萨尔》剧表演，以悦神山；各地区则以

---

① 马盛德、曹娅丽：《人神共舞：青海宗教祭祀舞蹈田野考察与研究》，文化艺术出版社2005年版，第267页。

② 降边嘉措：《格萨尔论》，内蒙古大学出版社1999年版，第5页。

部落为单位，组织所有男子前往本部落的寄魂山脚下举行煨桑、续添敖包、更换经幡。之后的 3 至 7 天，则会举行以赛马为主的竞赛娱乐活动。

由此而知，在藏族先民的观念中，神话传说、神山圣湖和主宰世界、主宰人类命运的超自然神灵是紧密相连的。藏族人民本身就生活在神山圣湖的世界之中，在他们眼里，世间万物皆有灵性，归纳起来，大致可分为自然神龙、年、赞系统，生活神土、家、灶系统，人体神阳、战、魂系统，图腾崇拜的氏族、家族、个人、综合系统，等等。它们同人民群众的宗教信仰、生产劳动、风俗习惯、日常生活密切相关。这些自然神灵数量之众，流布之广，在世界范围内也极为罕见。从藏族先民对神山圣湖的崇拜中，完全可以清楚地管窥到藏族先民的自然崇拜是那么的浓烈。

2. 万物有灵与山水崇拜

万物有灵，即泛灵论，又名万物有灵论，为发源并盛行于 17 世纪的哲学思想，后来其被广泛扩充解释为泛神论，逐渐演变为宗教信仰种类之一。泛灵论认为天下万物皆有灵魂或自然精神，并在控制间影响其他自然现象。万物有灵，是人类先民的普遍信仰。先民认为，不仅人有灵魂，日月山河、树木花鸟等无不具有灵魂。灵魂有独立性，人死后会离人而去，寄存于海洋、山谷、动物、植物或他人身上。而且，人的灵魂与宇宙万物的灵魂是相通的，可以相互转化，这就是万物有灵。

（1）山神崇拜

在藏族先民的原始崇拜中，相信万物有灵。其中，对山神的崇拜是特别突出的，甚至可以说是藏族原始崇拜的基础。青藏高原的崇山峻岭绵延不断，每一处险峻的山峦，藏族人民都认为有神祇和精灵存在。藏族的山神大致可分为两类："一类是坐落在气候温和、人口稠密、物产丰富的河谷地区或水草丰美的牧场附近的神山之上的'善神'，滋润良田牧场，是藏族人民的保护神，时常受到藏族人民的供奉膜拜；另一类是坐落在人迹罕至的蛮荒之地、陡峭险峻、气候恶劣的雪山之上的'恶神'（后来也被称为'战神'），带来冰雪灾害，具有无比的威力，出于畏惧，人们也会向它们膜拜祈祷。"[①]

---

① 降边嘉措：《格萨尔论》，内蒙古大学出版社 1999 年版，第 69—70 页。

如史诗《霍岭大战》（上部）中，把岭国疆域、山水特征描述为上玛域十三岳和下玛域九圣山。上玛域十三岳，在地处黄河源头的玛多县境内一一可数，尤其是当地人对十三岳的名称叫法更是与史诗中惊人的一致；下玛域九圣山除两座圣山外，均分布在黄河下游的甘德县和久治县境内。与上玛域十三岳一样，当地人对圣山的名称也同史诗一致。

山神享有很大的权力，它们主宰着风雨雷电，包括狩猎和采集的丰歉。不过这种权力的赋予，是随着社会的发展而逐渐扩大的。在原始宗教形成时期，高原上的雪暴之灾，藏族先民认为是山神在云层中吐毒水而形成的；狩猎和采集的丰歉，都是山神的惩罚或赐予。直到今天，藏族某些禁忌仍与山神的喜怒有关。到了吐蕃王朝止贡赞普时代，从象雄传来已初具教义的苯教，便把藏族先民原始崇拜中的山神吸收为自己的神祇，所不同的是苯教赋予山神更大的权力，名称也与苯教的"年神"合二为一并被取代。这时的年神，还主宰着天时地利的顺逆、生物的兴衰繁减、人们的安危生死，甚至瘟疫的传播和消除也划归在它的职权范围之内。

年神（གཉན་）也是山神，意为凶恶、残暴和灾难，与死亡相连。年神占据空中光明处，但其神通显示在人间的四面八方，到处引起瘟疫之灾。它是一种在山岭沟谷中游荡，在石缝、林莽中安家的凶残精灵，多附身于人世间的各种死物，比附身于活物的龙神给人带来的灾难还要大，而且很容易被触犯。著名的年神很多，有四大山神、四大年神、世界形成之九大年神、西藏土著十三年神、古代一组二十一凯年山神等，仅仅依佛教徒撰写的《神烟》一书的记载，就有32个地方的85个掌管河流、湖泊、山丘的地神，以及更多的是作为山脉的人形化身的山神。

在广大藏区，每一个山峰路口（或叫山口），都有以石头堆垒起来的"拉卜泽"；就是在广大城镇和村庄，也随时可以看见许多用石头堆垒而成的嘛呢堆；在藏人居住的屋顶或大门的门楣上，都放着当作神灵的白石头；藏人都把这些石头当成"山神"的象征来崇拜和供奉。

（2）圣湖崇拜

对水的崇拜，也是藏族原始自然崇拜的主要内容之一。青藏高原不仅以多山著名，而且高山湖泊星罗棋布，多姿多彩。仅藏北的羌塘就有

图 2　山神崇拜祭祀活动　　（邸莎若拉拍摄）

上千个大小湖泊，其中，纳木错、色林措、错那湖、扎陵湖、鄂陵湖等是十分著名的湖泊。同时，青藏高原也是千江万水之源，比如马泉河和雅鲁藏布江（孟加拉国的布拉马普特拉河的上源）、孔雀河（印度恒河的上源）、象泉河和金沙江（长江的上源）、怒江、黄河、澜沧江等源头都在这里，这些东亚和南亚的大江大河，无不发源于青藏高原。这些江河湖泊都与人们的生产和生活有着十分密切的关系，因此，藏族先民对水的崇拜十分虔诚，有着独特的心理取向，即将水与"天神"①或"地母"②结缘。

比如格萨尔史诗中就有寄魂湖，即指扎陵湖、鄂陵湖、卓陵湖。据史诗记载，珠姆的父亲嘉洛与其父亲的兄弟鄂洛和卓洛分别居住在今玛多县境内的扎陵湖、鄂陵湖和卓陵湖湖畔。三兄弟分别奉扎陵湖、鄂陵湖和卓陵湖为自己的寄魂湖。珠姆、尼琼和拉泽也分别随父奉三湖为寄魂湖。

对水的崇拜，就跟对山的崇拜一样，自苯教传入吐蕃后，这些圣湖

---

① 如纳木湖是帝释天的女儿驻锡地，又是地母之一，或"龙神"，如羊卓雍湖是龙女的驻锡地。

② 如青海湖是赤雪九姐妹地母驻锡地。

神河就有了具体的水神形象，即《黑白花十万龙经》中的"龙神"，不过这种"龙神"，并不像汉族传说中的那种似长蛇形，有鳞、有四只带爪的脚、有胡须、有角的能飞行和吞云吐雾的想象中的动物。藏族的这种龙神，没有明确的具体形象，有时甚至还把鱼、蛙、蛇、蝎等都包括进"龙神"一类，也把这些水族动物的形象作为龙神的象征。这时的龙神，不仅掌握着藏区的降雨大权，而且还管理着避免水灾、防止疾病、饥荒、人们受伤、产生嫉妒之心等几乎无所不包的人间杂事。苯教经典中就明确记载有"龙神是人世间四百二十四种病恶之源，诸如癫子、麻风、水疱疱、疱疮、水痘、天花、瘟疫、伤寒、跛子、梅毒等都因触犯了龙神而生。后来，佛教传入以后，这些按苯教意愿被崇拜供奉的龙神，终于也因'兴风作浪，危害人畜'而被莲花生——收服，成为佛教的护法神祇。直到今天，虽然'神湖''圣水'仍然存在，人们在其中沐浴仍可以消灾纳福，这仅能说明是藏族先民对'水崇拜'的习俗残余罢了，而且解释也有了不同，神湖中的水已由天神演变成为'佛'所赐予的甘露了"。①

  藏族先民以神山圣湖的信奉和膜拜为代表的自然崇拜是产生《格萨尔》口头叙事表演传统的肥沃土壤，为《格萨尔》口头叙事表演传统的形成提供了丰富的素材，而《格萨尔》口头叙事表演传统的产生和发展，又使藏族先民的自然崇拜观念更加具体化、系统化，也更容易广泛传播。

  笔者曾于2000年对祭祀青海湖民俗活动做过深入观察与描述②：

> 祭海之日表演假面舞蹈以求祛作祟迎新、消灾祈福、祈求海神保佑，是祭海民俗活动中新设的内容之一。"祭海"与"跳神"祭祀礼仪可以说是藏蒙民族崇拜湖海的一种具体表现。藏族先民在漫长的生息繁衍中曾与大自然形成密切联系，他们对一些特殊的自然现象困惑不解，认为这些自然现象都是相应的鬼神作祟的结果。正如对青海湖的传说那样，相传此地原有一泉，有龙王之供其旁藏民万家汲饮。居民汲水后，以石掩之，则不更溢。有活女鬼夜汲，不掩

---

① 周锡银、望潮：《藏族原始宗教》，四川人民出版社1999年版，第67页。
② 曹娅丽：《青海湖"祭海"、"跳神"礼仪》，《青海社会科学研究》2002年第2期。

其石，以挑怒龙王。泉涌泛滥，淹没万家。已成大海，而水溢不止，势且淹没南瞻部洲。面对这种主观想象出来的超自然力，藏族先民或者制伏它，或者屈服于它，或者取悦它。当时社会生产力极其低下，人们只有想尽办法求得这种超自然力的和解与宠幸，并企望获得超自然的威力，以抵御和消除自然灾害。于是，藏族先民在万物有灵论的思想支配下，巫术便应运而生。人们为了取悦超自然力，就采用了涂面或戴面具跳神驱鬼逐魔的仪式。献祭时，可扮成神圣的动物或植物。所以仪式上除进行念诵祷文外，还要为娱神而进行舞蹈和歌唱活动。可以说在祭海中使用的跳神面具舞是鬼神再现和被逐的象征，它将人性和神性集于一身。人扮成鬼神来表演，体现了人的主动性，神的信息随之而来。这就是蒙藏民族祭祀湖海的一种强大的冲动。

每当农历四月、七月，青海环湖寺院的僧侣们便穿起锦绣长袍，戴上华丽的面具在鼓乐声和诵经声中威严起舞。据考察了解到，在祭海之日走出寺院进行环湖跳神表演的寺院很多，有海南州吉栋寺、左那寺、罗汉堂密宗寺和萨佑寺。仅萨佑寺祭海跳神就有"赛日精姆"（གསེར་ཆེན་མ།）、"佑斗候"（ཡི་དགས།）、"桑德"（གསང་བདག，开道先锋之意）、"优拉"（ཡུལ་ལྷ།）、"章松四面兽"（དང་སྲོང་བཞི་བསེ།）、"吉祥鹿舞"六个跳神面具舞。宁玛派跳神（羌姆）一般以赞颂莲花生为主旨，上师莲花生成为宁玛派各寺院赞颂的最重要的跳神角色。藏传佛教的假面仪式可以说是围绕着出场的角色而展开的。因角色的表演而获得生命力。

通过考察青海湖祭海礼仪活动中的跳神仪典不难看出，其中融入了许多原始崇拜的成分，诸如崇拜图腾、鬼神和祖灵祭祀。从哲学的层面上说，这里有主观唯心论因素，也有唯物论因素。值得注意的是，驱邪逐魔的仪式在融入各种民俗活动中之后，呈现出多姿多彩的局面。这种局面，似乎可以更加表明藏族原始崇拜的特点：其一祭祀礼仪中的原始崇拜是人们幻想的产物，恰恰也是偶像本身的一种崇拜；其二原始仪式中的跳神面具舞混杂着原始宗教性的戏剧开始萌芽。因为，当祭祀仪式中的人戴着面具扮演时，他们已变成活动的偶像，附体的神灵、神界的代言人。他们不仅有神面，而且有神的话语、神的动作，而固定不变的单纯面具（偶像）更具感染力，亦更便于与人界沟通。

青海湖祭海仪式，一方面保留从莲花生家乡密宗神系带入的本尊神比较多，如大威德金刚等；另一方面纳入本地神较多，他们结合当地的本土文化发展形成了自成体系的羌姆仪轨，除本尊神外还把许多历史人物神、民间传说神以及各地区的地方保护神融入自己神坛里，不断壮大自己的神灵谱系，显示出自己的神威。如共和县吉栋寺、佐那寺、罗汉堂寺中特有的护法神玛卿伯姆热（后在西藏噶丹寺），这位原在青海湖边的山神，也被人们称为土地之神、战神之王和岩赞。青海湖边的藏人和蒙古人中还尊崇成吉思汗大神，即阳神，他居于青海湖边一座红土山的山峰，被称为大战神。还有格萨尔王被称为大战神，在吉栋寺等宁玛派跳神中有"格萨尔"神舞；还有在宁玛派寺院跳神中保存的被莲花生教长的教谕和教敕收服的玛、萨、丹三个地方神舞蹈，并融入青海湖地区寺院的神舞中。实际上一些神舞既是原始部落时期认为万物有灵、对天地山水包括人体本身都行崇拜的巫文化的反映。

值得指出的是，藏族原始崇拜与青海湖祭海仪式及跳神仪典，完成了由原始想象到原始艺术再现的过程。他们是原始思维的产物，更是藏族文化传统与宗教信仰相结合的产物。

时至今日，在藏民族日常生活中，还可见原始崇拜、自然崇拜意识在民族文化传统中的深刻的渗透性和固有性，即长期保存着万物有灵、对诸神进行崇拜的早期宗教仪式。总而言之，在祭海活动中融入原始崇拜的成分，试图用这些想象去阐释巫术仪式，使之进一步理想化，从而仪式就逐渐从满足实际需要的巫术仪式转化为满足抽象需要的宗教仪式，使"祭海"活动更具有重鬼右巫、祭祀海神的特征。因此，藏族跳神面具舞蹈不但在寺院祭祀场地作舞，而且走出寺院环湖跳神。其宗旨是将青海湖地区的主神会盟到这里，举行祭海仪式。这样，既是藏民族崇拜山川湖海的体现，又是原始崇拜中产生原始艺术的体现。

三 苯教文化与格萨尔说唱

（一）苯教与格萨尔说唱

吐蕃王朝以前，藏族社会产生了最早的原始宗教——苯教（བོན་ཆོས།）。苯教是在藏族本土文化的基础上发展起来的一种原始宗教，是提倡自然崇拜的多神教，也是藏族社会第一个有理论、有教义、有仪轨、自成体系的人为宗教①。据藏文史料记载，苯教最初是在今天的阿里南部，古代称作象雄的地区发展起来的，后来沿着雅鲁藏布江自西向东广泛地传播到整个藏族地区②。

"传说苯教的创始人是象雄十八部落王的王子敦巴·辛饶。敦巴·辛饶20岁时，由巧巴迎去'博'③地方，做利益工布王之事业……由结瓦之幻术变现出苯教大山。"④战胜工布王之后，娶其公主为妻，作为立足基地，而后向四面八方征战，扩展势力，苯教于是传遍整个藏区。换言之，苯教文化在藏区的传播过程也就是象雄文化在藏区的流布过程。但"苯"的原意，苯教最原初的形貌，至今已不能确考，学术界至今也尚无定论。藏族著名学者降边嘉措先生认为："苯（bon）在藏语的原意是'物体'，指'无生命的东西'，如石、土、草、木等无生命的物体。推而广之，山、河、湖泊、森林、草原等，也可称之为'苯'。苯教源于藏族先民的自然崇拜，其理论核心是万物有灵观念。"⑤据此，苯教其实就是在自然崇拜基础上形成的以崇拜自然物为主要内容的宗教。

"苯教"一词的"苯"字是一个古藏文字，和象雄文中"给尔"（Gyer）字同义，都有"唱""诵"等含义。⑥由此可见，"苯教"中的

---

① 降边嘉措：《格萨尔论》，内蒙古大学出版社1999年版，第76—77页。
② 周炜：《西藏文化的个性——关于藏族文学艺术的再思考》，中国藏学出版社1997年版，第113页。
③ 引者注："博"即"蕃"，指西藏。
④ 降边嘉措：《格萨尔论》，内蒙古大学出版社1999年版，第77页。
⑤ 同上。
⑥ ［意］南卡洛布：《藏族远古史》（藏文），四川人民出版社1990年版，第28页。

"苯"已将宗教和艺术紧密连接起来,二者交织在一起,"苯"是既说又唱的一种说唱音乐形式,用这种形式体现苯教世界和相关的生命命题。"苯"本身就成为在念诵咒语时、在祈祷、呼唤神祇时伴随的神秘曲调。而说唱艺人在诵唱《格萨尔》史诗时,其中每一位出场的人物都有唱段,如同说话表白一样的随意,似乎分不清说唱艺人与苯教徒的本质差别,或许他们本来就是二位一体,传承着远古时期到吐蕃王国建立之前藏族传统的音乐和信仰。正如石泰安所说:"一般人们仅仅提到苯教徒,因为大家对他们的了解要超过其他专门家。说唱故事的艺人和歌唱家们应该具有某种宗教特点,他们的职责与苯教徒很相似。然而,故事说唱艺人们也是一些故事表演者;而歌唱家们则歌唱一些系谱故事。二者可能代表了一种所谓'人间宗教'。"①

《西藏通史》中记载:约在公元1世纪吐蕃王朝第六位国王止贡赞普之前的各代国王们,由于对苯教高僧们十分敬重,苯教法师已取得与国王相等的特权,以至"未有辛言词,国王不降旨,大臣不议事;未取辛歌舞,王臣不受歌舞"②。

苯教崇尚"万物有灵",以灵魂不灭作为思想基础,以上祭天神("拉")、下龙界("鲁")、中兴人宅、玛桑的众生与赞神("赞")为教义准则,形成了自己的一整套宗教仪轨,其中"玛桑"就是苯教人类的祖源,在苯教对天、地、自然、祖先崇拜的原始信仰中加入了诵唱的音乐元素,这些都成为他们信仰的精神内核。今天在苯教的发祥地阿里地区仍然留有祭神的民歌遗存,即是一种宗教祭歌仪式形态:

《祭神歌》

啊啦!这有歌来祭天神,
啦!祭天神!
一来祭祀橙黄色的神马,

---

① [法]石泰安:《西藏的文明》,耿昇译,中国藏学出版社1991年版,第27页。
② 恰白·次旦平措等:《西藏通史》,陈庆英等译,西藏社会科学院等单位联合出版1996年版,第28页。

二来祭祀祈祷寿命和招福的彩箭，
三来祭祀溢满供品的银碗，
这三种歌来祭祀天神。

《祭"赞"歌》

啊啦！这有歌来祭祀"赞"神，
祭中界的"赞"神！
一来祭祀红色的"赞"马，
二来祭祀红色的布箭，
三来祭祀溢满供品的银碗，
这三种歌来祭祀"赞"神。

《祭龙王歌》

啊啦！这有歌来祭祀龙王，
祭祀下界的龙王！
一来祭祀蓝色的龙马，
二来祭祀蓝色的布箭，
三来祭祀溢满供品的银碗，
这三种歌来祭祀龙神。[①]

在《格萨尔》史诗中，赞颂这三种神灵的唱段比比皆是，如：《姜岭大战》中上姜统领官齐美甲多纳俄波来挑战，丹玛前去迎战时甲多的唱词："谨向上空白魔作祈祷，谨向半空花魔作祈祷，谨向大地黑魔作祈祷，谨请三尊魔神作后盾"，以此看出甲多崇拜的苯教"拉""鲁""念"神；岭国英雄巴拉·米姜的唱腔中对战神的崇拜："在战神的花花城堡中，住着白螺铠甲的战神。今日我向战神作祈祷，请作巴拉我的好后盾。"在史诗中含有大量的苯教仪轨，以此传递出原始宗教苯教在史诗说唱中的意向，同时也展现了原始宗教与说唱艺术之间的情感意义。

---

① 此三首祭歌引自更堆培杰《西藏宗教音乐》，民族出版社2009年版，第77页。

(二)"仲"与"德乌"苯教遗存

据《国王遗教》记载:"在聂赤赞普统治时代,也就是圣教(佛教)和吉祥符号的苯教(苯教中的雍中)出现的时候,在君主聂赤赞普生活时就出现了神仙宗教(指苯教)说唱故事和谜语故事",这里所指的"说唱故事"就是"仲",而"谜语故事"就是"德乌"。① 五世达赖喇嘛的编年史《西藏王臣记》也记录了同样的历史:"该王国被三类专家所统治:说唱艺人、讲谜语的人和苯教徒。"② 这种说唱形式,在纪元前的藏族原始苯教时期已经形成,并广为流传。③

在史诗《格萨尔》中有很多篇幅是关于"马赞""箭赞""帽子赞""山赞"等的歌吟对唱,这些赞词源自"德乌"这种猜谜卜筮的游戏问答形式。《格萨尔王传·察瓦箭宗》中有段描写马的赞词:"奔巴·贾察有威名,坐骑名曰'白旋风'。羌塘草原将它生,这样的马有一匹就算行,做娘的要是生孩子,这样的孩子有一个就算行。"史诗中格萨尔的王妃珠姆善于酿酒,一首"酒赞"把酿酒的制作过程说得周周详详;她精于养马,一曲"马赞"将马的优劣分析得头头是道。"赞"的艺术形式被广泛吸收运用在《格萨尔》中,构成史诗唱词的一大特色。可以认为,"仲"与"德乌"为《格萨尔》说唱的艺术形式奠定了基础,并且成为史诗中最为重要的艺术表现形式,直至今天这些特征依然存在,无疑,是苯教遗存。

此外,苯教崇奉天地万物,信奉东西南北中五界神、地方神、守舍神、赞神、念神、龙神等,几乎囊括了自然崇拜中所有的精灵鬼怪。如家神,附在厨房灶旁的墙缝、柱头或椽子之间;赞神是一种附于大地的天神,有像猪头形象的多吉帕母、马头形象的多吉达珍等;念(同"年")神居于空中光明处,神通显示于人间的四面八方,念青唐拉就是早期苯教的大念神。廓诺·迅鲁伯著《青史》里,就记有在赤松德赞王

---

① 索次:《藏族说唱艺术》,西藏人民出版社2006年版,第26页。
② 五世达赖喇嘛:《西藏王臣记》(藏文),民族出版社2002年版,第8页。
③ 嘉雍群培:《藏族文化艺术》,中央民族大学出版社2007年版,第59页。

刚开始请印度规范师寂护来藏传播佛教时，大念神念青唐拉发怒降雷于拉萨的红山顶，雅拉香布山神用大水淹没了雅隆旁塘宫，接着十二丹玛地神又放出瘟疫，造成人畜大量死亡。

苯教的传播过程，是藏民族逐渐形成和发展的过程，也是青藏高原的各个氏族、各个部落逐渐融合、发展成统一的民族共同体——藏族族群的过程。"苯教文化在藏族先民中留下的文化心理积淀，不仅是后来佛教被改造成藏传佛教的原因，也是藏族文化在世界文化中富有个性色彩的原因。"① 苯教文化传播的过程充满着各种各样错综复杂的矛盾，剧烈的动荡、尖锐的斗争、血腥的战争接连不断，这都为"格萨尔"口头叙事说唱表演提供了丰富的题材。

《格萨尔》史诗中有许多关于神山、圣湖和战神的描述，还有不少对神山、圣湖的颂词以及呼唤战神的祈祷文，这些都是苯教文化的遗迹。《赛马称王篇》中的"马赞"颂词，都可以从藏族人民千百年来信奉的苯教文化中去寻根溯源。同时，《格萨尔》口头表演主要由说唱传承的方式也与苯教文化经文主要依靠口传的方式十分相似。由此可见，《格萨尔》史诗从内容到传承，都有着非常明显的苯教文化的胎迹。

四 藏传佛教文化与格萨尔说唱

佛教文化在公元 7 世纪，即松赞干布建都逻些之后，在藏族社会渐居主导地位。经过"前弘期"② 的发展，佛教文化逐渐成为吐蕃意识形态的一个重要组成部分，并臻于鼎盛；再加之"后弘期"③ 各种教派的弘扬，佛教唯心主义的思辨哲学和藏族原来特有的苯教文化相互排斥，相互斗争，相互渗透，相互吸收，最终渗透到藏族思想文化的各个领域，

---

① 常霞青：《麝香之路上的西藏宗教文化》，浙江人民出版社 1988 年版，第 44—45 页。
② 指松赞干布倡佛到吐蕃王朝的末代赞普朗达玛（公元 836—842 年在位）灭佛，约 200 年时间。
③ 从 10 世纪初开始，以孟加拉高僧阿底峡（Atisa，公元 982—1052 年）来藏传播佛教作为重要标志。

形成了庞大的藏传佛教理论体系,代表了当时藏族哲学思想的最高水平,并一直占据了统治地位。藏传佛教前弘期,是以印度理性主义的般若中观为主流的哲学思想。到了后弘期,"藏传佛教界各种思潮风起云涌,各种宗派纷然涌起,呈现出异说纷纭、百家殊唱之格局,高僧学者用自己的思维模式、心理习惯、语言特点、价值坐标释经审论,各取所需,选择吸纳,各立门户"①,使藏传佛教的主要思潮从"般若中观"思想转化为"如来藏"佛性学说,为藏传佛教信徒开辟了一片自信、自度、自悟、自证、自主、自由的广阔天地。② 以高度发展的寺院经济作支柱,在各地方势力支持下,藏传佛教各教派创造了各自庞大的理论体系,建立了强大的寺院集团,寺院成为文化传播中心。随着噶当派和格鲁派的形成和发展,藏传佛教的主要思潮又开始从"如来藏"佛性思想向"般若性空"学说转化。这种转化滥觞于噶当派,完成于格鲁派。16世纪宗喀巴融合各宗思想,把心性论、本体论、认识论纳入"起源"的条件下进行阐释,从而使西藏佛教哲学思想发生了很大变化,本体论在更高的理论层次上重新作为核心问题加以研究,使心性问题注入了唯物和辩证的因素。格鲁派以"缘起性空"来统一各派思想,整合了长期以来争论不休的"空有"问题。特别是因明学在藏区的广泛传播与发展,开拓了藏民族的理论思维,大大提高了逻辑思维能力,丰富了藏族的思辨哲学。这些,都标志着藏传佛教哲学思想完全形成,并成为西藏传统哲学的主体,在佛教经典中体现了关于藏族艺术的论述。

(一) 藏传佛教乐书与史诗唱腔

在历史文献的记载中,从苯教经典到藏传佛教哲学,不论是从"伏藏"中获得的珍贵资料,还是"十明"所囊括的辩证逻辑,从中我们可以通过乐书中的音乐理论,管窥藏族民间音乐和宗教音乐的发展脉络及对于史诗唱腔的影响。

---

① 佟德富、班班多杰:《略论古代藏族的宇宙观念》,《民族哲学论文选》,中央民族学院出版社1987年版,第67页。

② 班班多杰:《拈花微笑——藏传佛教哲学境界》,青海人民出版社1996年版,第316页。

1. 《巴协》

《巴协》亦称为《桑耶寺大事记》，是记述公元 8 世纪藏王赤松德赞时期的重要历史文献，认为是公元 8 世纪吐蕃大臣巴赛囊所著。据《巴协》记载，赤松德赞在桑耶寺落成典礼上唱完"国王三十六欢喜歌"后，便下令诸王族、臣相和佛教大师们歌唱①：

> 国王下令大家把歌唱，
> 模仿三十六天神曲调，
> 王唱玉殿金座吉祥歌；
> 牟呢赞普大王子，
> 唱了世间救度母；
> 牟如赞普二王子，
> 唱了雄狮显威武；
> 牟日赞普小王子，
> 唱了十三欢喜曲；
> 王后唱了翠湖璇，
> 公主唱了绿枝颤。
>
> 诸位高僧把歌唱；
> 大德菩提萨埵师；
> 唱了洁白禅珠歌，
> 密宗大师莲花生，
> 唱了光慑鬼神歌；
> 毗卢遮那八果氏，
> 唱了长调回环曲；
> 噶哇白泽大译师，
> 唱了幸福长歌曲，
> 鲁益坚赞觉若氏，

---

① 马学良主编：《藏族文学史》，四川民族出版社 1985 年版，第 370 页。

唱了十八大哞曲；
南卡宁布努氏僧，
唱了鹏翔虚空曲；
俺朗尊者杰乔氏，
唱了马鸣菩萨曲；
拉斯化身措杰氏，
唱了长概短概曲。
……

在这首以兴佛颂法的藏族民间歌曲中，我们从歌曲的曲名和调名中看出藏传佛教佛曲与民间音乐相结合而成为变文的一个例证，可以说明当时佛教道歌盛行的程度，这也是史诗在传唱过程中借鉴道歌音乐唱腔的一个重要手段。史诗唱腔中有诸多曲调的名称即是沿用了藏传佛教中的道歌佛曲，如"金刚道情曲"，此曲旋律豪迈、雄壮，进行曲速度。《姜岭大战》中，格萨尔王把用计谋降服劲敌及捣毁姜地神物白螺马等情况对岭国众英雄用"金刚道情曲"的曲调唱道："岭国众英雄快来听，快来听我大王唱一曲。这是一首豪迈的英雄曲，今日愉快我才唱此曲。"还有"天竺法歌长调"；在《达岭之战》中，小将米琼有段唱词："金刚古尔鲁国王的曲、世间深明首法活佛之曲、大哞九声咒师的曲、八种瑞物僧人的曲"等多种佛教曲调。还有专门的藏传佛教人物唱腔，如天母南曼婕姆的"天母草原鲜花曲""天母金刚曲"，莲花生大师的曲调，还有格萨尔天上父亲白梵天王的唱腔，等等。

2.《乐论》

萨迦派以萨迦·班智达·贡嘎坚赞（1182—1251）为代表的大德高僧著有《乐论》等许多藏传佛教乐书，并且兼收并蓄，在继承仁钦桑布等新密瑜伽音乐的基础上形成了萨迦派一整套金刚杵诵经音乐，它提倡大小五明全面修养，贯通一切知识，从而注重音乐理论及实践。①其中小五明中所涉及的戏剧学的主要理论成为西藏地区民间音乐及宗教音乐的

---

① 更堆培杰：《西藏宗教音乐》，民族出版社 2009 年版，第 5 页。

一个指导性航标,"艺韵九态""七种音品""戏剧五支""乐舞三旨""音词曲度"的定义直至今天仍然运用在藏区的艺术创作中并焕发出勃勃生机。《乐论》把音乐分为俱生乐(声乐)和缘起乐(器乐),文中着重论述了俱生乐。全文可分为三个部分,第一部分"音论",分析了旋律类型及唱腔关联的四种音乐表现方法,即扬升、转折、变化和低旋。第二部分"作词",萨班对歌词语言的要求很高,如他所述"人们皆懂,读来顺口,合乎实情,比喻妥帖,前后不重复,也不矛盾,善知分合方称得上品"。第三部分是关于音词结合的规定,提出"歌要顺其音乐律"的精辟见解。书中还强调要深入分析掌握歌唱技巧的种种要领。①

第一部分"音论",萨班把音乐分为俱生乐(声乐)和缘起乐(器乐),着重论述了俱生乐(声乐)的四种音乐表现方法,即扬升、转折、变化和盘旋。其中扬升音又分平、升、扳、扬褒、下贬五种;转折音分单、复两种;变化分为鼻转音、喉转音、舌转音三种;盘旋音分长短之别②。俱生乐中这四种音乐的表现方法囊括了旋律的所有类型及与唱腔关联的表现手法,我们在藏族山歌中会发现许多装饰音的表现手法,歌手在演唱时并未完全按照乐谱的记录歌唱,而是随着对歌曲情感的把握在唱腔上自由发挥,这种特有的润腔方式在《格萨尔》艺人的唱腔表现里比比皆是,特别是变化音的运用,唱功好的艺人将"鼻转音、喉转音、舌转音"在唱腔中灵活运用,这为史诗人物、情境的塑造和刻画不能不说是添上了非常特殊的色彩,以致听者身临其境,这是唱腔音乐表现方式所创造出的奇迹。文中还对民歌演唱的吐字、音乐、歌唱技巧等方面提出了要求,并指出歌唱者在演唱时对整个作品的旋律、唱词、速度、强弱、音节、停顿等方面,都应有细致的考虑和全面的安排。第二部分"作词"中,在为歌曲作词时陈述了歌词作法的要点,即如何根据人物的具体情况来因人而创作"赞颂词、贬义词、竞争词、欢歌词",这与《格萨尔》中的唱词也是不谋而合的,对格萨尔王、贾察等一些正面形象

---

① 萨迦·班智达·贡嘎坚赞:《乐论》,赵康译,《中央音乐学院学报》1989年第4期,第23—30页。

② 更堆培杰:《西藏音乐史略》,西藏人民出版社2003年版,第106页。

都是用歌功颂德、赞美的言语表达，对魔王、晁同这些敌人和品质低劣的人物中运用贬义词来描绘，在敌我双方叫阵战斗时运用激怒对方、贬损对方的竞争词汇，在凯旋和大众音调时多使用欢喜歌唱的词汇。第三部分对于音词结合，也就是旋律与词的搭配方面也做了精辟论述。对如何掌握歌唱技巧做了分析强调，指出要悦耳动听，节奏熟练，停顿恰当，语言优美。特别对歌唱时需要把握的形姿、神态等的变化提出了要求：

> 懂了音乐和词的意义之后，
> 然后讲二者的结合运用。
> 要安排嗓子与自己相适的，
> 若干伙伴给自己帮腔。
> 唱鲁体（山歌）民歌要露骄矜相，
> 站立着用手托住肋帮；
> 唱祭祀歌要净身眼下视，
> 虔诚地做美好跹跌状，
> 唱悟因缘的歌要做手势，
> 并做蹲坐的美好姿态，
> 唱忏悔歌要面带羞惭，
> 下跪合掌表示谦恭；
> 唱赞美歌要面带喜色；
> 唱贬抑、抗衡的歌要带威慑貌，
> 唱悟因缘的歌要露理解之意；
> 唱教诫歌要露告诫之状；
> 唱悔悟歌要露出懊丧模样；
> 唱欢乐歌表现出欢喜之情。①

---

① 萨迦·班智达·贡嘎坚赞：《乐论》，赵康译，《中央音乐学院学报》1989 年第 4 期。

文中所提到的这些歌唱状态，不但在史诗演唱的艺人中可以看到这种表现方式，在史诗叙述中有非常多以上要求的描述，如在《岭众煨桑祈国福》第八章中有段敦雄珠札与东赞囊勒对阵时的唱段："听了敦雄珠札的歌，东赞囊勒心想，他还真有点男子汉的气概。看来他真是根尕的敦雄珠札。于是乎怒火从心底爆发，震得银铠甲吱吱嗡嗡颤，盔缨绸旗呼呼啦啦摆，牙齿咯咯嘣嘣响。他左手勒缰，右手托腮，用阿慧云雀鸟婉约调唱到……东赞唱毕，即刻射出了箭。东赞的歌声醇美，歌词威武恳切，根尕敦雄珠札因被吸引而放松了警惕。"① 这一段文字不仅表述了东赞囊勒的歌唱状态"右手托腮"，并且运用适当的唱腔表现手法"用阿慧云雀鸟婉约调唱到"，实现了《乐论》中对"音词结合"的要求并达到"歌声醇美，歌词威武恳切"的最佳境界，以至于对手"因被吸引而放松了警惕"。又如描写哲嘎岱琪钧唱颂歌时"露出高兴的笑容，显出美妙的兴奋，从嘹亮的歌喉里如降下花雨一般，唱起吉祥长调颂歌"。② 这一小段文字将"唱赞美歌要面带喜色"淋漓尽致地刻画出来，并且对声音的松紧状态做了描绘，"从嘹亮的歌喉里如降下花雨一般"。

（二）史诗曲调中的佛教观点

藏传佛教古籍文献记载，修行实践密教音乐，身、言、意三门完全投入密法之中，声音不硬挤、颤抖或僵直，而是自然放松地念唱。③ 这样的修行，在史诗岭国总管王戎查叉根的唱腔中也体现出来，"这个曲调您若不熟悉，这是祖父宁静致远曲。身静可叫稳获财富曲，意静就叫悠悠心魂曲；语静则叫徐徐和风曲，曲调故为宁静致远曲。"④ 这个曲调诠释了密教音乐"身、言、意"三门在音乐表现上的意义，表达非常具象。又如哲嘎岱琪钧唱起"吉祥长调颂歌"时对藏传佛教

---

① 扎西东珠：《岭众煨桑祈国福》，马岱川译，民族出版社2009年版，第420—427页。
② 同上书，第372页。
③ 更堆培杰：《西藏宗教音乐》，民族出版社2009年版，第63页。
④ 扎西东珠：《岭众煨桑祈国福》，马岱川译，民族出版社2009年版，第367页。

中各种神的描述"这曲调您若是不知道,这是寻香悦耳琵琶曲。是五面雄狮壮吟啸曲,是招护法神的引神曲,是善方的如意神王曲"①。此颂歌中出现了寻香②、护法神和如意神王,这些都是藏传佛教里的各位神灵,在史诗中或借鉴宗教音乐的曲调或直接诵唱,因此,藏传佛教音乐对史诗唱腔的形成起到了一定的作用。

青海人民出版社 1984 年出版的《霍岭大战》中,珠姆的唱段解释了"九曼六变(转)曲"的含义——"三夏时我唱鲜花清露曲,三冬时我唱旋风抒情曲,三春时我唱车前婉转曲,三秋时我唱六谷成熟曲,一生常唱九曼六变曲,九曼取自虚空甘雨音,六变取自苍龙吟啸声(或作绿玉龙的鸣啸声)"③。法国藏学家 M. 艾尔费女士的文章《〈藏族格萨尔王传·赛马篇〉歌曲研究》中指出:"在此例中,词源的注释具有一种纯粹佛学的性质,九乃是九次第乘,把五类烦恼清除掉,六指六道众生,这是'六变调'的史情。"④ 由此看出,格萨尔史诗说唱表演传统保留着藏传佛教思想和说唱艺术审美特质。

综上所述,我国藏族地区的佛教文化,是在藏族人民独特的社会文化背景下传播和发展起来的,它深植于藏民族特有的文化根基之上,是苯教文化和佛教文化相融合的产物,有着深厚的民族心理积淀。它不同于汉语系佛教和巴利语系佛教,也不同于佛教里别的门派,而是形成了佛教的一个特殊派别——藏传佛教,也因之形成了藏民族独特的民族宗教文化。藏传佛教文化体现在藏族社会的各个方面。从远古时代开始,藏族的先民就在不断地认识客观世界,也在不断地认识主观世界。在这个过程中,经历了独特的发展道路,也创造了独具特色的民族文化。在这样的社会文化背景下萌生、流传、演变和发展的《格萨尔》口头叙事

---

① 扎西东珠:《岭众煨桑祈国福》,马岱川译,民族出版社 2009 年版,第 374 页。
② 即寻香域,又名乾达婆城,为佛教天国专司音乐歌舞处。其女神个个能歌善舞,吹拉弹唱为其天职,故飞天琵琶女为其佛画造像之典型形象。其地诸神不食烟火,唯嗅花香,故名。
③ 《霍岭大战·上》,青海人民出版社 1984 年版,第 373 页。
④ 陈宗祥、黎阳、王建民:《法国 M. 艾尔菲〈藏族格萨尔王传·赛马篇歌曲研究〉一书评介》,《西南民族学院学报》1995 年第 2 期。

说唱传统也必然烙上了深深的藏传佛教文化烙印,它既凝聚了藏族先民的自然崇拜思想,又蕴含了青藏高原本土的苯教文化,还吸收了在自然崇拜和苯教文化基础上形成的藏传佛教文化,是多元文化同化融合的产物。

第二章

格萨尔:从神话到史诗叙事演述

格萨尔是流传于青藏高原地区古代藏族人民的一位英雄,亦称为格萨尔王(གླིང་རྗེ་གེ་སར་རྒྱལ་པོའི་སྒྲུང་)。格萨尔(Ge-sar rgal-po,གེ་སར་རྒྱལ་པོ)字面意思是花蕊、花王之意,原始苯教有一说,格萨尔即兵(དམག),香雄语(གེ་སར་དམག་གི་རྒྱལ་པོ)即强兵之王的意思。格萨尔史诗是在藏族人民群众中口口相传的一部歌颂格萨尔英雄故事的叙事诗。早在10—11世纪,格萨尔降魔驱害造福藏族人民的传说故事,就被称作"仲"的说唱者所传唱,形成口头传统,沿袭至今,被后世称为格萨尔英雄史诗。

一 神话中的格萨尔

格萨尔这一现象是一种重要的地方性知识、民间记忆与民间信仰。本章从人类学层面对格萨尔原型、口头传统、内容与功能知识体系进行梳理,阐述格萨尔从生成、说唱者、史诗作品、说唱传统转向文本—话语—文化的互文性,包括格萨尔神话、传说、信仰、故事、婚俗、说唱与戏剧表演,它们在地方知识的语境中相互依存、相互阐释,构成了口头传统的互文关系,成为格萨尔史诗从说唱到戏剧表演演变的载体。

(一)神话传说中的格萨尔

原型,源自心理学家卡尔·荣格的名词,指神话、宗教、梦境、幻想、文学中不断重复出现的意象,它源自民族记忆和原始经验的集体潜意识。这种意象可以是描述性的细节、剧情模式，或角色典型，它能唤起观众或读者潜意识中的原始经验，使其产生深刻、强烈、非理性的情绪反应。

神话，是关于神仙或古代英雄的故事，是古代人民对自然现象和文化的解释与想象的一种原始的不自觉的艺术创造。一般由人民集体口头创作，表现对自然力量的崇拜、斗争及对理想追求及文化现象的理解与想象的故事，属民间文学的范畴，具有较高的文学性与艺术性。神话与传说有着密切的关联，传说是最早的口头叙事文学之一，由神话演变而来但又具有一定的历史性的故事。神话可以说是早期文明发展的一种最初的文化形态，是人类历史早期甚至史前时期的一种文化整体形式。"从时间上看，神话的产生大约始于公元前13000年的旧石器时代"①。作为一种意识形态，"神话是早期部落联盟之间在征服、兼并过程中各种巫术图腾意识相互融合和整饬的尝试，在它身上体现出明显的原始巫术文化的胎迹。凭借着大胆的直观性想象力，这种尝试意欲将各种图腾意识整形为一种较为完整的神话性阐释系列，以利于氏族和部族在文化心理上的合流"②。作为远古初民对自然和社会幻想性的产物，神话反映了人类初期的精神活动和思维特性。格萨尔基本源自藏族古代神话，在发展过程中吸收神话人物与事件而形成的传说，属于特殊意识形态体现方式。

格萨尔神话传说多以古代英雄歌谣为基础，在神话世界观的基础上产生。格萨尔故事发生在青海南部岭国③，觉如（儿时鄙称，后改称格萨尔）赛马争夺王位时，借助神力，得胜称王，尊号为格萨尔。就格萨尔自身来看，他的传奇身世充满了冲突，在传说中，格萨尔是神、龙、人

---

① ［英］H. G. 威尔斯：《世界史纲》，人民出版社1982年版，第132页。在大约公元前13000年前，人类开始进入新石器时代，由于各民族经济、文化发展的程度不平衡，其进入新石器时代的时序差距极大，埃及是在15000年之前；塔斯尼亚岛人，公元18世纪还停留在旧石器时代。中国进入新石器时代的时间大约在8000年前。

② 邹景阳：《走出神话的帷幕：中西早期神话中的悲剧意识及其对文学精神和文学主题的影响》，博士学位论文，暨南大学，2001年。

③ 青海南部岭国指青海省果洛藏族自治州，传说此地区是格萨尔诞生、征战之地。

三界聚合体，经历了传奇诞生、被害、在放逐地麦玛玉隆森多挖人参果长大、长大后在阿玉迪赛马称王、跨越死亡到地狱救妻、四处征战以及显示神迹等，情节曲折，极富传奇色彩，这种意象唤起观众或读者潜意识中的原始经验，为格萨尔口头创作提供了丰富的题材。

从格萨尔神话为格萨尔口头说唱表演提供了人物和题材来看，格萨尔史诗主题是战争，其内容展示了一场场世俗与神魔的战争场面，它犹如一台回顾历史画面的系列戏剧，英雄、美人、圣哲、魔王、暴君、奸臣等纷纷登场，形成了一幅幅精彩、感人的战争画卷。部落战争场景多为天神们参加其中，一个群体以英雄和正直的面目出现；另一个是邪恶的，或者说是非道德的群体，魔王、暴君参加其中，它是前者摧毁的对象，一场战争成了两个阵营的对峙，这是善与恶、正确与谬误、正义与非正义永恒冲突的宇宙观在格萨尔史诗中的表现。

格萨尔王一生，充满着与邪恶势力斗争的惊涛骇浪，为了铲除人间的祸患和弱肉强食的不合理现象，他受命降临凡界，镇伏了食人的妖魔，驱逐了掳掠百姓的侵略者，并和他的叔父晁同——叛国投敌的奸贼展开毫不妥协的斗争，为部落赢得了自由和平与幸福。

无论是从历史发生形态的角度透视，还是在人类学研究领域的解释中，神话与传说历来都无法截然分开。神话也是戏剧发生学知识谱系中一个不可或缺的历史性内容。故此，神话与传说在口头史诗发生学的知识背景中相互渗透、彼此互动就注定了是一个必然的场域，几乎研究戏剧发生学的代表人物都在这一场域内竞相发表见解。神话也因之成为探讨格萨尔原型的一个基础性知识要件，人们通过对神话的研究拓展了学科的历史维度。

首先，从仪式与神话的关系来看，两者与原始的宗教文化相勾连，仪式与神话是与先民最初的宗教信仰相生相伴的。不论哪一种宗教，都需要信众的顶礼膜拜，都需要自身地位的稳固。创造或利用艺术表演形式宣扬教派宗旨、演义宗教神话故事，借以扩大影响力，这是格萨尔形成的真正原因。无论是从起源，还是从所反映的思想内容，抑或是表演形式或表演目的等各个方面来看，格萨尔都具有鲜明的宗教色彩，可以统摄到宗教艺术这一范畴之下。格萨尔口头叙事表演能够延续至今，与藏民族的宗教信仰、生活习俗以及宗教活动密切相关，它是靠宗教活动的演出以及信仰来发展的。藏民族相信万物有灵，他们心中的格萨尔是战神，是守护着他们的神灵。宗教信仰是格萨尔原型的思想根源，是我们认识和理解格萨尔史诗文化内涵的一把钥匙。

其次，从叙事者"仲"的演述来看，"早在西藏的苯教时期，口头神话、历史传说故事已成为当时西藏意识形态的重要组成部分。在苯教中已有了专事说唱的故事师和歌唱家，称作'仲'。英雄史诗《格萨尔王传》，其说唱性文体既继承苯教说唱'仲'的传统，又受佛教讲唱文学的影响而有所发展"①。

格萨尔口头叙事者"仲"，都在迷狂状态中完成了一次角色转换，表现的不是"自我"而是"他者"，创造出了新的"角色"。即是说，"仲"通过梦境、幻想，在脑海中不断重复出现的意象，创造出格萨尔形象的。早在20世纪80年代，课题组曾考察演唱者"仲"在进行说唱或表演时，就发现"仲"展示给人的是一种痴迷或迷狂的形象。"实际上，他们都已经失去本性，彻底被神控制了，在迷狂中与神合而为一"②。不论是托梦仲、顿悟仲、闻知仲、吟诵仲，还是藏宝仲、圆光仲和掘藏仲③，他们都认为说唱史诗的本领"全凭前世的修行或'缘分'，靠'神灵'的启迪，是'诗神'附体。他们认为，一代又一代说唱艺人的出现，是与格萨尔大王有关系的某个人物转世的结果"④。这种观念，与藏民族传统文化中的"灵魂不灭""灵魂外寄""灵魂转世"观念的映现。它源自民族记忆和原始经验的集体潜意识。其实，"藏族本土宗教——苯教为我们描绘的就是一个非常庞杂的神灵世界，苯教经典可以看作是藏族神话故事的大汇编。"⑤ 可见，"角色转换"这一点对格萨尔的形成是至为重要的。例

---

① 刘志群、彭措顿丹：《藏戏发展史综述》（上），《西藏艺术研究》1991年10月1日。
② 曹娅丽：《〈格萨尔〉遗产的戏剧人类学研究——以青海果洛地区藏族"格萨尔剧"演述形态为例》，《2012年中国艺术人类学年会暨国际学术研讨会论文集（第三部分）》2012年7月20日。
③ 降边嘉措：《格萨尔论》，内蒙古大学出版社1999年版，第507—514页。
④ 索南多杰：《中国格萨尔文化之乡：玛域果洛》，青海人民出版社2010年版，第123页。
⑤ 降边嘉措：《格萨尔论》，内蒙古大学出版社1999年版，第91页。

如，当一个说唱者"仲"进入格萨尔表演时，他已经不再是自我，而是格萨尔的化身。

图3　青海果洛格萨尔"仲"说唱史诗故事　　（郭晓虹拍摄）

（二）宗教信仰中的格萨尔

宗教是人类社会发展到一定历史阶段出现的一种文化现象，属于社会特殊意识形态。原始社会，由于人对自然的未知探索，以及表达人渴望不灭解脱的追求，进而相信现实世界之外存在着超自然的神秘力量或实体，使人对难以认知的神秘事项产生敬畏及崇拜，从而引申出信仰认知体系及仪式活动，格萨尔史诗生成来自民间神话，是一种宗教信仰，两者彼此相互串联，其实是一种心灵寄托。格萨尔便成为藏民族信仰中的神，即战神。

1. 宗教神话是宗教在发展过程中吸收神话人物与事件而形成的传说，

也属于特殊意识形态体现方式。

格萨尔意象,是以艺术的形式反映藏民族信仰体系的,如由仲肯的说唱描述格萨尔身世细节、征战剧情模式及其角色典型。而艺术的主要特点就在于它能激发人们一定的情感和情绪。正是从这个意义上,我们可以说,无论是对世界的审美的态度抑或是对世界的宗教的态度,都必然在自身中包含着一定的感情和感受。艺术和宗教的共同点就表现于此,正是这一共同点,使二者接近起来,使二者在各个特定的时代相互联系、相互渗透、相互激发和相互促进。

当藏民族从伦理道德的观念来崇拜格萨尔的时候,他们成了格萨尔英雄的崇拜者,进而和他融为一体。他们相信:作为自我表现的格萨尔是一个能战胜邪恶的英雄,他所代表的是圣德的化身,追随格萨尔则可能有一种精神上的圣洁的超越感。当藏民族从苯教和佛教或者说藏传佛教的宗教哲学观念来反映格萨尔的善与恶、道德与邪恶的时候,这时,格萨尔超越了善与恶、道德与邪恶的范畴,而成为一个深层结构。即是说,神与魔是远古时代藏族对自然认识的结果,他们都具有超人的力量,基于社会伦理的缘故,他们被赋予了善与恶的概念。但是,当这种认识观念被藏民族古老的苯教和后来的佛教兼容发展后,神与魔、善与恶已具备了宗教哲学的含义,它的意义已经更博大了。我们知道,一个民族的集体无意识,是要受民族的哲学思想观念制约的。人们在创作格萨尔口头诗的过程中,"也经历了一个从世俗的神与魔到宗教哲学思想上的神与魔转化的认识过程。在这里,格萨尔中的神与魔具有了一定的藏族宗教哲学思想的象征意义"。①

苯教的特点是泛神论,万物有灵是它对自然界认识的哲学观念之所在。这种宗教哲学观念,可以说在奴隶社会,是遍存于整个人类的。翻开任何一种《西方哲学史》,我们都可以看到古希腊从巴库斯到柏拉图的宗教哲学发展过程,柏拉图的理想国正是这种哲学发展的结果。荣格也认为,人类的集体无意识有一定的阶段性。奴隶社会,人类对自然及社

---

① 周炜:《西藏文化的个性——关于藏族文学艺术的再思考》,中国藏学出版社1997年版,第113页。

会的认识还处于神学和科学、宗教和哲学混沌的阶段，此时的哲学必然带有强烈的宗教色彩。"10世纪以前的藏族社会，其社会形态的本质和古希腊社会是相同的，以苯教思想为基础的宗教哲学浸透了整个社会，人们的思想在无意识中，潜移默化地接受了苯教宗教哲学思想，神的观念出现了两种层次，即世俗道德的神和宗教哲学意义上的神。7世纪以后传入的佛教，其哲学内涵实质上也是印度奴隶社会的积淀。这种时代的烙印使它和苯教具有了某些相似性，两者的融合互化形成了藏传佛教的哲学思想。佛教的最高神是释迦牟尼，而藏传佛教的创始人莲花生只是释迦牟尼的化身，实质上莲花生是佛教之释迦牟尼和苯教之辛饶米沃两者合一的主神象征。"① 这一点在藏传佛教教义中是很清楚的。宗教哲学思想影响和制约着藏族的传统文化，也主宰着这个民族的集体无意识的形成，在格萨尔史诗的诗人们的思想观念里，这种影响是根深蒂固的。他们在创作过程中，"首先必须植根于藏传佛教思想的地理文化圈上，这是集体无意识的原因，也即传统的宗教文化在诗圣们头脑里的客观反映，这是不可避免的"②。

如《天岭卜筮》《英雄诞生》《赛马称王》作为《格萨尔》史诗故事，完成了它的哲学思想宣言。这个宣言是以当时的社会现状为背景的。它的主要内容是：人间妖魔、暴君肆虐百姓，天上众神知道后，便聚合商议，决定派天之子降生人间，扫除暴虐，拯救人民，建立一个理想的国度。这是集体无意识作用于诗人们的头脑，并对藏族社会加以审视的结果。

格萨尔的思想观念本身则充分体现了史诗作者们的精神愿望，从本质上说，它又是藏民族的心声。在苯教和藏传佛教寺院格萨尔羌姆面具舞来观察格萨尔信仰，其格萨尔口头传统的形成便清晰可见。

2. 青藏高原无论是藏族族群还是蒙古族族群艺术表演传统均起源于神话、巫术、宗教、仪式，这是与宗教信仰密切相关的。

---

① 周炜：《西藏文化的个性——关于藏族文学艺术的再思考》，中国藏学出版社1997年版，第113页。

② 同上。

宗教信仰在自身中必然包含着两个层面的因素：一是信仰者对世界上存在着超自然的客体深信不疑；二是信仰者对这些超自然的客体抱着富于情感的态度。格萨尔口头叙事说唱表演是以艺术的形式反映藏民族信仰体系的。

从原始人的思维特性来看，原始人在宗教方面把握与认识世界的方式也基本采取与艺术地把握世界相一致的方式，马克思曾经把这种把握世界的方式称为"实践—精神"的掌握方式。原始人不凭理智与逻辑去判定世界，而凭感受。这种感受有两种表现形式：一是用感情去体验世界；二是用形象去直观地反映世界。比如关于天地的神话，关于山神、林神、水神的传说，还有洞穴内带有巫术性质的动物绘画，无不表现出原始人的万物有灵观与"互渗"意识。在这种原始思维内，"原始人不仅在真理与外观之间没有区别，在只是'想象'的感觉和'真实'的感觉之间、在愿望和满足之间、在图像和事物之间也没有区别"①。在这种思维的作用下，原始部落的人们给一切不可理解的现象都凭空加上神灵的色彩，一切生产活动也都与原始崇拜仪式联系在一起，如狩猎前的巫术仪式、春播仪式、收获前的祭新谷仪式，等等。在那个神灵无所不在的时代，原始部族并不认为诗歌、舞蹈、音乐、绘画是生产活动与宗教崇拜活动以外的另一类活动，而认为它们就是"生产与宗教崇拜活动的一个必要环节"②。

这种心声藏民族世世代代是通过说唱、乐舞、仪式和戏剧等诸多艺术形式来表现的。

二 史诗文学中的格萨尔

（一）格萨尔史诗文学意义

史诗是叙述英雄传说或重大历史事件的古代叙事长诗。多以古代英

---

① 卡西尔：《符号形式的哲学》，转引自卢卡契《审美特性》（第1卷），中国社会科学出版社1986年版，第15页。
② 蒋述卓：《宗教艺术论》，文化艺术出版社2005年版，第2页。

雄歌谣为基础，经集体编创而成，反映人类童年时期的具有重大意义的历史事件或者神话传说。内容为民间传说或歌颂英雄功绩的长篇叙事诗，它涉及的主题可以包括历史事件、民族、宗教、战争或传说。钟敬文认为："史诗，是民间叙事体长诗中一种规模比较宏大的古老作品。它用诗的语言，记叙各民族有关天地形成、人类起源的传说，以及关于民族迁徙、民族战争和民族英雄的光辉业绩等重大事件，所以，它是伴随着民族的历史一起生长的。从某种意义上来说，一部民族史诗，往往就是该民族在特定时期的一部形象化的历史。"① 史诗基本上是口头形式流传的，是人类最早的精神产品。史诗是一门集史学、美学、语言学和口头传承于一身的科学。史诗可分为创世史诗和英雄史诗两大类主题。史诗表演形式多为说唱，讲述史诗故事，也有展示、展演和戏剧表演形式，其艺术形式呈现了诗学审美形态。

中华民族史诗是通过神话来重建民族的历史，既唤起中国古代的"诗史"精神，又提升和强化民族精神和现代民族国家认同的叙事方法。实际上，这种认同主要是基于中国传统国学的话语来理解史诗这一文类，在史诗的宏大叙事之外，史诗传统中的宗教神圣性和口头叙事特点更具有民族性。基于此，史诗的生成具有了文学的意义。

格萨尔史诗是藏族人民集体创作的一部独树一帜的世界文化遗产。格萨尔史诗遗产贯穿着中华民族知识体系与文化传统。它历史悠久，卷帙浩繁，内容丰富，博大精深，千百年来，在藏族群众中广泛流传，深受藏族人民的喜爱。它涉及的主题包括历史事件、宗教、军事、哲学、民俗、艺术和文学等，它代表着古代藏族文化的最高成就，具有很高的学术价值和美学价值。也是世界文化宝库中一颗璀璨的明珠，是中华民族对人类文明的一个重要贡献。它反映了藏民族发展的重大历史阶段及其社会的基本结构，表达了藏族人民群众的美好愿望和崇高理想，是一部活形态的、形象化的藏族历史，是研究古代藏族的社会历史、宗教信仰、民族交往、道德观念、民风民俗、民间文化等问题的一部百科全书

---

① 冯文开：《钟敬文与二十世纪中国史诗学》，《民间文化论坛》2010 年 2 月 15 日。

式的伟大著作。①

从它产生、流传、演变和发展的过程来看，经历了漫长的过程，是藏族历史上少有的一种文化现象，在我国多民族的文学发展史上，乃至世界文学史上也不多见。格萨尔本身就是一首悲壮苍凉的诗篇，一首大气磅礴的诗篇，一首洋溢着蓬勃生机、充满着青春活力的诗篇，一首孕育着创造精神、闪烁着智慧光芒的诗篇②。表现出强大的艺术生命力。与古代希腊的荷马史诗、印度史诗，以及世界上其他一些著名的史诗相比，其特点一是格萨尔史诗世代相传，至今在藏族群众中广泛流传的活态的世界上最长的一部英雄史诗，并以口头叙事形式进行说唱表演和戏剧演述。仅就篇幅来讲，比古代巴比伦史诗《吉尔伽美什》、古希腊的《伊利亚特》和《奥德修纪》、古代印度的《罗摩衍那》和《摩诃婆罗多》的总和还要长，堪称世界史诗之最。③二是格萨尔史诗与民间说唱艺人有着直接的联系。民间说唱艺人，是史诗最直接的创作者、继承者、传播者和民间诗人。他们通过独特的口耳相传的方式，在一代又一代艺人群体中传承，这种特殊的文化现象，成为藏民族一种重要的地方性知识、民间记忆与民间信仰，为其他文本的表述建构了互文关系。

（二）口头传统与叙事表演形式

"口头传统"（Oral Tradition）有广义和狭义之分，前者指口头交流的一切形式，后者则特指传统社会的沟通模式和口头艺术（Verbal Arts）。从民俗学意义而言，口头传统是一个民族世代传承的史诗、歌谣、说唱文学、神话、传说、民间故事等口头文类以及与之相关的表达文化和口头艺术，它不仅是民族文化传统的重要组成部分，也是全人类共同的文化遗产和精神财富。格萨尔史诗最初多数是以口头叙述和口头传唱的民间文学作品的形式出现，主要是由民间艺人"仲肯"根据格萨尔神话传说，在藏族群众中广为传唱，后伴以舞蹈和戏剧艺术表演，从而衍生出

---

① 降边嘉措：《格萨尔论》，内蒙古大学出版社1999年版，第5页。
② 同上书，第22页。
③ 同上。

多种艺术形式,如"格萨尔"说唱、歌舞表演、音画诗剧、歌舞剧、赛马节日文化等。这种说唱表演在流传过程中,经历了从史诗说唱演变为戏剧表演——"即由说唱艺人扮演各种角色,讲述格萨尔故事,而演员要依据讲述人仲肯讲述的事件进行戏剧扮演,展示戏剧情境,其实这是一种演述史诗的戏剧表演,其表演独具戏剧美学特征"①——并沿袭至今。

格萨尔叙事表演发展脉络可归纳为以下几方面:一是神话,是格萨尔产生的基础;二是仪式;三是诗性叙事,也就是史诗说唱,一种传统的民间叙事形式。仪式是神话的载体,神话是通过仪式来实现的,两者是相互依存的,彼此不可分割的,其核心是以宗教信仰为纽带,这是格萨尔口头传统生成的文化本质和艺术特性。这里要强调的是格萨尔口头叙事表演,是一个表演范畴的场域:它经历了说唱艺人的产生—说唱性质—说唱内容—说唱形式—说唱扮演;其理论基础为格萨尔神话—祭祀仪式—格萨尔史诗—史诗扮演,其中包含神话—神系人物(山神、水神、图腾、英雄、恶、魔等)—史诗人物—戏剧人物—戏剧扮演这样的复杂过程。即是说,在特定地域、特定族群、特定文化背景下,形成了格萨尔演述的内容、演述风格、艺术流派和口头叙事表演体系。

因此,格萨尔口头传统与叙事表演是以宗教信仰为核心,通过神话、传说、故事、音乐、乐舞、戏剧、叙事、歌谣、祭典、祭仪、民俗、艺术等文化表述形式表达了史诗丰富的内涵,它不仅是藏民族社会生活的体现,也是沟通和维持族群关系与信仰价值行为的体现,彰显了史诗口头叙事文本相互书写的互文性特征。

三 传统习俗中的格萨尔:格萨尔婚俗与"嘎嘉洛婚礼"演述

藏族史诗演述类型及其文本形态呈现出多样性特点,包括各大寺院

---

① 曹娅丽、邱莎若拉:《论"格萨尔"藏戏表演的审美特征——以青海果洛地区格萨尔藏戏表演为例》,《江苏社会科学》2016年第8期。

与民间遗存的"格萨尔"说唱文本、说唱表演形式、乐舞、剧目、口传艺人与文化习俗及其艺术特色等历史变迁,从文化人类学视野将格萨尔藏戏演述与藏民族世代相传的史诗相对照,甚至与传统习俗相对照,阐释藏族格萨尔史诗与戏剧发生、功能、发展及其演述形态、叙事模式之间的文本转化,是口头传统与戏剧的互文与衍生,这是研究格萨尔史诗从说唱到戏剧表演的演变过程的重要因素。

从格萨尔文学的意义生成来看,格萨尔生成与说唱者、史诗作品、说唱传统构成了文本的叙事与相互阐释、文本与文化表意实践之间的关系,即文本—话语—文化的互文性,即是说,在这一过程中,格萨尔口头叙事已将原有的传说故事衍生为地方知识,包括格萨尔史诗、婚俗、故事、说唱与戏剧表演,在地方知识的语境中构筑相互依存、不可分割的关系,这就构成了格萨尔文本—话语—文化的互文关系。

"互文性"是近年来兴起的一种新的文本理论,其继承了结构主义的优点,故受到了普遍重视。"互文性"理论是在结构主义和后结构主义思潮中产生的一种文本理论。它涉及当代西方文学艺术中不少重大问题,如文学的意义生成问题、文本的阅读与阐释问题、文本与文化表意实践之间的关系问题、批评家的地位问题,等等。

"互文性"这一术语最早由当代法国著名理论家朱丽娅·克里斯多娃(Julia Kristeva)在《符号学:符义解析研究》(1969)一书中提出和论述的,在其随后的《小说文本:转换式言语结构的符号学方法》(1970)中,她以一章的篇幅详细论述了"互文性"概念的内容。她在《封闭的文本》(1967)中又进一步明确了定义:"一篇文本中交叉出现的其他文本的表述,已有和现有表述的易位……互文性是研究文本语言工作的基本要素。"① 其核心内容为,互文性标志着多部相关文本之间存在着互相接受与互相影响、互相开放与互相整合的语义系统,因此在这个语义系

---

① [法]朱莉娅·克丝蒂娃:《封闭的文本》(Juliar Kistvea, *The Boudndetexr*),见于[法]朱莉娅·克丝蒂娃《语言中的欲望:一种走向文学与艺术的符号学》(Juliar Kisteva, *Desire in Language: A Semiotic Approach to Literature and Art*, Translated by Tomas Gora, Aliee Jardlne, and LeonS. Roudiez, Columbia University Press, 1980, p. 36.)。

统中形成了你中有我、我中有你的意义交往关系①。

"互文性"基本内涵，主要强调文本与文本之间的相互依存、不可分割的关系，因此也被称为文本间性。互文性理论不仅使文学研究重心从传统的"作者—作品—传统"转向"文本—话语—文化"②，而且也密切了文学与文化研究的关系，并已经突破了原有文本研究进入的一切意义语境。可以说，在当下全球化多元文化碰撞、对话、交流与整合的年代，互文性这一理论概念的提出，对比较诗学研究者驻足国际学术平台讨论多元文化语境下的文学理论产生了重要的推动作用③。

《嘎嘉洛婚礼》是依据《赛马称王》篇中格萨尔通过赛马称王获得美貌如仙的珠姆，并迎娶王妃举行的婚礼的故事创作的歌舞剧。格萨尔这场盛大隆重的婚礼，由仲肯在嘎嘉洛草原上传唱至今，成为格萨尔史诗说唱、展示与戏剧表演文本的源头。

首先，格萨尔婚礼习俗在青海玉树地区延绵至今，成为青藏高原流传下来的特有的格萨尔婚礼中的婚俗文化，它流布于青海省玉树长江源头的嘎嘉洛地区，即今青海省玉树藏族自治州治多县。相传，嘎嘉洛婚俗最初形成于雪域高原的富豪部落——嘎嘉洛部落兴盛的时期，此时期，岭国国王格萨尔与嘎嘉洛部落公主森姜珠姆在嘎嘉洛地区举行的婚庆大典，其婚庆典礼主要由迎客礼、迎庆新郎礼、迎庆新娘礼、歌舞礼等仪式构成，每个仪礼又由多个仪式组成，如煨桑仪式、迎驾仪式、辞宴仪式等，婚礼仪式由仲肯说唱表演，其说唱内容极为丰富，包括赞美格萨尔英雄气魄、骏马、山河、草原；珠姆王妃的美丽善良、服饰等，婚礼上，说唱者演唱赞词成为玉树地区特有的藏族婚俗，并成为嘎嘉洛草原盛传千年、经久不衰的婚俗范本。

其次，嘎嘉洛婚俗有一系列成套的仪式，从迎接来宾到迎庆新郎、迎娶新娘、举行庆典，每种仪式都有一套约定俗成的仪礼。依据此故事在民间形成了歌舞剧表演，由说唱艺人演唱或者对唱故事情节，由演员

---

① 杨乃乔：《论比较诗学及其比较视域的互文性原则（二）》，见 http://blog.sina.com。
② 同上。
③ 同上。

扮演剧中各个角色铺排剧情，构成了文本与文化表意实践之间的关系，即表演内容、说唱、场景相互书写，使得史诗叙事文本、婚俗与戏剧表演形成了互文关系。

格萨尔歌舞剧《嘎嘉洛婚礼》表演由四幕组成：

第一幕，迎客礼。

由格萨尔说唱艺人的说唱表演，史诗中描述格萨尔迎娶王妃时带来的马队、牛羊等，均由演员依据婚俗仪式进行戏剧扮演，每幕情节都有仲肯说唱赞词和叙事。"山水赞""马赞""马缰绳赞""服饰赞"和"酒赞"都贯穿歌舞剧表演之中。如"马赞"，马队入场在场地中走马，赞词手仲肯赞美马鞍、马缰绳、马鬃，演员便牵着骏马按照右旋"雍仲"图案在场地上表演，此图案是藏族最古老的宇宙构图，用来祝福人类永恒和吉祥。

第二幕，迎庆新郎礼。

首先，举行煨桑仪式。由仲肯说唱煨桑赞词，即"煨桑赞"。接着，格萨尔入场，由仲肯说唱赞美格萨尔。这一幕有场景可现，有人物亮相，有声、有画、有感情、有心理独白……整个婚礼浓缩在歌舞剧的结构之中，为其表演创造了一个空间、一个世界、一个戏剧化的境界——戏境。剧中人物、地点、事件、对话、冲突、时间、动作等戏剧元素，一应俱全，再现了史诗故事。呈现出格萨尔歌舞剧《嘎嘉洛婚礼》在表演中场景、婚俗与说唱相互书写之特征。

第三幕，迎庆新娘礼。

由两名仲肯艺人说唱迎庆新娘礼的赞词，由演员扮演人物，是由表演、说唱、歌舞相结合，阐释了嘎嘉洛婚礼中24个仪程，每个仪程中都充满了游牧文化的民俗符号。

第四幕，歌舞礼。

这场演出中的歌舞表演，是戏剧的尾声，将酒宴推向高潮，这是仿效"嘎嘉洛婚俗"进行的文艺表演。其主要内容有民歌、舞蹈、赛马、哈达赞、嘉洛山水赞、马术、射箭、举重、走马等藏族传统节目。彰显了藏族民间歌舞的审美特质。

以上四场戏剧表演，是依据格萨尔故事中"嘎嘉洛婚礼"诗篇转写为同名歌舞剧,以"嘎嘉洛婚俗"的婚礼习俗描述进行表演的,格萨尔史诗中这一形式不仅继承了格萨尔史诗说唱传统,也延续了藏族婚俗传统,同时,呈现了史诗文本与表演的互文性,这一实践,正是经历了格萨尔史诗说唱到婚俗,乃至到藏戏表演的演变过程。

四 格萨尔地方性知识与民间记忆的文化意义

通过以上个案描述与分析,反观文本与文化表意实践之间的关系,格萨尔史诗传唱内容、演述方式、表演场景,成为玉树地区格萨尔婚俗传统,且沿袭至今,可看出史诗、藏族婚俗与格萨尔歌舞剧《嘎嘉洛婚礼》的互文性具有一定的基础。

(一)格萨尔是地方性知识的体现

格萨尔口头叙事表演描述了丰富的生活知识和生存智慧,可以说是特殊的地方性知识,或是地方性知识的集合,它是与青藏高原这个地域和群体相联系的,其价值表现的一个重要维度就在"地方"这个特定语境中。格萨尔口头叙事代表了藏民族对世界和自身的看法和解释,其中相当重要的一部分内容便是对民众信仰、观念、仪式行为等内容的表述。格萨尔代表着一种重要的地方性知识、民间记忆与民间信仰,格萨尔歌舞剧《嘎嘉洛婚礼》格萨尔迎娶王妃的婚礼本身就是格萨尔口头叙事文本中的地方性知识,内有纵横交错的人物关系和事件,有丰富的传说故事与仪式、说唱与表演。他们互相交错,互相渗透,互相阐释,形成了史诗、婚俗与格萨尔歌舞剧《嘎嘉洛婚礼》的互文关系。

格萨尔歌舞剧《嘎嘉洛婚礼》是格萨尔口头叙事文本中描述的婚礼习俗,与民间传说、信仰存在共通之处,都是特定时空范围内的文化符号体系的表征和对地方社会规范的解释。即是说,当格萨尔口头叙事作为地方性知识,被移至其他文本进行表述时,无论是歌舞剧还是史诗说唱表演,它们都在地方知识的语境中构筑起了相互依存、不可分割的关系,这便体现了互文性。

(二) 格萨尔信仰与传说的相互交织

在个案研究中,我们获知,格萨尔迎娶王妃的婚礼传说与格萨尔信仰的互文性并不是简单的反映与被反映关系,而是具有相互交织的复杂性,婚礼的传说与格萨尔信仰总是相互依赖、相互解释。也就是说,格萨尔史诗中描述的嘎嘉洛婚礼在青海玉树地区的民众中间生成传播并获得意义内涵,其地区的民众生活与心灵世界也由传说去建构和调适,进而形成一种互动的完整的社会性传承。正是在这样的基础上,在青海玉树地区嘎嘉洛婚俗延续至今,具有了建构地方婚俗文化的意义。即是说,史诗描述的世界同民众的生活习俗和心灵世界也是一种双向建构和调适的关系。《嘎嘉洛婚礼》文本,通过说唱艺人的游吟说唱世代相传,与此同时,嘎嘉洛婚俗成为青藏高原流传下来特有的康巴藏族婚俗文化,深刻影响了此间后世藏族的婚礼习俗。如果就其作为神话传说解释习俗的意义而言,可以说,格萨尔歌舞剧《嘎嘉洛婚礼》是传说故事与民间信仰交互影响和历史演变的结果。无论是其所承载的远古的神话、传说或者是作为广为讲述和流传的故事,还是体现藏族崇拜的歌唱仪式和习俗,都已经相互渗透,共同呈现当地民众心理,并拥有一定的文化意义,表征了一种可以相互同构的互文性关系。

由此,在特定语境中考察格萨尔史诗与戏剧叙事的演述及其意义的再创造、表演者与参与者之间的交流,也就是不仅仅限于叙事文本的形式或者内容的研究,而是形式、功能、意义和演述的有机融合。因此,格萨尔史诗、婚俗与歌舞剧表演文本,便是在格萨尔神话传说与宗教信仰、说唱与表演之间的互文性关系建构中从而使这种意义得以实现的。史诗说唱文本中的每一种表达,都是众多声音交叉、渗透与对话的结果,是格萨尔史诗、婚俗、歌舞剧对于其时现实的同质性再现。这种充分展现婚俗的审美功能的歌舞剧,是以不同方式使传统文化共存、交互作用的结果,以及使用这种多元歌舞剧形式表现传统与现实不同方法共存互动的结果。这两种共存互动就如同"多声部"或"复调"演唱,使观众体验到了藏族史诗故事、婚俗、说唱与舞蹈等多种艺术所具备的美感。因此,格萨尔史诗说唱与歌舞剧《嘎嘉洛婚礼》表演,构成了相互解释的互文关系。

即是说，格萨尔史诗说唱文本实现了格萨尔史诗从传统的"说唱者—作品—传统"转向"文本—话语—文化"的互文性建构。因为它都是其他文本的镜子，每一个文本都是对其他文本的吸收与转化，它们相互参照、彼此牵连，形成一个潜力无限的开放空间，以此构成文本过去、现在、将来的巨大开放体系和文学符号学的演变过程。正如克里丝蒂娃在《封闭的文本》一文中所指明的：在这种关系中，语言处在一种重新分布的境遇（破坏的或建设的）；其次，这种文本是一种诸种文本的置换，是一种互文性：在一个被给定的文本空间中，来源于其他文本的几种叙述彼此相交、彼此整合。①

从人类学视野来看，无论格萨尔是神话传说，还是宗教仪式，都是一种口头艺术的产物，它构成了一个将口头艺术作为一种特殊的叙事方式，包括神话叙事、仪式叙事、戏剧叙事和诗性叙事，也包括社会中的某些特定人物的演说、艺术事件的演述或表演。它们都在地方知识的语境中构筑起了相互依存、相互渗透、相互解释的互文关系。正如，在地处黄河源头的青海果洛藏族自治州，这里每一座山都有格萨尔的足印，每一条河流都流淌着格萨尔的英雄事迹，每一座帐篷都传唱着格萨尔的神奇故事，每一个仲肯都有唱不完的格萨尔的歌……讲不完的格萨尔故事。甚至在青藏高原藏传佛教寺院中，格萨尔是僧人修行的必修课，即是说，是僧人每天必诵的经书，它可体悟到宗教教义、仪规、习俗、心理和价值观以及其发展历程，是传承格萨尔的信仰空间。所以，果洛是英雄格萨尔赛马称王的福地，是英雄格萨尔的诞生地，格萨尔口头叙事说唱表演在这里流传，成为一种特定地域、特定族群的特殊记忆形式。这里的藏民族特别推崇格萨尔善战的精神、视格萨尔为神灵而膜拜，乃至深入藏民族人民的内心世界。它帮助藏民族追忆往昔的光荣和荣耀，强化历史的自豪感。特别是在今天，遗产属于地方性资源，是民族的、

---

① ［法］朱莉娅·克里丝蒂娃：《封闭的文本》（Juliar Kistvea, *The Boudndetexr*），见于《语言中的欲望：一种走向文学与艺术的符号学》（Juliar Kisteva, *Desire in Language: A Semiotic Approach to Literature and Art*, Translated by Tomas Gora, Aliee Jardlne, and LeonS. Roudiez, Columbia University Press, 1980, p. 36.）。

地方的,甚至成为特定地缘族群集体认知价值的体现。故而,对其研究,其意义在于阐释格萨尔史诗是与藏民族的生活与信仰密切相关的、是由说唱艺术表演活动来建构和调适的,进而形成一种互动的完整的社会性传承,乃至于维系着青藏地区藏民族的生活方式、生产方式、宗教信仰和审美心理的文化传统体系。

第 三 章

"仲肯"与说唱艺术

　　格萨尔史诗是由民间艺人"仲肯"在藏族群众中广为传唱的说唱表演艺术。"仲",即说唱故事,包括民间故事、史诗、寓言等。"仲肯"即说唱故事的人,歌者。"仲"类型很多,在《格萨尔》中,称为"岭格萨嘉博仲",简称"格萨仲"。

　　关于格萨尔史诗从说唱到戏剧演变过程中,有一个环节是很重要的,那就是探讨说唱表演者"仲肯"的生成,演唱方式与表演程式,甚至可以从演唱者会说唱史诗故事或从小听大人演唱来吸取传统开始,进而研究表演者的产生,说唱的方式,一直深入表演者独立、自由、奔放地演唱格萨尔史诗,尤其是演唱者表演的特定时刻,呈现出的表演情形。本章对于达哇扎巴的生成与演唱方式做了多年的跟踪调查,以此来观察艺人在特定文化和特定生活方式中的社会行为,阐述格萨尔演唱者的生成与表演传统,对于格萨尔史诗说唱到戏剧演变极为重要。

　　早在十几年前,我们获得了所要得到的艺人说唱表演的口头表演资料,记得2000年那个金色的8月,在青海省西宁市小岛基地报告厅召开的"海峡两岸昆仑文化国际学术研讨会"上,年轻的达哇扎巴演述了格萨尔赛马称王篇章的一段故事,他演述时缓步进入会场,紧闭双目,神灵附体,语速忽快忽慢,节奏极富韵律感……笔者被吸引了,紧接着对他做了多年的跟踪调查。第二次是在2002年7月25日,清晨6点,阳光普照高原,我们头顶烈日,从青海果洛大武镇州政府出发,前往青海果洛大武镇草原。在青藏高原田野作业,是件十分辛苦的事情,这些高寒缺氧、气候多变的地区,海拔均在4千米左右,日照时间长,紫外线辐射强,因之,我们还要不断地适应高山反应。甚至经常孤身一人到人迹罕见的陌生村落搞田野调查。这天清晨,我们正好迎着早上的太阳向东行去,太阳高高挂在天边,好像午后的骄阳格外刺眼,炽烈和绚丽。草原上,已经扎好了数千顶帐篷,格萨尔艺人也装扮好衣饰等候表演。这时,我们看见一个身穿藏袍的青年男子,已经开始说唱格萨尔史诗,他就是格萨尔说唱者达哇扎巴。接近他时,只见他双目紧闭,面部汗水淋漓,口中喃喃有词,语调顿挫有致。由于,他的说唱惟妙惟肖,声音洪亮,围过来几个听众,后来,渐渐地多了起来,在说唱者周围围成了圈。这些观众多是当地的藏族,老人居多,次之中年人,小孩、妇女也不少,他们听得入神,当演出会场宣布格萨尔艺术节开幕时,我们和听众都没有离开说唱者的故事,直到他讲到夜幕降临,由会务人员领他回去。说唱者讲述的是格萨尔赛马称王的故事。他一会用平缓的语气叙述格萨尔和珠姆的故事,一会声音高亢讲述格萨尔智斗叔叔晁同,一会高歌格萨尔战胜阻碍他的妖魔,最后用

图4 达哇扎巴在讲述格萨尔故事 (郭晓虹拍摄)

赞词的语调赞颂格萨尔赛马称王。十年后的今天，在2013年11月，达哇扎巴被西北民族大学邀请走入校园说唱格萨尔故事，笔者对此拜访角巴东主研究员，是他亲自带着达哇扎巴在西北民大现场表演的，据角巴东主先生讲述，达哇扎巴整个说唱过程、故事内容和表演情境与十年前一样神灵附体无法停止说唱，最后由角巴东主先生将他左手穴位压住，才停止了讲述。可见，表演空间、环境不同，他的讲述语气、语调和情感依然如此，观察达哇扎巴的三次表演，格萨尔叙事表演的生成及演唱方式便清晰起来。①

一 "仲肯"生成与种类

关于仲肯的生成，在学界有不同的说法。一般认为，说唱者仲肯几乎没有处于学徒阶段的文本，最早期说唱艺人都是保持原有艺术面貌的口口相传的文本（不是文字记录的），甚至有学者发现格萨尔史诗说唱者的口头表演是神授予的。在2002年8月，有幸与格学大师降边嘉措先生在青海果洛考察格萨尔史诗说唱表演时相识，他认为格萨尔艺人的类型可分为以下六类：

    1. 托梦艺人。

    藏语称作"包仲"，"包"意为降落、产生，如占卜，叫"莫包"（too—bab），托梦，叫"尼朗包"（gnyid—lam—bab）。"包仲"，指通过做梦学会说唱的格萨尔故事②。

    2. 顿悟艺人。

    藏语称作"达朗住"（Dag—snang），"达朗"一词，尚未找到一个比较准确的词语来表达它的含义，在这里，我暂且译作"顿悟"。

---

① 访谈者曹娅丽，被访谈者角巴东主，于2013年12月在角巴东主办公室做了一天的访谈。

② 降边嘉措：《格萨尔论》，内蒙古大学出版社1999年版，第507页。

按字面翻译,是忽然醒悟的意思。即是"忽然醒悟",他们的记忆,他们所讲的故事,就有短暂性和易逝性①。

3. 吟诵艺人。

藏语称作"顿仲"(Don—sgrung),"顿",即吟诵。这类艺人有两个特点:一是识字,能看本子吟诵,离开本子便不会讲。二是嗓音比较好,吟诵时声音洪亮,抑扬顿挫,节奏鲜明。②

4. 藏宝艺人。

藏宝艺人,意思是说:这类艺人心里藏着宝贝,即《格萨尔》故事,他们能挖掘"宝藏",就像矿工从深山把宝藏挖掘出来一样。这"挖掘"的方法,就是按照自己的意念,将《格萨尔》故事书写出来。③

5. 圆光艺人。

藏语叫"扎包"(Pra—phab)。圆光是苯教术语。神汉在降神或占卜时,看着铜镜,以观吉凶,谓之圆光④。

6. 掘藏艺人。

掘藏艺人,藏语叫"德峨"(gTer —'don)意为"挖掘格萨尔故事的人"。掘藏艺人挖掘、发现、编撰的《格萨尔》故事,称之为"德仲"。从事挖掘、编撰、抄录、刻印《格萨尔》故事的人,叫"掘藏艺人"。⑤

关于格萨尔表演者的说唱方式,降边嘉措研究员认为,与苯教的"口传经文"、佛教的"心间伏藏"相类似。值得注意的是:"在印度、汉地,以及其他民族和地区的佛教界,没有'心间伏藏'类大师一说,所有佛教经典和佛学著作都是高僧大德们潜心研究、辛勤笔耕的结晶,

---

① 降边嘉措:《格萨尔论》,内蒙古大学出版社1999年版,第507页。
② 同上。
③ 同上。
④ 同上书,第508页。
⑤ 同上。

图5　吟诵艺人在演唱　　　（郭晓虹拍摄）

而不是靠什么'缘分',自然获得。因此,很可能是沿袭了苯教的观念。"①无论是口传的还是根据文本背诵的,他们都没有师承关系。但是,他们演唱的《格萨尔》故事,与各地民间艺人说唱结构、程式大体相同,但又因生活环境、语言表达方式等不同而各具特色。

　　这里,关于说唱艺人的生成与传承,笔者与青海省格萨尔研究所研究员角巴东主先生访谈时,他特别指出:关于格萨尔"仲肯"有神授艺人、圆光艺人和伏藏艺人,他们的演唱特点是具有创造性的,因为他们不识字,不是习得的。如果有了书写文本就不再具有创造性,而是具有了传承性,这类艺人有咏诵艺人,他们识字,可看书背诵,学习获得讲述故事的能力;还有闻知艺人,他们一般是盲诗人,不识字,看不见靠耳朵听故事来学会讲述故事;家族传承艺人,即父传子的家族师徒传授;还有释图艺人,看图或看绘画讲述格萨尔故事;还有戴帽艺人,戴上帽子后就会讲述格萨尔故事,摘帽后就不会讲述了。

　　由此看来,演唱者的生成是较为复杂的,而他们的演唱方式根据演唱者的生成背景的不同而有各自的特点。值得我们注意的是,最初演唱

---

① 降边嘉措:《格萨尔论》,内蒙古大学出版社1999年版,第508页。

图 6　笔者与角巴东主访谈　　　（王嘉拍摄）

者一般没有可背诵的文本，也没有传授的师父，都是口口相传的或是神授的。只是后来出现了手抄本，抄本是记录整理了说唱艺人的唱本，而口传的没有文字记载的则是靠民间艺人吟诵的，即口头传唱的故事。如青海省的才让旺堆，他说自己在青少年时代做过一两次神奇的梦，梦中仿佛亲眼看见格萨尔大王征战四方、降妖伏魔的英雄业绩。

　　的确，在 2000 年 8 月笔者看到才让旺堆和达哇扎巴两位演唱者的演唱情形，他们身体发抖，满面汗水，滔滔不绝地讲述着心中的英雄格萨尔王，神采飞扬，才思敏捷，脑子里如同浮现着格萨尔故事的画面，内心里有一种抑制不住的激情和冲动。课题组于 2013 年 12 月 15 日，对格萨尔艺人达哇扎巴做了访谈。达哇扎巴，全名塔嘎·达哇扎巴，1978 年生于青海玉树杂多县莫云乡（原籍杂多吉朵乡），早在 21 世纪初就被青海省格萨尔研究所确认为"神授"艺人。2005 年被玉树州群艺馆吸收为正式职工，玉树州格萨尔研究协会常务副主席。他出生于一个父母皆为牧民的家庭，现全家已迁至巴塘县。父亲吾亚，文盲，已去世。母亲多吉，懂一些藏文。家中共有 6 个兄弟，达哇扎巴排行第五，13 岁时他就开始说唱格萨尔了。至今他已录制了 20 部 300 多盘磁带，出版了 2 部

《格萨尔》说唱。他生活在特殊的环境里，他的几个哥哥和弟弟在孩提时代就会说唱格萨尔故事，但他的演唱由于天资、顿悟、心理等要素，与家族其他成员的演唱截然不同，独具特色。

达哇扎巴家中除了四哥塔嘎·才仁桑珠不太会唱格萨尔之外，其他家庭成员都会说唱格萨尔故事。由此可知，达哇扎巴在幼时早已被格萨尔故事所感染，并在梦中刻上了深深的烙印。

在荣格看来人格由意识、个体潜意识和集体潜意识组成。意识是人格结构的最顶层，是心灵中能够被人觉知的部分；个体潜意识是人格的第二层，它是潜意识的表层部分，包括一切被遗忘的记忆，知觉和被压抑的经验，以及属于个体性质的梦、幻等，这和弗洛伊德的前意识很相似，是可以进入意识的；集体潜意识是人格结构中最底层的部分，它是人类在漫长的历史演变过程中积累下来的沉淀物，包括人类的活动方式和人脑结构中的遗传痕迹，如人对于黑暗的恐惧。个体潜意识的内容曾经有被意识过但被压抑后从意识中消失，而集体潜意识的内容从来没在意识中出现过，是完全通过遗传而得来的。集体潜意识主要组成部分是原型，即一种本原的模型。荣格认为原型是遗传的先天倾向，不需要任何帮助，就可使一个人的行动在一定的情况下与人类祖先的行动相似。

那么，依据荣格理论分析，达哇扎巴对格萨尔英雄的崇拜，由于家庭的潜移默化影响，在他潜意识中就存在的。加上外部环境影响而形成了说唱格萨尔故事的才能，他能讲述200多部格萨尔故事，而且掌握的曲调也非常丰富，其唱腔语气、语调和声音独具个性。对此，我们对他的成长过程做了访谈：①

访谈一：你上过学吗？小学、中学在哪里读？

达哇扎巴回答：我没有上过学，一天都没有去过学校，也不认识字。

访谈二：你说唱格萨尔故事是谁传授给你的？

---

① 访谈人郭晓虹，系课题组成员；被访谈人达哇扎巴，男，藏族，1978年生于青海玉树杂多县莫云乡，访谈时间2013年12月26日。

达哇扎巴回答：没人教我说，小时候我就非常喜欢听格萨尔的故事，最喜欢听《英雄诞生》和《霍岭大战》。9岁时，已经会吟诵格萨尔故事的零星片段，在放牧时，常常大声地哼唱。13岁那年，和往常一样在山上放牧，不知何时竟然睡在山坡上，在梦中有一位老者来到我面前对我说自己非一般常人，老者让我在三件事情中选择其一：一是能够让我听得懂世上所有走兽的语言；二是能够听得懂世上所有飞禽的语言；三是可以懂得世界的形成。我听后考虑了一下，认为能够听得懂飞禽走兽的话没有什么用处，就选择了第三件事情——可以懂得世界的形成。于是老者在自己怀中掏出了一个很小的镶嵌着绿松石的法器，将里面盛着的7颗青稞放在我的手心里使劲揉搓起来，之后将7颗青稞抛洒在他的胸口。做完这一切，老者告诉我已经为他做了该做的事情，要离开他走向太阳升起的地方，我也将会跟着走，于是老人就不见了。不知过了多久，我仿佛听到嘈杂的声音，惊醒过来，太阳已经落山，羊群不知哪里去了，晚霞映照的山坡上，我对刚才的梦境记忆犹新。于是赶快回到家中，羊群已经在羊圈里了。第二天开始，我就卧床不起，大病了三天。病好后，无法待在家中，心里异常焦躁，脑海中浮现的都是格萨尔故事中的场景，克制不住有种要大声讲出脑海中的情景的愿望。但是，每天我照常去放牧，在山上我就对着石头唱，对着大山唱，这样，我可以流利地说唱格萨尔的故事，唱完之后，心里就像卸下了一个包袱，畅快无比，此时我才意识到自己"巴仲"了，但是并没有告诉任何人。17岁那年我与几个同乡一起去拉萨朝圣，途经那曲，路遇一位艺人在街头说唱《霍岭大战》，听后，我激动万分，感到浑身颤抖，无法克制，便脱口而出，讲唱起格萨尔诞生的故事，在我唱完后，同乡才知道我是个"仲肯"。从拉萨回到玉树后，我就成为说唱格萨尔故事的"仲肯"了，整个村子的人都知道我会唱，让我讲给他们听，我就讲述了《霍岭大战》。

访谈三：你唱的格萨尔故事，他们喜欢吗？

达哇扎巴回答：很喜欢！他们第一次听我的演唱，他们听后说我的声音很大，很会讲故事，就像在给他们演藏戏，呵呵！我也很高兴，因为我才 17 岁，就能给牧民群众讲故事。

以上访谈中，我们可以观察到一个格萨尔说唱者从会说唱史诗故事或从小听大人演唱开始，都是不断来吸取传统，进而成长起来的。达哇扎巴的说唱，从他的演唱形成过程、方式，一直深入到他独立自由地演唱格萨尔史诗，并形成自己的风格，这是与生活环境、语言表达方式密切相关的。在访谈中，我们听了他演唱的《格萨尔诞生篇》，他的演唱韵律高亢、激昂，顿挫有致，语气声调洪亮，其演唱程式结构既与其他地方民间艺人说唱结构、程式大体相同，但又有独自的风格，即讲述与歌唱、赞颂有机结合。演藏戏意味着角色扮演，达哇扎巴用自己的说唱扮演了格萨尔故事各个角色的性格特征，塑造了格萨尔史诗人物的艺术形象。因而，可以说达哇扎巴一方面继承了格萨尔传统的叙事表演方式，另一方面又有自己的创作。

二　仲肯口头叙事表演程式

依据口头程式理论，史诗、故事歌等民间口头叙事，包含三个层面的结构要素，即程式（formula）、主题（theme）和故事模式（story-pattern）。根据帕里的定义，程式是在相同的步格条件下，常常用来表达一个基本观念的词组。程式是具有重复性和稳定性的词组，它与其说为了听众不如说是为了歌手——使他可以在现场表演的压力之下，快速、流畅地叙事。在不同的语言系统中，程式可能具有完全不同的构造。主题是指在传统地、程式化地讲述故事时有规律地使用的一组意义，它描述了某些不断重复出现的基本事件。故事模式则是指故事讲述中核心而稳定的叙事框架（skeleton of narrative）。[①] 通过考察说唱艺人的演唱，我们掌握了《格萨尔》口头文本的程式、主题和故事内容的程式化。

……神驹赤兔马啊！是日行千里的宝驹，是驰骋沙场的骅骝，是乘

[①] 朝戈金：《弗里口头程式理论：口头传统研究概述》，《民族文学研究》1997 年第 1 期。

载大英雄的坐骑，他有野牛的额头，青蛙的眼圈，怒蛇的眼珠……对动物描述是有程式性的，即象征、比喻、构成短语。

首先，来看达哇扎巴口头叙事表演中词组的程式。

（一）语词程式

通过达哇扎巴的口头叙事表演文本分析，笔者发现，口头文本中存在大量固定的、通常不再切分的词组和短语，它们是歌行最基本的构造单元，可称为"语词程式"。这里仅举与人物相关的程式和与动作相关的程式为例。

1. 与人物相关的程式
2. 与动作相关的程式

在于对人物的描述程式上语词程式如：神通广大的觉如格萨尔儿时称快骑上你的宝驹，赶到岭地去赛马，夺得魁首望王位。歌者达哇巴扎赋予马以人的生命人的性格和感情。

（二）句法程式

在歌行与歌行之间同样有程式化的因素存在，这便是"句法程式"，它是构筑故事歌的基本单位。句法程式的使用随具体语言的不同而呈现出或大或小的差异，本书从藏文的句法特点出发，仅分析平行式和韵式两项。

1. 平行式

平行式（parallelism）又叫"平行结构"或"平行法则"，其核心表征是相邻的片语、从句或句子的相同或相近句法结构的重复。在《格萨尔》样本中，各种类型的平行式不胜枚举，甚至可以说，样本就是由大大小小的平行式构成的。这些平行式又可大致分为排比平行和递进平行两种。

（1）排比平行

所谓"排比平行"，指的是平行式内部各单元之间的关系是并列的，各单元之间可以互换位置而不影响表达。排比平行在样本中出现的频率很高，这种平行式虽然没有推动故事情节向前发展的作用，但在客观上造成了重章复沓、一唱三叹的效果，是强化叙事的有效手段。

（2）递进平行

所谓"递进平行"，是指平行式内部各单元之间的关系是层层递进的，各单元之间不可互换位置。递进平行在样本中出现的频率也非常高，这种平行式最大的作用就是推动故事情节向前发展，同时营造出反复的效果。

2. 韵式

是格萨尔口头叙事表演的重要特点。有句首韵、句中韵、句尾韵、连珠韵。"句首韵"是指相邻的几个歌行以相同的字打头，由于这些字的发音一致，客观上起到了和谐音律的作用。在达哇扎巴口头表演中句首韵的使用非常频繁，这是格萨尔史诗故事歌的一个重要特点。"句中韵"是指相邻的几个歌行在句中同样位置出现相同的字，由于这些字的发音相同，客观上造成了粘连的音效，但其表演中使用不像句首韵那样频繁，"句尾韵"是指相邻的几个歌行以相同的字收尾，由于这些字的发音一致，客观上起到了协调音律的作用，句尾韵的使用也很多。"连珠韵"是指上一个歌行的结尾与下一个歌行的开头用字相同，这种粘连在一起的韵律听上去分外悦耳。连珠韵的使用是藏族格萨尔说唱的一大特色，藏戏继承了这一特点。

在与达哇扎巴的访谈中了解到的，故事要用诗行编织，用吟诵来讲述，这是一种特殊的叙述方法。达哇扎巴用自己的母语找到了表达的方式，同时听长辈的演唱方式，便在自己的演唱中继承了史诗诗行和吟唱的技法，这是其长辈的财富，在世代传承中继承了传统，延伸了遥远的过去。其实，说唱者从格律和音乐中甚至从语言本身汲取了这方面的经验，从现实生活中学到了短语的长度、部分节拍和完全的停顿，虽然他从未数出 10 音节，而且他不知道在句法停顿之间有多少音节。以同样的方式，他将重音和非重音的分布规律，以及受声调重音影响而引起的些微变化、元音长度、带有旋律的诗行等，吸收到自己的经验之中，获得一种感觉。他大量听说唱并沉浸其中，他懂得了这些"限定"的成分。他对格律的了解从来都是与特定的词语表达相联系的，与这些最普通的、传统故事中经常重复出现的意义的表达相联系的。即使在演出之前的岁月里,韵律和思想也是一体的,说唱者已经形成了关于程式的概念,虽然这种概念还不太精确。他很了解那些重复出现的意义,了解引起连续的节拍和不断变化的长度,而这些可以说就是他的程式。这时他已经掌握了基本的格律模式、词的界定、旋律,传统在他的身上重复生产。

藏民族的说话就是说唱,在演唱的故事中,词语的顺序与日常语言常常是与说话相通的,但动词可能被放到很奇怪的位置上,助词可能被删掉,所有格或宾格可能用得不规范。说唱者被这种奇特效果感动,他把这些句法上的特殊性与故事演唱联系起来。而且,词语连接的平行式、词序的平衡和对称对他来说已经很熟悉。例如,在一个句法停顿之前出现的动词,它会在下一组词语的开头出现,或者又被接下来的语法停顿之前出现的一个动词平衡了。《赛马称王篇》中觉如听完珠姆的表白后说道:"觉如我虽然可以返回岭地,但这匹马还没有驯服,不能乘骑,而且马鞍和辔头也都没有,倘若骑上它,会有摔死的危险。这样,也会给你带来闲言碎语。还是让阿妈牵着马后面来,我和你先前面走。但是,你有马骑,我却骑着一条棍子,恐怕很难跟得上。"珠姆说:"那你就骑这青灰马,我在后面步行,也能够赶得上你。"他俩就这样上路了。走了一程,觉如看见对面山上有一只香獐,便对珠姆说:"对面山上那只獐子住在阴山,名叫朋拉绕群,我今天非把它降伏不可。你唱一支歌,当它被你动听的歌声迷住时,我就用绳索把它逮住。"说着,走向獐子附近,珠姆便唱道:

>阿拉拉毛唱阿拉,
>玛色林荫大道上,
>说是行走似停留,
>说要降伏獐子魔,
>若是公獐取麝香,
>见到魔獐非真实,
>若有獐魔早降伏,
>角如非真幻化身,
>灰獐现身亦非真,

若是这些都真实，
珠姆歌藏诱惑心，
心思虚幻都一理。①

在开始演唱的几年里，说唱者对于意义和表达这些意义的词语的新的组合方式有了一定的感觉，他听惯了这些词语的语音模式，对于头韵和半谐音有一种本能的敏锐。一个词会从语音上预示着下一个词的出现；一个词组对于下一个将要出现的词语的暗示，不仅仅是意义、意义出现的先后顺序，而且也是由声学价值决定的。

因此，在达哇扎巴开始演唱之前，一些基本的模式已融入他的经验之中。这些模式的形式可能并不精确，它会在以后出现，但是，我们可以确切地说，年轻时候的达哇扎巴，他的程式观念正在形成。此外，旋律、格律句法以及声学上的模式，在说唱者的脑子里正在形成。

在这个阶段中，程式还没有完全形成，这主要是因为，只有表演的必要性才能产生出羽翼丰满的程式。程式是由于表演的急迫需要而出现的一种形式。只有在表演中程式才存在，才有关于程式的清楚的界定。另外，虽然说唱者在家族内或地区内会经常听其他说唱者的演唱，但是他和其他"仲肯"之间，并没有关于某一特定意义的相同的程式，或处理程式的相同方式。在他说听到的歌声中，没有什么僵硬不变的东西。

从达哇扎巴的讲述中可以看出程式的形成是一种无意识的吸收、融会贯通过程。但是，当演唱者开始演唱时，故事的叙事方式像早已准备好了似的出现在眼前。于是，程式便为他诞生，他由此而获得了程式化的表达习惯。

其次，来看达哇扎巴口头叙事表演韵律程式。

格萨尔口头叙事表演程式与结构是受藏族民歌、辩歌、谚语等影响，口头叙事表演的韵律与音乐程式是史诗说唱很重要的组成部分。按藏族民歌结构和表达形式分，民歌可分为"鲁"（亦称古如）和"谐"两大

---

① 《格萨尔文库》第一卷，甘肃人民出版社1996年版，第200页。

类。"鲁体"民歌又分为"拉鲁"山歌和"卓鲁"牧歌。"鲁体"民歌一般句数不等,有三、五、六句,每句的音节相等,一般六至十一个音节。其节奏特点是明快,段与段、句与句之间相互对应形成相对稳定的程式。这种民歌形式应用,早在 8 世纪的时候就有文字记载,可以说是藏族民歌中最早的一种类型。"谐体"民歌种类较多,不同地区有不同民歌种类。从内容与形式来分:"谐"颂歌专在仪式、典礼上唱;"勒谐"为劳动的歌;"果谐",即圆圈舞;"达谐",即箭歌;"热谐",即铃鼓舞中唱的歌;等等。"谐体"一般每首四句,有时六句,但均为偶句。每句六个音节,分三顿,每顿二音节,节奏悠扬,曲调优美,有一种余音环绕的感觉。

藏族谚语与其他民间文学相比有其独特性,语言精练,内容深厚,含义贴切,有歌颂的、赞美的、揭露的、训诫的,也有蕴含真理、传播知识的。可以说,在藏区,上至日月星辰,下至江河湖海,几乎世间万物都包含在丰富的谚语中。这些短小、精辟、幽默、优美的包罗万象的谚语,在格萨尔史诗中,语言生动形象,内容通俗易懂。

不同类型的说唱者,有不同的说唱程式,对于具有高度技巧的说唱者和不熟练的缺乏想象力的说唱者来说,程式的价值也是不同的。程式是思想与吟诵的诗行相结合的产物。因此,程式研究必须首先考虑到韵律和音乐,尤其是不同年龄段的说唱者。

另外,有的说唱者用乐器伴唱。因为说唱者在最初演唱时是手持扎念琴或手鼓等乐器伴唱的。以果洛为例,说唱者手弹拨单弦的乐器扎念,音域是一个开弦加上四个指头、五度音的范围。节奏是最主要的,优雅的音调是修饰性的。

早期在听歌中获得的节奏感,开始与乐器的限定,以及传统的富于韵律的诗行的界定吻合起来。由此可归纳出几类程式:

第一类是诗中表现最常见意义的程式。这些程式表示角色的名字、主要的行为、时间、地点,是最稳定的程式。因此,常出现的是英雄的名字,如格萨尔,它占据了诗行的下半行,是一个完整的下半行程式。

第二类是表示故事中最常见的动作的那些动词,它们本身就是完整的程式,这些程式用以填充诗行的前半部或后半部,如他骑上他的栗色马。表示动作的程式,其长度是受主语的长短,以及主语是否处在同一诗行而决定的。

第三类是表示行为发生的时间。最典型的带有"当太阳温暖大地的时候"。

第四类表示行为发生的地点。例如,"当山头戴上朝阳的金冠时""这里是花虎滩上部"。

这几种程式是口述文体的基石。我们是从达哇扎巴的演唱,从他在不同的格律条件之下所表达的特定意义的角度,来看待这些程式的。它们的实用性表现在,有许多的词可以替换这些程式当中的关键词。例如,上述的"这里是花虎滩上部"的程式中,我们将再次注意到语言本身所具有的很实用的对称性。一种语言的经典式的语法包括时态、变格、词尾变化等,这些都可能给我们一些启示,即语言是一种机械的过程。程式便是这种特殊的诗的句法结构中的短语、从句、句子。

当说唱者操一种语言即自己的母语时,他们不断重复地使用的语言,并不是他们特意记下来的那些词和短语,而是那些用惯了的词和句子。对一位利用特殊的语法进行创作的格萨尔仲肯来说,情形也是如此。他并不是有意"记下"程式,就像我们在孩提时并未有意去"记"语言一样。他从别的演唱者的演唱中学会了这些程式,这些程式经过反复的使用,逐渐成为他的歌的一部分。记忆是一种有意识的行为,它把那些人们视为固定的东西和他人的东西,变为自己的东西并加以重复。学习一种口头诗歌的语言,其规律正如儿童对母语的习得,并非凭着有意识的有计划的基本语法,而是利用自然的口头的方法。任何一种语言,其全部语法中都有例外的"规则",方言的不同、"不规则"的名词、动词、短语——林林总总的差异,在活的口头语言中始终在起作用。这些差异是与那些系统化的规则相对而言的,这些系统化的法则是从语言的用法和正常的有机变化中得出的。我们要分析一下从实际的表演中记录下来的口头史诗的文本,而不是背诵的或某种程度上的正规化的文本。如果这样的话,我们就能观察到口头诗歌语言的纯净的状态,就能发现在语言的实际使用中出现的不规则和非正规的东西。有一点很清楚,口头诗歌的文体,实际上也并不像一些替换规律所显示的那样机械。

我们罗列出的一些替换规律,其价值是使我们能更容易地看出,说唱者并不一定要学会大量的单个程式。他最先使用的那些最典型的程式,便成了最基本的模式,一旦他掌握了基本的模式,他便只需要用其他的词替换这个关键词。一个说唱者所学会的基本程式,实际上是很难确定的;在这方面不同的说唱者之间是有变化的。如果说唱者先学会的故事是关于格萨尔的故事,那么诗行之中的人名以及它的各种变体,就会成为相似的人名的一种模式,即4音节加上2音节的模式。因此,有理由这样说,只有当特定的程式的基本类型也已植根于说唱者的脑海里时,这特定的程式才是重要的。到了这个程度,那么,说唱者就不会过于依赖对程式的学习,而是更多地依赖于在已有的程式模式中进行词语的替换,这样的说唱程式,使得达哇扎巴说唱具有了戏剧性。

再次,达哇扎巴口头叙事表演文本分析。

在《赛马称王篇》觉如选马时的唱段:

觉　如:(面带微笑,用河水慢流调唱道)
王叔请听小侄说分明,
孩提时代您伤父母心,
年轻时代您总昧良心,
人到暮年您又耍聪明,
天良丧尽哪会有亲情?
您的所作所为太寒心。
我和早晨根本不一样,
已经吃饱肚子勇气增,
酒足饭饱方知骏马好,
我可不换坐骑犯傻病。

(ཇོ་རུས་གདོང་ལ་རྫུམ་ཞིག་ལྡངས་ནས་ཆུ་བོ་དལ་འབབས་ཀྱི་དབྱངས་རྟ་ལ་དྲངས་ནས)

ཕ/ཁུ་བོས/ཚ་ཆུང/རྒྱལ/ཉིན་ན/ཆུང་དུས/ཕ་མའི/སེམས་ལ/དཀྲུགས།

ན/ གནོན་དུས/ རྒྱ་འབགས/ གོ་ཆོག/ བྱན/ ནས་དུས/ གཡོ་དང/ ཁབལ/ དད/

ཕ/ ནང་གི/ དགྲ་བའི/ དཀུགས་ཤེང/ ཆྱོགས་གཞེན/ ཀུན་གྱིས/ མཆོད་ན/ ཞེ་ལོག/ ཧོར/

ང/ ད་ནང/ དུས་དང/ འད་ལེ/ མེན་གྷོ/ འགང་ན/ སྐྱིང་སྟོབས/ འཕར་ལེ/ ཨིན/

ཆང/ རྒྱགས་ན/ ཏུ་མཆོག/ ཤེས་ལེ/ ཨིན་ཏྲག/ འཇེ་བའི/ སྐྱེན་དགུབ/ བཟོ་ལེ/ ཨིན/①

（此段音节均为：单/双/双/双/单；以/号分音节，重音在单音节上）

这一文体风格是在表演中创造和形成的，从遥远的时代起，所有的演唱者都是如此，达哇扎巴的演唱，自然而然地形成他自己的模式和节奏。我们可以从演唱本身的旋律开始。一部史诗歌的开头有其独特的模式，它有自己的开端和节奏，至少有一个不断重复的韵律模式，用来支撑持续的叙述。达哇扎巴的讲述通过韵律、节奏和旋律的转变，有时候是为了强调戏剧性，会出现一个偏离主要模式变异的诗体，等到再度重新演唱时，还会有另一种变异的文体。史诗的结尾也有其结束的曲调。我们可以从《赛马称王》卷中看到这些模式的例证。这部史诗说唱记录便是个现成的例证。

例如：此唱段用河水慢流调，委婉动听，这是 G 宫调式，反复吟唱。见音乐记录②：

我们从这些例证中可以看到一种韵律模式，尤其是扬抑格的韵律模式。我们可以由此而观察到音调和格律之间的配合或"调整"在起作用。我们注意到，没有音乐的文本在展示史诗的面貌时是有缺憾的。诗行是

---

① 此段由周毛翻译，周毛系厦门大学人类学博士。
② 音乐记录陈乔，陈乔系青海民族大学中国少数民族艺术专业硕士。

有音节的，更确切地说，是有音节重音的，一种扬抑格的 5 音部诗行，并伴有第 4 音节之后的停顿。这种诗行简洁而微妙，它来自曲调与文本的交互作用。在正常的重音与格律之间有一种张力。格律重音并非总是落入正常的重音上，5 个音节也并非不具有同样的密度。第 5 个音节很突出，节奏最强，音调也最长。第 3、第 4 个音节是最弱的。第 6 个音节可能完全失去了，完全被吞掉了，或完全消失了。最后的音节可能被带到下一行的开头，或者只是普通的短拍子。第 1、第 5 个音节的强度可能是一样的，因为前者是诗行的开头，后者是诗行停顿之后的第 1 个音节。但是，这些音节位置如遇到一个前附词的情况（这种情形在诗行的开头很普遍，在第 5 音节中也不少见），那么，第 1 和第 3 音步有时会是抑扬格的，如不是扬抑格，而曲调后应该与这种节奏相呼应。第 1 音步，有时甚至是第 2、第 3 音步，在有些歌手的演唱之中是扬抑抑格的；他们有一整套的程式来适应这一节奏。在这些情况下，格萨尔仲肯说唱者常常会添加些多余的并无具体意义的词。

值得注意的是，藏语有一种高音重音，它可升可降，对长短元音非常重视。格律的微妙被这种语言的特点进一步复杂化了。这里所展现的格律的变异，要求说唱者在较早的阶段便对程式有适应能力，或者说正是因为这种适应性才出现了格律的多样化。旋律节奏的个性差异，比人们想象的要大，而只有在实际记录的史诗的曲调出版了，其实际情形才能被了解。

例如《赛马称王》：姑母南曼噶姆坐下骑着白狮子，在众多预言空行母的簇拥下，来对觉如预言道：

> 阿拉拉毛唱阿拉，塔拉拉毛唱塔拉。
> （阿拉原为起调音，塔拉原为唱词音）
> 神童角如天神子，请听姑母唱歌曲！
> 棋盘似的田园里，青青禾苗壮又粗，
> 若无果实来装点，青苗只作畜草使，
> 长得再高也无益。
> 深蓝色的天空中，群星闪烁放光明，

若无圆月当空照，星星只把黑暗引，
数目再多也无用。在花花岭国土地上，
觉如你运用诸神变，如果不衬王掌权柄，
神变只能把毁贬添。即便你修持得佛果，
也只给父辈丢脸面。①

(མ་ནི་དེ་གཉམ་སྐྱན་དཀར་མོ་དེས་མེད་གི་དཀར་མོ་ཞབས་ལ་བཅིབས་ལྱུང་བསྐྱན་མབད་འགྲོ་འཐུམ་ཀྱིས་བསྐོར་ནས་རོ་ཏུ་...ལ་ལྱུང་འདི་གསུངས་སོ།)

ཀླུ་ཨ་ལ་མོ་ཨ་ལ་ཉེ་ཀླུ/ཐ་ལ་མོ་ཐ་ལ་ལེན།（以上两句音节为：单/双/双/双/单）

ཨ་ལ་བག་གི་འབྱུང་ལུགས་རེད་ལ་ཚིག་གི་བཟོད་ལུགས་རེད།（汉增译）

དེ་ནས་ཇོ་རུ་ཁྱུ་ཡི་སྲས་གཞོན་དེ་ན་ཡི/ཀླུ་ལ་གསོན།

རྒྱ་བོད་ཞིང་གི་རེའུ་མིག/འཇོར་ལྡང་སྙེ་མ/ཡར་ལངས་ནི།

བཟང་པོ་འབྲས་བུས་མ་བརྒྱུས/གཞུང་མོ་དུད་འགྲོའི/ཁ་ཟས་རེད།

སྐྱེ་བོ་ཆེ་ཡང་པར་པ་མེད།（以上音节为：双/双/双/单）

མཚོ་ནམ་མཁའི་མཚོངས་ཀྱི/གུར་ཁང་ན།（仅此句音节为：单/双/双/双/单）

དབྱང་གསར་སྣར་མའི་བཀུགས་མདངས་དེན་ག/ཀླུ་བས་མ་མཛོ་ན།

རྒྱ་སྐར་ཤུན་པའི་སྐུ་འདྲེན/འདུག་གདངས་ཀ/གཞན་པའི་ཐན་ལ་མེད།

ཁ་མོ་སྐྱིང་གི་ཤ་ཚ/གལ་བཟོད་རུས/བསྐྱུར་ལ་ཚོགས་པ་དེད།

སྐྱེད་དཀར་དཔོན་ས་མ་ཞིག/གཉུགས་བསྐྱར་བསྐྱར་འདེབས/སྟོན་མ་རེད།

གྱུབ་དགགས/ཁྱུ་བོའི/མགོ་སྟོབས/རེད།②（以上音节为：双/双/双/单）

这些段落并不包含比较常见的重复的主题，如赛马、集会的场所等主题。而这种重复是出现于同一说唱者那里，出现于他的同一部作品的其他两个版本，甚至在同一个段落中。同一个诗歌说唱的不同版本当然包括在我们要分析的材料中。

以下是来自说唱者对于不同角色的演唱曲调的诗行样例，我们从中可以了解到这种变化的幅度。

---

① 原文《格萨尔文库》，甘肃人民出版社 1996 年版，汉 168，藏 553。
② 原文《格萨尔文库》，甘肃人民出版社 1996 年版，汉 168，藏 559。

晃同：（用哈热哈通调）

旋律反复两遍，为 G 徵调式。

丹萨：（唱）

旋律为 E 羽调式，此段唱腔根据唱词共反复三遍。

珠姆：（唱）

旋律共由十三小节组成，前五小节为 G 角调式，后八小节旋律一气呵成，旋律优美动听，结束是 C 羽调式，属同宫系统转调，旋律反复三遍。

在表演中说唱者则要尽量使音乐的诗行与文本相呼应，他凭借的手段是用扬抑格来构筑扬抑格的诗行，或者采用一个音节停两个音拍而不是一个音拍的手段。

这些词语在说唱者的经验中建立了一系列的模式，这些模式也是史诗文体的统一体的一部分。因为这些词语继承了传统的模式，它们与别的词语并没有什么区别，实际上与它们有意无意地相一致。说唱的程式，只有到了说唱者在自己演唱中已经形成了对这种程式的惯常使用时，那些记住的程式才成为他自己的程式。

我们已经看到，从格式最早开始演唱时，程式便已经出现了。我们也注意到这样一个事实，这些程式并非千篇一律，他们的原创性和它们的程式性的密度并不相同。我们已经说过程式本身并不太重要，对理解这种口头技巧来说，这种隐含的程式模式，以及依这些模式去遣词造句的能力，显得更为重要。

格萨尔史诗用程式来讲述故事，但程式是如何进入说唱者的脑海中的？这种活的艺术与个人经验紧密地融为一体，以致程式会自然而然地在史诗演唱的文本中留下特殊的印记。从这些史诗诗行中留下的鲜明的标志，我们可以十分有把握地确定，我们面前的文本是否为传统的说唱者在口头创作中完成的。

程式分析，或者更概括地说，文本分析，必须从认真细致的文本的段落样例研究开始，以便发现其中的有些词语，是否在同一个具体说唱者的其他大多数作品中也重复出现的现象。

在《赛马称王》篇中唱词：

> 阿拉拉毛唱阿拉，
> 塔拉拉毛唱塔拉。
> 上师本尊空行母，
> 请勿离我住头顶，
> 住我头顶赐加持！
> 如若不知道这地方，
> 这里是花虎滩上部，
> 阿隆聚会的大会场。
> 如若不认识我是谁，
> 塔尉索纳是我名字。
> 达戎部落把家臣当。①

ཀྱུ/ཨ/ལ/ལ/མོ/ཨ/ལ/ལེན། ཀྱུ/ཐ/ལ/ལ/མོ/ཐ/ལ/ལེན།

---

① 原文《格萨尔文库》第一卷，甘肃人民出版社1996年版，第559页。

རྒྱབས་/ཧྲ་མ་/ཡིད་དམ་/མགར་/འགྲོ་/གསུམ། （以上音节为：单／双／双／双／单）

མེ་འབར་/ཕྱི་བོའི་/རྒྱན་དུ་/བཞུགས་བཞུགས་/ནས་བྱིན་/གྱིས་/བརླབ་ཏུ་/གསོལ།

ས་འདི་/ས་ངོ་/མ་ཤེས་/ན། འདུད་ར་/སྲུག་/ཐང་/གོང་/མ་/དང་།

འཚོགས་ས་/མ་ལོང་ར་/རིདུང་/དང་/ང་ཞོ་/མ་ཤེས་/ན།

མ་ལོང་/ཐར་བའི་/ཞོར་སྨུ་/ཟེར་སྒྲག་/རོང་/དཔོན་/གྱི་/སྒྱེར་/སྣོན་/ཡིན།① （以上音节为：双／双／双／单）

由以上文本我们可以看出，有一定数量的词组，毫无疑问地可以称为"程式"。我们从说明中了解到这些词语或句式结构曾经被说唱者经常使用。甚至在用格萨尔史诗行诗中，样例中的整行诗，大半的半行诗是程式。最明显的是，没有一个诗行或半行诗不符合程式化的模式。在一些样例中，其模式是非常典型的，不难提供这种词语的程式化的特点。在有些例证中，证据并不充足，但它也足以使人觉得，那个所研究的词语是程式化的。如果我们放宽一下我们所建立的原则和标准，那么，有一些程式化的表达是很容易被划为程式的。

由格萨尔的口头创作实践入手，我们首先论述其中的说唱规律，意在突出歌手在创作某一特定诗行的情形。如歌词的意义、长度、韵律等要素，而且还要注意它的语音、语音模式，这些是由前后的语音模式影响的。我们还要注意歌手在创作其他诗行时的习惯。由此，我们便可以进入说唱者创作时的思维状态。我们发现说唱者并非仅仅在注重语言的修辞，而是为了满足他的需求，便于演唱，而调动一个词语。词语的稳定性缘于其使用性，而不是缘于说唱者方面的感情，它并非不能改变或一点不变。词语也有调整的可能性。在构筑诗行时，说唱者并不受程式的束缚。不断完善的程式技巧就像一个能工巧匠一样来为他服务，而不是来束缚他。

如前所述，为清楚起见，我们只讨论了某一行诗及其成分。实际上诗行之间并不是孤立的。从一行诗到另一行诗，这并不仅仅是现成词语的堆砌。

---

① 《格萨尔文库》第一卷，甘肃人民出版社1996年版，第559页。

在诗行中，诗行结束的标志往往是：因为换气而出现的停顿，诗行最后一个音节或几个音节出现变形，音乐修饰成分转折。诗行结尾是创作单元的结束，因此显得很突出。的确，绝大多数的句意，都可以在一行诗的末尾完成，我们常常可以在一行诗的后面加上一个句号。在我们所分析过的格萨尔史诗中，有44.5%属于不规则的跨行接句（即意思在诗行结尾完结，但语气仍在继续），只有14.9%表明必需的跨行接句。史诗中，有一个数量最大的例外情况，它涉及一个前置的从句，或者一个包含名词加上修饰语的一行诗句。即使在这样一些例外情形中，一种意义，即使它不是主要的意义，也会在诗行结束时被表达出来。

文本《赛马称王篇》说唱者讲述：

格萨尔赛马称王，登上宝座，各位英雄勇士和姑嫂们也各自唱了祝愿的歌，为格萨尔献上了哈达。当下把觉如穿戴过的黄羊皮帽、牛犊硬皮袄、生马皮靴子等衣物，作为众生福运的根源，珍藏到了地下。

这时，晁同也上前行礼，敬献了哈达。格萨尔按照原来许下的诺言，把达戎家送给他，在苦行时使用过的杨木手杖与赞巴拉财神的福运口袋重新还给了晁同。并说："这是我的神变之物，将来在我用箭去射魔王鲁赞的额头时，还要借用一次！"晁同说："不用说去射魔王鲁赞，就是霍尔白帐王的颈上备马鞍时，你只要需用，我随时都可以借给你。"据说就因为晁同说了这句话的缘故，后来格萨尔征服霍尔时，就完全靠的是神变功夫。

还有听了格萨尔王唱的这首金刚道歌，人们各个俯首听命，不敢有所违抗。天人众生，无不喜悦，抛撒花雨，表示庆贺。这时，总管王戎擦查根将穆波冬族的家谱和五匹彩绸献给格萨尔大王，并用悠扬的长调，唱歌道：

阿拉拉毛唱阿拉，
上师本尊与三宝，
若不知道这地方，
这是古惹山左边，
白岭所居祖业地，

> 赛马夺彩在此间。
> 塔拉拉毛唱塔拉。
> 作我顶饰勿离远,
> 若不认识我是谁
> 我是冬族老总管。①

  这是最后一行诗,标志着一个段落的结束。这一行诗以一声叫喊开始,用的是一种特殊的抑扬节拍唱腔。为格萨尔神马披上华丽鞍鞯,这些带有修饰性的和描述性的诗行,给动作本身增添了色彩和诗意。生动的修饰可以说是层层铺排的。铺排的方法看似简单,但是,在熟练的说唱者那里,它起着一种凝聚的作用。

  然而,这些作用不能仅仅归因于添加文体。诗行各部分之间、诗行之间以及成组的诗行之间的连接关系,远比添加文体更加复杂和微妙。说唱者有着强烈的平衡意识,这表现为头韵的、半谐音的模式和平行式。除此以外,还有一类数量很大的诗行,这就是说唱者惯常使用的,他们也因此而被一起发现。这些诗行的重复,有时是一个词一个词丝毫不差的,有时也不是这样。诗行的顺序则是不同的。然而,这一簇簇诗行、程式,常常纠缠在一起,重复出现,这是口头文体的一个富有特色的标志。它们对说唱来说是便于记忆,同时具有戏剧文学的特点。因为,口头史诗的诗的语法是以程式为基础的。这种语法是关于排比的、经常使用的、很实用的词语的语法。这种文体,以及整个史诗演唱实践,都是随着说唱者的创造性而产生。说唱者的创作方法受到表演要求的支配,他依赖于反复灌输的习惯,依赖于语音、词、短语、诗行之间的联系。但他并不受这些习惯的束缚;他也不寻求记忆的固定的东西,或为此而寻求一种不同寻常的东西。他经常使用的短语和诗行绝大多数还回响着遥远的过去的回声,口头诗歌的程式性和表演性是远古时期诗乐舞三位一体的延续,口头诗歌本身极为丰富,格萨尔口头叙事表演透射着远古时期诗歌、音乐和戏剧的原型,这是史诗由说唱到戏剧演变的基础。

---

① 《格萨尔文库》第一卷,甘肃人民出版社1996年版,第200页。

三 仲肯表演心理与社会行为

口头表演者把自己讲述格萨尔故事看作真正的口头叙事传统的展示。在《格萨尔》演唱者中充分显示8—11世纪的青海果洛人是活跃的故事讲述者，他们能够运用多种叙事文类，包括精心创作的有关往日英雄业绩的传说。同时，这无可争辩地证明了青海果洛人延续至现代的有关诗歌创作和表演的故事的传统。

（一）仲肯表演心理

演唱者以会讲述格萨尔故事为荣，藏民族把会说格萨尔故事的人视为神人，是有至高德行的文化人；把表演看成一种特殊的、艺术的交流方式，认为是神授予讲述人才智和表演才能的。讲述人的口头表演，是通过展演荣誉来展示交流能力——特殊技巧和效果成为表演者的具体行动。演唱人在讲述中充当着重要的角色，因此，他们朝着被艺术性地叙述和赞颂的目标，艺术性地展示自己的行为。同时，他们的演唱帮助人们追忆往昔的光荣和荣耀，强化历史的自豪感，起到凝聚族群历史记忆的作用。它赞颂格萨尔因其诗歌而获得的荣誉，毫无疑问，荣誉问题对表演者心理阐述至关重要。对此，我们对达哇扎巴做了访谈：

> 访谈者问：你现在是一个讲述格萨尔故事的"仲肯"了，在我看来，你是一个艺术家，很会讲故事，我看到周边群众都很喜欢你讲的故事，你是他们心中的英雄。①
>
> 达哇扎巴回答：我会讲格萨尔，我很骄傲，很光荣，因为，这是我们藏民族的英雄，我要将他的实际讲述给我们的民族，让他们了解格萨尔，学习格萨尔，赞美格萨尔，他是我们心中的神。每当我讲述格萨尔的故事时，我心里特别高兴，因为，我会讲他的故事，

---

① 访谈人郭晓虹，被访谈人达哇扎巴，男，藏族，1978年生于青海玉树杂多县莫云乡，访谈时间2013年12月26日，下同。

我知道他的事情,他在看着我把他的故事讲给我们的民族听,只要我讲一次,就是对我自己和我们牧民进行一次修身,就是一次体验,就是一次诵念经文。我会说唱格萨尔是我的荣誉,是我修身修来的,更是我一心追寻的英雄在我身上附体了,我日夜在梦中见到格萨尔,他让我好好保护自己的家乡,保护自己的牧民和民族。

访谈者问:你相信自己是格萨尔化身吗?

达哇扎巴回答:别人都不会讲述格萨尔故事,我就会讲,我在讲述时,格萨尔英雄就在我眼前,他与妖魔斗争时,我亲眼看到,他骑着骏马,挥舞着利剑,大声喊着、奔跑着厮杀妖魔,他战胜妖魔,百姓为他歌唱、舞蹈。因此,只有我要赞美格萨尔,歌唱格萨尔,他给我们带来幸福吉祥。我们会世世代代传唱他的英雄事迹,为这片养育我们的草原和牧民都知道格萨尔,去赞美他、歌颂他。希望人人都是格萨尔,为牧民着想。因此,我在讲述格萨尔故事时,我实际上,还是个赞词手呢,会用赞词赞美格萨尔的事迹,如征战取胜的喜悦,我是控制不住就会口中出现许多赞词的,当然,出现妖魔时,我会有很多咒语来诅咒妖魔,祝祷格萨尔获胜。这些都是不由自主的,我的赞词也是出于自己心里的失控或者说是情绪决定的,脱口而出的,因为在我眼前看到了格萨尔被妖魔阻挠或经过较量后获胜的情景,我很着急,便会感动而去赞美格萨尔。这就是我的生活,我生活的地方就是格萨尔生活的地方,他的一生就是我的一生,我们的牧民需要我,需要我每天给他们讲述格萨尔故事,需要我用我的才智歌颂格萨尔,赞美格萨尔,无论是喜庆的日子,还是妖魔盛行的时期,我要讲述格萨尔故事,我要呼唤格萨尔,祈求战神,保护家园,战胜妖魔。这是我的荣耀,是我生活的全部,是我的生命。

访谈者问:你被吸收为国家在职干部,经济有了基础,名誉也大了,这对于你讲述格萨尔故事会有发展吗?

达哇扎巴回答:我最初讲故事,也没有工作,没有工资,没有出名,不是很好地在讲述故事吗?这些对于我来说不重要,在我心里只有格萨尔英雄,在牧民心里,我就是格萨尔英雄,我就是格萨尔赞神，替他们说话，替他们赞美，替他们分清善恶是非，使他们生活美满。甚至，我在牧民眼里是一个英雄，一个艺术家，一个诗人，一个医生，一个老师，一个神人。这就是我们生活的全部。

在继续考察《格萨尔》口头叙事表演中更多关于格萨尔的故事与诗歌的流传和表演之时，我们发现其中大量的内容，都是赞颂值得效法的行为，也即为个人赢得荣誉的行为或事迹。且举几个具有代表性的例证。

在《赛马称王》诗篇中，我们看到一系列赞扬格萨尔英明的诗篇，下面是具体的例子：

> 赞词手：我祭祀殊胜无敌的格萨尔王，
> 您是降妖伏魔的能手，
> 您是众位财神的珍宝，
> 您是众位战神的首领，
> 您是护法神中的传奇，
> 您是众神中的骄傲，
> 您是芸芸众生的守护神，
> 您是所有人的战神，
> 您是世间持明神的主子，
> 您是佛苯两教的依托，
> 您是砍下黑色魔头的精英，
> 您是悬在毁佛灭教者项上的利剑，
> 您是所有妖魔鬼怪不寒而栗的克星。
> 现在我们要庆贺有幸目睹格萨尔王如意传记的福分。

这些诗句，均为格萨尔诗人所创作，其意义在于对于格萨尔英勇的歌颂，这是十分重要的。英雄往往因其在对灾难的战斗中显著的英勇行为而引人注目。格萨尔从这一战斗中获得了巨大的荣誉，就像这首诗所赞美的那样。

因此，生活在青藏高原的藏民族，因为有格萨尔史诗故事而艺术地生活着，规范着自己的行为，传承着自己的文化，延续着生活方式和传统习俗以及塑造了自己的人格魅力，建立了审美基础之上的口头叙述表演艺术。

（二）仲肯表演的社会行为

社会行为是生活在特定生活条件下，具有独特的文化和完整的人格结构的人对于各种简单与复杂的社会做出来的反应。其表现形式具有群众性、广泛性以及大众化社会影响。它的存在形式是以感情、情绪以及风俗习惯等方式进行的。其社会行为的表象，本身行为也是通过外在的表现才能够更好地了解或者把握的。主要表现为优势等级序列、通信行为、利他行为、利己行为等。心理活动存在着自发性或者意识性，其实出于本能的心理活动也是心理活动的一种表达方式。而从实际的角度分析，社会心理的影响更深远，同时社会行为也是人最重要的行为组成。

从以上访谈可看出，格萨尔说唱者的社会行为，一是肩负着格萨尔史诗的传播意识；二是有利于对于格萨尔思想的传达与宣传，是利他行为；三是说唱者情感的表达方式；四是某一地域民俗习惯的方式的流传；等等。总之，格萨尔口头叙事表演是一种生活方式，是生活在特定环境下，具有特定文化与人格结构对于特定生活的反映。

例如，《格萨尔》里还有不少规劝当权者要体察民情，谨慎从事，不要忘乎所以、为所欲为的谚语。例如：

> 即使绝顶聪明的大智者，
> 事情做过头了也会害自己；
> 纵然登上了国王的宝座，
> 想入非非也会使国事衰败。
>
> 红火燃烧如过度，
> 沸水也可熄灭它；
> 黑铁坚硬如过度，

无火也能折断它。
　　狂妄过甚不克制，
　　老虎也会被碰死；
　　吞食过甚不知足，
　　饿狼也会被噎死；
　　欺人过甚无止境，
　　孩童也会反其齿。

　　此外，还有许多反映生产、生活方面的谚语，积累了高原人民丰富的生产斗争和社会斗争的经验，具有鲜明的民族特色和地区特点。《格萨尔》里的谚语，作为诗中之诗，是藏族文学语言的重要组成部分，集中了藏族语言的精华，体现了藏族人民的无穷智慧，不仅增加了作品的思想性、艺术性和民族性，对于向人民群众传播生产知识和生活经验，指导人们分清善恶是非，净化人们的心灵，鼓舞斗争意志，培养高尚的道德情操等方面，也具有重要作用。

　　如果我们把上文列举的这类诗歌和故事中所赞美的品质做一番归纳，它们多用英勇、绝艺、男子汉气概一类的名词来标示，还用慷慨、有勇气的、善于辞令的或忠诚于家族的等形容词来描述。由此，我们可以用格萨尔流传于藏族地区早期话语里在意识形态上饱含价值取向的最突出的词语中的一个词来理解它们，这个词就是美德与荣誉。在这一时期的应用中，它也许是在表达男子汉的理想组合方面最具有涵盖性的词。这种理想组合的榜样被称作可敬的人，或高尚的尊贵的人，或伟大的或卓越的人等来表示——所有这些词都表达的是高度赞扬的意思。正是通过展示才会赢得荣誉并被尊为可敬的人。这里笔者想要说明的是，故事和诗歌不仅仅意味着为创作和表演这些作品的口头艺人赢得荣誉，而且还是给予他人荣誉的有效手段，它们可以通过艺术的因而容易记忆的方式来赞扬他人的美德和功绩。因此，当格萨尔演唱者在讲述或者在创造格萨尔诗歌时，既是格萨尔的化身，又是格萨尔附体。

　　《格萨尔》从远古流传到现在，最根本的原因还是人民群众喜爱它，需要它。这种需要，表现在多方面，主要是：

心理需要：史诗所体现的积极的、向上的、健康的思想内容，表达了藏族人民对美好生活的追求和向往。饱受苦难的藏族人民，在格萨尔等本民族的英雄群像身上，找到某种精神上的寄托，得到某种心理上的慰藉，满足某种心理上的需要。不同时代，不同文化结构层次以及不同境况的人，在吟诵这部史诗时，都会按照自己的需要和理解，进行解读和阐释，都会产生强烈的共鸣，从心灵深处找到某种交汇点。①

行为需要：在重大民族节日、喜庆活动、祭祀祈福，以及转山朝佛时，都离不开演唱史诗。过去在发生部落械斗时，往往要诵读《格萨尔》，祈求战神保护自己，战胜对方。马帮出远门经商时，也常常诵读史诗，呼唤"财央"，既有实用性，又有娱乐性，成为群众文化生活的一个重要内容。② 因此，无论是达哇扎巴的演唱，还是其他演唱者的表演，我们在这里看到的，仍然是表演。格萨尔演唱者在公众面前进行了展示，他想要让人看到并认可他的聪敏和口才。当他站在草原、牧场或毡房前时，他其实是站在了舞台上，处于完全表演的状态。这不是为了炫耀自己，而是为了自己的声望与格萨尔的荣耀，在展示自己的表演才华。

图 7　格萨尔"仲肯"在演唱　　（郭晓虹拍摄）

---

① 降边嘉措：《格萨尔论》，内蒙古大学出版社 1999 年版，第 507 页。
② 同上。

既然为了声望或者荣誉，为了被人认可和谈论而表演格萨尔，就必须具有出色的表演才能获得良好的口碑，因此，格萨尔"仲肯"是用表演格萨尔故事确立自己的声望的，它能通过更加巧妙的方式使这种声望变得易于记忆。正如罗伯塔·弗兰克所说的："诗歌是永恒的。在名望与荣誉被视为至高德行的文化中，颂词（eulogy）和讽刺诗（satire）充当着重要的角色。"① 因此，在追求荣誉与声望的过程中，格萨尔演唱者明确的是要按照值得为一则故事或一首诗歌讲述的方式而努力，这是构成价值体系基础的交流的一个最具艺术性的言谈方式——口头叙事传统。

　　可以说，在这些例子中，我们都能看到我们的口头叙事表演在借助言语完成个人荣誉表演的欲望推动下而开始。以荣誉、声望和赞扬为目的，每一个表演领域都支持着另外的领域，而在维持整个价值体系方面，任何一个领域都和其他的领域一样重要。

　　总而言之，在本章中，我们尝试论证了艺术性的口头表演在早期藏族社会是获得荣誉的一种手段，而作为一个优秀的诗人或故事讲述者，将会获得关注、尊重、表扬，甚至物质奖励。此外，诗歌与故事的表演也是赋予他人荣誉的一种手段，因为有关英勇、热情好客、慷慨、履行家族义务以及艺术性言谈本身等构成口头叙事表演的价值标准的展示，代表着表达的资源，诗歌的吟诵和故事的讲述，正是围绕这些资源进行的。就是说，这些艺术性的口头形式在确认公共的、值得纪念的荣誉方面，充当着重要的媒介，没有它们，荣誉就是不完善的——确切地说，是不可能的。因此，追求声望的行动本身，是以得到诗歌和故事的赞扬为目的而精心策划并在观众面前展演的。换句话说，在行动中来展示光荣品质，代表了一种表演的形式，这种形式是为了通过口头表演来得到认可和广泛关注的目的而完成的。在藏族早期社会，艺术性的口头表演和为荣誉的表演，是更大的有关道德意义的表演中互相依赖的组成要素。

　　荣誉与口头艺术在格萨尔史诗中构成了一个完整的符号系统，该系统围绕着作为交流模式的表演而建立，道德价值则通过这种表演而获得

---

① ［美］理查德·鲍曼：《作为表演的口头艺术》，杨利慧、安德明译，广西师范大学出版社 2008 年版，第 267 页。

弘扬和持续。举例来说，犹太教和基督教的教义，可以用十分清楚明白的词语来表述人应该做什么或不该做什么。与此不同，英雄的教义，却只能通过用诗歌和故事列举事例的方式来做出十分概括的规定，由此，具有重要的意义。无疑，在任何一个试图理解对于道德价值的要求怎样在社会生活行为中通过交流得到实现和认可的努力当中，都包含了一种建立在审美基础上的表演成分，而那种社会生活行为，往往可以充当这些表演的社会结构与经济方面的依据和结果。格萨尔演唱者生动地阐释了藏族古代社会中把艺术的言谈与追求声望的行为连接起来的互文关系；还有演唱者试图通过演唱引起听者或读者共鸣，即提供了有关口头表演和男子汉气概表演的完整视角。即是说，格萨尔演述行为，即受道德支配的社会结构在很大程度上是通过表演以艺术的方式得到实现的。格萨尔说唱者在表演中顽强地表现自己，一方面是生活本身的艺术，另一方面具有社会功能，他通过说唱格萨尔彰显民族个性，传承民族传统文化。因此，格萨尔史诗在演述的历史长河中，由于生活本身，形成了格萨尔演述文本的多种类型和多样性，史诗、说唱、戏剧、乐舞与民俗构成了互文关系，使得说唱演变为戏剧，其过程则清晰可辨。

第四章

从史诗说唱到戏剧文本书写

由上章所述达哇扎巴的表演，笔者试图以此说明格萨尔"仲肯"的说唱表演与文本书写的过程。格萨尔的口头叙事，是一种口头创作，实际上所有早期史诗，都是口头的，因此，只有当我们了解了口头叙事表演的过程，才能了解口头诗歌到戏剧文本的过程。例如，我们对于达哇扎巴的说唱考察，从活态史诗创作表演可以获知格萨尔口头叙事的表演行为、修辞、构思、史诗的思想等；从达哇扎巴的史诗说唱中，也就是在一个特定说唱者的持续演唱中，我们发现他的演唱是稳定的，他的创作是原创的或者说是传统的。

我们在青海果洛采集活态口头表演时，依赖的是整体的格萨尔史诗说唱传统。那里的藏族人操藏语言安多方言，古老的生活方式。民间歌谣、谚语伴随着格萨尔史诗说唱，大量的老人并不识字，年轻人所受教育也极少。我们访问的两个村镇，未见格萨尔书籍流行，也未见文字书写，只在十几个寺院里有格萨尔藏文版本流传。

在考察格萨尔艺人的说唱当中，我们还了解到青海的才让旺堆，在没有被发现时，他在自己的村庄讲述格萨尔故事，在广阔的草原上说唱格萨尔，牧民会着迷地听他讲述。他的讲述是即兴创作的，不是依据文本背诵的，这样的讲述是一种说话行为，并非表演。只是后来，这种说话行为在社会制度和人们审美诉求当中，需要将格萨尔口头叙事展示于社会，那么表演成为一种特殊的交流方式。口头说唱转化为表演，即从将口头文学，转为将口头艺术视作一种行动的方式，尤其是交流的方式的组成部分。表演便成为这一新观念的中心，"部分原因在于它传达了艺术行为与艺术事件的双重意义"①。

最初,"表演被用作一个一般性的涵盖性术语,指将口头艺术作为行动,作为我们一直怀有兴趣的艺术性口头形式的情境性实践（situated doing）"②。这一用法曾经是——并且依然是——有用的,"因为它将口头文学视为实践,将文本与语境在行动中重新结合了起来"③。这里的"语境","指的是情境性语境,它不仅仅是一则特定的口头文学事象植根于其中的一般性的文化和制度性背景,而是作为一种社会达成的交流性事件（Bauman, 1983）"④。但是,"事实很快就明白地显示:将表演仅仅当作对于我们以往用以文类和文本为中心的传统术语所理解的任何口头艺术的实践,并不能很好地增进我们对于口头艺术作为一种独特的言说方式的理解"⑤。很清楚,我们需要的是将表演自身作为一种特殊的交流方式的观念。为此,我们花了数年时间来探索口头叙事传统,以表演为中心的方法来研究口头艺术表演的方法。

简单地说,运用鲍曼的表演理论来解释格萨尔口头叙事表演这种行为,"其本质在于表演者对观众承担着展示交流能力,它突出了艺术交流进行的方式,而不仅仅是它所指称的内容。因此,在这一意义上谈表演,说话行为本身便被框定为展示,它在一定程度上从其语境背景中被客体化（objectified）、被提取出来（Lifted Out）,并由观众进行自由而仔细的审查"⑥。从观众的角度来说,"表演者的表述行为由此公开成为品评的对象,表述行为达成的方式、相关技巧以及表演者对交流能力的展示的有效性等,都将受到品评"⑦。

因此,表演会引起对表达行为以及表演者的特别关注。正如达哇扎

---

① Bauman 1977a; Ben-Amos and Goldstein 1975; Paredes and Bauman 1972.
② [美]理查德·鲍曼:《作为表演的口头艺术》,杨利慧、安德明译,广西师范大学出版社2008年版,第267页。
③ 同上。
④ 同上。
⑤ 同上。
⑥ 同上。
⑦ [美]阿尔伯特·贝茨·洛德:《歌手的故事》,尹虎彬译,中华书局2004年版,第26页。

巴的格萨尔说唱表演，成为青海玉树、果洛地区格萨尔表演的文化资源，并习惯性地使用具有结构性的一套独特的交流手段，同时，格萨尔的特殊的交流方式被固定了，包括特殊的套语，例如"阿拉拉毛唱阿拉……"言说的风格化，如藏语修辞和民歌的韵律、谚语、特殊的符号（比如古老的语言），等等。在青海地区，格萨尔表演可以被理解为对诗性功能的展演，这是口头艺术的本质。但是诗性功能只是同时发生的言说的多种功能中的一种，这多种功能总是同时存在，也就是说，在藏民族的传统文化和信仰系统中，格萨尔的言说行为居于支配地位。那么格萨尔表演也许在言说所发挥的多种功能中，如宗教的、伦理的、审美的，甚至具有仪式功能，即凝聚力、惩戒和娱乐功能，也可能从属于其他功能——指称的、修辞的、情感交流的或任何其他的。比如格萨尔说唱者讲述的故事，主要用来宣传格萨尔的英雄事件，善与恶的斗争，但听者也可能在此之余欣赏说唱者言说的技巧。另外，当说唱者在礼仪上吟诵时，表演者对观众承担展示交流的技巧和有效性的程度。这些艺人的讲述故事是在特定情感和环境中，如还有些藏人突然得病，昏睡几天后突然会讲述格萨尔故事，也就是突破性进入表演，然后稍纵即逝，这些艺人认为是神授予他的才能。有的则天生就会讲故事，在与同伴的谈话中使用一个新鲜而隐秘的词汇以显示自己语言上的高明，他还尽力绘声绘色地讲述，期望自己讲述的技巧和有效性能得到肯定的评价。

  我们对口头叙事说唱表演的研究，倾向于发现那些杰出的表演者并记录下他们的讲述，而且喜欢那些最具有充分艺术性的口头讲述文本。但是，为了在所有的复杂性中来理解表演的动态性，我们必须把考察的范围扩展到传统口头说唱表演——在这些例子中，表演者也许并不希望对其观众承担全部的展示交流能力的责任，他或许就是讲述他的故事。

  本章中对口头形式的展演进行了细致的口头文本和语境分析，从形式和功能上揭示了表演与其他交流性框架（报道、翻译）之间的互动，以及我们关注在框定口头说唱表演的互动过程中的至关重要性。将涉及的资料是我们在果洛进行田野作业期间对一位讲述人进行的一个下午的观察。

一　口头叙事表演文本

　　青海果洛藏族自治州位于青海省的东南部，青藏高原腹地，阿尼玛卿雪山脚下。全州面积7.5万平方千米，草原面积591万公顷，现辖6县，共51个乡（镇），首府驻玛沁县大武镇，距省会西宁440千米。该地区包括班玛、玛沁、达日、甘德县。果洛是一个藏族聚居的牧业区，兼有小块农业区，主体民族为藏族，并居住有汉族、回族、撒拉族、土族等14个民族。据2012年统计，全州总人口14万人，其中，藏族人口占总人口的90%，是我国30个少数民族自治州中单一民族比例最高的自治州之一。全州海拔均在4500米以上，多山多水，地域辽阔，果洛以黄河的发源地享誉，亦以孕育了《格萨尔王传》英雄史诗而闻名。

　　我们在果洛调查的唯一宗旨，是想考察当地人口头语言的艺术性，格萨尔史诗故事的构成和事件的发展以及表演。我们集中考察艺术性的说唱表演在传统的藏族文化中主要的、显著的言说场合，即在草原上游走吟唱的艺人和在节日聚会作为表演为生的人群。在果洛地区，一般在重要节会期间，都会有相关的宗教活动和与祭山神相伴的娱乐活动。其间，人们聚集在草原上，享受格萨尔说唱艺术。

　　这些说唱中经常出现的一个主要文类是讲述格萨尔英雄史诗故事。在青海藏区，一则格萨尔故事是一段叙事，它带有某些富于创造性的夸大，但还是被当作真事而讲述和接受，其主要内容是有关格萨尔诞生、赛马称王、地狱救母、霍岭大战的事情。说唱的一个重要特征是，它叙述的格萨尔故事属于传统的传说，这些故事在别的地方也有发现，但是在果洛却被当地人地方化了。

　　早在2002年，我们做调查的时候，果洛人说唱格萨尔已经成为他们的文化记忆。2013年8月，我们在青海果洛考察时，格萨尔史诗已经成为地方文化资源，说唱仲肯得到保护。在进行访谈的那个下午，我们是与果洛州歌舞团那拉塔一起工作的。他告诉我们，这天正是草原聚会说唱格萨尔的日子，说唱艺人达哇扎巴很会讲述，他是玉树人，专程来到果洛讲述格萨尔故事。我们的目标是记录在果洛草原上演唱格萨尔史诗的例子。在那个下午我们从他那里录了一则叙事，同时也了解到承担展示故事讲述才能的责任的意愿。首先，正如我们前面提及的，达哇扎巴讲述的故事细节以及使故事富于逼真性的方法，令人感到惊讶。在安排对他的访问时，已经事先说明我们对在草原上那天讲述的那种赛马称王感兴趣，当我们开始交谈时，他无法告诉我们，因为只要说起格萨尔故事，他就很兴奋，便激发出了他的创作欲望，很快进入演唱状态。

图8　达哇扎巴在讲述格萨尔故事　　（郭晓虹拍摄）

在访谈中，我们观察到达哇扎巴他双目紧闭、表情、手势、身体语言、嗓音变化、音乐旋律这些细节，其表演决定了他的口头文本的独特形态。

在访谈中我们了解到赛马称王由七个故事构成，一则是讲述晁同接到假授赛马称王天旨,他召集岭部商定赛马之事;二则是总管嘉察派遣珠姆去玛麦地区迎接格萨尔,按照总管的吩咐,珠姆去迎接格萨尔,两人结缘订终身;三则是格萨尔赛马需要一匹神马,珠姆在天神、龙神和念神的协助下,获得一匹骏马,并赞颂神驹;四则是格萨尔回到岭地准备参赛,珠姆赠送金鞍作祝愿;五则是格萨尔秘密身赴赛马会,珠姆观赛评说勇士的赛马事宜;六则是格萨尔赛马途中降山妖,战恶魔,败阴谋;七则是格萨尔赛马取胜登上王位,岭国上下喜庆格萨尔赛马称王,并赐名格萨尔。故事是围绕格萨尔赛马称王而构成的,赛马称王这一事件又是围绕他叔叔晁同的百般刁难阻挠,在珠姆的帮助下取胜的。

  这七个故事呈现在说唱者的脑海里,是一种深刻的记忆。他可以不吃饭,不休息,一气呵成。正如在上文所述达哇扎巴说唱的故事极其自然,我们收集到的这种以极其自然的方式演唱的故事,是没有人为的打断,说唱者完全进入故事当中。其中达哇扎巴演唱的一段晁同的内心世界的描述,可以看出史诗的长度、停顿及其创作的特点。例如:

    玉鸟宝马必取胜。
    休得怀疑不相信!
    赛马决定跑速时,
    对我说的这预言!
    君子希望寄天神,
    中等男子靠头领,
    下等庸人把妻依,
    听懂歌儿记心上!
    犹如太阳照当空,
    安乐清闲自来临,
    如水低流必倒运。
    不懂预言不重唱!

  晁同听完预言以后,赶紧拿出金银绸缎,三白三甜食品和各种谷物来,向乌鸦献上供养。但他想到以前的预言,也有不灵验的时候,所以心里又有点疑虑。再抬头一看,只见乌鸦融入他的神像中

去了,这才对它的预言深信无疑,即用哈拉胡鲁曲调,对他的妻子丹萨唱道:

阿拉拉毛唱阿拉,
格空秘密众天神,
如若不知道这地方,
我是达戎的晁同王,
如若没有紧要的事,
男儿贪睡无安乐,
顽石常睡尘土压,
上师贪睡经堂衰,
壮士贪睡敌发狂,
今晨黎明修定时,
说让召集白岭部,
说要让我达戎王,
王位财宝珠姆女,
还说僧姜女夫君,
除了达戎晁同我。
塔拉拉毛唱塔拉。
请把达戎歌头引!
这就是乌鸦心房城。
歌曲叫哈拉胡鲁名。
我不把这个歌唱吟。

有无安乐看睡石!
大树贪睡根烂腐,
官吏贪睡法松弛,
主妇贪睡家产失。
北方明王来授记。
六大部落摆宴席。……

达哇扎巴的讲述呈现给我们的是歌唱、歌手和叙述事件的表演，他的歌唱显示了藏语言韵律之美，语调或高亢或婉转，犹如一曲高山流水，语气舒缓流畅，其表演极富美感。这种美感来源于藏民族的语言，其藏语具有音乐性，因为藏语有音高，说话就像歌唱一样，有调式、音阶、旋律等音乐特征，其中不同的诗行、不同的人物、不同的段落均有不同的音乐曲调，可以说是单声部旋律语言的诗剧表演。格萨尔诗人正是通过诗歌与音乐的结合，以口头创作、即兴演唱的活态的口头叙事形式得以传播的。大约11到13世纪，格萨尔史诗民间艺人"仲肯"依据神话传说，以口头诗歌形式艺术性地展示部族的英雄事迹，在展示的过程中不断创作，成为一部在群众中广泛流传的口头创作的长篇英雄史诗。从达哇扎巴的演唱中可以看出，它是一种特殊的故事说唱，散文、韵文交替进行，讲、唱有机结合，形式、手段丰富灵活，说、念、诵、唱俱备，说唱起来生动有趣。后来其说唱性文体受到佛教讲唱文学的影响而有所发展，除独白和对话是适宜歌唱的韵文外，部分故事情节的叙述也改为可歌唱的韵文。即是说，史诗通常是与音乐紧密结合的，诗歌成为音乐的载体，诗歌的繁荣带动音乐文化的发展，在格萨尔史诗的吟唱中，藏族音乐得到发展，即说唱音乐的形成，有时史诗演唱会用一些简单乐器伴奏来抒情叙事，后来为戏剧艺术形式的形成奠定了基础。

通过对格萨尔史诗说唱艺人的考察，我们不仅了解到活态民间史诗的表演程式，也看到了说唱者富有活力的创作过程，由此，我们发现口头文本的独特的本质，即表演中的创作。但是，值得思考的是，当研究者将口头叙事文本转写为书写文本时，口头传统是否将会失去即兴创作的独特性，将会失去原来的面貌，口头文本与书写文本之间如何转化？对此问题，笔者关注已久。

二　口头叙事说唱传统与文本书写

早在400年前就有格萨尔史诗说唱者在演唱这部史诗，或者说远在文字出现之前就已经很成熟了，这是在访谈青海省格萨尔研究所格学专家角巴东主研究员时，他十分谨慎地提出了这个观点。格萨尔叙事诗歌成为一种完整的艺术和文学的媒介，并不曾需要笔和墨。即使是那些叙事诗歌的天才，他们也不需要文字书写而获得说唱表演的才能。当史诗通过录音整理成文字得以传播时，史诗说唱者包括那些最出色的说唱者，他们依然在创造一部部史诗故事。然而，史诗的整理或书写最终还是伴随其说唱者口头创作而形成叙事文本。基于此，笔者于2014年4月21日与格学专家角巴东主进行了长达一天的访谈。下面是我们的访谈记录：

> 笔者：角巴东主教授，您长期以来研究史诗说唱者的口头表演与文本记录，而且在您的研究中发现不同类型的史诗说唱者，并将其口头说唱整理成藏文文本，同时对于不同流传版本进行整理与研究，这个过程是很艰难的，也是不容易的事情。
>
> 被访谈人：[1] 我是从1983年开始挖掘整理格萨尔遗产的。《格萨尔》在民间流传的版本一般都是藏文本，包括在国外流传的版本。青海对于《格萨尔》流传版本的发掘与翻译比较晚。那是1953年3月，在青海省音乐、舞蹈会演中，意外地发现了一位藏族艺人，名叫华甲。他不但鹰舞、鹿舞跳得好，而且喜爱藏族民间文学，还会说唱《格萨尔》，并有很高的藏文水平，许多民间流传的《格萨尔》抄本和藏文经籍他都能看懂。20世纪50年代，是他把自己保存多年的一本《格萨尔》手抄本从贵德乡下带到了省会西宁，把《格萨尔》的故事说唱给省文联的同志听。这一发现引起了青海省有关领导的重视。会演结束后，由当时的青海省文联筹备组出面，将艺人华甲留了下来，并邀请西北民院的王沂暖先生，将华甲带来的《格萨尔》史诗部分内容译成了汉文。这就是后来我们所说的"贵德分章本"。此分章人包括天岭降生章、赛马章、降魔章、降伏章等五部，被称作《格萨尔》中的精华，在国内外具有重大的影响。所谓的"贵德分章本"，就是整个《格萨尔》史诗的结构框架，是《格萨尔》史诗的大概轮廓。从此青海省就成了新中国成立后全国第一个搜集

---

[1] 被访谈人：角巴东主，藏族，60岁，青海海南同德人，青海省《格萨尔》研究所原所长，青海省文联巡视员，青海省《格萨尔》学会会长研究员，青海民族大学教授、硕士生导师。

《格萨尔》的地区，青海省文联也就成了全国第一个搜集《格萨尔》史诗的工作小组。

笔者：从那时起，青海省就开始翻译格萨尔文本，是对演唱艺人演唱内容的记录，然后翻译成汉译文本吗？

被访谈人：主要从两方面入手，一是对流传的藏文文本的翻译，二是对演唱艺人口述文本的记录，这种记录是用藏汉文书写的。自20世纪90年代始，由我整理的藏文流传本与艺人口头本有20余本。

笔者：在您翻译工作时，都发掘了哪些说唱艺人？他们的说唱相同吗？

被访谈人：早在20世纪80年代初期，我们在普查整理发掘格萨尔史诗时，在西藏发现了格萨尔藏族说唱者才让旺堆，并将其收编为青海省格萨尔研究所在职人员，成为在编说唱艺人，为研究所整理格萨尔口头文本与书写文字本获得活态资料。还有一些年轻的格萨尔艺人。在记录过程中，不同艺人的演唱有着各自的风格，如地域性的差异，语言修辞、韵律节奏不同，就是演唱同一故事，在演唱中，甚至篇章结构上也不一致。

笔者：具体表现为哪些方面？

被访谈者：一是，说唱者所具备的能力各不相同，如对于掌握词汇、词语的丰富性，运用的能力等，每个说唱者都有着自己的能力；二是，表演风格不同，有神授的，由神引导说唱者讲述时的心理不同，讲述风格就不同，如故事结构、细节、人物刻画等；三是，流传范围不同，讲述风格也不同，这是因为不同地域民族语言的不同，演唱风格各异。

笔者：您自开始接近说唱者，将说唱者纳入研究所正式工作人员，让他讲述格萨尔史诗故事，然后将史诗的诗行词句记录下来。这样，离开他生活的环境，不会影响他的说唱吗？他的演唱情绪和行为您是如何记录的？

被访谈者：在某种形式上，这对说唱者来说仅仅是增加了一次表演，一部作品的无数次表演当中又多了一次。当然，此时他所提供的是最奇特的一次表演。没有什么能让他保持有规律的节奏，只有从前吟诵的回声，还有他脑子里留下的过去已形成的习惯。

笔者：您怎样获得精确的书写文本？格萨尔说唱者的演唱方式是一种特殊的行为，如神灵附体，处于癫狂状态才能进行演唱，如果没有进入说唱的状态，说唱者便不可能像平时那样将词语排列到一起。演唱的语气、语调、节奏也是不同的。一般来说，说唱者能够很快地从意义到意义，从主题到主题地向前推进。可是，现在他却要不时地停下来，让记录者记下他说过的话，每唱一行或每唱半行都要这样来一下。这样做让说唱者很为难，因为他的思维总是走在前面的。

被访谈者：我们是让他讲述完整的故事，如果停下来或者让他稍加休息，也不会影响他的说唱，他会继续，并能很好地连接故事，我们通过录音，整理记录。

笔者：这种录音方式，影响说唱者的情绪吗？他叙事的语气、语调和声音的传递，以及韵律，能真实地记录吗？

被访谈人：这是一种特殊表演的记录，一种在非同寻常的环境之下的指令性的表演的记录。这就是许多地方史诗说唱者从最初的记录文本到现在的记录文本的经验。虽然这种记录文本是书面的，它仍然是口头的。如才让旺堆说唱的《霍岭大战》这部作品，才让旺堆既是说唱者又是它的创作者，他说唱的故事就是在瞬间创作出来的，而且它是唯一的。因此，书面文本是由才让旺堆说唱的叙事诗歌和讲述的故事构成的。

笔者：也许在无意之间，一种固定的文本建立了。格萨尔史诗故事被书写出来了，不管他今后会以何种形式出现，这样的记录将会成为一种形式，而且这种形式又是可以改变的，这种形式将被作为"原创的"形式。当然，说唱者并不受到任何影响。他继续不断地和同行们一样，像平常一样创作、演唱。传统继续发展，他的听众也未受到影响。听众也会以说唱者的思维方式即多型性的思维方式来思考。但是，还有听众、读者，他们可以阅读、写作，他们并不将书面文本当作传统的瞬间的记录，而是作为特指的史诗故事。这将会成为口头的思维方式与书写的思维方式之间的区别。这样的记录，会导致说唱者的创作吗？

被访谈者：在电子录音设备出现之前，非背诵的实际演唱的书面文本，只能在有限的情形下才能出现。在两位说唱者演唱的场合，如果第二个人能精确地重复第一个人的唱词，那么，人们就有可能在第二个人重复的间隙里快速地记录下诗行，尤其是演唱速度缓慢且语句不长之时。这种表演方式格萨尔史诗都存在。这样做速度较慢，不适用于一些篇幅较长的史诗，不可能保持叙事的兴趣。1985年在青海果洛，我曾听到过这样的演唱。我们就曾经用这种方法成功地记录了史诗文本。有时候说唱者自己重复一遍演唱的诗行，不用别人帮助，但这只是原来依靠两人进行演唱的一个变种。假如诗行过长或演唱过快，则不适用于这种方法。还有另一种情况，即那位演唱者并非一字不差地重复诗行，而是用不同的词语重复意义，或添加其他的意义，这就像才让旺堆的演唱的情形一样。

笔者：史诗艺人能一字不差地重复自己的演唱吗？

被访谈者：如果口头史诗的说唱者能一字不差地重复自己的演唱，那当然可以让他重复演唱几次，以便补记漏掉的诗行。但是，我们从未遇到过这样的能精确地重复自己演唱的说唱者。虽然这一手法经常得以使用，但并没有整理出真正代表实际演唱的文本。

笔者：据我们所知，这种方法能产生人为加工的文本，这时候说唱者的歌是很稳定的，是一些较短的史诗。在真正口传史诗作品中，并不能保证一字不差地表演，即便是那些非常稳定的演唱诗行也不能保证一字不差。说唱者具有即兴创作的才能，因此，每当他们进行讲述故事时，语言的表现力是超常的，妙语如珠，辞藻华丽。记得在2000年8月6日举办青海省首届"海峡两岸昆仑文化学术研讨会"时，由您邀请的格萨尔说唱者才让旺堆和达哇扎巴，我看到达哇扎巴在讲述格萨尔霍岭大战故事时，他已经进入状态，无法停止讲述，由我（当时笔者担任会务组秘书）将他带出会场，试图在外面一直等他讲完故事，而您从会场出来按住达哇扎巴左手穴位，才停止了演唱。所以，在记录格萨尔史诗演唱诗句时值得思考的是：一是，很难一字不差记录；二是，唱一句停下来再重复记录，说唱者会失去连续性；三是，我看到说唱者是失控状态，也就是说神灵附体，这样的情形如何记录。

被访谈者：有两种方法可以将实际的演唱记录下来，我觉得它们在某种程度上是可行的。其中之一便是速记。此法虽然不能使文本表现出奇妙的形式或语音学的精确，那也许是更为精到的方法才能提供的文本。但是，该方法能留下一字不差的文本。另一种方法是让一组（两人或三人以上）抄录者隔行记录或每隔三行记录，这取决于你要雇用几个抄录者。我还不能知道该方法过去有谁用过。从具体的表演之中获得精确的文本，这种观念只是最近才有，因为在此之前，按照某一背景下的固定文本观念，往往使一次具体演唱的重要性显得不重要。实际上，由于上述原因，我们的书面文本不可能是在表演中被记录下来的，我们几乎不可能遇见这样的机会。可以正常地推想，人们让说唱者在不演唱的情形之下背诵他的歌，每行诗都要停顿一下，以便抄录员能记下。因为这是个案，我们可以很好地考虑一下，这种特殊形式的背诵表演如何影响了文本。

笔者：文本的记录和书写，会不会使说唱者失去创造性，如同在民间流传的有说不完的格萨尔，唱不完的格萨尔，那么，有了藏汉文书面文本，会不会意味着格萨尔故事说完了。

被访谈者：呵呵！格萨尔的确说不完也唱不完，如才让旺堆在20世纪80年代会唱120多部格萨尔故事，当这些故事被记录书写后，十年过后，他又唱出了《董氏寓言授记》，这部故事在《格萨尔》史诗中是独有的、唯一的，是创新之作。此故事是讲述格萨尔家族的形成，儿子、妃子的故事，与以往出现的格萨尔故事不同，从来没有这种说唱本。还有《阿达鹿宗》也是才让旺堆独一无二的作品，其他说唱者没有说唱过，国内也没有口头和书面流传本。现在由青海省文联格萨尔研究所龙仁青先生在整理翻译。如此可证明，格萨尔故事具有创造性，是唱不完说不完的。

笔者：格萨尔史诗是韵散结合，诗行点缀着散句，或者相反。在歌的开头部分一般是散句，便于说唱者诵唱，在节奏上、程式化风格上较为规则，韵文句式短小，演唱形式上韵律性很强。但录音记录时，可记录节奏、语气、语调、停顿等，但翻译成文字本时无法标注演唱者说唱节奏、语气、语调、停顿。

如《赛马称王》：

格萨尔部族总管王深知，要迎接觉如（格萨尔小时的昵称），非珠姆前去不可。于是，对嘉察和丹玛两位英雄说道："这次去玛麦迎接神子觉如，本来我和觉如的父亲僧伦谁都可以去，但按照神灵的预言，将来打开觉如缘起事业大门的钥匙，乃是珠姆，所以非得她去不可。你二人要亲自到嘉洛的上牧场，告诉珠姆，让她一定要去把觉如迎回来！并把当年觉如为何被驱赶到玛麦地方的情况说清楚。总之，要想尽办法让她去。"［散句］

按照总管王的吩咐，奔巴·嘉察协嘎与丹玛二人立即来到嘉洛家中，向嘉洛顿巴详细地交代了需要珠姆去迎接觉如的道理，最后嘉察用善品六变调唱歌道：
  阿拉拉毛唱阿拉，
  祈请佛法僧三宝，
  此乃嘉洛家牧场，
  我是小支牟氏子，
  自从出生到现在，
  打击敌人像链子。
  正在商议赛马事。
  要把红莲珠姆女，
  如果分析这件事，
  岭部社稷像乳海，
  要想油脂翻起来，
  即使酥油取不到，
  即使不能解口渴，
  想让珠姆杜鹃鸟……

被访谈者：显而易见的是，要让说唱者背诵史诗，并在每个诗行的末尾停顿，他开始时还不清楚在何处停顿，也不清楚一行诗中有多少个音节。因此，他常常以散文的形式讲述出一个句子。

笔者：当然，他最终是在讲述故事。就诗的形式而言，为记录而背诵的故事和口述并由抄写员记录，且不讲究诗行节奏的歌其实是相同的。

被访谈者：这些故事看上去特别像藏族道歌文本。这些文本充满了藏族古民歌的格律。格萨尔史诗诗句都由7音节组成，7音节又组成3种典型的长短格韵律。

例如在才让旺堆演唱的《霍岭大战》中，描述霍尔国三王兴兵去抢岭国格萨尔的王妃珠姆时，是因为霍尔国白帐王派霍尔国四乌去遍寻天下美女，乌鸦给他带回了消息，唱出了这样一句诗：

> 美丽的姑娘在岭国，
> 她往前一步能值百匹骏马，
> 她后退一步价值百头肥羊；
> 冬天她比太阳暖，
> 夏天她比月亮凉；
> 遍身芳香赛花朵。
> 蜜蜂成群绕身旁；
> 人间美女虽无数，
> 只有她才配大王；
> 格萨尔大王去北方，
> 如今她正守空房。……

这些诗行韵律性很强。《格萨尔王传》中，还保留着各种各样，为数众多的赞词，如"酒赞""山赞""茶赞""马赞""刀剑赞""衣赞""盔甲赞"等，著名的酒赞是这样的：

我手中端的这碗酒。
要说历史有来头;
碧玉蓝天九霄中,
青色玉龙震天吼。
电光闪闪红光耀,
丝丝细雨甘露流。
用这洁净甘露精,
大地人间酿美酒。
要酿美酒先种粮,
五宝大地金盆敞。
大地金盆五谷长,
秋天开镰割庄稼。
犏牛并排来打场,
拉起碌碡咕噜噜。
白杨木锨把谷扬,
风吹糠秕飘四方。
扬净装进四方库,
……
……

笔者:嘉察的唱腔是用善品六变调,实际上就是说唱音乐曲调结构,包括调式调性、节奏、旋律,是关于格萨尔的韵律与音乐。

被访谈者:是的。除此之外,《格萨尔》还是民间文学素材的摇篮,它的许多内容取自民歌、神话及故事,反过来,也成为后世文学、艺术创作采集素材、借取题材的丰盛园地。如后来发展变化的民间歌舞许多曲调均取自《格萨尔王传》,有些歌调就是直接歌颂格萨尔夫妇的。再如题材丰富的神话传说和民间故事,也取材于《格萨尔》,著名的《七兄弟的故事》就是将七兄弟为人们盖楼房的故事与格萨尔王的故事交织在一处,浑然一体,相映成趣。再如为数众多、独具特色的绘画与雕塑也以《格萨尔》的故事情节为依据,绘成壁画，或将格萨尔当作护法神，雕塑其身加以供奉。《格萨尔》采用散文与诗歌相结合的文体，其中的诗歌部分，在藏族文学发展史中的诗歌史上，起着承前启后、沟通古今的作用，它表现在意识形态、修辞手法，特别突出地表现在诗歌格律上面。例如：

> 喝了这酒好处多，
> 这样美酒藏地缺，
> 这是大王御用酒，
> 这是愁人舒心酒。
> 这是催人歌舞酒，
> ……

此类诗歌在《格萨尔》中随处可见，比比皆是，它不仅继承了吐蕃时代诗歌的多段回环的格局，而且突破了吐蕃时期的六字音偈句，成为八字音偈句。这种多段回环体的诗歌格律，在11世纪前后基本形成并固定下来，直到现在也没有大的变化。

三　口头叙事说唱传统与戏剧文本的书写

关于口头叙事说唱传统文本的书写的讨论与考察，可看出戏剧故事与文本诗行是仲肯口头创作的成就。实际上，在藏族民歌、叙事诗、长歌、抒情故事中的诗歌、藏戏中的诗歌以及文人学者的诗作中被广泛采用，成为藏族诗歌中最流行、最为重要的格律。史诗运用诗歌和散文、吟唱和道白相结合的方式将现实生活中的故事、神话、诗歌、寓言、谚语、格言等融为一体，成为藏族民间文化的集成。

首先，通过对角巴东主教授的访谈，我们观察到民间叙事表演（performance）及语境（context）对口头叙事的影响，并以此作为口头文本书写研究的切入点。因此，我们思考格萨尔史诗说唱者在不同环境下说唱会有不同效果，即是说，说唱环境会点燃他的想象力，那么他的说唱便会更清楚更带有修饰性。而且凭借着想象力演唱时的诗行持续一贯的节奏，如才让旺堆、达哇扎巴属于训练有素又非常聪明的演唱者，当他们一进入演出时唱出的诗句如同背诵的诗行。但是他们的演唱更多的是即兴创作。仔细研究便可以发现，他们在演唱相同作品范围之内，演唱的诗行和背诵的诗行之间仍有些差别。这样的例子具有指导意义，因为它们表明了，在记录者那里，从诗行的结构来看，背诵文本永远不可能与演唱文本完全相同。但是应该强调的是，这些变化和不同并非说唱者有意而为，或仔细斟酌词的顺序和词本身的结果，而是受诗行前后的韵律结构的影响。这种结构受口述记录的行为影响，这种影响可以由诗行的不同而体现。因此，我们主张在说唱者的演唱形式之下，说唱者会凭借传统的模式进行演唱。他不是在追求完美，而是追求传统的诗行；他努力在保持传统，而不是背离传统。

特别重要的是，我们不能以为口述过程可以使说唱者获得自由，并以全新的诗学的章法来构建诗行。因为，说唱者已经习惯了快速调动灵感进行创作，或者以自己的表演方式进行演唱，如达哇扎巴，他一旦进入演唱状态谁也控制不了。显然，说唱者不是因为要录音记录而提前计划好自己的诗行，而是一种即兴创作。因为，没有哪位口头说唱者在作品已然被记录下之后，又回过头去修改词句和诗行。只要口头诗人将作品唱过一遍，这部作品就算是完成了。他的整个的思维习惯是向前的，永远不会退回去又往前推进。一种崭新的诗学的形成需要巨大的文化变迁，而口述记录所提供的机会是远远不够的。

其次，从构筑诗行的角度来看，记录并未给说唱者带来大的便利之处，但从歌的创编来说，口述记录可能对产生最好的、最长的歌有重要的意义，因为它给说唱者的表演时间是无限制的。在无人催促以及好的听众的启发、诱导下，天才的说唱者会竭尽全力丰富自己的歌。重要的是口头叙事表演过程本身并不能带来丰富性。他可以按照本人的意愿无限期地演唱，那么搜集者便可以诱导出较为丰富的史诗歌的表演。这正如我们在上一章提到的达哇扎巴说唱的史诗一样，即"表演中的创作"（composition in performance）。该命题是口头诗学的核心，正如洛德所言，"一部口头诗歌不是为了表演，而是以表演的形式进行创作的"，"表演和创作是同一行为的两个方面","对口头诗人而言,创作的那一刻就是表演"①。这一过程是笔者在严格的田野调查中清晰地观察到的。在鲍曼看来,每一个口头文本都与具体的表演及语境息息相关,它是"交流"的产物,其生产过程是动态的、复杂的、即时的、独创的。②

最后,通过对角巴东主研究员的访谈,我们认识到了格萨尔口头文本与藏文手抄本或汉译本的书写关系,也就是说,格萨尔史诗由口头走向书面的是忠实地记录抑或经过了地方精英的修改。但是,通过访谈以及对口头诗人的观察,口头文本经过书写依然保存了大量程式化表达的痕迹,其书写文本的性质以及其中蕴含的诗学传统,接近口头表演的原生状态。需要指出的是,这种书写是要十分谨慎的,否则会使文本失去口头文本的原来面目。正如民俗学学者巴莫曲布嫫所言:"口头叙事传统事象在被文本化的过程中,经过搜集、整理、翻译、出版的一系列工作流程,会出现以参与者主观价值评判和解析观照为主导倾向的文本制作格式,因而在从演述到文字的转换过程中,民间真实的、鲜活的口头文学传统在非本土化或去本土化的过程中发生了种种游离本土口头传统的现象,这种现象被固定为一个既不符合其历史文化语境与口头艺术本真,又不符合学科所要求的忠实记录原则的书面化文本是不可取的。而这样的格式化文本,由于接受了民间叙事传统之外并违背了口承传统法则的一系列'指令',所以掺杂了参与者大量的移植、改编、删减、拼接、错置等并不妥当的操作手段,致使后来的学术阐释,发生了更深程度的文本误读。"

因此,田野工作的成果必须经由后期的整理工作才能体现出来,而整理工作除了要避免上述格式化、政治化、文学化等倾向外,还须借鉴某些相对成熟的范式,而民族志诗学就是我们可以援引的理论之一。民族志诗学主要的学术追求"不仅仅是为了分析和阐释口头文本,而且也为了使它们在经由文字的转写和翻译之后仍能直接展示和把握口头表演

---

① [美]约翰·迈尔斯·弗里:《口头诗学:帕里—洛德理论》,朝戈金译,社会科学文献出版社2000年版,第23页。
② [美]理查德·鲍曼:《作为表演的口头艺术》,杨利慧、安德明译,广西师范大学出版社2008年版,第267页。

的艺术性,即在书面写定的口头文本中完整地再现文本所具有的表演特性"①。为此,我们不仅需要忠实地翻译口头文本,而且需要设计出一套新的符号系统和标记方式,将文本、本文和语境等同时记录下来,最终达成完全翻译的目的。或许,有人觉得这种方法太过苛细,但笔者却认为民族志诗学的理论与实践不仅对学界而言是必需的,对普通读者而言也是有利的。正如伊丽沙白·范恩(Elizabeth C. Fine)所言:"口头艺术中的诗性的美存在于口头表演过程中的声音、语气等的变化当中,只有通过精心的分析才有可能发现,也只有借助书写的形式才能够得到展示。录像一类的技术,虽然可以全面记录一次表演的整个过程,却并不具有书面形式所独具的那种表现力。"②

综上所述,格萨尔口头叙事表演的诗学建构是非常有特色的,具体而言就是叙事表演程式,包括语词程式、句法程式和韵律节奏程式。这些程式在史诗中的存在,而且是反复出现,构建了文本风貌和文体特征。依据口头诗学的程式频密度(formulaic density)理论,格萨尔的书写文本仍在极大程度上遵循和保存着口头传统,而且基本是对口头吟唱的忠实记录。③

应该强调的是,口述文本固定过程中,书写本身对口头传承并无什么影响,不过是记录的一种手段。由此而获得的文本便有很特别的感觉。这些文本并不是正常的表演文本,然而它们又是地道的口头的——口头技法,它们比一般的表演文本更好。当格萨尔口头叙事表演传统呈现为戏剧或者说乐舞表演形式时,经过了史诗口头叙事文本转化为戏剧表演口头文本的过程,这个过程实际上是口头传统与书面文本之间的关系,即是说不再是简单地从口头传播到文字记录的单向过程,而是直接由说唱艺人演唱,由演员扮演故事中人物形象。这将是关注格萨尔史诗从说唱到戏剧演变的一个十分有意义的问题。

---

① 杨利慧:《口头叙事表演的民族志诗学》,《北京师范大学学报》2004年第50期。
② [美]理查德·鲍曼:《作为表演的口头艺术》,杨利慧、安德明译,广西师范大学出版社2008年版,第249页。
③ 同上。

第 五 章

从格萨尔乐舞仪式到戏剧演述

以上是通过口头叙事与文本记录转写对格萨尔史诗的讨论。这样一种介于口头的和书面传统之间的转写文本在格萨尔史诗中已经成为一个极其重要的问题，特别是对于格萨尔乐舞和戏剧表演来说，也是按照书写文本来表演的。它充分证实了格萨尔史诗口头说唱传统与艺术表演的联系，也凸显了口头传统具有极其旺盛的生命力。

一 原始时期的乐舞

原始时期的音乐和舞蹈是紧密结合在一起的，乐舞与先民们的狩猎、畜牧、耕种、战争等多方面的生活有关。青海省大通县上孙寨出土的舞蹈纹彩陶盆，是迄今所知可估定年代最早的乐舞。藏族格萨尔乐舞是指格萨尔羌姆乐舞，即文化神仪式，是格萨尔说唱与宗教仪轨相伴相生的艺术形成，从远古走来，原始而神秘。其历史渊源可追溯到原始苯教，经历了图腾崇拜、祭祀仪式到仲肯说唱的过程，是歌、舞、仪式三位一体的产物。

上孙寨舞蹈纹彩陶盆是最古老的原始舞蹈图像，距今约五千余年，属新石器时代遗物。在陶盆内壁上，有三组舞者，每组五人，手挽手列队舞蹈。舞者头上有下垂的发辫或装饰物，身边拖一小尾巴，可能是扮演鸟兽的装饰。在原始乐舞活动中，人们常把自己打扮成狩猎的对象或氏族的图腾，这类乐舞反映了先民的狩猎生活。《尚书·益稷篇》载："击石拊石，百兽率舞"，此画面仿佛使我们看到先民们在原始乐器，如骨笛、陶哨、陶埙、石磬的伴奏下，欢乐歌舞的情景。

传说中尧、舜、禹的时代，已处于氏族公社末期，生产力的发展，使农业、畜牧业有了剩余产品，氏族公社的首领已成为有特权的贵族。一般认为尧建都于山西临汾一带，在这一带进行歌舞活动。《吕氏春秋·古乐篇》记载了尧命质用麋鹿皮蒙在瓦缶的口上，用来敲击，这就是最早的"鼓舞"。

相传舜时有苗不服，禹率兵征伐不胜，后来听了益的建议，没有用武力，而"诞敷文德，舞干羽于两阶"（《尚书·大禹谟》），舞蹈了70天，有苗乃服。执干（盾）执羽而舞，应是"文舞"和"武舞"的滥觞。

《韶》又名《箫韶》，传说是歌颂舜的乐舞，实际上，原始的《韶》舞，原本是一种狩猎后欢庆胜利的群众性集体歌舞。当原始人狩猎归来，向祖先献上猎获物，并狂歌劲舞之时，有人披上兽皮，有人戴着鸟羽，模仿鸟兽动作，在排箫声中，凤凰自天而降，舞蹈达到了高潮。主要伴奏乐器，是用竹管编排而成的乐器"排箫"，舞有九段九种变化，所以有"箫韶九成，凤凰来仪"的说法。

在我国云南、广西、贵州、内蒙古、新疆、西藏、四川、青海、甘肃等地区都发现过古老的岩画，有的岩画中有乐舞场面。由于我国地域广大，各地区各民族社会发展历史不平衡，这些岩画的准确创作年代尚难断定。它们多数产生在中原地区进入奴隶社会或封建社会之后，大量出现是在秦汉时期，有的延续到封建社会晚期。其中不少画面反映的内容是原始社会的艺术活动，如内蒙古阴山山脉狼山地区岩画中的乐舞场面，形式多样，有单人舞、双人舞和数人列队表演的集体舞。其中有一画面，一排四人，手挽手翩翩起舞。画面四周有围框，似是表示房屋或洞穴，反映出这是室内的乐舞活动。还有一幅集体舞蹈场面，有十几个舞者，其中四人有很长的"尾饰"，有人身上蒙着扮演各种鸟兽形象的伪装，模拟着鸟兽的形态动作。在商代卜辞（甲骨文）中见到的乐舞有《隶舞》《羽舞》等。这些乐舞多用于求雨，也有的用于祈年或祭祀祖先、山川。由巫师作舞，或商王亲自作舞。在西藏那曲地区申扎县境内发现的岩画和阿里日母东的岩画上有关于牦牛的图腾与舞蹈，在图腾崇拜载歌载舞的历史语境中再现了"三人操牛尾,投足以歌《八阕》"① 的原始遗存。王国维在他的《宋氏戏曲考》中产生了"歌舞之兴",其始于古之"巫乎之"的思想。

显然,乐舞是一种沟通神灵与人类之间的媒介,是伴随巫术而成为具有特殊功能的符号。

诗歌与音乐、舞蹈从来密切相关,早在《乐记》中已经明确指出:"诗,言其志也;歌,咏其声也;舞,动其容也:三者本于心,然后乐气从之。"因此,乐舞的兴盛直接影响诗歌发展自不言而喻。考察格萨尔乐舞从诗人和诗作而言,主要是指诗人可借乐舞以抒情。抒情原是乐舞的本质,所谓"情动于中而形于言,言之不足故嗟叹之;嗟叹之不足故咏歌之;咏歌之不足,不知手之舞之足之蹈之也"(《毛诗序》)。乐舞的发达,尤其是与藏族人的生活的密切联系,自然使诗人多了一条有力的抒情渠道。即从精妙绝伦、出神入化的格萨尔乐舞表演中,诗人们显然得到了丰富的艺术滋养,生发出说唱艺术。

二 苯教乐舞与巫师

格萨尔史诗发生最初都只是为了乐神、事神、娱神而存在的。中西方艺术史关于艺术的起源,早有讨论,即艺术源于人类对于事物的模仿、游戏、巫术、情感表现和劳动五种学说,其中艺术源于人类的巫术或宗教,是艺术主要源头。"巫术说"认为,艺术起源于"巫术",是 20 世纪以来艺术发生论中影响最大的一种学说。巫术说是由英国人类学家泰勒·爱德华在《原始文化》一书中首先提出来的,他认为原始艺术起源于原始巫术。巫术表现了对鬼神的"畏惧"及由畏惧而产生的"崇拜",表现了人类"祈求"平安幸福、风调雨顺、五谷丰登、人丁兴旺的情感心理。巫术这个形式若离开了它的目的(巫术所要表现的情感心理),就

---

① 《吕氏春秋·仲夏纪·古乐篇》:"昔葛天氏之乐,三人操牛尾,投足以歌《八阕》:一曰《载民》,二曰《玄鸟》,三曰《遂草木》,四曰《奋五谷》,五曰《敬天常》,六曰《达帝功》,七曰《依地德》,八曰《总禽兽之极》。"

失去了它生存的空间。另一位英国人类学家弗雷泽在其名著《金枝》中，对巫术做了一些具体的、微观性的讨论，用翔实、确凿的考古事实证明巫术最初是源于禁咒，发泄仇恨。法国一位专门研究史前艺术的艺术理论家雷纳克，首先用巫术说去解说旧石器时代洞穴壁画的发生原因，结果发现洞穴壁画往往刻画在洞穴中最狭小、最黑暗的深部，显然这些部位的壁画不可能用于艺术欣赏和游戏，而只可能是出于某种功利目的而使用的巫术。

青藏高原藏民族的"巫""仪""祭"的一个共同点就是"乐神""娱神"。它首先是一种普遍性的思维方式，一种世界观，它左右着所有部族，无一能外。在藏地巫舞中，巫舞"演"的全部意义在于"装扮"和"模仿"的范围内。这种"装扮"和"模仿"在史前哑剧中已经存在。在这种环境下生成的"格萨尔"自然会带着明显的巫术色彩。藏族先民把他们生存的希望主要寄托在巫师身上，巫师通过举行各种各样的仪式活动祀奉各路神灵，祈求神灵的庇佑。

巫师，即通灵人，能与神灵交通之人，是苯教祭祀神灵的仪式活动的主持者，也是沟通神与人的媒介。据《善说诸宗源流晶镜史》记载："但此时苯教，唯下镇鬼怪，上祀天神。"又之"当藏王支贡赞普时，有凶煞，蕃之苯教徒无法克治，乃从象雄等地请苯教徒来除凶煞。其一人则行使巫观之术，修火神法，骑于鼓上，游行虚空，开取秘藏，鸟羽截铁，示显诸种种法力；其一人则以色线、神音、牲血等而为占卜，以决祸福体咎……"[①] 这种原始的苯教祀神仪式已初具巫舞的雏形了，我们已能粗略地看到歌和音乐（神音）、鼓舞，以及节奏的出现，并且从一开始这些元素就混融一体，密不可分。

正如法国人类学家石泰安先生在《西藏史诗与说唱艺人研究》中所论述的："在藏地说唱艺人完全如同萨满一样，也是从神灵那里接受其知识的人。"[②] 大家正是在莲花生的"极乐世界"桑多白利中才可以于其背

---

① 转引自周炜《西藏文化的个性——关于藏族文学的再思考》，中国藏学出版社 1997 年版，第 143 页。

② ［法］石泰安：《西藏史诗与说唱艺人研究》，西藏人民出版社 1993 年版，第 473 页。

景上发现六名正在翩翩起舞的音乐师。他们的乐器是带有藏式鼓柄和镰刀状鼓槌的铃鼓。……据由五世达赖喇嘛介绍的这种跳神舞起源的传说，认为，它是以由许多掘藏师在莲花生的帮助下于桑朵贝日实施的梦游为基础的。如却吉旺秋即却旺大师（1212—1273）、止贡的僧官仁钦彭措（14世纪末叶和15世纪初叶）和在那里看过舞蹈的其他人。因此，跳神的其实是以与说唱艺人的启示相同的方式完成的，在梦中见到的一种跳欠（巫舞，即羌姆）舞的泄露，启示者却旺大师也是一种流浪说唱艺人之故事的创作者。①

观之巫师的扮演行为和装扮特征、假面舞蹈及其说唱者的表演形态，无不透视着格萨尔说唱艺人"仲肯"的说唱意义，在于格萨尔附体的神灵信仰观念，更在于格萨尔发生学的普遍含义。

下面以青海省贵德县珍珠寺格萨尔乐舞和果洛格萨尔藏戏为例，阐述格萨尔乐舞与戏剧的表演到文本创作过程。

案例：格萨尔羌姆乐舞表演

早在1953年青海贵德县，由青海省格萨尔研究所发现"贵德分章本"，此分章本包括天岭降生章、赛马章、降魔章、降伏章等五部手抄本，并且发现一些寺院在表演格萨尔羌姆乐舞，乐舞表演内容主要以"英雄诞生""赛马称王""北地降魔"为主。

2013年7月26日，我们前往贵德县河东乡阿什贡村，这个坐落在山清水秀的黄河东岸深处的村庄，有一位表演《格萨尔王》羌姆乐舞的藏族老人——文昌保，他出生于1922年。从小喜爱舞蹈，更擅长羌姆乐舞，长大后，他成了格哇寺院的僧人，参加每年一次的跳羌姆大法会。他跳过各种羌姆，掌握了宁玛派的羌姆乐舞，如《黑帽咒师舞》《护法神舞：章松》《格萨尔王》等，《格萨尔王》羌姆是根据藏族长篇英雄史诗《格萨尔王传》改编的，他自己说唱与表演，他的跳法灵活、欢快、富有表现力。

在交谈中，我们获知他表演格萨尔羌姆是赛马称王篇中选取的内容，

---

① ［法］石泰安：《西藏史诗与说唱艺人研究》，西藏人民出版社1993年版，第473页。

他本人会唱,是从小听演唱艺人说唱自己学会的,那时他不识字,也没有看过格萨尔史诗藏文本,就会唱格萨尔故事。格萨尔羌姆表演是根据口头文本改编的,是他小时候的记忆,长大入寺学习时,学到了跳羌姆。因此,他将格萨尔赛马称王的故事编成了羌姆,由他来说唱并表演格萨尔,其他角色由其他僧人扮演,但借鉴了羌姆的表演形式。扮演者头戴面具,身穿盔甲,伴着铿锵悦耳、抑扬顿挫的鼓声,由他率舞引领一队人马上场表演,一会儿两队相互穿插,一会儿绕场跳跃,每演一段,文昌保说唱一段。场次一般是六场,一是开场仪式,先有黑帽舞表演,是由十来位咒师舞蹈表示驱魔净场,接着文昌保说唱赞美诗;二是假传赛马称王天旨;三是晁同商定赛马称王之事;四是珠姆为格萨尔寻找宝马;五是格萨尔在赛马中在神的协助下取胜;六是格萨尔登上王位,举国上下欢庆格萨尔赛马称王。

图 9 格萨尔羌姆乐舞

观察格萨尔羌姆乐舞,可以看出舞蹈的部分比重较大,说唱部分较少,多在每场开始由说唱人仲肯在介绍故事情节,每场结束时的说唱是在讲述故事情节的发展。这样的乐舞表演与格萨尔藏戏很相似,可以说,格萨尔羌姆如同一部舞剧。

当我们看到格萨尔乐舞表演时,我们惊叹格萨尔史诗说唱者竟然在乐舞表演中依然保留着口头说唱传统。但是，演出脚本又是依据口头表演文本书写的文本，实际上，是一部较为完整的史诗说唱本，只是将其部分节选出来进行乐舞表演。

三 从说唱到乐舞表演形态

说唱艺术在藏族民间自古以来十分兴盛，可以说这是藏族史诗产生的一个源头。早在西藏苯教时期，仲肯口头神话、历史传说故事已成为当时西藏意识形态的重要组成部分。在苯教中已有了专事说唱的故事师和歌唱家。在长期的考察中，英雄史诗《格萨尔王传》，其说唱性文体既继承苯教说唱"仲"的传统，又受佛教讲唱文学的影响而有所发展。口头叙事表演通常分为散韵两部分，散文部分主要是说唱艺人讲述故事梗概或讲述事件的发生，韵文部分为故事中的说话和歌唱。它的核心是藏民族的说唱艺术，包含独特的古老民歌、说话、吟诵、歌唱、咒语、预言以及各种叙事。格萨尔乐舞是其中史诗说唱的一种叙事形态，它是以羌姆的形式演述格萨尔史诗故事。

（一）格萨尔乐舞形态

"羌姆"，又称"法舞"，是藏传佛教寺院法事活动中的一种祭祀乐舞的名称，专指以表达宗教奥义为目的的寺院祭祀仪式表演。这种仪式表演常常采取象征性的乐舞形式，是寺院中特定类型的舞蹈，寺院的僧侣多用"金刚舞"来称呼这种仪式表演，以表明其归属密宗金刚乘祭祀的神秘本质。按照藏传佛教寺院乐舞的特征以及学术用语，宗教乐舞统称"羌姆"。"羌姆"和"金刚舞"两种名称，恰好代表了此类宗教活动的两个侧面，即以表演（舞、戏）为外在的形式，以金刚乘修供为内在的内容。由于民族、地域不同，"羌姆"又有不同的称谓，如蒙古族地区称为"查玛"，汉地称为"打鬼""跳布扎"和"跳神"，西藏则称为"金刚舞"和"羌姆"。青海不同的寺院也有不同的称谓，一般称为"跳欠""观经""法舞""神舞"和"羌姆"。这几种称法都能确切表达羌姆的内涵，并绘声绘形地透露羌姆供神佛和驱除魔障的宗旨。

格萨尔神舞在各寺院的称谓各不相同，或称"跳神"，或称"神舞"，亦称格萨尔羌姆乐舞。格萨尔神舞与格萨尔藏戏最大的区别就在于神舞是戴面具表演，而藏戏则不戴。格萨尔神舞，有"英雄降生""出征""降魔""赛马称王"等神舞，其中"格萨尔出征""赛马称王"有着明显的戏剧性。

格萨尔说唱者在羌姆中充当说唱叙事角色。一般说唱者为一人说唱，叙述整个史诗故事，他的说唱叙事表演一般由三个部分组成：（1）序曲，这是叙述性的开场；（2）故事情节的演唱，韵文体叙事表演；（3）终曲，它的显著特征是赞词或为赞美诗，对格萨尔英雄的赞美。这种由一人口头叙事表演传统在《格萨尔》戏剧与乐舞表演中得以延续。但是，乐舞表演有着特殊的演唱形式，即格萨尔史诗中一个特殊的角色"仲肯"，他讲唱整部故事情节，说唱全部的角色扮演的内容（不同角色有不同情感色彩说唱），格萨尔戏剧便继承这种演唱形式，演唱者既是剧情的介绍者，又是戏中的扮演者，同时又是表演藏戏的组织者（戏师），其形式与史诗说唱既有相似之处，又独具特色，首先是继承了史诗的说唱形式，其次是在史诗故事的基础上加以改编，形成了格萨尔艺人说唱故事的脚本。

（二）格萨尔乐舞的戏剧特征

美国人类学家理查德·鲍曼，在论文《作为表演的口头艺术》中比较系统地介绍了表演理论，是至今被引用最多的表演理论著述。他明确地指出了"表演"的本质："表演是一种言说的方式，是一种交流的模式。"① 基于此，本章研究从表演理论的视角出发，不仅关注格萨尔史诗口头艺术文本在特定语境中的动态形成过程和其形式的研究，更关注在特定语境中考察格萨尔史诗与戏剧叙事的表演及其意义的再创造、表演者与参与者之间的交流，也就是不仅仅限于叙事文本的形式或者内容的研究，而是形式、功能、意义和表演的有机融合。同时，通过对格萨尔藏戏在特定语境中注重表演结构和发生语境的系统考察，包括演述形态、

---

① ［美］理查德·鲍曼：《作为表演的口头艺术》，杨利慧、安德明译，广西师范大学出版社2008年版，第267页。

艺人，特别是有创造性的艺人，关注他们在传统的传承和变异中所起的作用，既注重对静态文本的关注，又注重对动态的表演和交流过程的关注，从而辨清口头叙事表演传统与文本书写的关系。

首先，研究格萨尔史诗，具体体现为以历史脉络为经，以研究事件为纬，把追根溯源的研究与横向比较的研究两种研究方法结合起来使用。在研究中，格萨尔史诗生成时代背景和社会环境，是形成格萨尔叙事表演特色的一个重要因素，这是历史的脉络。而对于格萨尔叙事表演相关的说唱、音乐、舞蹈等学科的研究与梳理也是十分重要的，它们是格萨尔口头叙事表演重要的组成部分，甚至可以说是格萨尔口头叙事表演的灵魂。我们可以通过横向比较来分析考察格萨尔口头叙事表演中说唱、音乐和舞蹈的戏剧因素等，在论述过程中，既注意借鉴其他领域的理论又有独立的关系，这是共时性的研究。比如在格萨尔藏戏中，我们今天仍然可以看到历史悠久而且丰富多彩的宗教仪式和说唱艺术。藏传佛教寺院跳神"羌姆"[①]是在原始苯教巫师苯波祭祀自然神的仪式基础上，吸收民间土风舞演变而来的新的宗教仪式舞蹈。传说莲花生在以密宗瑜伽的神法巫术收降众多的苯教主神为佛教护法神的同时，也广泛吸收了西藏群众当时已非常习惯了的苯教祭仪。羌姆的特点是注重姿态和造型，讲究场面铺排，叙事性强，多由喇嘛表演，亦间杂有"女巫击鼓，反映百技杂艺等方面的民间舞"。扎什伦布寺跳神中的巴吾、巴嫫表演的是哑剧，而洛扎民间跳神的巴吾、巴嫫的表演则有说白，十分生动有趣。在今天的格萨尔戏剧表演中，都可以看到当年羌姆痕迹，可以体察到宗教的教义、仪规、习俗、心理和价值观以及其发展历程等，藏戏就像一部形象的藏区宗教发展史。

其次，格萨尔史诗的诞生源于说唱文学，格萨尔藏戏是以演述格萨尔史诗故事为主的一种戏剧艺术。最初，戏剧由颂扬格萨尔叙事诗演变而来。这些叙事诗一般为赞美诗，都是人们在生活中即兴创作的。后来说唱艺人将赞美诗发展成了一种由说唱者吟唱、歌队伴唱、舞队扮演，

[①] 参见马盛德、曹娅丽《人神共舞：青海宗教祭祀舞蹈田野考察与研究》，文化艺术出版社 2005 年版，第 32 页。

具有叙事性特征的新的艺术样式。说唱艺人成为最早在这种叙事剧中扮演主要角色的人物。他起初通过即兴口头创作事件，编织故事情节，一人说唱用不同的语气、语调、声音扮演多种人物形象，后来使自己的表演和歌队结合。在这种戏剧的雏形中，歌队扮演的是叙事者和评论者的角色。

由此可见，格萨尔史诗说唱艺人以口耳相传的说唱方式颂扬格萨尔神奇的故事，成为史诗说唱叙事形态，实际上，格萨尔口头叙事表演形式已经具备了戏剧因素，正如亚里士多德在诗学中提到演剧的六大元素，分别为情节、角色、思想、语言、音乐与景观。

（三）乐舞主题

格萨尔史诗主要在表现崇高壮烈的英雄主义思想，描写的是严肃的事件，是对有一定长度的动作的模仿；使史诗事件冲突成了人和命运的冲突，目的在于引起怜悯和恐惧，并导致这些情感的净化，这就促使艺术的生发，这种艺术或许与每个民族的心理承受相适应。

格萨尔史诗以戏剧形式演述故事，采用一系列象征符号和一系列象征性行为，并通过戏剧化这一形式，展示了藏族部落的社会关系。正如周炜博士在《西藏文化的个性——关于藏族文学的再思考》中阐述："《格萨尔》史诗的主题是战争，它的全部内容展示了一场场世俗与神魔的战争场面，它犹如一台回顾历史画面的系列戏剧，英雄、美人、圣哲、魔王、暴君、奸臣等等纷纷登场，形成了一幅幅感人的战争画卷。而史诗中的部落战争场景为两个理想中的一个群体，天神们参加其中，以英雄和正直的面目出现"[①]；"另一个是邪恶的，或者说是非道德的群体，魔王、暴君参加其中，它是前者摧毁的对象，一场场战争成了两个阵营的对峙，这是善与恶，正确与谬误，正义与非正义永恒冲突的宇宙观在《格萨尔》中的表现"[②]。又比如从《降伏魔国》《霍岭大战》《降服霍尔》《岭与姜国》的战争起因看，这几部应该是属于保卫物质财富的战

[①] 周炜：《西藏文化的个性——关于藏族文学的再思考》，中国藏学出版社1997年版，第139页。

[②] 同上。

争。从整个史诗的结构上看,这类战争处于全部史诗的前部,为社会关系的变化铺垫了话语权。因此,产生了岭国和格萨尔保卫国家的利益和人民的物质资料之上的远征和讨伐。如北方魔王鲁赞,抢走格萨尔的王妃梅萨,爆发了降伏魔国的战争。霍尔王趁格萨尔远在北方,举兵犯境,掠夺国家的财宝,而爆发了霍岭大战等战争。所以,这些事件就变成了社会力量的象征化力量的象征行为展示,成为一种乐舞戏剧表演的性质和特征的仪式行为。

(四) 角色扮演

格萨尔史诗的角色扮演是具有象征性的——英雄崇拜,其原型只是由单一的崇尚英武的原始勇士赞歌所构成,这种勇士赞歌亦是诗、乐、舞浓厚的祭祀仪式的错综并存的组合形态,其后经过相当漫长的扩充演绎、兼收并蓄的艺术层积累的嬗化,才逐渐达到了史诗在内容上的丰富厚重多元化,且日臻完美。①

格萨尔史诗角色扮演及其象征功能可从善道与魔道两方面来分析,善道,包含有正义感、为百姓带来安全和美满生活的;魔道,是代表恶势力。莲花生是格萨尔的保护神,其中的英雄为其化身或使者。因此,格萨尔是莲花生的化身—百姓的保护神—英雄人物(主角人物)—神的象征,是代表善道的。在史诗扮演中,说唱艺人手持一顶帽子,意味着是神授予的,是神的化身,象征着代言人。因此,可以说,在艺人说唱中,由一顶特殊帽子具体化了的奥义——解救苦难者。这便是说唱艺人和普通的歌手之间的区别。史诗的演唱人(使者一类)同时也是因为他将会解释说唱艺人与他表现的史诗中的英雄人物之间的相似关系。因此,在格萨尔戏剧中保留着说唱艺人的说唱扮演形态。也就是说唱艺人用各种不同声音、语气、语调扮演剧中所有人物角色,是一种保护神的象征。因此,他的使命就是消除魔道,解除苦难。善道中还有一些勇士角色扮演,他们一般都是神灵,即护法者、护道者,是英雄格萨尔的将士和随

---

① 周炜:《西藏文化的个性——关于藏族文学的再思考》,中国藏学出版社 1997 年版,第 152 页。

从。还有喇嘛和女性角色扮演，喇嘛一般是启悟者，女性主要是指度母化身。这里值得注意的是通灵者，史诗中的通灵者，实际上是萨满，与天地、神灵鬼怪交流，在格萨尔史诗中贯穿始终。

在达赖五世时，藏族戏剧已经正式成为藏族宗教文化和世俗生活中的重要组成部分。一年一度的雪顿节的重要内容便是盛大的戏剧比赛。每个参赛的藏戏队都要参加表演，表演格萨尔戏剧中的人物便是由一个人承担，是一个独立的叙事者，而戏剧扮演的角色则更像是一个舞队，即乐舞形式戏剧表演。

四 从乐舞到戏剧演述

格萨尔戏剧通常只有一个说唱者，说唱者往往要同时饰演几个不同的角色，而往往剧中的几个角色唱腔又由说唱者一人承担，角色朗诵、吟唱的韵文都附加伴奏。格萨尔乐舞与戏剧所不同的是，在表演中人物角色均头戴面具。面具是戏剧中最具藏族戏剧特色的象征。在一部戏剧中，每个演员都有自己独特的面具。这些面具通常用亚麻或软木制成，在藏族戏剧中使用的面具往往是善和恶的，或微笑的表情或恐惧狰狞。格萨尔乐舞面具通常都是格萨尔史诗故事中的人物面具。

格萨尔戏剧表演会保留一些说唱者口头传承而学来的诗歌，也就是说戏剧演唱篇目中，把书面的史诗看成固定的东西，并试图一字一句地去演唱。固定文本的力量，以及记忆技巧的力量，将会阻碍其口头创作的能力。但是，这个过程并不是从口头到书面的创作技巧的过渡。这是一种从口头创作到一种对固定文本的简单表演的过渡，从创作到重复制作的过渡。这是口头传承可能消亡的普遍的形式之一，口头传承的消亡并非在书写被采用之时，而是在出版的史诗本流传于说唱者中间之时。

那么，"书面"的技法是何时、怎样开始的？我们上面谈到的诗人能读能写，但是他仍然是个口头诗人。为了成为"书面"诗人，他不得不脱离口头传统，学习一些离了书写就不会掌握的写作技法。这是一个过程，或更确切地说，是仍然存活于口头创作中的一种过程的加速度、激变或延伸。这是程式和主题结构的变异过程。在旧有的模式之上产生出新的韵律表达,这是口头技法的一部分。给传统注入新的观念是必要的,如果一个人继续使用这些韵律表达,那么它们便会成为程式,如果这些程式又被别人拿去使用,那么这些程式便进入了传统,从而成为传统的程式。所有这些都仅限于程式这一层面的口头创作的范畴之内。这就是口头诗歌的方式。但是,当书面撰写介入之后,这时候程式和程式模式可以被打破,一种富于韵律的诗行建立起来了,它是合乎常规的,摆脱了旧的程式。

格萨尔戏剧或羌姆乐舞,仍然保留着口头创作的特点,这是因为书写实际上强调以口述史诗转写书面文体。显然,程式模式是不变的,它能决定一个文本是口头的抑或书面的。

多少年来,每当我们重新审视这些文本,都要不断地思索,口头传承可否用戏剧表演来演述,但我们发现口头史诗通篇是用押韵的对句写成的。另外,格萨尔史诗使用押韵的对句,是以每节四行诗的形式写成的,在每一诗节的末尾都有一个停顿。这并不是该地区的口头传承的表达方式,那是以纯粹的具有韵律形式的诗行写成的。

例如:《赛马称王》戏剧剧目唱词:

> 为此达戎下令说:
> 设宴聚众共议事,
> 奴才塔尉索纳我,
> 二来邀请众勇士,
> 还有:
> 今日初十时辰好,
> 商定十五把马跑。
> 特向众位来请教,
> 按时赴宴莫迟到。

由以上唱词可以看出书面文字得到充分发挥。事实上,当一个民族的口头传统走向书面文字时,均受到文人或作家的影响。因此从口头传统到出现书面传统的开端之间所发生的变化痕迹。书面文学的发展是由那些多少受过书面文学传统熏陶的中介人士带来的；但他们使用本民族的音节诗行。从作品看，这些作家并非模仿口头史诗，并非"用它的文体"来写作，他们已经发展了本民族史诗文学传统。

当某一人或某种传统从口头文学走向书面时，他或它便从成年或成熟的文体，走向蹒跚学步的童年和另一种文体样式的初期。格萨尔史诗，在当今社会中，书写的存在会对口头传承起作用，但是，这并不是必然的。

据角巴东主先生讲，400年前，国外就有学者在青海记录了许多格萨尔口头叙事表演的口头作品，这些作品书写文本至今在国外流传，从未曾演唱过，是书面完成的。其中《天界篇》讲述从开天辟地到作者所处的时代，作品一半为散文一半为韵文。韵文部分所包括的史诗歌，几乎全部为口头传承的七音节的诗行。后来几乎家喻户晓，其中有些故事已经进入口头传承。从1950年出生的说唱者中间，人们仍然可以搜集到其中的一些歌，甚至今天也可以搜集到。

这些说唱者影响了年轻的一代，他们能够阅读，他们开始背诵印出来的格萨尔史诗。他们仍然从长辈那里学艺，演唱那些来自口头传承的诗歌，但是他们渐渐脱离传统，靠记忆来记住一些故事，他们觉得应当将口述本记牢。

其实，老一代不识字的格萨尔仲肯，即使接触到格萨尔文本，即使有人读给他们听，他们也不大受影响。从别人读歌的过程中学歌，就和从演唱中学歌一样，他们的口头创作的习惯已根深蒂固，不会轻易改变。

那些接受了固定文本观念的说唱者，已经脱离了口头传承的过程。这意味着口头传承的消亡，意味着一代复制者而非再创作者的年轻一代说唱者的兴起。这些人就是那些出现于民间节日，演唱从故事本上背下来的史诗仲肯的人。所谓变异，是从核心故事的稳定性，以及文本的稳定性，即故事的一些确切的词汇开始的。核心故事的稳定性是口头传承的目的。口传史诗携带者之间，开始流行固定文本概念，这只是口头阶层过渡到书面阶层的一个方面。其中格萨尔乐舞和戏剧就是一个由口头说唱转写为戏剧表演的书写文本。

英雄史诗《格萨尔》是藏族人民集体创作的一部珍贵的文化遗产。它历史悠久，卷帙浩繁，内容丰富，博大精深，千百年来，在藏族群众中广泛流传，深受藏族人民的喜爱。《格萨尔》代表着古代藏族文化的最高成就，具有很高的学术价值和美学价值[①]。也是世界文化宝库中一颗璀璨的明珠，是中华民族对人类文明的一个重要贡献。据果洛人说青海果洛地区是藏族史诗《格萨尔传》产生的地方。据格萨尔学界考察，早在两百年前就有国外学者来到这里，搜去《格萨尔故事》和《霍岭大战》的藏文手抄本，并记录民间说唱艺人的《格萨尔》说唱，译成法文、英文出版[②]。果洛人深信自己的这片故土是岭国遗址、格萨尔的家乡。因此，每一座寺院都在跳《格萨尔》神舞与藏戏。每当寺院举行法会活动时，活佛就端坐在寺前广场一侧廊檐下的法座上，主持本寺格萨尔神舞和藏戏的表演。

藏戏是一种古老的民族剧种。青海藏戏主要流传在黄南、果洛、玉树、海南和海北等藏族地区，而青海果洛藏戏与青海其他地区的藏戏截然不同。青海果洛藏戏主要以演"格萨尔"史诗故事为主，亦称为果洛"格萨尔"藏戏。它源于四川省甘孜藏族自治州德格县左钦寺（也称大圆满寺），其寺历史悠久，尤以表演"格萨尔"藏戏闻名，其中与德格县相近的塞达县受其影响，也表演"格萨尔"藏戏，而青海果洛与其相邻，果洛格萨尔藏戏便由此传入[③]。

在果洛州达日县查郎寺，我们了解到该寺早期有表演格萨尔神舞的习俗。

格萨尔神舞在各寺院的称谓各不相同，或称"跳神"，或称"神舞"，亦称格萨尔羌姆乐舞。格萨尔神舞与格萨尔藏戏最大的区别，就在于神舞是戴面具表演，而藏戏则不戴。格萨尔神舞，有"英雄降生""出征""降魔""赛马称王"等神舞，其中"格萨尔出征""赛马称王"有着明显的戏剧性。如"赛马称王"神舞中格萨尔及其 30 员大将

---

① 曹娅丽：《〈格萨尔〉遗产的戏剧人类学研究》，民族出版社 2013 年版，第 1 页。
② 曹娅丽：《藏戏：雪域草原上的文化风景》，《青海日报文化专栏》2003 年 2 月 24 日。
③ 同上。

头戴面具，身着戏服，幡幢与法号的仪仗缓缓出场并列队完毕，随着两声炮响，头戴硕大面具、身披威武甲胄的格萨尔王闪亮登场，身后是诸将领以慢镜头般的动作逐一亮相。① 表演者舞之蹈之，其表演风格与藏戏基本相同。

我们采访到一位活佛，得知早在五世达赖时期，格萨尔乐舞为数百年前从四川德格县左钦寺传入，后来，果洛各寺院活佛或喇嘛依据壁画重新创作，还就格萨尔题材创作格萨尔藏戏。显然，格萨尔藏戏与神舞同出一源。② 值得思考的是，无论格萨尔藏戏还是乐舞，其表演依然保留着口头叙事表演传统。

> 如《赛马称王》一剧的表演，场地内的一张木质长凳，便是格萨尔赛马称王的宝座，也是剧中唯一的道具。只有靠演员的精湛技艺，才能表现出骏马奔驰在辽阔草原上和格萨尔赛马称王的真实情景。演员骑马虚拟的动作，都是从生活中提炼，经过艺术夸张，既规范又优美，而且固定下来成为藏戏程式化动作。也就是说，广场藏戏表演中的"舞、技"，一般来说，都与曲词、唱腔相配合，根据剧情的发展相联系的。"舞"和"技"是现实生活中动作的提炼与夸张，更具有典型性，给人以和谐、健壮、豪迈的美感。可以说，格萨尔藏戏的广场演出方式，不仅表演形式独具魅力，而且表演风格潇洒典雅，构成了一种具有民族地域特色的诗剧叙事的审美艺术形态。③

此外，无论格萨尔乐舞文本，还是戏剧文本，都是将史诗说唱文学作品经过整理、改编，而后搬上舞台，这是戏剧发生的基础。它是受"格萨尔"史诗说唱艺术影响的说唱戏剧艺术形态的这样一种奇特的文化现象：说唱戏剧形态，在青海藏戏中独具魅力，且在民间久演不衰，保持着旺盛的生命力。它得力于《格萨尔传》史诗篇幅巨大，结构宏伟，

---

① 曹娅丽：《藏戏：雪域草原上的文化风景》，《青海日报文化专栏》2003年2月24日。
② 同上。
③ 同上。

图10　《赛马称王》场景

生动、形象的人物刻画，剧情古朴凝重，演出雄浑淳厚，以及采用藏族民间文学说唱形式，具有强烈的浪漫主义与现实主义相结合的艺术特色；得力于青海果洛丰厚的格萨尔传统文化底蕴，特别得力于弘扬与传承这一传统文化的活佛与说唱艺人的创造精神（说唱传承）。就"格萨尔"藏戏艺术而言，从表现形式至内容上都依然保留着说唱文学的胎迹。它既具有说唱文学的属性，又具有戏曲文学的属性。

例如，我们于2009年10月，在青海省举办民间戏剧调演中，考察到果洛歌舞剧团参演剧目为《赛马称王》，也是依据格萨尔赛马称王篇创作的，戏剧文本与史诗口头说唱文本有区别，又有相同之处。大致如下：

第一幕　假传预言
遵循莲花生佛预言，觉如化身一只渡鸦，
飞往达让晁同面前，假传预言要求赛马。
第二幕　议定赛马
心怀叵测晁同王，召集群雄议赛马，
决定赛马赌王位，岭国上下皆牵挂。
第三幕　两情相悦
涤荡污秽觉如施法，珠姆沐浴美玉无瑕，
冰释前嫌两情相悦，协力去擒姜郭骏马。

第四幕　上山擒马

噶姆带着小珠姆，上山去捉姜郭马，

得道多助显威力，牵回神骥人人夸。

第五幕　觉如获马

晁同王府大门口，骏马归顺小觉如，

嘉洛家的美珠姆，再三祝福小觉如。

第六幕　赛马夺魁

赛马场上角逐，犹如万箭齐发，

觉如神奇获胜，盛传千古佳话。

尾声　觉如称王

万众欢庆时光，觉如登基称王，

犹如赐福太阳，照耀东山顶上。

图 11　果洛歌舞剧团表演的《赛马称王》

由上获知，无论是羌姆乐舞表演还是戏剧表演，艺术家都是按照格萨尔口头叙事表演文本转写而成的表演文本，它所呈现的口头叙事内容、结构、程式、诗行既具有戏剧文学性，又具有口头叙事的表演性，但又各具特色。

通过格萨尔史诗说唱艺人达哇扎巴的演唱，到果洛寺院僧人的藏戏表演，再看果洛格萨尔剧团专业藏戏演出，同是《格萨尔赛马称王篇》的内容和主题，但三个文本的创作有所不同。相同之处是相同的故事，情节、人物和事件；不同之处是戏剧文本依据格萨尔赛马称王篇文本改编的同时，保留着口头说唱文本的结构，这里主要是指歌舞剧团的表演文本，寺院演出文本是截取赛马称王篇的故事，选取段落，但主题都是围绕赛马称王而展开的。

值得指出的是，果洛歌舞剧团的表演是有角色扮演，由旁述体变为代言体，这是叙事性的歌诗、舞诗向戏剧性的剧诗转化的关键部分。据实地考察，果洛歌舞剧团格萨尔赛马称王剧表演特点如下：

一是在开篇的副末登场语。序幕介绍剧情，对剧中主要人物做了评价，还保留向观众讲述格萨尔故事的形式。这样，已经形成了一个固定的戏剧程式。

二是伴唱。它常在每一幕剧首和剧末出现，用作者的口气直接对人物评价。这种形式，类似古希腊悲剧中的歌队伴唱。但古希腊悲剧的这种形式在西欧的后世戏剧中消失了。而我国戏曲中的伴唱，在元代南戏中出现后，一直在弋阳腔等声腔剧种中保留了下来，尤被川剧所发扬，直至现代戏曲中还在运用。青海果洛格萨尔剧因由四川德格县左钦寺传入，受到川剧影响，依然保留了伴唱因素。

三是抒情。在表演上诵念、说唱、韵白、韵律既继承了格萨尔口头叙事表演特点，又具有声情并茂、直抒胸臆的艺术情感。特别是戏剧程式的表演使之更具戏剧性。如戏剧动作常在人物内心徘徊，于流连忘返中达到委曲尽情的境地。戏剧动作发自人物内心的意志和情感，由内心动作转化为外部动作，这是戏剧动作的一般规律。格萨尔戏剧则更多地侧重于内心意志的展示，强调外部动作的形成过程，把舞台空间让给人物灵魂深处的内心徘徊。由此，格萨尔剧诗在戏剧动作上的抒情风格便与之有异曲同工之妙。因此，格萨尔戏剧本身就具有剧本文学的整体性。可归纳总结为以下三点。

1. 格萨尔戏剧文学的语言能歌能舞能唱，字里行间，抑扬顿挫，错落有致。无论是曲是白，都具有"声音铿锵"，富有乐感。其剧本语言

"肖其声口",有人物,有个性,是为剧中的角色语言。这就是戏曲的要素之一,"声"。

2. "以虚为实",格萨尔戏剧简洁空灵,以虚代实,虚实相生,给舞台留出广阔的空间,使演员能自由自在地运用舞蹈虚拟环境,塑造人物。如《赛马称王》:"白岭英雄赛马会,珠姆介绍人和马,觉如智考卦与医,武将宝篇从此述。"① 短短几句话的提示,在舞台演出中成了全剧的高潮,足足演了半个多小时。演员用优美的舞蹈和绝技,在空灵的舞台上自由驰骋,格萨尔在赛马中与王叔斗智、与阻挠者扭打得难解难分。人物的性格,赛马的时间,赛马的环境,都在优美的舞蹈身段中显现出来。这是一首充分利用观众想象的诗,是用演员优美的舞姿凝结起来的诗。这就是戏曲要素之二,"容"。

图12　格萨尔赛马称王舞蹈场景　　（曹娅丽拍摄）

这些"声"和"容",一切都要在戏剧性的变幻之中,在悬念和冲突之中。而不是与此相游离。这就是戏曲的根本要素,"戏"。

格萨尔戏剧将文（这是戏曲的基本要素）、声、容、戏合为一体,化

---

① 曹娅丽:《青海果洛"格萨尔"藏戏》,《西藏艺术研究》2003 年第 2 期。

无声的平面文学为有声的立体文学。

由此看来，格萨尔戏剧体现了我国剧诗总体兼备的特点。它那集文学艺术之大成的巨大容量，比之一般剧诗的综合性来，似又进了一步。

3. 寺院藏戏团表演的形式是由说唱者承担故事中的每一个角色的这种文体，假如单纯从文学上来看，是一种代言体。但从戏剧的表演形态看，并非扮演格萨尔的人在边舞边唱，而是专门有一人讲唱；讲唱中扮演者在扮演具体人物时，已不再是扮演者而是进入角色的。如格萨尔剧《赛马称王》的所有唱词，也都以说唱者的口气唱出，如同王国维据此在《戏曲考源》中认为："以数曲代一人之言，实自此始。……此曲则为元人套数杂剧之祖。"其实格萨尔充其量还只是咏唱一人情感的说唱。唱词中的夹白，很多是代言体，但是由说唱艺人转述出来的，并非由扮演格萨尔和王叔晁同的演员作为剧中人物在自己说话。尽管说唱艺人在说唱时，已在模仿人物说话的神态和语气，但毕竟是一人旁述，而非两人对话。这种对话型的文学样式，使得说唱文学达到高度发展，也使得剧诗的文学样式脱颖而出。

本章通过口头说唱文本动态表演观察到口头说唱文本—乐舞表演文本—戏剧文本的转写过程，以及对格萨尔戏剧在特定语境中注重表演结构和动态的表演及交流过程的系统考察。笔者采用了聆听同一故事的多种叙事表演形态实践方法，从中注意到，说唱者每次特定的演唱既不是完全靠记忆进行复诵，也不是在每次表演时都要彻底创新，而是表演传统的一种艺术惯制允许在一定限度之内发生变异。即使在戏剧、乐舞叙事表演中也是如此，显现出口头诗歌表演的特性："相对于记忆而言的即兴创作问题、口头传统的创作叙述单元、听众的角色、完整的故事及其组成的部件的多重结构，以及在口头诗歌之中新老因素的混融交织。"①因此，本章的研究建立在两条路径上：其一，注重文本的演唱与书写分析考察研究；其二，在更为广泛和更为广阔的动态中去运用人类学的验证方法，扩展书写文本研究。认为，格萨尔说唱表演是高度程式化的，

---

① ［美］约翰迈尔斯·弗里：《帕里—洛德理论》，朝戈金译，社会科学文献出版社2000年版，第23页。

而这种程式来自悠久的传统。包括演述形态、艺人（特别是有创造性的艺人），他们在传统的传承和变异中所起的作用，可以看出，口头说唱传统的延续与发展，具体而言就是叙事表演程式，包括语词程式、句法程式和韵律节奏程式在乐舞与戏剧表演中依然保存下来，即保留了口头文本风貌和文体特征。格萨尔戏剧书写文本仍在极大程度上遵循和保存着口头传统，而且基本是对口头吟唱的沿袭。但是，我们也看到了说唱者的叙事表演经过书写后，使戏剧表演和文本创作获得自由，即一方面继承口头叙事表演文本，另一方面以全新的戏剧诗学的章法来构建诗行。因为，说唱者已经习惯了自己进行创作，或者以自己的表演方式进行演唱，只要口头诗人将作品唱过一遍，这部作品就算是完成了。格萨尔口头文本书写，实际上又为说唱者提供表演依据，是一种对口头叙事史诗的记录，这种记录将是对口头传统的继承与发展，透射着口头叙事表演传统与文本书写的关系。一种崭新的诗学的形成过程，存在着一种文化变迁——乐舞仪式。这种乐舞仪式是格萨尔口头叙事表演的特殊类型，其史诗歌诗程式、歌者演唱行为、舞者扮演行为、面具与角色、表演场域等具有了仪式性，可以说是一种具有宗教功能的仪式剧。

第 六 章

从格萨尔史诗到音画诗剧

我国古典诗歌一般多属声诗。在古代，作诗有一条基本原则："诗为声也，不为文也。"① 中国古典诗歌的始祖《诗经》，就是有声之诗。格萨尔史诗也是有声之诗，诗一般都是四、五、六、七言，整齐而无变化的句式。但是，格萨尔史诗又是一种散韵相间的口头叙事表演的诗，散韵是由长短句构成的叙事诗。此外，格萨尔史诗的曲，是一种歌体，这种歌体的体裁，是在古代藏族民歌的基础上逐步形成发展起来的。其表演的形式为歌舞性、戏剧性与说唱艺术融为一体的诗剧表演。其表演不仅延续了说唱艺术传统，而且延续了诗、乐、舞三位一体的原始艺术。本章试图以青海果洛格萨尔《赛马称王》诗剧表演为例，阐述格萨尔史诗到音画诗剧的审美特质。

一 史诗与音画诗剧

史诗是叙述英雄传说或重大历史事件的古代叙事长诗。多以古代英雄歌谣为基础，经集体编创而成，反映人类童年时期的具有重大意义的历史事件或者神话传说。史诗是人类最早的精神产品，对我们了解早期人类社会具有重大意义。史诗和古代的神话、传说有着天然的联系。史诗在神话世界观的基础上产生，而它的发展最终又是对神话思想的一种否定。根据所反映的内容，史诗可分为两大类：创世史诗

---

① 参见郑樵《通志乐略第一》，上海文艺出版社1986年版。

和英雄史诗。

创世史诗，也有人称作"原始性"史诗或神话史诗，它多以古代英雄歌谣为基础，经集体编创而成，反映人类童年时期的具有重大意义的历史事件或者神话传说。创世史诗多运用艺术虚构手法，塑造著名英雄形象，结构宏大，充满着幻想和神奇的色彩。英雄史诗是一种庄严的文学体裁，内容为民间传说或歌颂英雄功绩的长篇叙事诗，它涉及的主题可以包括历史事件、民族、宗教或传说。

史诗基本上是以口传形式流传的。在文字尚未出现时，史诗最初是纯口述式记录的，在传达过程中，听众聆听史诗后，会用口述形式将史诗世代相传，随着时间而增添情节，最后被整理、加工，以文字记载成为一部统一的作品。这类史诗的代表有荷马的史诗作品《伊利亚特》和《奥德赛》。另一种为文学作家以特定的观念目的有意识地编写而成的"文学史诗"，这类史诗的代表有维吉尔的《埃涅阿斯纪》和约翰·弥尔顿的《失乐园》。世界最古老的史诗是巴比伦史诗《吉尔伽美什》。中国的《格萨尔王传》、印度的《摩诃婆罗多》《罗摩衍那》和古希腊的《伊里亚特》《奥德赛》等都是著名的史诗。

我国各民族史诗的类型多种多样，北方民族如蒙、藏、维、哈、柯等，以长篇英雄史诗见长，南方傣族、彝族、苗族、壮族等民族的史诗多为中小型的古歌。如藏民族的《格萨尔王》、蒙古族的《格斯尔》《江格尔》和《汗青格勒》、柯尔克孜族的《玛纳斯》等。在我国纳西族、瑶族、白族流传的各种不同的《创世纪》，彝族的《梅葛》《阿细人的歌》，还有《苗族古歌》等，都属于史诗。这些作品内容基本相同，主要叙述了古代人所设想和追忆的天地日月的形成，人类的产生，家畜和各种农作物的来源以及早期社会人们的生活。英雄史诗是以民族英雄斗争故事为主要题材的史诗。

"史诗"是经过以诗歌加工修饰的真实历史的再现。史诗实际上是一门集史学、美学、语言学和说唱艺术于一身的科学。首先，任何一个民族或地区的"史诗"是其真实的历史以文学的形式做出反应，它必定要在很大程度上反映该地区或民族的真实历史。格萨尔史诗是散韵结合体，当史诗以戏剧形态表演时，是说的部分与唱的部分结合在一起表演，形成了一种剧诗，它具有相应的语言形式，使整齐划一的句式，变为变化多端的生动活泼的句式，以便铺叙情节，刻画人物，展开冲突。格萨尔剧诗便是孕育于早期藏族叙事文学、神话传说和宗教仪式，更确切地说，源于《格萨尔》史诗文学，并合民间歌舞以说唱形式演述格萨尔史诗故事，而发展为格萨尔戏剧样式的。这种戏剧体诗的歌诗，它是声与诗结合的产物。

声诗的进一步发展，就是舞诗。它的综合性比之歌诗、弦诗要高。一般的舞诗都做到了诗与歌、乐、舞三者的结合。剧诗作为多声诗的综合体，已在舞诗中基本形成了。我国较早的舞诗当推《诗经》的"颂"。"颂"字《说文》解："皃也，从页，公声。"古训之为"形容"，"颂"即"容"，《诗经》的《三颂》各章皆在诗中配以乐舞，以舞来形容，故称"颂"。类似于"颂"这样的舞诗，与祭祀有关，多采自祭歌。舞诗，内容很简单，形式也较凝固，还没有用歌舞来表现一个故事，更未出现扮演人物。

格萨尔戏剧就是由声诗发展至舞诗，即由格萨尔史诗说唱，至神舞（亦称羌姆乐舞）开始向剧诗转化，戏剧则来自赞颂格萨尔英雄、格萨尔诞生与称王、祭祀神灵的宗教乐舞。这种乐舞出现扮演人物，来表现一个故事，即已将格萨尔史诗扮演人物的戏剧因素吸收进来，即如王国维所说："歌舞之人，作古人之形象矣。"[①] 格萨尔"羌姆"乐舞，源于藏族原始宗教苯教，是集音乐、舞蹈、面具、服饰、舞谱、乐谱及喇嘛教仪式为一体的综合性藏族本土宗教艺术表演形式，每逢寺院表演格萨尔羌姆乐舞，参加者人数可多达万人，寺院内外人山人海，形成盛大而隆重的宗教节日活动。

音画是指音乐和图像以及相关文字结合的一种艺术表现形式，其目的在于通过音乐与图像配合，达到一种听觉和视觉同步的表现效果。音是指声音，这里指音乐。音乐属于艺术的一种，通过一定形式的音响组合，表现人们的思想感情和生活情态。音乐是表演艺术，通过演唱、演奏，为听众所感受而产生艺术效果。其构成要素和表现手段有旋律、节

---

① 苏国荣：《中国剧诗美学风格》，上海文艺出版社 1986 年版，第 9 页。

奏、和声、复调、音色、力度、速度等。音乐往往与诗歌、戏剧、舞蹈等相结合而成为歌剧、舞剧、戏曲等综合艺术。画，绘制出来的图像。用画笔绘出来的图像，一种是静态的图像，一种是动态的，能够产生一系列动态图像。音画作品，往往通过动画、音乐、文字的配合，形成一种特有的表现形式，属于音画，表现每一个主题的音画就是一个音画作品。音画作品经常与文学相结合，可以与诗歌、散文、小说等组合。在音画作品中，文字的表现可以通过滚动或变幻的文字来实现，也可以通过朗读或者歌唱形式来实现。

诗剧，是指用诗体写成的剧本。先秦时代楚国屈原的《九歌》，是中国最早的诗剧雏形。有的虽具有戏剧的形式，但只供阅读，不适合剧场演出，它在与史诗、抒情诗并称时，也称"剧诗"。它除了舞台提示采用散文形式外，人物台词全部运用诗的句式，因而人物台词富于诗意和强烈的抒情性，具有丰富的内涵，能给读者广阔的艺术再创造空间。诗剧的创作，不仅要求语言凝练、含蓄、流畅，讲究韵律和节奏，还要符合戏剧舞台性的特点。

青海果洛"格萨尔"戏剧源于四川省甘孜藏族自治州德格县左钦寺①，主要以演格萨尔史诗故事为主。常演的剧目主要有《天岭卜筮》《英雄诞生》《赛马称王》《十三轶事》《霍岭大战》等，一般都由果洛各寺院的活佛依据《格萨尔王传》和《格萨尔故事》节选编导。果洛"格萨尔"戏剧只在宗教法会活动期间上演，从农历正月初三至初七和农历六月二十一日至二十七日②，均由各寺院活佛主持。一般在寺内演出，有些寺院由于处在深山峡谷之中，很难找到合适的场地，就会到大草原上演出。演员全部由寺内僧人担任，女角则由扮相漂亮的僧人饰演。演员不戴面具，一律根据角色的需要进行勾脸，酷似京剧的脸谱。最初的观众主要是寺内僧人，随着藏戏影响的逐步扩大，现在也开始慢慢走出寺院，面向僧俗大众。"果洛格萨尔戏剧是史诗形态的说唱表演，通篇都是唱词，没有一句道白。其唱腔浑圆低沉，苍凉悠扬，大体上分为格萨尔

---

① 曹娅丽：《青海藏戏艺术》，民族出版社2009年版，第236页。
② 同上书，第246页。

调、诵经调、道歌调和民歌调。格萨尔调与道歌调为王臣演唱的曲调，浑厚而低沉；民歌调一般为妃、仙女演唱，悠扬、婉转，具有浓郁的藏族民间小调的韵味"①。在表演中，上场演员一律不唱，只有一位演唱者演唱整个剧情并完成所有角色的独白、对话，而演员的角色扮演是以哑剧形式完成的。所以，严格意义上讲，果洛"格萨尔"戏剧不是按戏剧舞台要求，把史诗改编成戏剧文学剧本进行的戏剧演出，而是嵌入了哑剧表演的史诗说唱，既继承了"格萨尔神舞"（羌姆乐舞）的形式，又保留了说唱文学的艺术形态，形成了史诗戏剧说唱的特点②。如果洛龙什加寺格萨尔马背藏戏团表演的《赛马称王》一剧，表演者一律不唱，每个扮演者只是用戏剧动作表演，演唱者则是由说唱艺人担任，他演唱每个角色的念白、对话和对人物或事件的赞词。这种延续史诗说唱的戏剧扮演，可以说，是鲜活的格萨尔诗剧。

二 《赛马称王》表演与诗剧审美意蕴

这里言及史诗转换为音画诗剧表演，果洛"格萨尔"戏剧演述便是我们研究的一个典型案例。笔者于2014年8月14日，前往青海果洛藏族自治州考察，这里将要举办果洛州建州60年庆典活动，其中主要内容为格萨尔戏剧表演，地点在大武赛马场。

8月15日9时上午开幕式，由果洛藏剧团和民间艺人表演大型格萨尔音画诗剧《赛马称王》，下午2时由甘德县龙什加寺、龙恩寺表演马背藏戏《赛马称王》，8月16日上午9时由达日县查郎寺表演格萨尔藏戏《英雄诞生》，11时由达日县珠姆格萨尔藏戏团表演《赛马称王》。

8月15日上午8时，我们到达大武赛马场，场地绿草葱葱，平坦辽阔，场地中央搭建一个约60平方米的大舞台，蓝天、山峦相映照，成为天然舞台背景。10时30分，大型格萨尔音画诗剧《赛马称王》在交响乐

---

① 曹娅丽：《藏戏：雪域草原上的文化风景》，《青海日报文化专栏》2003年2月24日。
② 同上。

中，在格萨尔艺人的赞词中拉开了序幕。舞台上由果洛州藏剧团演员表演、台下广场由二百余名寺院僧人和村民表演。表演描述如下：

  首先，在舞台上，格萨尔与叔叔晁同商议预言赛马之事，叔叔极力反对格萨尔参加赛马称王之事，格萨尔通过智慧战胜叔叔的险恶用心，迫使叔叔同意格萨尔参加赛马。不料，格萨尔赛马途中遭遇恶魔的阻挠，他又通过神奇的力量和神灵的帮助战胜叔叔设置的种种险情，赛马夺冠，获得王位。

图13　台上表演者格萨尔与叔叔的斗智斗勇的场面　　（曹娅丽拍摄）

  其次，该剧的表演形式，舞台上格萨尔史诗赛马篇中的人物，均由演员扮演，格萨尔、晁同、珠姆、嘉察等角色，其表演既具有唱、做、念、打的程式，又具生活动作，并由民间格萨尔说唱艺人颂唱赞词，讲述故事情节，唱腔以格萨尔说唱音乐为主，且有交响音乐辅排，推动剧情发展。舞台下广场表演，是一种大型的由百人组成的寺院僧人演员，他们头戴面具，随着故事情境，表演羌姆乐舞，以及民间舞队表演献哈达的歌舞等。小舞台与辽阔的草原遥相呼应，上下表演相互映衬，珠联璧合。

图 14　格萨尔面具舞 1　　（曹娅丽拍摄）

图 15　格萨尔面具舞 2　　（曹娅丽拍摄）

《赛马称王》音画诗剧表演具有地域性和民族性，呈现了独特的审美意蕴。

主要表现在以下几方面：

其一，保留了史诗表演的戏剧美学特征。

在《赛马称王》诗剧表演中，依然保留着史诗的叙事性和演员的扮演性，可窥探出印度梵剧对它的影响作用。印度是东方较早产生神话传说和民族史诗的国度，其戏剧起源与两大史诗关系密切。"在古印度，吟诵两大史诗的风习十分普及。这种吟诵后来发展为伴以音乐和人体姿势，趋于戏剧化。但是由此而形成的印度戏剧是以表演艺术为中心的，这也是它和古希腊戏剧最大的区别之一。"① 显然，格萨尔戏剧与梵剧具有异曲同工之妙，其表演既是演唱史诗表演，又极具梵剧特色，可以说是一部剧诗。

格萨尔史诗的诞生源于说唱文学，是以演述格萨尔史诗故事为主的一种戏剧艺术。最初，戏剧由颂扬格萨尔叙事诗演变而来。在这种戏剧的雏形中，歌队扮演的是叙事者和评论者的角色。如今，格萨尔史诗所呈现的戏剧表演，是依据格萨尔诗体对话写成的剧本，说是剧本，实际上是在格萨尔史诗选取一章内容，或直接用史诗歌行来戏剧表演，即是戏剧诗。在世界上三种古老的戏剧文化中，古希腊戏剧与印度梵剧都成熟很早，而我国的戏曲形成则比较晚。究其根源，学界普遍认同古希腊戏剧与印度梵剧都得益于从灿烂的史诗中汲取了诸多的材料与灵感。"格萨尔"戏剧既具有中华民族戏剧共同的风格特征，如"乐舞本位，歌、舞、剧、技的有机结合等，又具有与古希腊戏剧很类似的贯穿始终的讲解人和伴唱伴舞队，面具表演，史诗式讲唱文学的剧本结构和说唱艺术的表演格式等特殊之处"②。因此，格萨尔戏剧是以说唱者为主，且有演员扮演格萨尔故事中角色的诗剧艺术。诚如《舞论》所言："这种有乐有苦的人间的本性，有了形体等表演，就称为戏剧。"③ 它具有演员、戏师、音乐、服饰、角色扮演等构成戏剧艺术要素，史诗内容是由演员扮演角色，通过舞台行动过程创造人物形象，达到戏剧效果，使之具有戏剧美学特征。

其二，格萨尔音画诗剧呈现了羌姆乐舞的宗教审美性。

---

① 孟昭毅：《东方戏剧美学》，经济日报出版社1997年版，第3页。
② 刘志群：《中国藏戏史》，西藏人民出版社2009年版，第4页。
③ ［印度］婆罗多牟尼：《古代印度文艺理论文选》，人民文学出版社1980年版，第4页。

"羌姆"①，又称"法舞"，是藏传佛教寺院法事活动中的一种祭祀乐舞的名称，专指以表达宗教奥义为目的的寺院祭祀仪式表演。这种仪式表演常常采取象征性的乐舞形式，是寺院中特定类型的舞蹈，寺院的僧侣多用"金刚舞"来称呼这种仪式表演，以表明其归属密宗教金刚乘祭祀的神秘本质。按照藏传佛教寺院乐舞的特征以及学术用语，宗教乐舞统称"羌姆"。"羌姆"和"金刚舞"两种名称，恰好代表了此类宗教活动的两个侧面，即以表演（舞、戏）为外在的形式，以金刚乘修供为内在的内容。

在萨班《乐论》中论述：乐舞，即舞、画、音，在羌姆乐舞中具有重要意义。其中"舞"指穿戴舞衣面具跳神，"画"是指绘制坛城之技法，"音"是指佛经诵唱之音乐。这与藏传佛教宁玛派教义密切相关，在《赛马称王》音画诗剧中得到体现。

例如，藏传佛教认为教义中的"三密相应"才能成佛。身密，即手态和坐姿要和所修的本尊姿势一样；语密，即口中要念所修本尊的咒语；意密，即思想与意念要和本尊一致，三者相契合，和合为一，才能体味修行圆满之境界。这便是羌姆乐舞的宗旨。

因此，该音画诗剧《赛马称王》中至今仍然保留羌姆乐舞的形态，为了更具弘扬佛法的作用，直接将宗教艺术，如神佛身段舞姿搬进戏剧之中。使每场的表演十分生动，更具格萨尔戏剧的表演特点。面具者的舞姿、面具造型及其象征意义，蕴含着宗教审美思想。

在格萨尔诗剧中，仍然可以看到历史悠久而且丰富多彩的宗教仪式和说唱艺术。藏传佛教寺院跳神"羌姆"是在原始苯教巫师苯波祭祀自然神的仪式基础上，吸收民间土风舞演变而来的新的宗教仪式舞蹈。传说莲花生在以密宗瑜伽的神法巫术收降众多的苯教主神为佛教护法神的同时，也广泛吸收了西藏群众当时已非常习惯了的苯教祭仪。羌姆的特点是注重姿态和造型，讲究场面铺排，叙事性强，多由喇嘛表演，类似于哑剧，十分生动有趣。在今天的格萨尔音画诗剧《赛马称王》表演中，

---

① 参见马盛德、曹娅丽《人神共舞：青海宗教祭祀舞蹈田野考察与研究》，文化艺术出版社 2005 年版，第 32 页。

都可以看到当年羌姆的风采,它可以体察到宗教的教义、仪规、习俗、心理和价值观及其发展历程。

其三,在音画诗剧《赛马称王》中彰显了民间歌舞的审美特质。

在人类发展的历史长河中,藏族先民经过人类的童年时期,在逐渐产生歌舞、神话传说、格言及原始宗教等文明形态的过程中,最初多数是以口头叙述和口头传唱的民间文学作品的形式出现,有的伴以舞蹈和戏剧艺术表演。后来作家和艺术家们记录和创作的书面文学作品,一般也都比较注意忠实地采用民间口头说唱文学的形式,形成了散文叙事、韵文对话歌唱的藏族叙事式的体裁特点。在广大民间,演述"格萨尔"戏剧的艺术家一方面根据神话传说和史诗说唱故事,另一方面又进行创造、发展,不仅包括剧情的大量传说故事,而且还加进了具有地方特色的音乐、舞蹈和民间艺术的表演,形成"口头剧本"。因此,"格萨尔"戏剧和音乐、舞蹈都和民间说唱"仲鲁"、民歌"古尔鲁"有着直接的渊源关系。

同时,在音画诗剧《赛马称王》中彰显了民间歌舞性审美特质。音画诗剧《赛马称王》中歌舞性与戏剧性统一的表演程式,体现了藏族是能歌善舞的民族。戏剧中载歌载舞的特点比汉族戏曲更为突出与浓郁,可以说是一种以歌舞演故事的戏剧表演。具体表现为藏戏的表演是和歌舞相结合进行的,其戏剧表演艺术的六功,除口语道白外,其余唱、舞、韵、表、技艺等,无不与歌舞有不同程度的关联。它用歌唱和简单的舞蹈化动作来表演。这些类型化的歌唱和程式化的舞蹈动作,是吸收继承古代藏族民间和宗教歌舞音乐的艺术传统。格萨尔戏剧既继承了古老的宗教乐舞仪式,又保留了说唱因素并融入了民间舞蹈和民歌,形成了格萨尔诗剧表演的审美特质。

三 《赛马称王》的诗乐舞三位一体的美学意境

《赛马称王》一剧在演出中还可以直接穿插许多民间歌舞、宗教歌舞和歌舞性很强的民间艺术表演。这些歌舞表演有的与剧情紧密结合,如格萨尔登上王位，全部落或者说整个部族都为此庆祝，载歌载舞，用歌舞更能表现人物内心世界的戏剧性感情波澜，便有了戏剧性歌舞表演。这种歌舞表演是藏族生活的主要内容，既是一种艺术传统的延续，又是生活习俗的延续。因而，格萨尔诗剧的歌舞是戏剧性的表演，也是生活中情感的抒发。因为藏族戏剧的戏剧性带有很强的抒情性，而歌与舞恰恰是最善于抒发内心情感的。藏族的歌舞形式，往往是诗、乐、舞三位一体，使戏剧程式化歌唱、舞蹈，产生抒情状物的功能。格萨尔戏剧，它一方面以藏族歌舞铺排剧情发展，另一方面用说唱形式推动剧情的展开。因此，格萨尔戏剧的戏剧性既通过强烈的歌舞性与说唱艺术的结合来演述故事，又以戏剧程式动作，规范了戏剧表演，达到了歌舞性与戏剧性的有机统一。

图16　《赛马称王》格萨尔庆功场景　　（曹娅丽拍摄）

另外，音画诗剧《赛马称王》中生活化与多样化舞蹈动作统一的表演情境，为其戏剧表演建构了独特的戏剧表演程式。

格萨尔戏剧的表演更趋于成熟，即歌舞性与戏剧性有机地统一起来。因此，可以说，戏曲的舞，是一种无声的语言，具有抒情状物的功能。作为藏戏中的舞蹈，它不再是单纯的藏族舞蹈，而是一种戏剧化的舞蹈。

在格萨尔戏剧舞蹈表演中编导注意吸收当地民间舞蹈及宗教舞蹈的动作，同时也保留了许多舞蹈身段。民间舞蹈如"则柔"（藏语意为"歌舞"或"歌乐"）、"古典舞"、"仙女舞"等；宗教舞蹈如"羌姆"中的"祭神舞""鹿神舞""法器舞"等。然而，这种吸收并非是完整的套搬，而是注重舞蹈的姿态、造型和场面的铺排以及表现出藏戏的神韵、意境，有选择、有目的地截取舞蹈动作注入格萨尔戏剧《赛马称王》之中。

《赛马称王》的交响音乐具有交响诗的美学韵致，既有史诗音乐与格萨尔说唱音乐相辉映，又有民间音乐与戏剧唱腔的交织，呈现出藏族音乐中声乐与器乐的组合体。萨班在《乐论》中认为，音的形态可分为四类：扬起音、扳折音、转变音和盘旋音。其四种音在《赛马称王》音画诗剧中重复、变化、交织和混合，即格萨尔说唱音乐与史诗音乐的重复、间隔变化与连续变化、民间音乐与羌姆乐舞音乐顺次交织与先后交织，并与抑扬顿挫的诗句完美结合，构成了音画诗剧美妙的意境。

综上观之，《赛马称王》音画诗剧的叙事与抒情的结合，这是文学与舞台的、立体的结合。作为诗剧的叙事诗原则和抒情诗原则的结合，是一种特殊形式的结合，格萨尔戏剧在叙事诗的基础上，将静态文本转化为戏剧叙事的动态演述形态。它融合戏剧、音乐、舞蹈、交响乐于一体的时空综合舞台艺术形式，引领藏区牧民进入一个声色光影的多元时空，在梦幻与现实之间自由穿越。

四　格萨尔剧诗的美学风格

格萨尔剧诗便是孕育于早期藏族叙事文学、神话传说和宗教仪式，更确切地说，源于《格萨尔》史诗文学，并合民间歌舞以说唱形式演述格萨尔史诗故事，而发展为格萨尔戏剧样式的。言及格萨尔史诗，首先，任何一个民族或地区的"史诗"是其真实的历史以文学的形式做出反应，它必定要在很大程度上反映该地区或民族的真实历史。"史诗"就是经过以诗歌加工修饰的真实历史的再现。史诗实际上是一门集史学、美学、语言学和说唱艺术于一身的科学。西方学者石泰安在《汉藏走廊古部族》著述中认为，"格萨尔史诗主要流传于青藏高原东部（四川、甘肃和青海的藏区），其地域之叙事文学、神话传说、宗教仪式等十分丰富，格萨尔史诗便起源萌芽于叙事文学与神话传说"①，藏族艺术家将格萨尔史诗以口头叙述表演形式再现藏族社会生活和真实历史。其次，石泰安先生认为藏族史诗《格萨尔王》中的格萨尔与藏戏《诺桑王传》②故事内容相同，"格萨尔与藏戏《诺桑王子的故事》中主角诺桑王子同属一人，即都是'宗教王'，他们的使命就是降伏恶势力与东西南北的'野人'（恶魔）"③。其英雄行为、故事情节与藏戏《诺桑王子》④有着诸多的相似性。再次，格萨尔史诗说唱艺人的说唱、歌舞与宗教仪式，与土著仪轨有着密切的关系。如"格萨尔在征战前举行的'赞王'托果的奇特仪轨书，即'托果仪轨书'，托果是魔鬼，它杀死了无数生灵，任何人都无法战胜。忿怒明王⑤、马头明王⑥和金刚持⑦都被点将去完成这项任务，都

---

① ［法］石泰安：《西藏史诗与说唱艺人研究》，西藏人民出版社1993年版，第2页。
② 《诺桑王传》，又名《诺桑王传》，亦称《诺桑王子》。《诺桑法王》，藏语叫《曲结诺桑》。是藏戏中最古老、传演最广泛的剧目之一。据李佳俊的《孔雀公主民间故事的起源和发展》一文考证，其故事最早诞生于公元3世纪以前的西藏普兰地方民间故事《普兰飞天故事》。后被印度佛教《本生经》所吸收形成佛教化的《树屯本生经》，流传于大乘教派的克什米尔地区。后来被藏传佛教后弘期的仁钦桑布和匈顿·多吉坚赞译述进藏。在14世纪被编辑进藏文大藏经《甘珠尔·菩萨本生如意藤》一书。17世纪末至18世纪初，后藏俗官定钦·次仁旺堆出任协格尔宗宗本，约于此时，他根据《甘珠尔·菩萨本生如意藤》第六十四品《诺桑明言》改编而成。《诺桑王传》文学剧本，不仅篇幅在传统藏戏中最长，其艺术成就也最高，特别在语言艺术上，既有藏族古典作家比较讲究情辞文采的传统，而又能注意采撷民间语言，使作品充满了浓郁的生活气息和积极的现实主义精神，整个戏古朴淳厚，沉雄奇崛，瑰丽多彩，而又通俗易懂，清新上口，同时作品又具有强烈的浪漫主义传奇色彩，在刻画人物性格、塑造典型形象等方面，都达到了较高水平。
③ ［法］石泰安：《西藏史诗与说唱艺人研究》，西藏人民出版社1993年版，第2页。
④ 是《诺桑王传》中诺桑王子的故事，其故事情节大致是以人神恋爱的神话为内容。它虽然取材于佛本生故事，但已经发展创作成主要反映世俗爱情生活的史诗式的大部头作品。这部戏围绕诺桑这个人物展开故事情节。前半部反映南国复奉苯教旧法而衰败，侵犯因诺桑法王而兴盛的北国，于是战争开始了，后半部通过北国取胜以后王宫内部的斗争，诺桑把云卓拉姆娶为仙妃，引起老嫔妃忌恨，勾结宫廷巫师以卜卦蒙骗老朽昏庸的老国王，强命新婚的王子无端出征北方边境部落，这样又引出一场战争。诺桑出蒙归来，发现云卓拉姆被迫飞回天国，冒着抗拒王命和丢掉王位的威胁，出去寻找王妃，历尽千难万险，从人间直到天界，在天界又以法王的德行和神法，与天王作了反复的较量和争斗，终于将仙妃迎回北国人间。
⑤ 忿怒明王：护法神。
⑥ 马头明王：护法神。
⑦ 金刚持：法器。

未获得成功。而格萨尔借助金翅鸟通神，获得真言咒语，给予英雄灵感，找到托果仪轨书，最后被格萨尔降伏"①。这种宗教仪式有两方面的含义："一方面这种仪轨书清楚地说明了诗歌或戏剧创作的方法，神通教徒都表现的力所能及，从中可以窥视到这种神通在何种程度上酷似史诗中的灵感启示和史诗怎样使用这一切的。"② 另一方面，格萨尔口头叙事表演与戏剧表演都是通过此仪式，降伏恶魔。这种形式与印度梵剧《罗摩衍那》③很相似，它们都是招神诗歌④形式，说唱艺人为了使自己处于神灵附身的兴奋狂舞状态和招请英雄的手段与成就者们的做法同出一辙。据文献记载，吐蕃的出家人是在印度发现这种做法的，他们不是向格萨尔史诗借鉴的，而是格萨尔史诗在某种程度上是依赖于在吐蕃早已出现的印度歌曲和戏剧。最后，格萨尔戏剧至今仍然保留格萨尔口头叙事表演的说唱形态，是不同于其他藏戏剧种的一种独具风格、自成表演体系的格萨尔藏戏剧种。

综上所述，藏戏从藏族文化发源的中心卫藏地区孕育、萌生、形成、发展，逐渐流传到西藏全区各地，如阿里的普兰、后藏的亚东、山南的错纳、昌都的察雅香堆等；还流传到区外四川、青海、甘肃、云南等藏区，其艺术影响不仅远播青、甘、川、滇四省的藏区，还波及邻国印度、不丹、锡金、尼泊尔和克什米尔等地区。藏戏在各地长期的流传发展中繁衍、分蘖、滋生出了多种藏族戏曲剧种，主要有卫藏、康巴、安多三大方言区为划分标准的三大藏戏系统，并对一些兄弟民族剧种（如门巴戏、蒙古族）的形成发展产生了重大影响。格萨尔戏剧在三大藏戏系统中均有分布，具体分布于西藏、青海、四川和甘肃等藏区，尤其是青海与四川两地藏区以演述格萨尔戏剧而著称。

在青海，藏戏自18世纪中叶由西藏传入，主要流行于黄南、海北、海南、果洛、玉树等藏族地区，这些地区都曾表演过格萨尔戏剧剧目。

在甘肃甘南，18世纪下半叶，拉卜楞寺的嘉木样二世引进西藏藏戏

---

① ［法］石泰安：《西藏史诗与说唱艺人研究》，西藏人民出版社1993年版，第747页。
② 同上。
③ 《罗摩衍那》：印度史诗。
④ 招神诗歌：巫术仪式中的招魂曲。

在本寺上演。此后剧目逐渐增多，并将内地的戏曲表演艺术融入藏戏中。除表演藏族传统剧目外，还演述格萨尔剧目。拉卜楞寺的藏戏也是安多藏戏的重要戏剧流派。

在四川，盛行于马尔康、金川、小金、理县、黑水以及丹巴登底色嘉绒藏戏产生较早，且最具特色。流布于巴塘、理塘、康定、道孚、甘孜等县的康巴藏戏，波及康区南北两路，占全州藏戏活动的三分之二区域，在艺术形式、风格方面形成了自己独有的流派特色；流布在甘孜州德格县的德格藏戏，由于德格地区在政治、经济、宗教、文化诸方面受西藏多方面因素的影响，使德格地区的寺院藏戏在剧目、演出程式、整体格调等方面均不同于卫藏地区藏戏，它是德格地区特殊文化环境的产物；流布于阿坝、红原、若尔盖、壤塘和达县安多方言区的安多藏戏，在发展中勇于革新；渗入康区色彩的安多色达藏戏，以演出"格萨尔"戏剧而著称。

格萨尔戏剧表演传统沿袭至今。格萨尔戏剧是中国藏戏的重要组成部分，是一种独具艺术风格，自成表演体系的藏戏剧种，在中国戏曲艺术中，具有重要地位。值得指出的是，格萨尔既具有说唱艺术的特点，又有中原汉族戏曲表演的戏曲程式。

由于格萨尔史诗的核心部分形成于11世纪，但是它从酝酿到形成、发展却跨越了藏族社会的不同社会形态。在"格萨尔"戏剧中，苯教和佛教二元融合同化形成的藏传佛教哲学思想观念和社会存在所导致的表现于战争之上的物质观念共同构成了格萨尔史诗和戏剧的深层结构，形成了格萨尔的哲学思想体系，这是藏民族特定的区域文化所形成的集体无意识在格萨尔中的投影和映射。

格萨尔戏剧的基础是格萨尔神话和史诗，此二者不仅为格萨尔戏剧提供了人物和题材，而且格萨尔戏剧的表演形式与口头传唱的方式也与格萨尔史诗一脉相承。就格萨尔自身来看，他的传奇身世充满了冲突，满足了戏剧要反映"一定的矛盾冲突"的本质要求。在传说中，格萨尔的神、龙、人三界的传奇诞生、被害、在放逐地麦玛玉隆森多挖人参果长大、长大后在阿玉迪赛马称王、跨越死亡到地狱救妻、四处征战以及显示神迹等经历，情节曲折，极富传奇色彩，这些都为格萨尔戏剧创作提供了丰富的题材。

此外，格萨尔戏剧除了思想内涵直接导源于宗教文化外，具体到戏剧演出时间、演出地点、扮演者与观众等都和宗教信仰直接相关。果洛格萨尔戏剧主要是在各寺院里举行，各寺的格萨尔戏剧表演，经过无数代艺人的不断丰富探索与发展，形成了自身显著的特点，既继承了"格萨尔神舞"（羌姆乐舞）的形式，又保留了说唱文学的艺术形态。对此，从果洛格萨尔主要剧目来看，如《赛马称王》《天岭卜筮》《英雄诞生》《十三轶事》《霍岭大战》等，格萨尔戏剧与宗教信仰的密切关联，足见一斑。或许，也正是借助这样的宗教内蕴，"格萨尔"戏剧才穿越历史，铸就了今天的辉煌与灿烂。

五　格萨尔剧诗表演传统

戏剧是一种文化现象，是人类众多的文化活动的方式之一，因此，它必然与文化的本质和特征密切相关。同时，戏剧又是一个艺术种类，是人类众多的艺术创造的方式之一，因此，它不可能脱离艺术的本质和特征而生存。当我们研究戏剧时，只有在这两点的基础上，戏剧本身的本质和特征才会得到准确的把握和认识。格萨尔戏剧在艺术中所取得的优越性的原因和基础，一是自然地理因素的影响，二是由藏族人民的生产方式及由此产生的思维方式所决定的。也即是说，藏族地区这一独特的地理环境和狩猎及牧业生产这样具体的经济条件，创造了藏族文化，孕育了独具特色的"格萨尔"戏剧。

长期以来，我们通过考察格萨尔戏剧的演述形态，其发生、发展大致经历了三大嬗变期：萌芽孕育期、形成期及成熟期。其发展脉络可归纳为以下几方面：一是神话，是格萨尔戏剧产生的基础；二是仪式，仪式是神话的载体，神话是通过仪式来实现的，两者是相互依存的，彼此不可分割的，其核心是以宗教信仰为纽带，这是格萨尔戏剧生成的文化本质和艺术特性；三是诗性叙事，也就是史诗说唱，一种传统的民间叙事形式。这里要强调的是格萨尔叙事，是一个表演范畴的场域：它经历了说唱艺人的产生—说唱性质—说唱内容—说唱形式—到说唱扮演；其理论基础为格萨尔神话—祭祀仪式—格萨尔史诗—史诗扮演,其中包含神话—神系人物（山神、水神、图腾、英雄、恶、魔等）—史诗人物—戏剧人物—戏剧扮演这样的复杂过程。即是说,在特定地域、特定族群、特定文化背景下,形成了格萨尔剧目内容、演述风格、艺术流派和戏剧表演体系。

总体上格萨尔戏剧诗从传统剧目到表演形式都具有其独特性,从剧目来说,有以藏族史诗《格萨尔王传》为题材的格萨尔剧目,如《英雄诞生》《赛马称王》《霍岭大战》《天岭卜筮》等,这些代表性剧目的产生标志着藏戏艺术的全面发展与成熟。就格萨尔戏剧表演形式而言,根据格萨尔戏剧的形成与发展历程,以及演出剧目、艺术特征与分布特点,可归纳出以下几种流派：西藏格萨尔戏剧、四川格萨尔戏剧、青海格萨尔戏剧、甘南格萨尔戏剧四个流派,依据各地的格萨尔戏剧表演风格,具体又可划分为西藏昌都、四川德格、色达格萨尔戏剧,青海果洛格萨尔、海南贵德、海北沙陀寺和玉树康巴格萨尔戏剧,甘肃甘南夏河格萨尔戏剧等多种流派。

在青海,藏戏自18世纪中叶由西藏传入后,因语言、文化艺术传统的差异,形成了不同的流派,或者说形成不同的藏戏剧种。黄南藏戏主要表演所谓的"八大藏戏"剧目,即《文成公主》《诺桑王子》《朗萨姑娘》《白玛文巴》《顿月顿珠》《智美更登》《苏吉尼玛》和《卓瓦桑姆》。除此之外,还有一些格萨尔藏戏剧目,如《阿德拉姆》,此剧目是从甘南藏戏传入的,具有甘南藏戏风格特点。

18世纪中叶,华热藏戏继黄南藏戏之后在海北州门源县珠固寺孕育诞生,其乐器伴奏、唱腔、表演、面具等均有别于黄南藏戏,据调查该寺曾演出过《格萨尔王》,但20世纪50年代末消失。

果洛格萨尔戏剧源于四川省甘孜藏族自治州德格县佐钦寺,多分布于班玛、甘德、玛沁、达日等县藏传佛教寺院中,演出"格萨尔王"故事为主要题材,其艺术形式独特,保留着说唱艺术形态。海南藏戏均分布于贵德县罗汉堂寺、左那寺、东千娘玛寺,同德县的夏日仓寺,兴海县的赛宗寺,其中贵德县寺院藏戏以表演格萨尔戏剧为主。

康巴藏戏主要分布于玉树藏族自治州,早在1944年玉树结古镇就有藏戏爱好者演出八大传统藏戏和《格萨尔王》剧目，由于玉树地区藏语属于康巴方言，因此，玉树藏戏使用康巴方言演唱。

这些不同流派或不同剧种在历史发展过程中，既演述藏族传统八大藏戏剧目，又演述藏族《格萨尔王》史诗故事，且独具风格，自成表演体系。所有这些格萨尔戏剧剧种和流派，基本上是以藏族《格萨尔王》史诗为主要剧目，或以之为蓝本，创作了许多新的剧目。在表演艺术的风格上，总体上是相同或相通的。其演述特点主要表现为以下几点。

第一，剧目的丰富性。具有一定数量的格萨尔剧目，主要有《格萨尔王》《英雄诞生》《赛马称王》《霍岭之战》《地狱救母》《北方降魔》《保卫盐海》《门岭大战》《天岭卜筮》《十三轶事》《格萨尔出征》和《阿德拉姆》。

第二，表演形式的多样性。在各寺院表演中，表演形式有两种，一种是广场马背藏戏，另一种是广场藏戏；还有一种是专业剧团在舞台上表演的格萨尔戏剧。其中寺院广场马背藏戏是在马背上表演的一种艺术形式，在马背上每角必唱、念、舞、技等完成唱念做打表演[1]。藏戏演出前都有"折嘎"表演，即说唱格萨尔史诗故事。正式演出分三个部分，第一部分为"贡卓"主要是祭祀佛祖，向山神、菩萨、神灵及上师祈求护佑并吟唱对他们的赞叹颂扬之词。第二部分为"雄"即正戏，这部分就是整个剧目的核心部分。第三部分为"扎西"即祝吉祥，也就是尾戏，即喜庆团圆，吉祥圆满。

第三，保留着格萨尔说唱叙事的演述形式。在果洛格萨尔戏剧中既保留着说唱艺术的戏剧形态，又承袭了传统藏戏的表演程式。其表演，可以说是一种哑剧表演，即只有一位领唱者来演唱整个剧情和完成所有角色的念白、对白，而演员扮演说唱中的角色是以哑剧表演完成史诗故事片段的。哑剧表演者的表演是对领唱者说唱史诗故事的生动诠释。因此，它是一种以戏剧形式演述格萨尔故事。在这里笔者提出的"演述"概念，是强调格萨尔戏剧以一人承担演说、讲述内容来扮演剧中各类角

---

[1] 曹娅丽：《青海果洛"格萨尔"藏戏艺术》，《西藏艺术研究》2003年第4期。

色,更加强调戏剧的动态性,即是说,格萨尔戏剧通过说唱叙事史诗故事,来完成其表演的。就果洛格萨尔戏剧表演而言,从表现形式至内容上都依然保留着说唱文学的胎迹,是一种奇特的原始形态的戏剧演述,其学术价值在于戏曲发生学的普遍含义。

第四,具有民族戏曲"剧诗"的美学特征。"剧诗",是戏曲中诗歌与戏剧结合的"以舞蹈演故事"的一种戏剧形式,古人把戏剧称为"戏剧诗"。在西方,从亚里士多德,到近代黑格尔、别林斯基,都有抒情诗、史诗和戏剧诗的三分法,中国戏曲史学家张庚先生也曾提出"剧诗说",是在为了让艺术家更好地理解和继承民族戏曲遗产的背景下提出的。剧诗是戏曲艺术传统,具有戏曲艺术的诗的特质,其核心是戏曲要运用韵律的诗(包括念白)、舞(做打)等艺术手段反映富有诗意的生活。"剧诗说"是张庚先生对中国戏曲美学的一个贡献。格萨尔戏剧无论从文本,还是表演角度来看,有一个重要因素是音乐,口头叙述中说唱音乐的节奏,赋予了格萨尔戏剧诗意,使戏剧与诗歌紧密结合起来,反映藏民族富有诗意的生活,因此,戏剧舞台是充满诗意的。同时,还有一种因素是格萨尔史诗的创造者,他们生来就是诗人和歌唱家,他们的生活就充满着诗意,剧诗来自他们内心的节奏、律动和情绪。他们将说唱格萨尔史诗的内心节奏转化为让人看得见、听得清的鲜明感人的艺术形象。毫无疑问,格萨尔剧诗是传统,民族的睿智均藏匿于此。

总而言之,戏剧是时代和生活的反映。从远古神话传说中走来的"格萨尔"戏剧的孕育、萌芽、成长乃至可能的消亡,都离不开藏族社会相应的人文生态环境。从上面的分析可以看出,格萨尔戏剧是发源于宗教,服务于宗教的戏剧艺术。在它身上,可以看出肇始于宗教的诸多痕迹,皆可作为戏剧起源于仪式的有力佐证。同时,证明无论是神话传说、还是宗教仪式,都是一种口头艺术的产物,它构成了一个将口头艺术作为一种特殊的叙事方式,包括神话叙事、仪式叙事和诗性叙事,也包括社会中的某些特定人物的演说、艺术事件的演述或表演。格萨尔戏剧既包括对史诗故事的讲述,也包括宗教仪式演说,这些均是格萨尔剧诗演述的源头。

第 七 章

从赛马称王到马背藏戏

马背藏戏,是一种由演员骑着马匹在马背上完成唱、念、舞、技戏曲表演程式的戏剧形式。其表演质朴、生动、贴近生活,具有浓郁的民族色彩。马背藏戏,作为一种格萨尔史诗演唱的代言体戏文,既有别于宣叙体的曲艺,也有别于舞台表演的戏曲,是一种较为特殊的戏剧表演形式。在20世纪40年代,逐渐流行于四川甘孜、青海果洛一带。由于其剧目以演述格萨尔赛马称王故事为主,其题材特征、语言特点、表演特色及其丰富的思想内涵和特有的审美价值为普通民众所接受,是戏剧文化宝库中的独特财富。更是藏族传统文化的一个重要组成部分。2009年马背藏戏被列入第二批"国家级非物质文化遗产代表作名录"。

一 赛马称王与马背藏戏

马背藏戏因演述格萨尔史诗《赛马称王篇》而得名,相传格萨尔每次出征前都要举行跑马射箭的习俗,通过赛马彰显勇敢、智慧与剽悍。其赛马习俗不仅沿袭下来,而且格萨尔赛马称王说唱与戏剧表演也延续至今。

《赛马称王》是格萨尔史诗《赛马称王篇》剧目,主要由《预言》《假传预言》《议定赛马》《两情相悦》《上山擒马》《觉如获马》《赛马夺魁》和《觉如称王》八个部分组成,此篇讲述格萨尔降生凡间和在莲花生大师的指点下,经历了各种磨砺,最终表现英勇机智的格萨尔在黄河源头的岭国通过赛马获得王位的英雄故事。

藏族长篇史诗《格萨尔王传·赛马称王》中就有对藏族英雄格萨尔在全部族参加的赛马大会上一举夺魁，赛马称王，得到草原上最美丽的珠姆姑娘的描述。这部巨著真实地反映了赛马运动在藏族人民生活中的重要地位。在藏族的谚语中骏马代表富有力量、顽强精神和高尚品格的青年才俊。格萨尔通过赛马获得胜利的方式被群众拥戴为王，捍卫了本土，并开疆拓土，创建岭国，战功卓著，为民族的统一做出了巨大贡献。因此，千百年来，备受世人称道和颂扬。在藏民族的英雄崇拜信仰中，力量、勇敢、智慧成为向往、崇拜的对象，成为衡量男人价值的标志。长期以来，格萨尔成了藏民族的骄傲和崇拜的对象。久而久之，这种崇拜风俗文化在藏族人民中间根深蒂固，并融于赛马活动之中，并由此形成了长期在草原上过游牧生活的藏民族的勇敢、剽悍的性格。

在藏族的节日民俗中，赛马成为藏族民众十分喜爱的一项活动，它不仅是农牧民闲暇之余的集会，交流农牧业生产经验的场所，而且是藏民族精神的展示。赛马常以娱乐身心，欢庆丰收，显示年轻人的勇敢与剽悍，以及对英雄的崇拜为主题。藏族的赛马与藏民族的信仰民俗有着直接的关联。藏民族的信仰民俗属于心理民俗，是以信仰为核心，反映在心理上的一种习俗，它与藏民族的宗教意识有着密切的联系。

在佛教尚未传入吐蕃之前，藏族祖先的赛马竞技，并非是纯娱乐性质的，而是为战争和械斗进行的习武活动。吐蕃时期的藏族人，勇猛好战，善于骑射，曾以金戈铁马东攻盛唐，南降毗邻诸国，开拓疆域。佛教兴盛于吐蕃后，藏族人虔心礼佛，把曾经为征战而习武的马上竞技演变成娱神益人的民间活动。作为传统的娱乐活动，始于吐蕃时期，距今已有1300多年的历史。据《白显毗卢遮那庙志》记载，公元641年，文成公主入藏途经玉树地区，当地群众就把赛马作为迎接活动的礼仪之一。因此，赛马习俗是以藏传佛教为载体的文化内容，已成为藏民族主体文化的构成部分。在很大程度上，藏传佛教影响着藏民族的历史、文化、日常生活。我们经常看到赛马节期间的宗教仪式，民风民俗，都可看出赛马文化中的藏传佛教的影响。

地处青海省南部，青、甘、川三省交界地带的果洛，是安多、康巴文化的交汇点，是古丝绸南路和唐蕃古道的重要路段，既是"格萨尔"史诗的发祥地，也是"格萨尔"戏剧的主要渊薮地，被誉为"英雄格萨尔的故乡"。《赛马称王》篇中格萨尔的放逐地麦玛玉隆森多、赛马称王地阿玉迪、格萨尔的寄魂山、王妃珠姆的嘉洛城等都在果洛境内，青海果洛被广泛认为是英雄格萨尔赛马称王的福地。在这里，千百年来，果洛人在阿尼玛卿雪山的庇护下诗意地生活着，传唱着一个美丽动人的神话传说——格萨尔赛马称王的故事。其中，格萨尔赛马称王习俗延续下来，赛马称王篇便成为格萨尔藏戏剧目，且形成了马背藏戏表演形态。果洛各寺院均以表演赛马称王马背藏戏而著称，以此来展现藏民族悠久的历史和古老的文化。

二　马背藏戏表演形态

戏剧表演形态，是指戏剧表现形式，包括外部形态和内部构造，外部形态主要指各种舞蹈、歌唱、对话为主要手段的表演，也包含一种戏剧文学的唱词；内部结构主要指戏剧的观念形态和意识形态，即是通过演员表演故事来反映社会生活中的各种冲突、社会秩序、意识形态等思想内容或主题。马背藏戏的戏剧形态就属于戏剧表演艺术范畴，它经历了由说唱艺术、乐舞表演到戏剧表演三个过程。其戏剧表演形态是以戏剧形式演述格萨尔史诗故事，既包含英雄崇拜、神灵崇拜、战争、爱情等意识形态的内容，又沿袭了说唱艺术和戏剧扮演的传统，是一种独特的说唱戏剧形态。

马背藏戏在表演时一方面继承了说唱艺术形式，又融入了戏剧表演。即是说，马背藏戏是史诗形态的说唱表演，通篇都是唱词，没有一句道白。其唱腔浑圆低沉，苍凉悠扬，大体上分为格萨尔调、诵经调、道歌调和民歌调。格萨尔调与道歌调为王臣演唱的曲调，浑厚而低沉；民歌调一般为妃、仙女演唱，悠扬、婉转，具有浓郁的藏族民间小调的韵味①。在表演中，上场演员一律不唱，只有一位演唱者演唱整个剧情并完成所有角色的独白、对话，而演员的角色扮演是以哑剧形式完成的。即是说，格萨尔戏剧的叙事形态是由一讲述人承担各种角色的唱词，扮演各种角色的声音，以讲述格萨尔史诗故事展示戏剧情境，而演员要依据讲述人的讲述事件进行戏剧扮演，是一种演述史诗的戏剧表演，即格萨尔戏剧更具口头艺术表演的特性，呈现出格萨尔戏剧表演说唱演述形态——剧诗的美学特征。

所以，严格意义上讲，马背藏戏不是按戏剧舞台要求，把史诗改编成戏剧文学剧本进行的戏剧演出，而是嵌入了哑剧表演的史诗说唱，既继承了"格萨尔神舞"（羌姆乐舞）的形式，又保留了说唱文学的艺术形态，形成了自身显著的特点。

（一）戏剧形式的出现

早在20世纪三四十年代，西藏、四川、青海等地区不仅有说唱艺人演唱格萨尔史诗故事，也广泛流传格萨尔乐舞和藏戏表演。

青海果洛藏戏主要以演"格萨尔"史诗故事为主，亦称为果洛"格萨尔"藏戏。据青海省格萨尔研究所原所长、研究员、教授角巴东主先生调查，果洛格萨尔戏剧源于四川省甘孜藏族自治州德格县左钦寺（也称大圆满寺），其寺历史悠久，尤以表演"格萨尔"藏戏闻名，其中与德格县相近的塞达县受其影响，也表演"格萨尔"藏戏，而青海果洛与其相邻，果洛格萨尔藏戏便由此传入。青海果洛"格萨尔"藏戏演出风俗与"格萨尔"说唱艺术一样，在青海果洛源远流长。只是"格萨尔"藏戏曾停演20余年，在1980年前后，青海果洛恢复和重建格萨尔藏戏团23家，均以演"格萨尔传"故事为主，演出历史悠久，风格独特。每当春节期间，各寺活佛就端坐在寺前广场一侧廊檐下的法座上主持本寺格萨尔藏戏表演。各寺的格萨尔藏戏表演，经过无数代艺人的不断丰富探

---

① 此节有关果洛"格萨尔"藏戏的内容主要见诸曹娅丽《"格萨尔藏戏"：一种奇特的文化现象——说唱戏剧形态及其演剧情形的描述》，《西藏艺术研究》2003年第4期、《民间文化论坛》2007年第2期。

索与发展，形成了自身显著的特点，既继承了"格萨尔"神舞（羌姆乐舞）的形态又保留了说唱文学的艺术形态。同时，从果洛藏戏的舞蹈、唱腔、面具、服饰等戏剧美学方面考察，都可发现果洛藏戏从"羌姆"仪式中脱胎的痕迹。

在1981年，甘德县隆什加寺藏戏团，表演藏族英雄史诗《格萨尔王传》中的《赛马称王》《江岭大战》《英雄诞生》藏戏剧目，采用格萨尔说唱专用唱腔与安多藏戏唱腔相结合的方式进行表演，把赛马的功夫编为马背表演，把草原作为天然舞台，虚实结合，正反面人物骑在马背上驰骋疆场，勒马挥戈，拼搏有序。把唱词中描绘的骏马，变成真马出现，快如闪电，美如彩虹，叱咤风云，赴汤蹈火，令人心驰神往。由此，马背藏戏出现了。

（二）戏剧形式的形成

马背藏戏在承袭了四川藏戏阿坝安多藏戏的一些特点和程序，根据剧情变化和人物需要发展了唱腔和表演身段，人物服饰、道具、置景方面融入了果洛地区的本土文化，如格萨尔说唱艺术、民歌、舞蹈和音乐唱腔，也做了合乎剧情的发展。形成了在马背上每个角色必唱、念、舞、技等戏曲表演程式。

从戏剧舞台表演来看，马背藏戏是一种有实物的表演，而且不受时空制约，即圆场、绕场和过场皆在演出广场外围利用崇山峻岭、河流草原、马匹进行表演，以表示人物在行路、追逐，或出入场等情节。如在表演赛马过程中，演员们都要从表演场地骑马至山坡（表演场地至山坡距离为200米）绕行一周，象征"追逐"，相当于汉族戏曲中的"跑圆场"。其表演风格强悍、干练，场面宏大，气势壮阔，有着浓郁的藏民族的生活气息。总而言之，这种表演形式是表示舞台空间的转换。

从角色扮演来看，可以说是一种哑剧表演，因为在格萨尔藏戏表演中，只有一位领唱者来演唱整个剧情和完成所有角色的独白、对话，而演员扮演说唱中的角色并以哑剧表演完成史诗故事片段的演出，哑剧表演者是对领唱者说唱史诗故事的生动诠释。马背藏戏在演唱中，加强和丰富了某种描写性的舞蹈身段，如格萨尔赛马时的表演身段与珠姆敬献庆功酒时的身段，但剧本的唱词典雅，文学性和舞台戏剧性的结合也不够，这种描写性的舞蹈身段，往往流于对典雅文辞的图解。

（三）马背藏戏的艺术特点

马背藏戏既具有浓郁的浪漫的民族生活气息，又晕染着浓厚的宗教色彩。其生活气息表现在表演形式上，格萨尔剧中角色，穿着戏装，骑着真马，手执兵器，在高亢激越的《格萨尔王传》说唱曲调旋律中，"厮杀"在绿茵草原上。他们的表演不受戏剧时空限制，演员骑着骏马厮杀在辽阔的草原上，在马背上完成戏曲唱、念、做、打表演，而平坦开阔的草地便是演出舞台，蓝天白云、山峦河流是天然的舞台背景。

马背藏戏，弥漫着浓浓的宗教色彩。马背藏戏表演一般是在宗教法会活动期间上演，从农历正月初三至初七和农历六月二十一日至二十七日，均由各寺院活佛主持。在演员的选择上，注重人的天赋，选择一些聪明伶俐、好学上进、长相端庄的僧人，有些女角则选择扮相漂亮的僧人装扮。马背藏戏化装很具特色，演员不戴面具，一律根据角色的需要在面部用色彩勾画，酷似京剧脸谱。其中"咒师"这一角色，在戏中为占卜卦算的巫师，一般头戴黑穗"咒师帽"（与羌姆咒师帽相同），黑穗将脸部遮住，或画成黑面黑发黑须脸谱。

角色服饰为两种，一种为藏族生活装，另一种与汉族戏曲服装相似，也称藏族古装。藏族生活装，即普通的藏服。古装，男角服饰，据说是依照"格萨尔传"壁画或"格萨尔故事"制作的服饰，与羌姆服饰相似，即绣有各色图案的宽袖彩袍，着荷花状绣有五色彩线的披肩，背插五色彩旗，腰系绘有动物头像（一般为狮头或虎头）或威猛的愤怒明王面容，边缘绘头颅与火焰的宽带，与汉族戏曲"莽靠"相似。女角穿裙子、戴龙凤冠，因男扮女装，故须戴头套。因此，女装亦酷似汉族戏曲服饰。

各角色服饰均由寺内僧人自己制作，其造型的参照物不外有三：一是从西藏传来的模式；二是唐卡、壁画、佛像上的式样；三是汉族戏曲服饰。将诸素材糅为一体，形成了自己的独特造型。用料有布、织锦、皮革等，饰以珍珠、玛瑙、宝石、羽毛，既结实大方，又玲珑华贵。

果洛格萨尔藏戏在演唱时，有鼓、竹笛、唢呐、三弦琴、手风琴等伴奏，以说唱为主，一边说唱一边表演，演唱风格独特。

唱腔浑圆低沉，苍凉悠扬，唱腔曲调丰富多彩，大体上分为格萨尔调、诵经调、道歌调和民歌。其中，格萨尔调与道歌调，浑厚而低沉，为王臣演唱的曲调。民歌曲调一般为妃、仙女演唱，其唱腔悠扬、婉转，具有浓郁藏族民间小调的韵味。

果洛格萨尔藏戏是叙事史诗形态，通篇都是唱词，没有一句道白（有些格萨尔剧目有少量对白）。在表演中，上场演员也一律不唱，唯有一人在演出前说唱整个剧情和完成所有角色的唱腔、独白、对话，从开场白到剧情发展的全过程，直至结束，属于说唱表演。

音乐伴奏主要是打击乐，有鼓一面、钹一副、锣一面。另外还有吹奏乐器，如唢呐两个、海螺一对、竹笛一个。有条件的寺院还运用手风琴、电子琴、三弦琴伴奏。吹奏乐只有格萨尔王、大臣上场时才使用，其音调浓重低沉，以烘托场面，显示英雄之威。值得指出的是，其他角色上场时，尤其是演员走圆场或起舞时，伴奏乐为竹笛、弦乐，犹如丝竹音乐，委婉、悠扬，类似于汉族戏曲音乐。

（四）马背藏戏的发展

20世纪40年代，果洛地区寺院和村落都有格萨尔藏戏表演组织，到了50年代末，"格萨尔"藏戏团有30余个，几乎全州各寺院都在演唱"格萨尔"藏戏。1958年宗教改革，寺院关闭，藏戏停演。1980年前后又得到恢复，纷纷建立和恢复藏戏团共计23个。其中果洛州班玛县知钦寺、久治县阿索寺、德合龙寺"格萨尔"藏戏团，甘德县龙什加寺、龙恩寺、达日县查郎寺"格萨尔"马背藏戏团等藏戏的演出最具表演特色。这些寺院马背藏戏团的僧人均为藏戏演员，僧人学习演藏戏是他们的必修课。活佛高僧是藏戏编剧或导演。

演出时间为正月春节期间，主要是在初三到初七演出。藏戏以《格萨尔传》史诗为主，由果洛各寺院的活佛依据《格萨尔传》和《格萨尔故事》节选改编，并由他们兼导演。演出剧目主要有《赛马称王》《天岭卜筮》《英雄诞生》《十三轶事》《霍岭大战》等剧目。演出地点一般是在寺内场地演出。果洛格萨尔藏戏的演员全部由寺内僧人担任，俗人群众一概不参与。青海果洛格萨尔藏戏在各寺院表演中，形式多样，主要分为两种，而且各具鲜明的民族风格。一种是广场马背藏戏，一种是广场藏戏。广场马背藏戏是在马背上表演的一种艺术形式，在马背上每角必唱、念、舞、技等完成唱念做打表演。

20世纪80年代初期，我们在挖掘整理编纂《中国戏曲志·青海卷》时，归纳和总结了青海藏戏的发展历程，但是对于果洛格萨尔藏戏的调查是缺失的。到了2002年8月，青海省文化厅和青海省艺术研究所前往果洛对于格萨尔藏戏进行为期一周的考察。自2002年始，马背藏戏走出寺院，参加全州州庆或格萨尔艺术节活动表演马背藏戏。2009年9月，果洛村落马背藏戏恢复5个，并得到政府扶持而兴盛起来。同年，作为国家非物质文化遗产得到保护。

2002年各寺院"格萨尔"藏戏团参加了"玛域'格萨尔'文化艺术节"藏戏演出。这一时期，寺院规模得到进一步扩大，寺院制度更加健全，夏季娱乐活动的内容也进一步丰富，形式也越来越多样，藏戏演出便成了夏季娱乐活动的主要内容，因此，马背藏戏得到很快的发展与提高。特别是活佛对藏戏的喜爱和支持促进了各个寺藏戏发展进程。

从藏戏发展进程的角度来看，这是文学、作曲、表演、声乐、器乐演奏、歌舞、百戏等在不断提高，人才辈出的时期。尤其是出现了一批藏戏戏师（藏戏编剧、作曲、表演），他们的出现标志着马背藏戏走向成熟。

马背藏戏的形成与发展，同当时果洛地区寺院的建立与发展是相适应的。随着藏传佛教文化的传入和寺院的进一步发展，各寺出现了喜爱和从事格萨尔说唱、歌舞、音乐的活佛和高僧，为格萨尔文化和马背藏戏的发展和提高创造了条件。

格萨尔藏戏是在藏传佛教寺院里诞生的，它的组织者、戏师及剧本创作改编者，就是各寺院的住持或具有较高佛教学位的僧侣。它的演出就是寺院活动的一部分，它的观众就是僧侣及世俗信徒。它经常演出的传统剧目，就是《格萨尔赛马称王篇》。

果洛马背藏戏团所属寺院当时属于藏传佛教的宁玛派，他们精通格萨尔史诗故事和经文，根据《格萨尔王传》故事改编演出的藏戏剧目，如《赛马称王》《英雄诞生》等。马背藏戏将果洛安多的歌舞、乐器和若干唱腔曲调融入其故事情节中，呈现了其优美乐舞、镲、钹、笛等旋律。足以表明当时戏曲文化发展的高度。这是格萨尔藏戏发展史上的一次质的飞跃，开创了果洛地区格萨尔藏戏表演的先河。

从马背藏戏发展史看，应该承认藏传佛教在特定的历史条件下，对藏戏的传播与发展，对藏族文化的传承和阐扬，都是起了积极、进步作用的。

最初演出由于带有较强的自娱性，观众主要是寺内僧人。以后的藏戏影响逐步扩大，特别是20世纪80年代以后，附近群众纷纷前来寺内观看，同时，寺院藏戏走出寺内，参加艺术节或对外交流。

三　马背藏戏与说唱艺术

说唱艺术是用来讲唱历史、传说叙事及文学作品的一种艺术体裁，是音乐、文学和表演相结合的综合艺术形式。格萨尔史诗是由说唱艺人演唱长篇英雄史诗故事，它具有一部史诗的所有特征。它以散文对歌形式演唱、叙述，既继承了古代对歌表演形式，又突出了藏语言的典型特征，且依赖于藏族民歌、道歌的语言风格。

据著名藏学家石泰安先生分析，格萨尔史诗中韵律极强的唱段主要来源于《米拉日巴道歌集》。米拉日巴道歌是一种古老的韵律，格萨尔史诗和米拉日巴道歌的韵律一样，便于歌唱。格萨尔史诗便成为喇嘛教诗人的一部很流行的口传文本，也成了戏剧表演的内容。7—9世纪的古代赞普及其信徒们十分注重于两类土著文献，即用散文写成的故事或传说、用诗歌和对歌形式写成的谜语，还有对先祖的赞颂传说。这些成为赞普们传播一种教化人的文学，并由此而传播宗教的真谛。[①] 据石泰安先生考证，这一特点与土著巫教具有共同特征，即通灵人的叙事行为。其诗歌

---

① ［法］石泰安：《西藏史诗与说唱艺人的研究》，西藏人民出版社1993年版，第831页。

形式、表演和通灵人的讲述都暗含着藏民族的历史记忆——说唱史诗故事，即用歌唱扮演史诗角色，这种歌唱便是继承史诗韵律和说唱艺术而成为戏剧演述。

马背藏戏表演有着特殊的演唱形式，在戏剧叙事表演时除独白与对话是歌唱的韵文外，散文部分的故事梗概、情节的叙述也改为可歌唱的韵文。如演出时有剧情讲解人，他讲到哪里，演员就演到哪里。实际上，马背藏戏继承《格萨尔》史诗中一个特殊的角色"仲肯"，即是史诗说唱者，他讲唱整部故事情节，说唱全部的角色扮演的内容（不同角色有不同情感色彩说唱），演唱者既是剧情的介绍者，又是戏中的扮演者，同时又是表演藏戏的组织者（戏师），其形式与史诗说唱既有相似之处，又独具特色。

由此可见，马背藏戏继承了史诗的说唱形式，是在史诗故事的基础上加以改编，形成了格萨尔艺人说唱故事的脚本。马背藏戏中说唱艺人成为史诗说唱叙事中的重要角色，换言之，格萨尔口头叙事表演形式已经具备了戏剧因素，正如亚里士多德在诗学中提到剧场的六大元素，分别为情节、角色、思想、语言、音乐与景观。

值得指出的是，藏族说唱形式丰富多彩，有民间故事、六弦琴弹唱、拉玛麻尼、折嘎、白嘎尔等。而艺人在说唱《格萨尔》时，就是吸收并综合了多种曲艺形式的表现方式与手段，以一人多角色的说唱表演充分展示史诗的故事内容，表达说唱者的思想感情。可以说，说唱形式是马背藏戏演述的载体。

四　马背藏戏唱词

1. 唱词特点

马背藏戏使用果洛藏族安多方言演唱，唱词叙事性较强，散韵结合，为民间歌谣形式。史诗唱词一般以四句为多，四句为一个段落或一个场次，格萨尔戏剧唱词一般保留了四句唱段，但是在有些剧目中，唱词有所扩展，一般为七句或八句。唱词讲究修辞手法、注重语调和句式结构，语言通俗易懂，便于演唱，又具古朴、凝重之感。演唱时只唱不舞，舞时则一句也不唱，念白较少。舞步多采自寺庙跳神身段并掺杂本地民间歌舞舞步。该剧种已有场次的区分，它的表演时间和空间较为自由。剧中人唱完一段后即由唱者和伴舞者共同起舞，段落与段落间是由歌和舞交替进行衔接，剧情在歌舞交替中发展。

果洛格萨尔戏剧音乐较为独特，它保留着史诗叙事形态，通篇有韵，均为唱词，是一种说唱韵白。在表演中，上场演员也一律不唱，唯有一人在演述时说唱整个剧情和完成所有角色的唱腔、独白、对话，从开场白到剧情发展的全过程，直至结束，属于说唱表演。

如《赛马称王》一剧中，白岭部落派珠姆去接回格萨尔母女时，格萨尔在珠姆经过的路上变成一个英俊少年，并唱歌给珠姆：

> 如若不识我这人，
> 我家不是在本地，
> 远在天竺好国土。
> 名叫贝嘎是皇子。
> 今日路途遇姑娘，
> 我有话要问仔细，
> 花岭部落大地上，
> 掌权首领现是谁？
> 哪个上师有法力？
> 勇武英雄有几位？

格萨尔说唱表演中，既有少量的戏剧表演程式，且又保留着"格萨尔"神舞表演形态，即围绕场地顺时针方向作舞。其舞蹈形态吸收了羌姆舞姿，同时融入"格萨尔出征"的武士动作和安多藏族舞蹈特征。在人物塑造上，既保留着格萨尔神话传说中的神韵，又吸纳寺院壁画中的人物形象。

有学者认为各地流传的《格萨尔》，无论是说唱兼备，还是只说不唱，都属于曲艺范畴。据我们对果洛格萨尔戏剧现场考察，格萨尔整个故事演唱、对话都是在"说唱"状态中进行的，剧情解说文的朗诵和各个角色的说唱均由一人承担，歌唱部分可由一人或数人承担，即以带有表演动作的说、唱来叙述故事、塑造人物、表达思想感情、反映社会生活，是一种史诗说唱性质的戏剧演述形态。

2. 唱腔特点

史诗说唱韵律是格萨尔戏剧唱腔特点之一。格萨尔戏剧在演唱时，以说唱为主，一边说唱一边表演，演唱风格独特，即唱腔浑圆低沉，苍凉悠扬，大体上分为格萨尔调、诵经调、道歌调和民歌调。格萨尔调与道歌调，浑厚而低沉，为王臣演唱的曲调。

民歌曲调是格萨尔戏剧唱腔的特点之二。民歌曲调一般为王妃、仙女演唱，其唱腔悠扬、婉转，具有浓郁的藏族民间小调韵味。

果洛格萨尔戏剧唱腔既吸收史诗说唱韵律唱腔特点，又保留民歌特色，古朴原始，音乐有节律但稍带散板，其演唱形式为一人主唱——讲述，也有集体的群唱和独唱，行腔方法是把宗教诵经的发音法和民间的山歌、锅庄唱法结合起来。特别是唱腔旋律，多数是和鼓韵、唢呐演奏的旋律相近的，风格也趋于一致。它的唱腔结构，大部分由上下两个乐句组成，并常重复第二乐句，以加强结束时的情绪。每句由7个或8个字组成。每段唱词少则4句，多则8至10句。

在果洛格萨尔戏剧音乐中，用寺院的唢呐来伴奏，而寺院唢呐是一种旋律乐器，受其自身的结构的限制，它只能奏出一种有别于自然音列的音阶。故而在果洛格萨尔戏剧唱腔中，明显地带有寺院唢呐音乐的风格。

除了这些音列的音乐之外，果洛格萨尔戏剧中还有另一类音乐，即锅庄的民间唱法，它们无论从音列结构，或旋律格调上，均完全不同于寺院音乐。显然是僧人们采用了民间音乐的曲调作为藏戏的唱腔，以此来丰富格萨尔戏剧音乐。

锅庄的民间唱法，一般不加修饰和点缀性的润腔。曲式结构比较完整，多数旋律由上下两个乐句组成，使其音乐节奏明快，旋律优美流畅，具有浓烈的民间歌舞及曲艺说唱味道。演唱《格萨尔王传》中新编剧目时，多用格萨尔说唱曲调入乐。

由此，可归纳出格萨尔戏剧唱腔特点如下：一是格萨尔说唱音乐奠定了戏剧音乐的结构形式，由性质、曲式、调式的固定为唱腔，使戏剧音乐更富有变化，主题有了更大的扩展；二是确立了戏剧音乐唱腔模式，既有声腔曲牌、韵律以及演奏乐器的作用，又有民歌音乐特点；三是演唱风格，以说唱曲为基调，重视声腔的运用。

由于果洛格萨尔戏剧源于四川德格藏戏，受其影响，其《格萨尔》说唱调与德格地区的山歌、对歌、故事调、念经调、酒歌等音乐相互联系、相互渗透。有许多曲调在旋律、音调、节奏、节拍、风格、情绪等方面，非常接近和比较类似。根据实地考察归纳如下：

在民间格萨尔剧表现形式方面，一是果洛民间格萨尔戏剧只说不唱的说书形式；二是在表演过程中连说带唱的说唱形式；三是在戏剧尾声以果洛地区民间舞蹈，即载歌载舞的吉祥歌舞形式。其中，以说唱形式的表演风格尤为突出。值得指出的是无论说唱、歌唱、念白等都是由一人承担戏剧中所有人物的演唱。

在表演程式方面，果洛格萨尔戏剧在表演前要举行煨桑请神仪式，仪式由寺院高僧主持，而后祈祷诵经；接着要挂格萨尔英雄画像而指画说唱；有说唱者手捻佛珠，托帽说唱，戏剧表演正剧开演。

3. 马背藏戏唱词艺术特色

《格萨尔》史诗运用诗歌和散文、吟唱和道白相结合的方式将格萨尔故事、神话、诗歌、寓言、谚语、格言等融为一体，成为藏族民间文化的大集成。马背藏戏表演唱词同故事讲述和诗歌朗诵相一致。因为，散文与韵文相互交错是格萨尔口头叙事中共有的独特属性。至于这种口头艺术表演，发展为戏剧演述形态——一种言说方式和一种交流的方式，这种方式的确延续了口头叙事传统，显示了格萨尔艺人能够运用多种叙事文类，精心创作的有关往日英雄业绩的传说，延续至现代。值得注意的是，《格萨尔王传》采用散文与诗歌相结合的文体，其中的诗歌部分，在藏族文学发展史中的诗歌史上，起着承前启后、沟通古今的作用，它表现在意识形态、修辞手法，特别突出地表现在诗歌格律上面。例如：

猛虎王斑斓好华美，
欲显威漫游到檀林。

显不成斑纹有何用？
野牦牛年幼好华美，
欲舞角登上黑岩山，
舞不成年轻有何用？
野骏马白唇好华美，
欲奔驰徜徉草原上，
奔不成白唇有何用？
霍英雄唐泽好华美，
欲比武来到岭战场，
比不成玉龙有何用？

在藏族民歌、叙事诗、长歌、抒情故事中的诗歌、藏戏中的诗歌以及文人学者的诗作中被广泛采用，成为藏族诗歌中最流行、最为重要的格律。马背藏戏剧目《赛马称王》主要取材于《格萨尔》史诗中的一篇，主要描述格萨尔在叔父晁同的迫害下，在贫困的生活中成长起来，以他的聪明才智，通过显示各种神通，赛马取得岭国王位的故事。从前章文本分析来看，均为韵文，是一种史诗说唱形式。在戏曲史里，说唱文学输入戏曲文学的方式是多样的，或整理改编，或节选或原样照搬。而"格萨尔"藏戏将"格萨尔"史诗赛马篇故事节选一部分，节选诗行内容是原样照搬，以戏剧形式叙事表演。

口头叙事表演的唱词韵律与音乐程式是史诗说唱很重要的组成部分。不同类型的说唱者，有不同的说唱程式，对于具有高超技巧的说唱者和不熟练的缺乏想象力的说唱者来说，程式的价值也是不同的。程式是思想与吟诵的诗行相结合的产物。因此，唱词程式研究必须首先考虑到韵律和音乐。其实，马背藏戏唱词是由说唱者从格律和音乐中甚至从语言本身汲取了这方面的经验。他已经掌握了基本的格律模式、词的界定、旋律，传统在他的身上重复生产。

《赛马称王篇》说唱者讲述："格萨尔赛马称王，登上宝座，各位英雄勇士和姑嫂们也各自唱了祝愿的歌，为格萨尔献上了哈达。当下把觉如穿戴过的黄羊皮帽、牛犊硬皮袄、生马皮靴子等衣物，作为众生福运的根源，珍藏到了地下。"

还有在唱腔旋律上，运用金刚道歌调：

> 阿拉拉毛唱阿拉，
> 上师本尊与三宝，
> 若不知道这地方，
> 这是古惹山左边，
> 白岭所居祖业地，
> 赛马夺彩在此间。
> 塔拉拉毛唱塔拉。
> 作我顶饰勿离远，
> 若不认识我是谁，
> 我是冬族老总管。①

最后一行诗标志着一个段落的结束。这一行诗以一声叫喊开始，用的是一种特殊的抑扬节拍唱腔。这些带有修饰性的和描述性的诗行，给动作本身增添了色彩和诗意。生动的修饰可以说是层层铺排的。铺排的方法看似简单，但是在熟练的说唱者那里，它起着一种凝聚的作用。

然而，这些作用不能仅仅归因于添加文体。诗行各部分之间、诗行之间以及成组的诗行之间的连接关系，远比添加文体更加复杂和微妙。说唱者有着强烈的平衡意识，这表现为头韵的、半谐音的模式和平行式。这些诗行的重复，有时是一个词一个词丝毫不差的，有时也不是这样。然而，这一簇簇诗行、程式，常常纠缠在一起，重复出现，这是口头文体的一个富有特色的标志。它们对说唱来说是便于记忆，同时具有戏剧文学的特点。因为，口头史诗的诗的语法是以程式为基础的。这种文体，以及整个史诗演唱实践，都是随着说唱者的创造性而产生。说唱者的创作方法受到快速表演要求的支配，他依赖于反复灌输的习惯，依赖于语音、词、短语、诗行之间的联系。但他并不受这些习惯的束缚，他也不

---

① 《格萨尔文库》第一卷，甘肃人民出版社1996年版，第200页。

寻求记忆的固定的东西，或为此而寻求一种不同寻常的东西，他经常使用的短语和诗行绝大多数还回响着遥远的过去的回声。口头诗歌的程式性和表演性是远古时期诗乐舞三位一体的延续，格萨尔口头叙事表演透射着远古时期诗歌、音乐和戏剧的原型。

这一文体风格是在表演中创造和形成的，从遥远的时代起，所有的演唱者都是如此，马背藏戏的演唱，自然而然地形成了自己的模式和节奏。一部史诗歌的开头有其独特的模式，它有自己的开端和节奏，至少有一个不断重复的韵律模式，用来支撑持续的叙述。达哇扎巴的讲述通过韵律、节奏和旋律的转变，有时候为了强调戏剧性，会出现一个偏离主要模式变异的诗体，等到再度重新演唱时，还会有另一种变异的文体。史诗的结尾也有其结束的曲调。我们可以从《赛马称王》卷中看到这些模式的例证。

此唱段用河水慢流调，委婉动听，这是 G 宫调式，反复吟唱。

见音乐记录①：

我们从这些例证中可以看到一种韵律模式，尤其是扬抑格的韵律模式。我们可以由此而观察到音调和格律之间的配合或"调整"在起作用。没有音乐的文本在展示史诗的面貌时是有缺憾的，诗行是音节的，更确切地说，是有音节重音的，一种扬抑格的 5 音步诗行，并伴有第 4 音节之后的停顿。这种诗行简洁而微妙，它来自曲调与文本的交互作用。在正常的重音与格律之间有一种张力。格律重音并非总是落入正常的司空见惯的重音上，5 个音节也并非不具有同样的密度。第 5 个音节很突出，节奏最强，音调也最长。第 3、第 4 个音节是最弱的。第 6 个音节可能完全

---

① 陈乔音乐记录，陈乔系青海民族大学中国少数民族艺术专业硕士。

失去了，完全被吞掉了，或完全消失了。最后的音节可能被带到下一行的开头，或者只是普通的短拍子。第 1、第 5 个音节的强度可能是一样的，因为前者是诗行的开头，后者是诗行停顿之后的第 1 个音节。但是，这些音节位置如遇到一个前附词的情况（这种情形在诗行的开头很普遍，在第 5 音节中也不少见），第 1 和第 3 音步有时会是抑扬格的，而曲调后应该与这种节奏相呼应。第 1 音步，有时甚至是第 2、第 3 音步，在有些歌手的演唱之中是扬抑抑格的，他们有一整套的程式来适应这一节奏。在这些情况下，格萨尔仲肯说唱者常常会添加些多余的并无具体意义的词。

值得注意的是，藏语有一种高音重音，它可升可降，对长短元音非常重视。格律的微妙被这种语言的特点进一步复杂化了。这里所展现的格律的变异，要求说唱者在较早的阶段便对程式有适应能力，或者说正是因为这种适应性才出现了格律的多样化。旋律节奏的个性差异，比人们想象的要大，而只有在实际记录的史诗的曲调出版了，其实际情形才能被了解。

例如：《赛马称王》：

姑母南曼噶姆坐下骑着白狮子，在众多预言空行母的簇拥下，来对觉如预言道：
阿拉拉毛唱阿拉，塔拉拉毛唱塔拉。
（阿拉原为起调音，塔拉原为唱词音）
神童觉如天神子，请听姑母唱歌曲！
棋盘似的田园里，青青禾苗壮又粗，
若无果实来装点，青苗只作畜草使，
长得再高也无益。
深蓝色的天空中，群星闪烁放光明，
若无圆月当空照，星星只把黑暗引，
数目再多也无用。在花花岭国土地上，
觉如你运用诸神变，如果不衬王掌权柄，
神变只能把毁贬添。即便你修持得佛果，

也只给父辈丢脸面。①

(མ་ཉིད་གནམ་སྐྱབས་དགར་མོ་དེ་གསེང་གི་དགར་མོ་ཞེབས་ལ་བའིབས་ལུང་བཤད་མཁན་འགྲོ་འདུས་ཀྱིས་བསྐོར་ནས་རོ་དུ་ལ་ལུང་འདི་གསུངས་སོ།)

གླུ༌ཨ༌ལ༌ལ༌མོ༌ལ༌ལེན༌ཀྱུ༌ཐ༌ལ༌མོ༌ཐ༌ལ༌ལེན། (以上两句音节为:单/双/双/双/单)

ཨ༌ལ༌ངང་གི༌འབྱུང༌ཡུགས༌རེད༌ཐ༌དག༌ལ༌ཆོང༌གི༌བཟོད༌ཡུགས༌རེད། (汉增译)

དེ༌ནས༌རྟ༌དུ༌ཤྭ༌ཡི༌ཕྱགས༌ནེ༌ད༌ཡི༌ཕྱུ༌ག༌གསོག

རྒྱ༌བོད༌ཞིང༌གི༌རེའུ༌མིག༌གཞུང༌ལྗང༌སྔེ༌མ༌བྱས༌ལངས༌རེད།

བཟང༌པོ༌འབྲུག༌བྱུ༌མ༌བཀྱུད༌གཞུར༌ལོ༌དུ༌འགྲོའི༌ལབཟ༌རེད།

སྐྱེ༌བོགས༌ཆེ༌ཡང༌ཕབ༌པ༌མེད། (以上音节为:双/双/双/单)

མཆོ༌ནས༌མཆོའི༌མཆོགས༌ཀྱི༌གྱུར༌ཁང༌ན། (仅此句音节为:单/双/双/双/单)

དཔུང༌མང༌སྨྲ༌བའི༌བགབས༌མདངས༌དེ༌ན༌གང༌ཀླ༌བས༌མ༌མཆོ༌ན།

རྒྱ༌སྨར༌སྒྲུན༌པའི༌ཤྭ༌འདྲིན༌འདུགདས༌ག༌མང༌བས༌ཕབ༌པ༌མེད།

ཁ༌མོ༌སྦྱིང༌གི༌ས༌ཆ༌གའི༌དུས༌སྐྱུག༌བསླུས༌སྲུ༌ཆོགས༌དེག

སྐྱེང༌དགར༌དགའོ༌ས༌མི༌ཟེར༌གཞུ༌བསྐུར༌འདེབས༌སྟེ༌མ༌རེད།

གྱུབ༌ཐགས༌ཁྱུ༌བོའི༌མགོ༌སྟོན༌རེད།② (以上音节为:双/双/双/单)

我们试图选取这样的段落,这些段落并不包含比较常见的重复的主题,如赛马、集会的场所等。而这种重复是出现于同一说唱者那里,出现于他的同一部作品的其他两个版本,甚至在同一个段落中。同一个诗歌说唱的不同版本当然包括在我们要分析的材料中。

以下是来自说唱者对于不同角色的演唱曲调的诗行样例,我们从中可以了解到这种变化的幅度。

晁同:(用哈热哈通调)

旋律反复两遍,为 G 徵调式。

---

① 原文参见《格萨尔文库》,甘肃人民出版社 1996 年版,汉 168,藏 553。
② 原文参见《格萨尔文库》,甘肃人民出版社 1996 年版,汉 168,藏 559。

丹萨：（唱）

旋律为 E 羽调式，此段唱腔根据唱词共反复三遍。

珠姆：（唱）

旋律共由十三小节组成，前五小节为 G 角调式，后八小节旋律一气呵成，旋律优美动听，结束是 C 羽调式，属同宫系统转调，旋律反复三遍。

在表演中说唱者则要尽量使音乐的诗行与文本相呼应，他凭借的手段是用扬抑格来构筑扬抑格的诗行，或者采用一个音节停两个音拍而不是一个音拍的手段。

这些词语在说唱者的经验中建立了一系列的模式，这些模式也是史诗文体的统一体的一部分。因为这些词语继承了传统的模式，它们与别的词语并没有什么区别，实际上与它们有意无意地相一致。说唱的程式，只有到了说唱者在自己演唱中已经形成了对这种程式的惯常使用时，那些记住的程式才成为他自己的程式。

我们已经看到，从格式最早开始演唱时，程式便已经出现了。我们也注意到这样一个事实，这些程式并非千篇一律，他们的原创性和它们的程式性的密度并不相同。我们已经说过程式本身并不太重要，对理解这种口头技巧来说，这种隐含的程式模式，以及依这些模式去遣词造句的能力，显得更为重要。

　　用程式来讲述故事时，程式是如何进入说唱者的脑海中的。这种活的艺术与个人经验紧密地融为一体，以致程式会自然而然地在史诗演唱的文本中留下特殊的印记。从这些史诗诗行中留下的鲜明的标志，我们可以十分有把握地确定，我们面前的文本是否为传统的说唱者在口头创作中完成的。

　　程式分析，或者更概括地说，文本分析，必须从认真细致的文本的段落样例研究开始，以便发现其中的有些词语，在同一个具体说唱者的其他大多数作品中也重复出现的现象。

　　例如，文本《赛马称王篇》：

　　　　阿拉拉毛唱阿拉，
　　　　塔拉拉毛唱塔拉。
　　　　上师本尊空行母，
　　　　请勿离我住头顶，
　　　　住我头顶赐加持！
　　　　如若不知道这地方，
　　　　这里是花虎滩上部，
　　　　阿隆聚会的大会场。
　　　　如若不认识我是谁，
　　　　塔尉索纳是我名字。
　　　　达戎部落把家臣当。①

ཀླུ་ཨ་ལ་ལ་མོ་ཨ་ལ་ལེན། ཀླུ་ཐ་ལ་ལ་མོ་ཐ་ལ་ལེན།
སྐྱབས་བླ་མ་ཡིད་དམ་མཁའ་འགྲོ་གསུམ། （以上音节为：单／双／双／双／单）
མི་འབྲལ་སྤྱི་བོའི་རྒྱན་དུ་བཞུགས་བཞུགས་ནས་བྱིན་གྱིས་བརླབ་ཏུ་གསོལ།
ས་འདི་ས་ངོ་མ་ཤེས་ན་འདོད་ར་སྟག་ཐང་གོང་མ་དང་།
འཚོགས་ས་ཨ་ལོང་ར་བ་རེ་དྲིང་དང་ང་ངོ་མ་ཤེས་ན།

————————

① 原文《格萨尔文库》，甘肃人民出版社1996年版，汉168，藏559。

ཨ་ཁོད་ཁར་བའི་བོར་ལྟ་ཟེར་ལྡག་རོང་དཔོན་གྱི་ཐེར་བོན་ཡིན①（以上音节为：双/双/双/单）

格萨尔剧诗的曲，是一种歌体。这种歌体的体裁，是在古代藏族民歌的基础上逐步形成发展起来的。格萨尔史诗一般都是四、五、六、七言，整齐而无变化的句式，不利于戏剧表情达意和展开变化多端的戏剧冲突。如格萨尔史诗故事《赛马称王》的诗体格式是：

> 岭国众将聚达塘，
> 苏青魏马邀诸君，
> 晁同倡议行赛马，
> 总管叔叔做决定。②

格萨尔剧诗的形成，必须首先具有相应的语言形式，使整齐划一的句式变为变化多端的生动活泼的句式，以便铺叙情节，刻画人物，展开冲突。这种戏剧体诗的歌诗，它是声与诗结合的产物。如格萨尔剧《阿达拉姆》的诗体格式是：

> 阿达拉姆啊，你别畏怕向上行，
> 跟我格萨尔往上行，
> 耳听我铿锵铠甲声往上走，
> 目盯我白闪闪的盔光往上走，
> 紧跟我赤兔往上走。
> 且上行来且祈祷，
> 心向西天做祷告。③

由此看出，格萨尔的特殊的交流方式被固定了，包括特殊的套语，

---

① 《格萨尔文库》第一卷，甘肃人民出版社1996年版，第559页。
② 同上。
③ 同上。

例如"阿拉拉毛唱阿拉……"言说的风格化。在青海地区,格萨尔表演可以被理解为对诗性功能的展演,这是口头艺术的本质。但是诗性功能只是同时发生的言说的多种功能中的一种,这多种功能总是同时存在。也就是说,在藏民族的传统文化和信仰系统中,格萨尔的言说行为居于支配地位,那么格萨尔表演也许在言说所发挥的多种功能中,如宗教的、伦理的、审美的,甚至具有仪式功能,即凝聚力、惩戒和娱乐功能,也可能从属于其他功能——指称的、修辞的、情感交流的或任何其他的。

格萨尔说唱艺人为了使原有的诗适应歌唱,就加进了"散声",就成了长短句,使旋律有所变化。这种变化,与元稹在《乐府古题序》中所说的"因声以度词"原理相似。格萨尔剧在演述其史诗时,其长短句就是词,词在音乐上"犯调"（相当于戏曲的"集曲"）的出现,更加促使诗句的变化,诗与声共同进入了戏剧剧诗的境界。这对剧诗描写情感的起伏,节奏的变化,浓淡的调剂,高潮的迭起,都是有利的。

格萨尔剧诗的句式变化,主要是受藏族民歌、说唱文学等艺术形式对它的影响,这些民间歌诗的文学格式更是不拘一格,随心所欲。长短不齐的句式,衬字的大量出现,为戏剧体诗的形成提供了更为重要的条件。这种用剧诗语体善于叙事的语言形式,其渊源可追溯到元杂剧的句式和宋、金诸宫调的歌诗句式,两者就很类似,它们来自民歌。而在格萨尔剧叙事中,其主要形式是说唱,其说唱中许多曲牌就是藏族民歌。

总而言之,马背藏戏唱词有如下特点:

一是格萨尔戏剧文学的语言是散韵文体,格律与具有戏剧性特点,集移式性、韵律性与表演性于一体。是为剧中的角色语言。这就是戏曲的要素之一,"声"。

二是人物自我介绍的唱词。在《格萨尔》的描写形态中,人物的自我介绍,以及对山、水等的介绍,是戏剧中重要的讲唱因素。《格萨尔》的每一个人物,不管他是岭国的何种人物,也不管他是魔域的何种魔怪,当他们出现在史诗中时,都要用相同的形式,把自己详细地介绍一番,包括自己的家族、姓名。女的则要大夸自己的美貌和装饰,男的则要大夸自己的英勇和神驹宝剑,接着便要介绍自己所在的地域、自然景色,等等。这种手法,可以说是《格萨尔》独创的,世界上其他的史诗几乎都没有这种描写形式。它初看起来好像有点啰唆，但仔细品味，则发现，这种描写形式正是《格萨尔》高出其他史诗的妙处之一，是刻画人物的一种手段。我们知道，《格萨尔》中除了叙述部分，其他所有唱词，都是通过人物的自述来完成的。如果《格萨尔》离开了这种自述的手段，便会成为创作者的叙述和描写，也就难以适应说唱形式的要求了。

三是排比句式。排比在《格萨尔》中，是作为一种特殊的描写手段出现的。它适应了史诗的宏伟性，形式多样，极为丰富，是《格萨尔》描写形态的一大精华。首先是大量谚语采用了排比句式，使其内涵更为丰富；其次是在描写事件时，也多用排比手法，多方面、多层次、多角度地进行描写，每一层次的句式基本上都是一样的①。如《世界公桑》之部中，岭国英雄制敌宝珠大王的一段唱词，三分之二是排比句式，从上岭唱到中岭和下岭，分别介绍了各岭部落的首领、坐骑、气势，并用各种手法表现他们的特点。这样的排比，只能算中型的。而每个人物在出场后的自我介绍，包括人名、地名、祈祷等，则是更大更长的排比，是整个史诗所共同存在的类同性排比，这种排比，我们称为大型排比。还有一种排比是在具体描摹一件事物时所使用的排比，我们称为小型排比。《格萨尔》的三种排比的组合，使得史诗更加雄浑奔放。

四是运用谚语和格言。《格萨尔》史诗中，谚语和格言不仅是一种诗词修饰，它们同时还被直接用来描写人物，描写和刻画各种人物的心理特征、性格和表现某些事物之间的联系。由于大量使用了谚语和格言，所以它的描写具有了深邃的哲理的魅力。

五是祈祷语言。所谓祈祷语言，指《格萨尔》中的每一个人物出场时，向各自的神祇祈祷的唱词。这种祈祷性唱词，也是《格萨尔》中最普通的描写手段之一。每当人物演唱时，都首先要向神灵顶礼，请求保佑，如达舒白帐王在《世界公桑》中的一段唱词："保佑，保佑，霍尔坤请保佑：上边天雷的帐房里，无畏善变的白天台魔鬼神，我向你上供赞

---

① 周炜：《西藏文化的个性——关于藏族文学的再思考》，中国藏学出版社1997年版，第191、192页。

项并顶礼。"① 这种描写形式，显然是受到宗教祭神仪式的影响，它增加了《格萨尔》的神秘色彩，表现了史诗时代藏族对神的崇拜和敬畏。

《格萨尔》史诗说唱叙事形态的特征与八大藏戏剧目是极为相似的，藏戏剧目属于藏族的话本小说，如《曲杰罗桑》《朗萨雯波》等都是属于长篇作品，从文体上看都是韵散体，《格萨尔》史诗和藏戏一样，都是叙事长诗。由此可见，在藏族古代说唱艺人的眼里，说唱史诗和说唱话本小说从其形式到内容都是相同的，像《曲杰罗桑》《朗萨雯波》等十多部中长篇韵散作品由艺人们可以转换为记忆进行传播与演唱。

藏族文学的文体形式是基本一致的，都是韵散体，也即是由诗歌（韵文）和散文组成的文体②。数千年以来，这种形式延续至今。这种现象使藏民族所接受，成为他们最喜欢、最熟悉的文体形式。从心理学上讲，藏族崇尚诗歌或者说韵文，喜欢歌唱和说唱，这是韵散体能够产生和发展的一个重要原因。总之，藏族先民对韵文有执着的追求，这对史诗、话本小说及经典的说唱无疑是非常有益的。

五 音乐与舞蹈

戏剧的音乐与舞蹈是戏剧外部形态的重要构件，主要指各种舞蹈、歌唱、对话为主要手段的表演。马背藏戏主要由音乐以说唱音乐和史诗音乐构成，其音乐韵律性较强，曲调极为丰富，包括藏族民歌、道歌、古歌以及各类说唱曲调等。马背藏戏舞蹈是一种铺排情节为辅的藏戏表演形态，舞蹈较为单一，一般为果洛地区的"谐"和土风舞。

（一）马背藏戏的音乐特征

1. 说唱音乐

马背藏戏演述形态是继承格萨尔说唱艺术，其曲调、唱腔、念白等

---

① 周炜:《西藏文化的个性——关于藏族文学的再思考》，中国藏学出版社1997年版，第192页。

② 同上。

都是以说唱来呈现的。说唱音乐,主要指诸如说话、讲史、说经、说书等艺术形式,是一种说唱相间,以唱为主,表演情节复杂的长篇故事的说唱音乐形式。说唱音乐以叙述性曲调为主,采用半说半唱、似说似唱、唱中有说、说中有唱的曲调讲唱故事。同时,它的许多曲调又兼具抒情的弹性功能:速度较慢、曲调装饰较多时,适于表现委婉的性格或悲哀的情绪;速度中等、曲调简洁时,适于表现平静的心情和客观叙述故事的发展;速度很快、曲调起伏跌宕时,适于表现欢快、激动或愤怒的情绪。

马背藏戏说唱音乐在戏剧叙事上更重视说念的韵律,而唱的部分不同人物有不同唱腔,具体表现在以下几方面:

一是格萨尔说唱调,在戏剧演唱时,即是给戏剧中每个人物的大段歌词,配以一定的曲调进行反复演唱。其说唱形式在青海果洛地区表现为,剧情中各角色的说唱均由一人承担,歌唱部分可由一人或数人承担。二是格萨尔说唱曲调独具特色:(1)人物的性格塑造方面,在一定程度上是由曲牌、衬词、曲调合成的,这是格萨尔史诗音乐特有的一种现象,格萨尔戏剧沿袭了此特点;(2)格萨尔说唱调包含各种不同的体裁,歌舞型、山歌型、对歌型、酒歌型、故事调型、朗诵型、进行曲式、述说式、英雄颂歌式等[①],格萨尔戏剧既继承了其说唱曲调,又在此基础上发展戏剧音乐特色。三是格萨尔说唱曲调的丰富性,在艺人说唱时,同一曲调由不同说唱者演唱时会呈现出多种唱腔,如马赞,有多个表演者演唱会呈现多种说唱曲调,调式、韵律多姿多彩,唱腔极为丰富。

马背藏戏说唱音乐形态包括结构、节拍、节奏、调式调性、音程、音区等音乐语言,其中装饰音、变化音及滑音的运用使说唱曲更具华丽色彩。在主题类型、乐段结构内的组织手法、旋律线条的进行特点及其曲调与歌词的关系以及附加音,附加节奏等均具有藏民族史诗韵律感。[②]这里尤其要指出的是,格萨尔说唱曲调还具有宣叙调的色彩。宣叙调,意为"朗诵",又称朗诵调,是歌剧或清唱剧中速度自由,伴随简单的朗

---

① 扎西达杰:《格萨尔的音乐性》,《藏学》1993年第2期。
② 扎西达杰:《格萨尔的音乐性》,《藏学》1993年第2期。

诵或说话似的歌调，它原本是与咏叹调并用的一种乐曲。在马背藏戏音乐中便更加呈现出藏民族戏剧演述诗学韵味。

如《赛马称王》宴会上使用"江河缓流曲调"，委婉动听，如潺潺流水，天籁之音，给人以空灵之感。

赛马场上用"嘶鸣调"唱，激昂，其唱腔，从曲式结构看，每个乐句为2小节，共八小节组成，为C羽调式。

见谱例①：嘶鸣调

这是一种具有叙述、吟唱性质的朗诵调。朗诵调是以藏语言音调为基础，既旋律自然、节奏自由，又具有歌调性质，其中，朗诵中会有叙述的段落，叙述为介于歌唱和朗诵之间的独唱段落，为宣叙调的音乐形式。这种调式是开展剧情的段落，故事往往就在宣叙调里进行，这时角色有较多对话。这种段落不适宜歌唱性太强，因此，有了说唱因果，很像京剧里的韵白。京剧中，青衣、小生或老生都有一种带有夸张语音音调的念白，它虽不是很旋律化，但可使道白便于与前后的歌唱衔接，其功能与西方歌剧里的宣叙调很近似。据我们对果洛格萨尔戏剧现场考察，格萨尔史诗演述声音、视觉、诗歌和对话呈现的诗学特征，在马背藏戏演述中得以继承与延续，构成了其诗学特质。

由上观之，马背藏戏说唱音乐是叙事和代言相结合，采用一人多角的表演方式。在讲唱故事的过程中，既使用第三人称的叙事体，又使用第一人称的故事人物的代言体。前者从客观的角度讲述故事情节的发展，后者则模拟故事中人物的口吻、表情、姿态、性格，将人物的音容笑貌准确地表现出来。

---

① 陈乔记谱，陈乔系青海民族大学中国少数民族艺术专业2012级民族戏剧学硕士。

2. 史诗音乐

史诗音乐是一种颂唱形式,有很强的节奏感和感染力,气势宏大,听者能够受到很大的鼓舞,让人热血沸腾,激情澎湃。藏族格萨尔英雄史诗音乐,有单曲体和多曲体两种类型①。单曲体的特点是整篇史诗只用一支曲调;多曲体,根据故事情节的需要,使用不同的曲调,表现不同人物形象,此类史诗往往用乐器伴奏,除了说唱之外,表演艺人还创作出一些器乐化短小曲调,夹杂于史诗说唱当中,制造和渲染气氛②。

从格萨尔文学唱词和说唱韵律、节奏规律和结构格式中,不难看出它们吸收和借鉴具有浓厚地域特色的藏族地区和牧区广为流传的山歌、牧歌的内容和形式。两者不仅语调风格完全相同,而且每句唱词的头尾两处各有一节拍的单词,中间有三个每节拍双字的节奏规律,同时它们又都是八字一句,四句一首的结构格式。③ 同时,它们呈现出史诗说唱独有的口头文学的叙事性、口传性和极强的韵律特征。

史诗音乐的韵律性可从两方面分析,首先是史诗中纯语言学的分析与研究,即格萨尔史诗中诗歌内在规律性的"韵律"。这种韵律,一指的是在诗歌内部构架中语法结构,即重复诵念。如诗歌语气、语调等因素和诗歌反复吟诵等特点。这些因素标志着诗歌的结构,格萨尔史诗依据藏民族语言特征,诗歌由分行、分段,由四字句或五字句等构成韵律性。由于格萨尔史诗是以口耳相传的说唱表演,由史诗说唱者进行史诗说唱表演,或者说是史诗说唱的戏剧演述,这种通过口头艺术表演过程中的声音、语气等变化的表演特性,展示了格萨尔史诗韵律的诗性美。可以说,特殊的表演语境,决定了其史诗口头传统中的语法和诗学特性。二是指史诗音乐的韵律性,史诗说唱音乐中的"节拍"、节奏、调式、旋律构成的规律性的韵律特征。如格萨尔史诗中的道歌调,它形成了一种特殊的魅力,使其道歌既具有民间古老的韵律特征,又具诗歌格律特征。在《格萨尔王传》史诗中的诗句都由 7 音节组成,7 音节又组成 3 种典型

---

① 扎西达杰:《〈格萨尔〉的音乐性》发表于《藏学》1993 年第 2 期。
② 同上。
③ 同上。

的长短格韵律。

> 如：愿今天觉如（格萨尔儿时名字）的这雷石，
> 　　把魔地鼠之地打成旷野。
> 　　愿佛三宝加以指引！
> 　　若不修持密教经典，
> 　　谁也不会德识广大。①

这种诗的格律以一种引人注目的规则性而在格萨尔史诗中得到很好的应用，并反复出现在格萨尔口传文本中。从格萨尔唱词中，不仅可以看出藏戏在文学上有其一脉相承的关系，也可以从表演形式上，特别是在借歌唱来敷演故事、描绘人物情感变化的表现方式上，其传统渊源清晰可辨。其曲调既具有诗歌朗诵韵律，又有进行曲式和推进式节奏；既有述说英雄颂歌调式，且具抒情性和庄严性，曲调优美生动，音乐形象富于戏剧性。如东赞的演唱，旋律为 D 商调式，是根据唱词进行反复吟唱，极富韵律性，节奏铿锵有力。见谱例。②

其音乐曲调正如格萨尔音乐学家扎西达杰先生所言，格萨尔音乐是以一种进行曲为主基调且反复演唱，使整个故事、对话都是在"歌唱"状态中进行，极具丰富性和多元性。事实上，格萨尔史诗是一部叙事诗剧。马背藏戏音乐继承其史诗说唱音乐传统的艺术成就，在腔词关系的处理上有许多方法，诸如依字行腔、字正腔圆，腔随字转、字领腔行，

---

① ［法］石泰安：《西藏史诗与说唱艺人的研究》，西藏人民出版社1993年版，第719页。
② 陈乔记谱，陈乔系青海民族大学中国少数民族艺术专业2012级民族戏剧学硕士。

以字行腔、寻声达意,等等。

(二)马背藏戏舞蹈与戏剧表演程式

马背藏戏舞蹈,是指在戏剧表演中融入的藏族民间舞蹈,且与赛马身段动作相结合,形成了歌、舞、技术戏剧表演程式。

1. 马背藏戏一般将藏族舞蹈直接应用到藏戏尾声部分,一般为果洛民间舞蹈,如卓舞和"谐"舞相融合成为藏戏舞蹈。据考察,一般以"谐"为主。

"谐",汉语称"弦子",不同藏区的方言称作"叶"或"依"。谐是藏族历史上最悠久、最繁盛的歌舞艺术形式,源于四川巴塘,普遍流传于四川、西藏、云南、青海等藏族地区。谐以曲调优美、歌词秀丽、舞蹈动律松弛柔美著称。谐的曲调丰富,表演多样,不同的曲子配以不同的舞步,歌调多为六言四句,内容大多为歌颂爱情、劳动、家乡或自然景物等。它的表演形式是:男女各站一排围成圆圈,一男子拉着弦子在前领舞,随着弦子曲调人们边歌边舞边前进,队形时而向圈内聚拢,时而向外散开,舞蹈延绵流畅,活泼欢快,舞步多由靠、撩、拖、点、转等动作组成,与手臂动作的摆、掏、撩、甩等配合自如。"拖步"与"点步慢转"是常用的步法。

卓舞是一种很古老的集体舞,男女老少都可参加,人数不限,在藏戏中一般男女演员围成圆圈歌舞,相互穿插与回转。男舞者舞步轻曼,舞袖飘举,舞姿悠闲;女者舞步细碎,舞姿婀娜,长袖飘扬,如彩如虹,温馨抒情。随着舞曲反复、情绪积累和感情升腾,舞蹈节奏逐渐加快,最后在热烈、欢快的快板节奏中结束。在马背藏戏中一般男子表演时常加入许多技巧性动作,动作多由踏、踢、悠、跳、转组成,舞姿奔放流畅。通过舞蹈的渲染、衬托,使戏剧的主题思想得到了更深刻的揭示和表现,使藏戏这一古老艺术显得更富有表现力、感染力和生命力。

马背藏戏基本动作分为四种类型,一种是推动剧情的戏剧动作,通过唱做念舞表现出来。在戏曲中,戏剧动作包括唱做念舞,是表现行为的过程,如程式动作中的趟马、圆场等。一种是性格化动作,即能说明人物性格的动作,能引起观众的兴趣,激发观众对人物的爱憎。一种是纯粹外部生活动作，如情节剧中的许多赛马动作，是为动作而动作，是在场地上进行的真实赛马，是融入了戏剧故事的表演。另一种是歌舞表演，每场都有藏族歌舞贯穿戏剧表演，其舞蹈是安多地区的民间舞蹈种类，如"勒"舞。

格萨尔戏剧在表演中具有以下表演特征。

格萨尔藏戏的形成可追溯到格萨尔民间说唱艺术和格萨尔神舞，因而，格萨尔戏剧既具有说唱表演特征，又具有戏剧表演的程式性。其戏剧表演程式、身段动作在果洛地区因剧团传承与生存方式不同又可分为多种，且各具戏剧表演特色。其中包括格萨尔专业藏戏团的身段表演动作都有严格规定，并固定下来成为程式化动作。而民间藏戏却更多的是生活化和歌舞化的表演，有些动作也略带程式表演。格萨尔剧的程式化和生活化、歌舞性与戏剧性和谐统一于表演形式之中。尤其格萨尔剧在表演技艺上，由于作品题材及角色类型的发展，唱、念、做、打各种表现手段的提高，各行角色的各种表演技术已日渐复杂起来。无论在歌唱、念白还是做功、舞蹈身段上都形成了某种较为严格的表演程式。

马背藏戏的表演是在说唱曲艺和传统歌舞的基础上加以戏剧化，即利用传统的说唱、舞蹈、歌唱等表演手段塑造人物、叙述故事。格萨尔剧编导，在创作编排新剧目时，既注意对传统藏戏歌舞、说唱等技艺的充分继承和发掘，又注意吸收借鉴汉族戏曲中的表演艺术，与传统藏戏的表演技艺相结合进行发展创新。特别是在提炼程式化身段动作等方面，一方面借鉴汉族戏曲表演身段，另一方面保留自己的演述特点，使格萨尔剧表演艺术获得了发展。其身段动作归纳为三类：

一是马背上的表演动作，主要是上马、下马、在马背上刺杀等武功。

二是马背藏戏除赛马场面，由扮演者在马上表演外，下马后广场演出表演动作均为戏曲程式动作。一般吸收戏曲中君王、大臣的台步和身段动作，并将它与藏族王臣的生活步法糅合在一起，加以提炼，使之舞蹈化与戏剧程式化。

三是穿插的民间歌舞，是青海安多地区民间歌舞结合藏戏舞蹈而形成的表演风格，这种舞蹈一般在歌舞场面作为烘托剧情而出现。源于安多藏族歌舞动作，融入藏戏之中，成为格萨尔藏戏表演的程式动作。

格萨尔戏剧舞蹈也占很大分量，载歌载舞是它的一个明显特色。在演出时，唱腔中间和表演部分，都要穿插已固定格式的戏剧舞蹈；人物表演动作也基本上舞蹈化，成为程式性和戏剧化了的舞蹈身段动作。很显然，在格萨尔马背藏戏中，舞蹈动作集程式化与生活化、歌舞性与戏剧性于一体。使表现与再现、抒情与叙事和谐统一于表演之中。这种不拘一格的表现手法，折射出藏民族传统文化的魅力，奠定了其格萨尔戏剧的艺术成就。

2. 马背藏戏在演出中还可以直接穿插许多民间歌舞、宗教歌舞和歌舞性很强的民间艺术表演。这些歌舞表演有的与剧情紧密结合，如赛马称王，格萨尔登上王位，全部落或整个部族都为此庆祝，便有了歌舞性表演；有的与剧情无多大关系，只是因为民间歌舞是藏族生活的主要内容，歌舞既是一种艺术传统的延续，又是生活习俗的延续。因而，藏戏歌舞是戏剧性的表演，也是生活中情感的抒发。

马背藏戏的舞蹈使整个表演艺术手段都有抒情写意、炼形拟神的诗化倾向。如在唱、舞、韵、白、表、技、艺各个方面，都开始产生表达戏剧意境和人物内心感情的程式化表演技术。既具有中华民族戏剧共同的风格特征，如歌、舞、剧、技的有机结合以及戏曲程式化的表演手段，又在产生、形成与发展的历史中，有着自己独特的人文生态环境以及民族语言、音乐、唱腔、舞蹈动作的艺术提炼与规范，且有着不同的综合方式，形成了马背藏戏独有的表演程式，即以歌舞性与戏剧性相统一、虚与实相结合的戏剧表演程式来演述格萨尔史诗的戏剧形态。

此外，格萨尔戏剧的歌舞性与戏剧性相统一。格萨尔剧最初用说唱和舞蹈来演述故事。至20世纪80年代，形成戏剧性与歌舞相结合的戏曲程式。藏族的歌舞形式，往往是诗、乐、舞三位一体时代的延续，藏戏中再加上已经戏剧化了的舞蹈，就产生了抒情状物的戏剧功能，而格萨尔戏剧在演述中既继承戏剧表演特征，又融入藏族歌舞元素，且独具民族特色。

马背藏戏中的舞蹈源于藏族民间舞蹈，并固定为戏剧中的表演程式。表演程式是戏曲中运用歌舞手段表现生活的一种独特的方式，它是作为演员进行舞台创作的戏剧艺术语言，具有较强的可塑性。此外表演程式中的"做"程式，一般是从生活中提炼，但又从生活出发，根据人物性格和戏剧规定情境创造而成为一种程式的规范，其基本特征为综合运用唱、念、做、打等多种手段演述故事的程式化和戏剧化的歌舞表演。

图17　格萨尔赛马称王歌舞庆贺场面　　（曹娅丽摄）

六　马背藏戏表演场域

场域，是由社会成员按照特定的逻辑要求共同建设的，是社会个体参与社会活动的主要场所。场域理论是社会学的主要理论之一，是关于人类行为的一种概念模式，它起源于19世纪中叶的物理学概念。总体而言人的每一个行动均被行动所发生的场域所影响，而场域并非单指物理环境而言，也包括他人的行为以及与此相连的许多因素。它包括环境与地理，又可以分为地理环境和行为环境两个方面。地理环境就是现实的环境，行为环境是意想中的环境。行为产生于行为的环境，受行为环境的调节。马背藏戏诞生于果洛地区（传说格萨尔诞生、称王的地方）藏传佛教寺院，马背藏戏表演是僧侣参与宗教活动的主要内容之一。

（一）民俗场域

在寺院，《格萨尔王传》是每个僧侣必修的经文，表演马背藏戏是僧侣的必修课程。由于演出剧目的特殊性，即演出中需要举行赛马，其演出活动的主要场所一般为寺院周边广阔的草原。因此，马背藏戏的表演语境，不仅决定了上演剧目及表演形式，而且具有了仪式性。这种仪式活动是指特定的格萨尔赛马称王剧目所反映出果洛地区格萨尔史诗说唱活动的精神内涵和指向，彰显了其活动的主题；同时，表演本身和表演场所被赋予的格萨尔英雄的象征意义，强化了马背藏戏表演的意义。两种民俗事象相互依存，共同建构了马背藏戏的表演场域，彼此影响对方的存在形式，生成对方的民俗意义。

马背藏戏表演传统正是因其在民俗仪式场合中发挥的社会功能而生长和传承。马背藏戏在当地的民俗活动中发挥着重要的功能。每当藏历期间，青海果洛地区藏传佛教寺院都要在宗教节日（法会仪式）活动中举行马背藏戏表演。宗教节日是马背藏戏的主要表演场合之一。这种表演传统由来已久，根据当地寺院活佛的讲述，早在五世达赖时期，无论节日庆典、酬神活动以及乡村赛会或其他特殊喜庆之事，当地都要有演剧活动。其中，藏传佛教寺院的马背藏戏在寺院仪礼庆典场合表演占很大比例。20世纪80年代后，马背藏戏演出成为寺院仪礼庆典中的重要组成部分。20世纪90年代末，马背藏戏从寺院走向民间，在每年农历六七月举行的"格萨尔说唱艺术节"庆典仪式中马背藏戏都参加演出。

从马背藏戏演出之目的、场地、功能及内容上来说，它的表演都与该地的民俗活动、信仰仪式传统融为一体。甚至已经发展成为当地的一种民俗模式。容世诚在《戏曲人类学初探》中强调"表演场合"这一概念，提出"研究中国戏曲不能只满足于剧本的文本分析，更必须结合它的表演场合来理解、掌握它的功能意义"，并从表演场合切入研究仪式剧表演的功能和意义，重新分析演出剧目、表演风格和剧场性质的交互关系。这一研究视角为重新认识戏曲和民众生活的关系开辟了新路径，对我们阐释马背藏戏与表演场合的关系具有一定的启示。马背藏戏虽然不像仪式剧那样,与仪式活动形成象征关系,但马背藏戏表演仪式与演出场合同样是影响其民俗意义生成的重要因素。无论马背藏戏在寺院演出还是在辽阔的草原上演出,均具有一定的仪式性,不同场合的演出活动形成各自的仪式氛围。一是因为它是藏传佛教寺院中宗教活动的主要内容之一,必然带有宗教仪式性;二是上演剧目是本地区藏民族精神信仰的产物,彰显了仪式活动的主题,烘托了仪式氛围,二者在一定程度上形成同构关系。

首先,藏传佛教寺院宗教活动具有一定的仪式性,这种仪式场合决定了马背藏戏上演剧目——《赛马称王》。该剧主要描写格萨尔在叔父晁同的迫害下,经受了种种磨难,终于成长起来。到十五岁时,岭国举行盛大的赛马会,按岭国规定获胜者可获得岭国国王并娶最美丽的珠姆为妻。格萨尔凭借自己的智慧和神灵的帮助在赛马中取得第一名并迎娶了美丽的王妃。

其次,格萨尔口头叙事表演传统仪式场合与藏民族的宗教信仰密切相连。马背藏戏在表演前要诵念经文,表演场地要举行煨桑仪式。也就是说,格萨尔戏剧表演有着严密的宗教仪式和信仰场域。2014年8月14日起,笔者用了一周的时间,观察果洛地区格萨尔表演宗教仪式:

> 上午9时,马背藏戏表演即将在这里举行。开始前,我们看到藏族人前来观看,他们双手合十,朝着远处的雪山,默念祝祷词,一些信众或围绕演出场地,或围着说唱艺人叩拜,有的将炒面、糌粑放在煨桑台前。上午9时30分,在表演场地举行煨桑仪式。据藏族人说"桑"系藏语音译,意为清洗、消除、驱除等,实有"净化"供奉之意。清洁或净化是煨桑活动的最初本意,后来逐渐发展成祭祀神灵的一种特殊仪式。用青稞炒面、柏叶、蒿草等做成的香料祭祀。苯教盛行时,就是将动物的心脏等器官或血肉作为桑料予以供奉,成为活祭,达到祛病禳灾、祈福纳祥的目的。接着,由三位僧人手持金刚杵,围绕着表演场地诵念经文。接着,点燃桑柏枝。据了解是格萨尔修供仪轨,包括格萨尔"朵尔玛"的制作和念诵《格萨尔修证经文》等。

"朵尔玛"是藏传佛教祭祀仪轨中的重要祭品,有许多不同的做法,色彩形状皆因奉献的对象不同而有所不同。在制作朵尔玛献祭活动中,有一些共同的模式和标准,得到一致遵行。奉献于佛、菩萨等的朵尔玛颜色是白色,形状是圆形的。白色象征着纯净、超凡,而圆形象征着佛的平和、平静、慈善等诸美德。对较凶暴的地方神的朵尔玛颜色是红色,形状是三角形。红色意味着血性和强暴,而尖状的三角形暗示着这些神灵的凶暴和不安分。祈求格萨尔佑护自然和藏民族家园。

祭毕,马背藏戏开始表演。

这里所强调的民众信仰的祭祀行为呈现出的祭祀目的,一是为了取悦神灵格萨尔,并通过格萨尔达到祛病禳灾、祈福纳祥的目的;二是祈求格萨尔佑护自然和藏民族居住地,即预防战争、疾病和牲畜瘟疫。更重要的是通神,祈祷神灵护佑格萨尔赛马获胜。从氛围来看,仪式场合基本分两类:一类是庄严肃穆并带有程度不同的宗教色彩的场合,如煨桑,祈求神灵,是一种祭拜祖先或英雄的仪式活动;另一类是喜庆的仪式场合,赛马称王,娶得美丽的王妃。它们不仅连接了演出活动和仪式活动,还突出和强化了仪式主题。在内容和表演形式上与仪式活动发生关联而产生象征意义,形成同构关系。

(二) 戏剧表演场域

马背藏戏,是一种写实的马背戏剧表演形式,独具审美风格。其独特性在于广场马背藏戏是在马背上表演的一种艺术形式,在马背上每个角色必唱、念、舞、技等。可以说是一种有实物的表演,而且不受时空制约,即圆场、绕场和过场皆在演出广场外围利用崇山峻岭,河流草原、马匹进行表演,以表示人物在行路、追逐,或出入场等情节[①]。如在表演赛马过程中,演员们都要从表演场地骑马至山坡(表演场地至山坡距离

---

① 曹丽娅:《青海藏戏艺术》,民族出版社2009年版,第246页。

为200米）绕行一周，象征"追逐"，相当于汉族戏曲中的"跑圆场"①。其表演风格强悍、干练，场面宏大，气势壮阔，有着浓郁的藏民族的生活气息。

马背藏戏的演出基本上保持着最初的舞台形态，即广场演出形式。广场作为藏戏的舞台，具有独特的审美形态。马背藏戏适于广场演出，演出场所一般是在寺内场地或平坦草地表演。有些寺院由于处在深山峡谷之中，很难找到一块平整开阔地面，演出地点经常选在辽阔的大草原上，尤其是马背藏戏，需要赛马以及在马背上完成唱、念、做、打表演，因此以平坦开阔的草地作为演出舞台。②

由此，我们看到马背藏戏表演有一定的信仰场域，祭祀空间是一个神圣的场所。因此，马背藏戏表演既是一个信仰行为，也是一个口头叙事表演性、象征性的实践行为方式。是由文化传统规定的行为方式，这些行为是在特定的仪式场域、氛围、情境中交流的，具有宗教仪式意义。因此，马背藏戏构成了果洛特有的文化传统，并延续至今。总之，马背藏戏表演通过演出内容、表演仪式、表演场所以及文字和口头语言、观众的反应等因素发生多向互动关系，形成依存和同构关系，共同构成了表演场域。其中，《赛马称王》剧目反映出特定表演场域的精神内涵和指向，表演形式烘托和彰显了马背藏戏表演的民俗场域。

从发生学的角度去追溯马背藏戏表演的缘起，我们可追寻到原始人类部落里的宗教仪式，这种仪式具有戏剧性，也就是原始乐舞仪式。在自然崇拜、祖先崇拜、英雄崇拜基础上建立起来的祭祀仪式歌舞表演，由于其中存在的拟态性与象征性因素，具备了一定的戏剧特征，尽管这些特征还十分模糊、原始、薄弱。但是，它"带有宗教图腾色彩的原始祭祀乐舞，启迪了人们的戏剧观念"③。"随着原始图腾概念的退化和人为神明意识的抬头，原始拟兽表演逐渐发展为鬼神祭祀人神交接活动中的拟神扮饰。在与神明相沟通的努力中，从业者——巫成为神明情态的模

---

① 曹丽娅：《格萨尔戏剧遗产人类学研究》，民族出版社2013年版，第216页。
② 曹娅丽：《青海藏戏艺术》，民族出版社2009年版，第246页。
③ 廖奔、刘彦君：《中国戏曲发展史》，山西教育出版社2003年版，第3页。

仿者，人化的拟神戏剧因素就从巫的摹态仪式中产生出来"①。因此，从格萨尔口头叙事表演的发生，离不开格萨尔信仰，苯教的、藏传佛教信仰在格萨尔史诗中都继承下来。我们可以从宗教仪式，如煨桑、诵经、祭祀山水等，从信仰场域，如转拉康、祭拜格萨尔神都可看出在藏区格萨尔传承的场域和格萨尔信仰环境，这些都是格萨尔信仰的基础。可以说格萨尔史诗内容基本源自藏族古代神话传说。马背藏戏是其藏民族生活的延续，也是传统文化的延续。

---

① 王国维先生在他的《宋元戏曲考》中首次提出了中国戏曲起源于巫觋歌舞说，在中国戏剧起源理论中影响很大。王国维借鉴雷纳克的方法，提出："歌舞之兴，其始于古之巫乎？"（《王国维戏曲论文集》，中国戏剧出版社1984年版，第4—5页）尽管王国维的立论过于拘泥于巫觋的个体行为，而未能看到原始戏剧是集体参与仪式的结果，但他却是中国研究史上第一个运用了科学方法对这一问题探讨并得出接近事实结论的人。

第八章

格萨尔说唱音乐形态与藏戏音乐

藏族格萨尔史诗说唱,是藏族民间口头文学与歌唱艺术在千百年的传承中发展演变而形成的一种说唱艺术,是由藏族民歌演化而来的一种特殊的说唱音乐形态。其艺术形态包含了说唱音乐、史诗音乐和民歌形态特征,其中格萨尔史诗人物的唱腔丰富多彩,既保留了民歌特色,又有着人物各自的鲜明性格特点,是戏曲音乐形成的基础。

一 说唱音乐与戏曲音乐

中国的说唱音乐,最早可追溯到战国时期《荀子·成相篇》。此外,许多先秦两汉的诗词如汉乐府诗《陌上桑》《孔雀东南飞》等,也与说唱音乐有着密切联系。在《墨子》及刘向《列女传》中,也有对说唱表演形式的记述。四川成都出土的汉代"说书俑",更加证明当时可能已有说唱形式存在。但说唱音乐真正有史可查、有实据可考的形成期乃是唐代。唐代宗教活动繁多,佛经、佛理在民间广为传播。僧侣们为了使艰深难懂的佛经、佛理能被广大俗众所理解和接受,创作出一种新的表演艺术形式——说唱"变文"。"变文"内容大多用市井俗语讲述佛经故事,采用散、韵结合的文体,韵文多以七字句为主,用韵较宽,平仄对仗要求不严,演出时作"唱"词;散文则为市井白话,演出时作"说"词。中唐之后,变文内容转向世俗故事。现存的有《伍子胥变文》《王昭君变文》等。现在音乐界普遍认为,变文是说唱音乐产生的标志。

中国的传统声乐艺术形式分为民族歌曲、说唱音乐、戏曲三大类。

这三者之间的联系极为紧密，准确地说，这三者之间具有"亲缘"关系。我国的三大传统声乐艺术形式的形成和发展是一个循序渐进、环环相扣的集民歌、说唱、戏曲为一体的，三者缺一不可，密不可分的艺术。在这个过程中说唱音乐起着极为重要的承上启下的桥梁作用。

在中国民歌、说唱音乐、戏曲音乐中，民歌是基础也是最接近自然形态、较少人工雕琢的声乐形式。民歌的自娱性成分较重，多为广大劳动人民在劳动时随口而唱。因此同一首歌在民间的广泛传唱中存在诸多变异，在音高、旋法、节奏、节拍等各方面都有很强的随意性和不确定性。歌词的创作也采用各地日常俚语。一些民歌在长期流传的过程中，其自娱性逐渐减少，娱他性及表演性则逐渐增加，最终成为一种新的表演艺术形式——说唱音乐。虽然说唱音乐来源于民歌，吸收和保留了民歌的精髓，但它同时也吸收了器乐表演、歌舞表演的精华，因此较之民歌表现力更为丰富。说唱音乐的音乐结构更为丰富和规范，文辞创作也有了严格的规定，各曲种都有自己固定的板式、腔体，有了固定的表演形式及伴奏乐器，总结了大量的创作和表演理论，并有了专业的创作及表演群体。因此可以说，说唱音乐与民歌相比已有了一个质的飞跃和提高。

说唱音乐既是民歌发展的一种艺术形式，也是戏曲音乐形成的基础。初时的戏曲音乐多是在说唱音乐《诸宫调》《唱赚》等曲种的基础上发展而来，尤其《诸宫调》对后世戏曲音乐的影响极为深远。如宋杂剧、金院本就是由说唱音乐中的诸宫调、唱赚等融合舞蹈等表演艺术逐渐发展而来的。而元杂剧更是直接继承了《诸宫调》的音乐结构体制，采取同一宫调若干曲牌联曲的套曲结构。其实，最初的元杂剧就是《诸宫调》表演时穿戴上戏装、头面，做出舞台布景等，其余全按《诸宫调》表演。在板式变化、唱腔结构、曲牌等方面说唱音乐与戏曲音乐更是密切相关、互通有无、相互影响。戏曲音乐与说唱音乐板腔体结构的曲种基本上采用相同的板式。在唱腔结构中，戏剧有甜皮、苦皮、犯甜、犯苦等说法，在说唱音乐的某些曲种中也有甜皮、苦皮等说法，两者是相通的。

因此，说唱音乐在促进戏曲音乐产生和发展的过程中，还不断地从戏曲音乐中吸收先进、优秀的因素来发展自身，创作出更新更优秀的作品。如四川竹琴中的"扬琴调"分支及四川琴书等这类清朝形成的曲目，从唱腔到结构都吸收戏剧精华，具有浓厚的川剧风格。说唱音乐是对民歌的升华，同时也是戏曲生成的源泉，它在自然而单纯的民歌艺术与完备而复杂的戏曲音乐之间搭起了一座桥梁。同样，格萨尔说唱音乐与藏戏音乐有着亲缘关系，是戏剧生成的基因库。

二 史诗说唱音乐形态特征

格萨尔说唱音乐形态包括唱腔种类、曲调、唱腔衬词等，其中说唱音乐种类极为丰富，它在传承过程中，吸收了大量藏族民间音乐，包括说唱调"折尕尔"、故事调、嘛呢调；歌舞音乐"则柔"、高亢悠远的山歌"勒"、多情婉转的情歌"拉伊"等，还有只说不唱的说书形式（辞、颂、赞），有边拉"牛角琴"边弹唱的"扎年说唱"，还有载歌载舞的歌舞形式"堆巴谐巴""甲汇"等，其中还有以一人唱（"仲""古尔鲁""岭仲"）、二人唱与众人演唱的藏戏形式。

（一）说唱音乐唱腔种类

格萨尔史诗说唱音乐唱腔极其丰富，川、青、藏区的史诗唱腔曲调目前统计为180余种，这些唱腔在四川、青海、西藏等藏区都有传唱，但是由于受到当地民间音乐的影响以及在流变过程中音乐的交汇，使得很多的唱腔在旋律上有些差异。唱腔曲调的基本特征是旋律简洁、淳朴、具有吟诵性质的宣叙特征。词曲结合大多为一字对一音，音域并不宽，常在一个八度之内，旋律走向通常为级进或者同音反复，这种旋律特征便于格萨尔艺人的记忆与演唱。史诗说唱中人物形象的刻画主要依靠唱段部分表现，即唱腔的演唱。格萨尔史诗音乐唱腔可分为抒情性唱腔、叙事性唱腔与戏剧性唱腔。这三类唱腔的交替运用，丰富了格萨尔史诗说唱音乐唱腔，塑造了史诗人物形象。

抒情性唱腔是一种比较明快、活泼的曲调，特点是字少声多，旋律性强，长于抒情、状物，抒发内在的感情，其中格萨尔"圣洁祈祷曲""金刚道情曲"即属于此种类型。叙事性唱腔的特点为字多声少，朗诵性强，多为叙事、说理、舒缓、深沉的曲调，适合表现犹豫、哀伤的情绪，多用于悲剧型的剧情中，如"忏悔罪孽曲""永恒生命曲"等。戏剧性唱腔多为节拍自由的散板，节奏的伸缩有极大的灵活性，因而长于表现激昂强烈或悲痛万分的感情，如"英雄长啸曲""果断歼敌短调"等。

（二）曲调类型

曲调类型因史诗音乐中许多的歌曲名称因人而异、因事而异，纷繁多样，用场不同，可分为歌谣体曲调和曲牌体曲调两大类。

歌谣体曲调，主要提示歌唱内容、歌曲性质，如直接表明歌唱情绪的"乐歌""苦歌""恶歌"等；或由人、神、兽、魔及史诗中出现的各种形象所唱的歌，诸如"嘉洛部的指挥官珠姆的弟弟嘉洛伍雅周吉与姜军白干图鲁对峙时，伍雅周吉唱的一支呼唤箭神的歌"；以及这些形象以直观或抽象的音乐唱腔来表现的体现战争、仪式、心理活动、劝谏处世、议事等方面的歌唱曲目，如战争类歌曲"禀报军情歌""决策歌""行令歌""调兵曲"等，劝谏处世类歌曲"临别赠言歌""道歌""授记之歌"等，仪式类歌曲"祈愿歌""卜卦签语歌""祭祀歌"和"挽歌"等，心理活动类歌曲"忏悔罪孽曲""试探曲""安慰自心曲"等，议事类歌曲"河水漫流曲""梵音畅通曲"等，旋律明快流畅，从而形成了庞大的歌名系统。这些歌名又可以用固定的曲牌唱腔演唱，这种情形在史诗中经常出现，即多种唱腔曲调用固定的曲牌演唱。"九曼六变曲"是王妃珠姆的固定曲牌唱腔，她多次运用此固定曲牌演唱不同的唱腔曲调，如"王妃珠姆将'战神九兵器颂歌'曲调以'九曼六变调'唱到……"等。

曲牌体曲调，主要体现音乐特征，多数用固定的曲牌，即曲的调子的名称，如"幸福要唱享受茶酒欢乐曲，痛苦要唱安慰心灵、呼唤神祇曲，高兴唱支茶酒助兴曲"、格萨尔王"威震大会曲"、珠姆"车前婉转曲"、丹玛"塔拉六变曲"、贾察"悠缓长韵调"等。川、青、藏区的史诗唱腔曲调目前统计为180余种，其中史诗中出现的主要人物或同类人物均有一个或几个专有固定的曲牌，有的是专门的曲牌有专门的曲调，不可随意变换，如格萨尔的唱腔"威震大会曲""雄狮六变曲"，珠姆的"九狮六变曲""鲜花争艳曲""车前婉转曲"等，有的是一个曲牌有数个曲调，由不同的人物演唱，如六变调等。

（三）唱腔衬词与说唱形态

衬词即"语气词"，常用的有啊、哎、吧、哪、噢、啦等，衬腔即"拖腔"，大多在乐句或乐段的后半部分，少则一二小节，多达数十小节。

衬词与衬腔是民歌、歌舞曲的一个组成部分，是声乐艺术的表现手法之一。藏族民歌当中的衬词，形式多样，内容丰富，而且充满了生活情趣，给人以美的享受。格萨尔史诗中，很多的唱腔曲调都有衬词。在其唱段的歌词中，除直接表现歌曲思想内容的正词外，为完整表现歌曲而穿插的一些由语气词、形声词、谐音词或称谓构成的衬托性词句。衬词大都与正词没有直接关联，不属正词基本句式之内，甚至很多还是无意可解的词句，但一经和正词配曲歌唱，成为一首完整的唱段时，衬词就表现出鲜明的情感，成为史诗唱段部分不可分割的有机组成部分。衬词的运用，不但可以突出唱段的风格和特色，同时对渲染说唱气氛，活跃歌者与听众情绪，加强歌唱语气、烘托旋律等方面，都起着十分重要的作用。这些衬词有的是在每首歌曲开头必唱的，有的则是出现在句中或是末尾。有的衬词没有实际意义，而有些衬词有出处，含有专门用意。比较常见的有"阿拉毛阿拉热，塔拉拉毛塔拉拉热""啊噜啦莫拉拉热啊噜，乃是歌曲老唱法，啦莫乃是摄词老方法"；"哎哎咯咯咯咯嗦嗦嗦""咯咯咯，嗦嗦嗦咯咯之声是在呼唤神，嗦嗦之声是在敦请神，请神来做英雄好后盾"，是请神时表示威猛的一种呼喊声；"噜啊啦啦噜嗒啦啦，嗒啦嗒啦嗒啦啦""噜啊啦啦噜嗒啦啦，嗒啦嗒啦嗒啦啦。如不连唱三声啊啦啦，只是空唱声调难婉转。若是不来连唱三嗒啦，心中要唱的词儿无法填"，以此说明衬词的不可或缺；"噜啊啦莫噜啊啦，噜啊啦莫是唱法。曲头婉转悠扬最好听，曲尾押韵合辙音最佳"。在史诗歌唱中还有一种运用衬词引曲的特点，从而形成人物专有的曲名或标志。《霍岭大战》中有一段描写："威名远扬的白帐王，唱的是傲慢威严曲。君王的曲子不雷同，霍尔古仰曲子用'吐'引，魔王鲁赞用'哦'引，岭格萨尔曲子用'噫'引。"这些衬词在某种意义上代表人物特征,增强了音乐色彩。在格萨尔戏剧唱腔中沿袭至今,成为格萨尔藏戏音乐典型。

衬词唱腔(一)

(中速)
嘞 啊 啦 啦 姆 啊 啦 哩 喃 呀

衬词唱腔(二)

(中速)
啊 啦 啦 姆 啊 啦 呢 喃 呀

在说唱中衬词与衬腔,其形式表现为一人唱、二人唱与众人演唱的方式。所有的说唱体裁一般都承袭藏族诗歌最为古老的散韵结合的鲁体形式,史诗中晁同有段唱词说明鲁体诗歌的运用形式:"噜嗒啦啦是歌的唱法,表达心意时候用此法。鲁体诗歌常用六音节,人们歌唱习惯用此法。"每首说唱基本上是由四部分组合而成:一是在诵念嘛呢后,以固定衬词唱腔的某一曲调起头,此曲调大都作为衬句出现,再以祈祷词来祈请自己信仰的神灵;二是向对方介绍自己的身世、来历、地名、人名和所唱的歌名;三是说唱的核心部分,是唇枪舌剑的精彩片段,此段说唱运用许多谚语、格言来交代任务,夸耀自己,嘲讽对方;第四部分是在所有的说唱结束时都会唱的结束语,"听懂我歌赶快去行动,如未听懂我不再重提"。

此外,史诗唱词采用散韵结合的表现手法,汇集藏族古语、口语、谚语、方言、通用语,等等。在演唱过程中,以唱词为主,运用史诗特定曲调呈现场景和演绎不同情感表现,特别是通过唱词表现人物的心理个性;散文叙述部分相应短小且颂唱频繁,只是按照单一音调演唱,成为联结各主题唱段的承接部。人物唱词具有仪式性，即在唱正文前一定要颂赞主人公所信仰的神灵，让这些神灵来加持、护佑，因而形成了一种固定模式的祈祷唱词。史诗中还有很多篇幅是关于"马赞""箭赞""帽子赞""山赞"等的歌吟对唱，这些赞词成为史诗中最为重要的艺术表现形式。

三 史诗说唱音乐与唱腔

格萨尔史诗说唱音乐唱腔深受藏族民间音乐的影响，在其旋律音调、节奏节拍、音阶调式和曲式结构上都具有鲜明的民族特色。其特征一是曲调保留了"仲"的音乐特点，具有吟诵性，在音乐结构上分为"一句式""二句式""三句式"和少数具有起承转合、起承合合等四句式结构。二是唱词格律以七字句为主，个别也出现八字句、九字句的音节格式。史诗说唱节奏较快，一字对一音，唱腔中也有一字对多音的现象，三连音、附点音符的运用较为频繁，这是根据说唱时艺人在原有节奏型上添加的字词而加以变化的。同样一首唱腔，由于所在地艺人的演唱风格及其地域的音乐个性，使得唱腔旋律千姿百态，曲调大相径庭。节拍强弱不明显，但是各种节拍均会出现，而且往往是交错在同一首唱腔中，既有单拍子又有复拍子，这种形式非常普遍，节奏节拍的不稳定性，也是说唱音乐口头传承的一大特征。三是调式主要为五声调式与七声调式，并以羽调式和角调式居多。四是人物唱腔一般是固定的，多以动物、山水声响为主。

（一）《格萨尔》史诗中主要人物唱腔特征

格萨尔史诗中人物唱腔源于苯教，带有浓厚的宗教和神话色彩，唱腔多以动物的性格和发声为主体腔调，也有河流、山峦的声音，塑造了性格鲜明的史诗人物形象。在史诗中每一个登场的人物都有自己的声腔，成为固定唱腔。主要人物唱腔分别为格萨尔的"雄狮六变调"、贾察的"白狮六变调"、总管王戎查叉根的"缓慢长音曲"等，除此之外，还有跟随他的三十员大将，以及在征服四大魔王和攻取十八大宗时人物的唱腔。

1. 格萨尔唱腔

格萨尔是史诗中的核心人物，作为众英雄的首领，他勇敢、顽强又富于智谋，他一生的使命就是降妖除魔，弘扬佛法，拯救众生，在史诗中唯有他可以使用所有唱腔曲牌，但是专属于他的曲调别人是不可以诵唱的，因此他的所属专曲也是与众不同的，以此烘托出格萨尔独一无二的特性。主要曲调有永恒生命曲、云集响应曲、雄狮六变曲、飞矢传书曲、喜语妙音曲、五圣六态曲、圣音祈祷曲、圣洁祈祷曲等专属格萨尔的曲调。

岭国军队在出征之前必定要有誓师大会，这也是格萨尔对所有将士的激励、对战争部署的一个重要环节。许多格萨尔专有曲牌都是在这时运用的，诸如"雄狮六变调""大众镇威调""英雄怒吼调"等，这些唱腔曲调勇武恢宏，旋律高亢嘹亮，表现出英雄主义的气概。另外一个运用专有曲牌的场景就是部落中有重大集会共同议事和宣布号令时，如"呼神长调""威慑会场调""无阻金刚曲"等。

"威慑会场调"是常常在进行盛大集会时格萨尔王必唱的一首曲调，尤其是在欢庆胜利的大会上，"谨向救主佛法僧三宝作顶礼，谨向静猛兼备本尊作顶礼，谨向法身、化身、报身作祈祷，谨向诸神一齐前来赐加持"，曲中的句首唱词可以看出格萨尔的信仰神灵。

为了表现他除魔的所向披靡，在征服四大魔王和攻取十八大宗时，史诗中也运用不同的唱腔曲调来歌颂他的战绩。如《降服妖魔》中用"英雄缓慢长音"对抗魔怪鲁赞，以表现出他面对鲁赞王时的镇静和笃定；《霍岭大战》中在攻打霍尔国白帐王时运用了"食肉吮血调"，此曲调抑扬顿挫，音乐表现上多出现顿音、休止，深刻地揭示格萨尔对白帐王劫掠王妃珠姆的切齿痛恨；《姜岭大战》中运用"杜鹃远鸣调"对阵姜地萨旦王；《门岭大战》中对降服门国香迟王的"猛虎闪电猛曲""六变神音曲"，表现出势如破竹、横扫千军的气势。

在格萨尔未称王之前的觉如时期，用许多诙谐轻快的曲调来表现他童年的乐趣，如"旱獭嘲笑调""画眉嬉戏调""掷石晓意曲"等。

格萨尔大众镇威调
（叙事曲）

庄严地

我是勇士格萨尔 呀 呀 日札妖魔我降伏

呀 大众 集会 议事日 我唱大众 镇威调 呀

该曲为 D 商调式两段体，旋律节奏组合自由，具有叙事吟唱的显著特点。以主—属、属—主和声结构，旋律第一乐句较为松散，第二乐句节奏呈示两小节重复特点更为紧凑，两乐句线条呈拱形特点。

格萨尔"车桑下沙叉通曲"

该曲为 G 调式，同音反复及大量三连音的运用使得该乐曲虽是 2/4 记谱却具有 6/8 拍式的舞蹈音乐特征。

格萨尔"腊昂登周曲"

该曲为 d 羽调，第一乐句 xxx x. x 节奏重复与音调呈波形进行。第二乐句十六分音符的运用使得乐句较为急促并呈现出舞蹈性的音乐特征，和声结构主—属、属—主，乐曲结束时节拍交替在 3/4 拍。

格萨尔——"曲吾大巴曲"

该曲为 bE 宫调式，以单一的主—属和弦音结构为主的旋律构成，藏族典型的 2/4、3/4 节拍交替的乐曲，不规则的节奏停顿和同音反复，旋律起伏平缓具有宣叙调的旋律特点，与《丹萨"曲吾大巴"》一样具有旋律节奏镜式对称旋律发展手法。

格萨尔"耶冒朱久曲"

该曲为 C 羽调，也是 2/4、3/4 节拍交替，旋律由高向低整体下行。整个乐曲分为两乐句，前三小节（第一乐句）商调式痕迹明显，后三小节（第二乐句）转向 C 羽调并结束。

格萨尔唱腔

2. 贾察唱腔

贾察夏噶尔直译为"白面汉甥",是格萨尔同父异母的兄长,号称"神刀手"。他勇武超群,身具六艺,史诗中是仅次于格萨尔的大英雄,在抗击霍尔的入侵时战死,死后被尊为神。他的固定唱腔是"善业六变调",有的书中也称为"白狮六变调"。

贾察——白狮六变调
（叙事曲）

[乐谱：中速 傲慢地，歌词：我是那贾察（哕 可热哕）夏噶尔 勇武刚强（哕 可热哕）英雄汉呀]

该曲拍子以 3/4 相互交替出现,节奏方面主要以附点八分音符和三连音贯穿始终,音乐铿锵有力,属 C 宫系统 g 徵调式。

贾察——威武英烈曲

[乐谱：有力地，歌词：年轻的人儿智谋短 清早晨大话吹连天 （尕洛路）到午后鲜血染 草地边呀]

该曲为 D 羽调式,双乐句一段曲式。第一乐句节奏重复 $\underline{xxx}$ $\underline{x.}$ $\underline{x}$ 音型,紧紧围绕 d^2 音,第二乐句则是通过分裂手法利用三连音音型节奏进行发展音乐旋律呈递次下行趋势回到与开始音形成低八度主音 d^1 旋律,线条前直后曲在变拍子后结束。

3. 总管王戎查叉根唱腔

总管王戎查叉根是格萨尔王的大臣。"缓慢长音曲"是总管王戎查叉根的特有曲调，戎查叉根是一个忠心耿耿的老总管，所以他的唱腔就突出了"慢"和"长音调"，以对应年老者的缓慢体态，多表现优美舒缓的旋律和雄浑壮阔的格调，音域高亢、宽广。《加岭传奇》中有段"缓慢长音曲"的唱腔："向宽广如海的佛法祈祷，请诸神佛祖保佑我唱曲；若不知道这是什么曲，这是我老人唱的缓慢曲。一因我人老身体动作慢，二因我体弱心脉跳动慢，三因我舌头不灵说话慢，因此我曲子只能慢慢唱。"①手抄本《降伏妖魔》中对总管王戎查叉根的曲调有如下注释："你可知这首歌吗？总管王'缓慢长音曲'。外脉乃缓脉而柔和，内脉表心性而缓慢，中脉乃风轮脉而松弛，'缓慢长音曲'由此而来。"②手抄本《姜岭大战》中也有对缓慢长音曲的注释——"可知这支歌真情？鹞鹰的'缓慢长音曲'，'缓慢长音曲'不是原因，外形虚幻而疲缓其一，内部意识如骏马失散其二，中部风脉地方缓行其三，这些就是唱此歌规矩。"③

叉根——缓慢长调

此曲为 e 羽调式。是自由拍与 2/4 拍的交替拍子结构。两乐段具有典型的山歌式的自由吟唱。第二乐句节奏规整，节奏有明显的对自由拍子的第一乐句的模仿性，和声结构非常一致。

---

① 更堆培杰：《西藏音乐史略》，西藏人民出版社 2003 年版，第 54—55 页。

② 同上。

③ 同上。

叉根——茶酒欢乐歌
（叙事曲）

[乐谱：稍慢，歌词：马驹 学跑 不能急 只要体 壮有 脚力 腾越 驰骋 总有 期呀]

该曲为 D 徵调式的一段体结构。属于藏族弹唱风格的曲调，以 $\underline{\underline{xxx}}$ 为典型音乐节奏型，具有弹拨乐节奏的旋律特点。

4. 晁同唱腔

晁同是除了格萨尔之外的又一个贯穿整个史诗的灵魂人物，藏区里流传着这样的俗语——"有他不行，叔叔晁同；没他不行，叔叔晁同""晁同不晁同，格萨尔就不格萨尔"。由于他性格的奇诡、复杂，行为的不伦不类，使得他的唱腔也极为丰富。他精通巫术，因此在岭方信奉"六字真言"的阵地里有时也念诵敌方信奉的"七字密咒"："嘛治嘛泥撒冷德，阿尕阿美杜冶松，纳波喜喜玛玛喜，祈请'卍'神赐加持"；"赞颂上天奥秘苯布神，帮助降服魔鬼歼顽敌。在这'卍'纹标志禅房中，晁同谨向辛饶祖师来顶礼"。这种"两面派"的做法时时刻刻体现在他的为人处世中，从他的祷告词中也可清晰地看出他的性格特征来。他的唱腔如下："黄河漫流曲""紧张草率短曲""鬼门青刀曲""机灵吹牛短调"，等等。晁同的"哈热赫堂曲"，也叫"哈拉糊涂调"，是其专用曲牌体曲调。

晁同"哈热赫堂曲"（一）

此曲为 a 商调与 e 羽调式的交替结构。第一乐句紧紧围绕 a 音上下回绕，以平行线条进行。有丰富的变化装饰节奏。第二乐句以高—低—高呈现弧形结构并结束在主音上，4/8 和 3/8 的拍子交替出现使整个乐段有前松后紧的音乐特点。

晁同"哈热赫堂曲"（二）

该曲属 G 宫系统 e 羽调式。主要由 5 和 B 两个音组成，以三度音程不断反复为旋律主线，2/4 拍节奏较为明快。

5. 丹玛唱腔

史诗中的格萨尔大将擦香丹玛江叉是岭国的英雄武将、丹玛十二部落首领，号称神箭将，"江叉"意为北鹞，言其猛勇有如北方凶鹞。他勇敢机警又忠诚，技艺超群，是一个神箭手和好骑士，是岭国三十员大将之首。因丹玛辖地丹柯部落（即今川西德格邓柯）归顺岭国，岭、丹间又有姻亲关系，故丹玛名前冠以"擦香"（意为甥舅）二字。其坐骑有时是银花骢，有时骑虚空红电闪光骝。晁同为其取绰号为"大嘴丹丑"（丹地小子）。今四川德格县邓柯乡和热村的许多残垣断壁，传说是丹玛青稞城遗址。[①]

他的固定曲牌为"塔拉六变调""声法六变调"。他还常常吟唱"英雄长啸曲"，如在《姜岭大战》中，岭军抵达姜地，姜军中负责教法事务的法王衮尕吉美出营挑战，岭人们事先没有防备，一时不知如何对付。大将丹玛骑在马上，从东边驰来对衮尕吉美唱起此曲调，唱毕，一箭射去正中衮尕吉美胸膛，衮尕吉美丧生在丹玛刀下，这个曲调就是丹玛最喜爱唱的"英雄长啸曲"。

[①] 扎西东珠、马岱川译：《岭众煨桑祈国福》，民族出版社 2009 年版，第 225 页。

丹玛"巴吾渣下沙曲"

乐曲整体为 c 羽调式的一段体结构。音乐从徵音开始进行，在下属调式中三小节后转入主调。通过极为典型的十度大跳到次高音点并回环下行至主音结束，凸显了一种叙事情节中急升缓降的特征。

丹玛——"舅甥"九重调

少年 称雄 不可靠做事 往往无远见 马驹驰力 不可信呀
大滩 中央 打哆嚓狗崽 嗅觉 不顶用
小偷来了 他 打盹呀

该曲为 D 徵调式结构对称的双乐句一段体。2/4、3/4 拍交替的典型叙事曲特征。音乐旋律稳重沉着节奏以乐句为单位有明显的重复特点。乐曲中典型的 xxx 切分节奏音型成为该曲具有叙事特点的标志。

丹玛——塔拉六变调

[乐谱：从前藏民谚语说呀 阿布哋 对敌人不回击 是懦狐阿布哋 对朋友不回报是个大骗子呀]

乐曲音乐旋律优美抒情，属 F 宫系统 C 徵调式。可看作二句式一段体结构，第一乐句节奏舒缓，第二乐句节奏明快，以三连音连续进行为主，两乐句结束都以长时值音加短时值音模式收尾，这也充分体现了藏族说唱音乐的总体特点。

丹玛——英雄复仇调

[乐谱：(阿日洛)小伙从军出征时 佯装欢乐掩恐惧呀 父母牵挂(洛) 把心揪呀]

G 商调式。旋律呈明显的波浪形，曲式结构为不方整的双乐句的一段体结构。乐句旋律和声进行为 d 羽调式与 G 商调式的交替，节拍含有奇、偶数的交替特点。

6. 辛巴梅乳孜唱腔

辛巴骁勇善战且富有远见，他曾多次进谏白帐王，极力反对入侵岭国。霍岭大战中又冲锋陷阵，助纣为虐。被俘后作为降臣归顺岭国，格萨尔任命其为霍尔部首领，追随格萨尔征战四方，屡建奇功，长达四十四载，他的忠心也体现在他的唱腔中，稳重而又有力度，他的特有曲调是"长短果实调""白练流水长调""果断歼敌短调"等。

辛巴所唱的一首"猛虎短怒曲"中这样描绘："夏三月唱'玉龙吟啸

曲'，要与毛毛细雨一起唱。秋三月唱'黄云翻滚曲'，要与缕缕薄雾一起唱。冬三月唱'严霜降临曲'，要与凛凛狂风一起唱。春三月唱'春雷鸣响曲'，要与暖气一起唱。辛巴我唱'猛虎短怒曲'，要在显耀英勇时刻唱。"

辛巴——长短串调

深谷不摧崖石上呀 有座牖母（啰）
部落城呀 是那霍尔 五兄家呀

该曲是两乐句一段曲式。节奏长短变化丰富。为 2—3、3—2、2—3—3 结构，中间出现辅助音清角 c 音，造成短暂的新鲜调式之感。该曲调最典型特点还是在长短节奏以及 2/4、3/4 节拍的相互交替上。

辛巴——吆喝调

岭国的黑脸小娃娃呀 你何必抱胆惹祸端
赖在那死道上找纠纷呀

该曲为一句体乐段结构。旋律线条呈波形状连绵不断出现，前三小节调式较为接近 G 宫调式，之后音乐进入其关系小调同宫的 e 羽调式并以小调形式结束，显示出在同宫系统内的调式变化，此曲表现出传统民间音乐丰富的创作手法。

辛巴"折仁折铜曲"

乐曲音域高亢,拍子由 3/4 和 2/4 组成,以十六分音符为主要节奏型,伴有装饰音出现,节奏欢快,高 G 宫系统 d 徵调式。

7. 四大魔王唱腔

征服四大魔国时北方鲁赞的"六转调",霍尔白帐王的"食肉吮血曲",姜国萨旦王"布谷远鸣曲"和辛尺门王的"神音六俱调",等等。

8. 父族、母族、子族的曲调

《加岭传奇》中对父族的曲调、母族的曲调、子族的曲调描绘如下:"父族曲是天空空行曲,此曲好比天空渺茫无边际;母族曲是河水奔流曲,此曲好比河水滔滔无止期;子族曲是风脉轮转曲,此曲好比风轮旋转无休止。"父族的曲调雄壮、激烈,母族的曲调婉转优雅,子族的曲调急促而坚定。"谨向父系五姓诸佛祈祷,谨向母系智慧明灯顶礼,谨向白方护法神祇供养,请帮我把黑魔命魂夺取。"① 这段丹玛唱腔中涉及父系、母系的神灵。

9. 巴拉·米姜尕尔保唱腔

《姜岭大战》中姜国毒孩拉乌斯斯突围,被辛巴拦住。辛巴劝他投降,被他用套索套住。巴拉·米姜尕尔保上前解救辛巴,射死姜国毒孩拉乌斯斯,他以"狮虎长啸曲"唱道:"噜啊啦啦噜嗒啦啦,嗒啦嗒啦嗒啦啦。若是不来连唱三嗒啦,就会空有声调难婉转。"曲调雄浑,加有衬词,节奏缓慢。

10. 扎拉唱腔

"悠悠流水曲""白日谈笑曲""高亢远呼曲""高亢远呼短曲"和"猛虎咆哮调"等。

---

① 更堆培杰:《西藏音乐史略》,西藏人民出版社 2003 年版,第 56 页。

扎拉公子——猛虎咆哮调

啊啦得 啊啦 啊啦 热呀 塔啦得 塔啦 塔啦 热呀

贪吃 过甚 不克制 老虎 也会 被咽 死呀

该曲为 D 商调式两句体结构的乐曲。以 2/4、3/4 拍交替与三连音音型在音乐中自由地穿行。$\underline{x}\,\overset{3}{\underline{xx}}\,\underline{x.}\,\underline{x}$ 节奏型具有弹唱和舞蹈风格元素。第一乐句半终止处结束在羽音上形成对主音商的属音支持，第二乐句收束结尾在主音商音上。

扎拉"道莫阿咤曲"

该曲为 bB 徵调式，曲式结构为方正性的双乐句体。2/4、3/4 拍的交替成为典型叙事曲特征。二度、三度型的装饰音虽然在音乐形态上为附属地位，但它的出现反而使得旋律更加凸显波形、表现力更加丰富。在终止与半终止结束音上给人以意犹未尽之感。

（二）格萨尔史诗中女性唱腔音乐特征

史诗中女性唱腔多采用花鸟，如"杜鹃六变调""云雀六变调"等名称的曲调，形象地刻画了许多女性人物，描绘了女性的聪慧、温柔与善良，达到"闻腔而知其人"的审美意境。

1. 珠姆唱腔

嘉洛·森姜珠姆，白度母的化身，心地善良，是岭国最漂亮的七姊妹之首，被作为岭嘎布赛马的彩注嫁于格萨尔为妃，更因她的美貌被霍尔国的白帐王抢去为妃，后被格萨尔救出。史诗中称其"光明的太阳比起她来还嫌黯淡，洁白的月亮比起她来还嫌无光，艳丽的莲花被她夺去了光彩，死神见了她也将唯命是从"。安定三界后，同格萨尔返回天界。在《贵德分章》本中，格萨尔就曾对怯尊阿姐夸奖过珠姆："最有智慧的是梅萨，梅萨比不上她。最勇敢的是阿达拉姆，阿达拉姆比不上她。最刚强的是帕明吉瓦，帕明吉瓦比不上她。最聪明的是尕瓦钟巴，尕瓦钟巴比不上她。最能持家的是杂米拉姜，杂米拉姜比不上她。最有神通的是怯尊阿姐你，怯尊阿姐你比不上她。"①

珠姆的唱腔曲调如同其人一样，婉转动听，细腻深情。她熟悉酿酒，一首"酒赞"把酿酒的制作说得周周详详；她精于养马，一首"马赞"，将马的优劣分析得头头是道。她的曲调有"九曼六变曲""鲜花争艳曲""车前婉转曲""永恒生命曲"等。

《加岭传奇》中有段唱腔讲述珠姆所唱曲调有一百〇八调——"我唱的曲儿有一百〇八调，我唱的曲儿多得难计数，我快乐时唱欢娱嬉戏曲，我悲伤时唱忧郁痛苦曲；若不认识这是什么曲，这是阿珠的九曼六变曲。平时此曲我不唱，紧要时才对大王唱此曲"。在青海人民出版社 1984 年出版的《霍岭大战》中，珠姆的唱段解释了"九曼六变曲"的含义——"三夏时我唱鲜花清露曲，三冬时我唱旋风抒情曲，三春时我唱车前婉转曲，三秋时我唱六谷成熟曲，一生常唱九曼六变曲，九曼取自虚空甘雨音，六变取自苍龙吟啸声。"②《取雪山水晶国》中珠姆运用深情委婉的"九曼六变曲"唱腔曲调为格萨尔大王唱起饯行的敬酒祝福歌，"我手捧这碗饯行酒，是成就大业寿缘酒，是祈祷平安祝福酒。王喝下这碗饯行酒，出口成章盖世聪明；王喝下这碗饯行酒，运筹帷幄决策如神；王喝下这碗饯行酒，驰骋千里马到成功；王喝下这碗饯行酒，吉祥相随如意称心；王喝下这碗饯行酒，早早凯旋欢聚国门。"③

---

① 更堆培杰：《西藏音乐史略》，西藏人民出版社 2003 年版，第 56 页。
② 同上书，第 57 页。
③ 同上。

珠姆——九婉六转调

[乐谱：2/4拍，歌词：小曲 不再—— 唱呀 因为国事太 紧 张呀]

该曲为典型的 D 徵调式四音列旋律结构。前附点与后附点是该曲的典型节奏型旋律，以 2—4—3、羽音—徵音—宫音—羽音形成宽声韵特征，且贯穿全曲。

珠姆"格生朱久曲"

[乐谱]

该曲三进音，在 2/4 与 3/4 节拍中交替穿行，形成交替感。旋法为 d 羽调式贯穿全曲。

珠姆唱腔

[乐谱：3/8拍，歌词：啊啦 啦姆 啊啦 喃 塔啦啦 啦姆 塔啦 喃]

该曲为 F 宫调式，节奏为 3/8 拍。调式与节奏给人以清新怡人、亲切优美之感，是一句体的乐段结构。

2. 次妃梅萨崩吉唱腔

梅萨崩吉是红色金刚帕姆转世，是集美貌与智慧于一身的女神。格萨尔在修学大力降魔期间，梅萨崩吉被黑妖鲁赞强抢为妃，九年之后被格萨尔救出。在嘉地有妖尸作乱时，与岭国七姊妹前往穆雅取降妖法器"三节爪"，为解救岭国七姊妹委身于玉昂敦巴，后被格萨尔救出。安定三界后，同格萨尔返回天界。她的特有曲调是"阿兰妙音六变曲""琴声婉转曲"等。

3. 北地女将阿达拉姆唱腔

系岭嘎布北方魔国黑妖鲁赞的妹妹，实际上是肉食空行的化身。为格萨尔声名所倾倒，协助他降服鲁赞，解救梅萨崩吉。阿达拉姆武艺超群，在战场上屡立战功，一生追随格萨尔东征西战，不断杀戮，因而死后被阎罗王打入十八层地狱，最终亡魂被格萨尔救出得以超度升入天界。她的特有曲调是"北音流转曲"和"母虎短啸曲"等。

阿达拉姆——母虎短啸调

该曲调为 D 徵调式。该曲是由 5 个相似的节奏型连缀构成的双乐段、双句体结构。为 A + A'（扩充乐句），连绵不断进行乐节动机的交替。三连音成为该曲调中最具典型的节奏音型，在 4/4 与 5/4 拍子的交替中，主题动机分别在不同拍点位置出现形成十分有趣的特点。

4. 玉珍唱腔

总管王戎查叉根的女儿，也是岭国最漂亮的七姊妹之一，心直口快、毫无城府，从不掩饰对格萨尔的爱慕之情。

达莎玉珍——长寿不变调

（乐谱：金杯盛满 清香茶呀 一取 白茶 嫩芽儿 二取雪山 清泉 水呀）

此曲总体为属——主结构的 D 宫调式。2/4、3/4 交替拍子，前两小节在属和弦上商音、羽音围绕属音 A 进行，之后回到宫音。此曲特点是商音对宫音起支持作用，是藏族民间音乐的特点之一。

5. 鄂罗妮琼的唱腔曲调

妮琼为鄂洛部落人，是王妃珠姆最要好的玩伴、女伴，在霍尔入侵岭国时，曾冒珠姆之名嫁于白帐王。她能歌善舞，擅长吟唱赞歌，"优美歌喉如门域布谷鸟，如歌般鸣啭花花白岭地"。晁同这样赞美她："岭国神域的珠宝项链上，妮琼吉如同珍贵松耳石。身材亭亭玉立像白修竹，六节修竹生长黄河谷地。优美歌喉如门域布谷鸟，如歌般鸣啭花花白岭地。思路明晰得就像水晶镜，镜中映忿怒王晁同身姿。青春妙龄的彩虹绕身飞，迷人魂魄的甘霖常淅沥。"① 她的固定唱腔是"云雀六变调"。

妮琼——百灵鸟六变调

（乐谱：（嗦）嘉洛·森姜珠 牡呀 （嗦） 卓洛·白嘎兰泽鄂洛·妮琼三 人呀）

---

① 扎西东珠、马岱川译：《岭众煨桑祈国福》，民族出版社 2009 年版，第 247 页。

妮琼"玫尕朱久曲"

该曲为4/4拍e羽调式。从旋法上来看曲调的发展是变化重复以及大小调交替的旋律展开的手法,第一乐句为G宫调式,第二乐句向下方小三度移动,在e羽调式上进行,节奏平整。两个乐句长短方正,半终止与终止方式节奏类同。

6. 丹萨

丹萨本名赛措玛,岭国幼系首领晁同的妻子。"丹"是部落的名称,故称"丹萨",有时也叫"丹妃"。丹萨是一位颇有正义感的女人,她虽为晁同的王妃,却并不与晁同同流合污,倒行逆施,因此深得格萨尔敬重。晁同在《赛马称王》篇中垂涎珠姆美貌,鬼迷心窍,为了得到珠姆而要去赛马,拿自己的妻子丹萨与珠姆作比较:"珠姆俊美像朵圣洁花,开在达绒海子岸边上,众眼把她当甘露饱尝,忿怒王似蜂儿迷恋她。丹萨是最贱的邦锦花,也曾在草原艳丽开放,可惜岁月的冰霜摧残,如今是脚垫任人践踏。"①

丹萨"曲吾达巴曲"

---

① 扎西东珠、马岱川译:《岭众煨桑祈国福》,民族出版社2009年版,第247页。

该曲为 B 商调式，是藏族典型的 2/4、3/4 节拍交替的乐曲，以属音结束。该曲最具特点的是旋律节奏具有镜式对称手法，这一手法在音乐作曲理论中视为经典有趣的例证，它源于民间乐曲中。

丹萨——缓水漫流调

（阿日洛）要知人 品（呀）贵与贱 须从行 为 去判断呀

该曲为 e 羽调式。节奏也是 2/4、3/4 节拍交替的典型的藏族乐曲风格，x. x、xxx 为乐曲中典型节奏特点，在旋法中旋律运用了分裂与综合手法。与丹萨《曲吾达巴》一样也运用了旋律节奏镜式对称手法，只是略有一些变化式对称手法。

（三）《格萨尔》史诗中动物唱腔音乐特征

史诗中有许多对于动物的描写非常传神，不但有各种灵魂寄托物，诸如《赛马称王》中讲述的"季父氏族灵魂寄托于鹏鸟；仲父氏族灵魂寄托于龙；伯父氏族灵魂寄托于狮子；达绒氏族灵魂寄托于老虎；众兄弟的灵魂寄托于大象"。还有格萨尔王和晁同都曾幻变成神鸟或乌鸦去传达"授记"，显示预兆，这些神鸟能说人言，出场时也有自己的特有唱腔。《姜岭大战》中，晁同运用幻术救出阿达拉姆，就变成了一只美丽的白鸟，发出百灵鸟歌唱的叫声，并以人言唱歌，唱着唱着，突然转为妙音笛子之声，以鸟语歌唱。

史诗中大量描绘的动物及它们的唱腔，是藏族人赋予了自然界动物以人的生命、情感与性格的审美表达，体现了他们与自然和谐共存的美学思想与哲学观。

1. 赤兔马

赤兔马是格萨尔的坐骑，在史诗中亦有描绘此马专门的曲调"马嘶长鸣曲"和"洪洪音曲"，诸如"神驹赤兔马啊！是日行千里的宝驹，是驰骋沙场的骅骝，是承载大英雄的坐骑，他有野牛的额头，青蛙的眼圈，怒蛇的眼珠，白狮的鼻孔。斑斓虎的嘴唇，梅花鹿的下颌，耳后还有一撮鹫鸟的羽毛。"演唱时有很多的颤音变化，是艺人的独特演唱技巧所致，也是对马的拟人写法，用不同的声腔来刻画马的嘶鸣、奔跑。

马嘶长鸣曲

达哇扎巴演唱
郭 晓 虹记谱

此曲风格自由、粗犷，旋律级进上行加之同音反复，造成骏马奔驰"马蹄嗯嗯"的声响。三连音与装饰音的使用，表现骏马奔驰风驰电掣的场景，以此可见民间音乐技法的高明与高超。

2. 仙鹤的唱腔曲调

珠姆的坐骑丹顶鹤，它在史诗中已被拟人化，这只神鸟为珠姆和格萨尔王传递信息，功不可没，这首旋律异常优美的丹顶鹤冲冲①曲，曲调单一，有少许变化，旋律近似摇篮曲。丹顶鹤是东亚地区的特有鸟种，由于丹顶鹤的寿命可达50—60年，所以自古以来人们把它同松树绘在一起叫作《松鹤图》，作为长寿的象征。在东亚文化中丹顶鹤是吉祥、忠贞、长寿的象征。唱词大意为：鹤呀鹤，当你在天上飞翔时，你是那样舒展；鹤呀鹤，当你在水中站立时，身材是那样修长。此曲调节奏鲜明，音律和谐。

神鸟仙鹤的"冲冲调"曲

---

① 冲冲，表示非常亲切的呼唤，也是藏语对鹤的称呼。

该曲是 C 羽调式，主—属的和声节奏进行，两乐节各为不规整的三小节，节奏上两个乐节基本重复。总体来看，音乐旋律呈递次下行趋势，在结束时属音 F 意外地作为结束音冲淡了羽调式的曲式风格。

3. 乌鸦的唱腔

《霍岭大战》中霍尔王出兵前，曾派出使者前往岭国寻找美女，可派出的使者却是通晓人情世故的四只鸟儿——白鸽、花孔雀、鹦鹉、黑乌鸦。最后，爱管闲事的黑乌鸦寻找了三个月，在岭国发现了格萨尔王的大妃子珠姆，于是飞到珠姆帐前，花言巧语地唱道："我是霍尔王的御鸟黑老鸦，豌豆眼睛小又圆，荞麦鼻子尖又弯，胡麻舌头长又扁，黑铁爪子利又尖，千里飞来喜讯传。……"①

乌鸦的唱腔

该曲为 D 羽调式，旋律以分解和弦为主的音调快速上升到达最高音 F 时渐次地回落结束在主音 D 上，节奏以附点四分节奏和三连音音型为典型构成。

（四）《格萨尔》史诗特殊唱腔音乐"六变调"特征

史诗唱腔音乐中，六变调是一种特殊的曲调，它呈现了史诗说唱音乐的民族特色和审美特征。其特殊性表现为人物专用性曲调，即专曲专用。

在史诗中，六变调的唱腔用于格萨尔、珠姆、贾察、丹玛、旦萨和妮琼，刻画格萨尔英雄的智慧，描绘女性的善良和聪慧。例如，在史诗《雪山水晶宗》中珠姆的一段唱腔表现："在我圣洁的岭国，仅六人配唱六变调，圣王唱雄狮六变调，贾察唱善业六变调，丹玛唱塔拉六变调，

---

① 扎西东珠、马岱川译：《岭众煨桑祈国福》，民族出版社 2009 年版，第 225 页。

旦萨唱水晶六变调，妮琼唱云雀六变调，珠姆唱九曼六变调。"① 因此，六变调成为身份地位的象征。此外，在史诗中，也有其他人物运用了六变调的唱腔，如次妃梅萨崩吉，她的特有曲调是"鲜花六变调"，还有鲁赞王的"哦音六变调"和霍尔白帐王的"咿音六变调"，但是用此曲调较少，是在特殊情况下才用。

六变调的唱腔特征，为史诗中每一个人物出场都有与之相对应的唱腔曲调，即在说唱过程中随着人物内心变化和所遇环境变化而在主要曲调上加以新的演唱形式，曲调多变。有的表现为转调形式；有的是加以一些变化音、装饰音；有的变化则是在速度和节奏上。《霍岭大战》第十六章中有珠姆唱的一支歌："你不知道这支歌吗？这唱的是少女之歌，唱那夏三月艳丽的花，唱那冬三月寒冷与哀伤，唱那春三月岁月的流逝，唱那秋三月五谷的成熟。这永恒的九高六变的歌，'九高'乃空中长寿天，'六变调'乃绿玉龙的鸣啸声。"② 在这里提及六变调的声腔特征如"绿玉龙的鸣啸声"，此处的"玉龙"实为击鼓的含义，鼓在苯教仪轨和藏传佛教中都有重要的仪式功能，在此与唱腔联结并无不可。在《岭众煨桑祈国福》中还有一段描述提道："茶、酒献毕，王妃珠姆用妙音乐神般动听的声音，将'战神九兵器颂歌'曲调以九高六变调唱到。"③

由此可见，"六变调"在史诗中是一个特殊曲调，并且在演唱时也专门提到声腔特征如"玉龙"鸣，也就是说像大鼓的音色一样，声音要富有穿透力和磁性，高音不尖锐，低音不沉闷，歌唱时行腔润字要铿锵有力、歌声醇美，这也正应和了萨班的《乐记》中俱生乐（声乐）表现的最高境界。

赫尔曼神甫的德译本《霍岭大战》对"六变调"的解释为"在花花岭中有旋律风格的六变调，就是六种不同的旋律：岭格萨尔唱'大孔雀六变调'，拉格萨妻子唱'白丸六变调'，青年人唱'灵鹊六变调'，我

---

① 扎西东珠、马岱川译：《岭众煨桑祈国福》，民族出版社2009年版，第161页。
② 同上书，第247页。
③ 同上。

(珠姆)唱'九狮六变调'"。在不同版本的翻译中,也有译为"六颤"的,不论如何,根据史诗中对"六变调"的描述,可知它的旋律音调一定是婉转悦耳的。

下面详细分析格萨尔、珠姆、贾察、丹玛、旦萨和妮琼六变调的音乐形态。

1. 丹玛"塔拉六变调"

丹玛"塔拉六变调",曲调中速、委婉动听,这段唱词中的"塔啦啦"是只可意会的形容性的拟声词的音译,其意可近似地理解为"美妙",在不同的句子里起不同的修饰作用。对于丹玛所唱的"塔拉六变调",试从唱词中分析可以看出"六变调"的一些基本特征:"这个曲调你如果不知道,此乃我丹玛六变调塔啦:似天降霏霏甘雨塔啦啦,像大海慢慢雾岚塔啦啦,似善佛铮铮教诫塔啦啦,像官家森森律法塔啦啦,似巧妇馥馥饭食塔啦啦,像俊男翩翩舞步塔啦啦,因此就叫作六变调塔拉。"[①] 从中看出在音乐的变调上"六变调"运用了六次变换调式的形式。

此段是史诗中的格萨尔大将丹玛挑衅辛巴的唱腔,因为六变调在史诗《格萨尔》中只有六位主要人物能够运用,所以此时丹玛大将心中非常得意,在音乐唱腔上六变调通过细微的音程变化刻画出丹玛大将的心理变化。

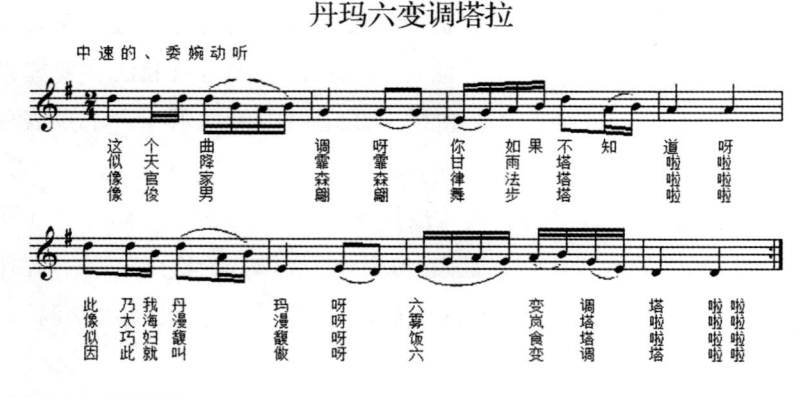

丹玛六变调塔拉

中速的、委婉动听

[五线谱曲谱]

---

① 谱例3—1 唱词引自甘南藏族自治州文联民间手抄本搜集整理,由马岱川、扎西东珠翻译的《辛丹狮虎舍战》,1982,32。

这首塔拉曲调具有同宫系统转调的旋律特点，即两个乐句在 A 宫和 e 羽调式间转换，但是由于半终止和终止处结束音都在属和弦上，因而形成了丰富的调式变化。在旋律的写作中隐藏着一种节奏的逆行与合头换尾、合尾换头的发展手法。

2. 珠姆的"九婉六变调"

青海人民出版社 1984 年出版的《霍岭大战》中，珠姆的唱段解释了"九曼六变（转）曲"的含义——"三夏时我唱鲜花清露曲，三冬时我唱旋风抒情曲，三春时我唱车前婉转曲，三秋时我唱六谷成熟曲，一生常唱九曼六变曲，九曼取自虚空甘雨音，六变取自苍龙吟啸声"。

珠姆——九婉六变调

该曲为典型的 D 徵调式四音列旋律结构。前附点与后附点是该曲的典型节奏型，音乐旋律具有贯穿合尾的发展手法。旋律以 2—4—3、羽音—徵音—宫音—羽音形成宽声韵特征。

3. 贾察"白狮六变调"

贾察——白狮六变调
（叙事曲）

该曲是 2/4、3/4 交替的 G 徵调式旋律。从旋律的形态中确定其曲式结构为奇数小节的双乐句一段体结构，旋律的发展是以重复模进和再现的形式进行旋律的叙事性发展。旋律以 2—3、徵音—羽音—宫音的连接，属于窄声韵范畴。

4. 妮琼"百灵鸟六变调"

妮琼——百灵鸟六变调

该曲是 3—6—1、角音—羽音—宫音的连接，属小声韵和宽声韵范畴的 b 羽调式，并以 2/4、3/4 交替拍子而构成的旋律。调式中角音和商音对主音起支持作用，有诵经调特征。

5. 格萨尔"雄狮六变调"

格萨尔——雄狮六变调

此曲为 e 羽调式。曲中较多三连音的出现使曲调委婉抒情，并以 2/4、3/4 交替拍子而构成的旋律。同音反复及大量三连音的运用富有 6/8 拍式的舞蹈音乐特征。

6. 旦萨"水晶六变调"

旦萨——水晶六变调

该曲为#f 羽调式。在节奏上具有令人赞叹的"镜像"的对称特征，并且选用了常见的奇、偶数的拍子交替。

以上人物唱腔和六首六变调曲调构成了格萨尔史诗说唱音乐的主旋律，既具有民间音乐的欢快和高亢，又呈现浓郁的藏传佛教诵经音调宗教色彩和虔诚的信仰，表明宗教音乐与民间音乐的相互影响，抑或相互交融。格萨尔说唱音乐对于人物塑造，故事情节的发展起到铺排作用，是藏戏形成的基础，更是格萨尔藏戏独树一帜的音乐形态。

四　格萨尔说唱唱腔与藏戏

格萨尔史诗说唱音乐唱腔，高亢雄浑，基本上是因人定曲，其中固定曲调为六变调，是人物唱腔专曲专用，不仅构成了格萨尔史诗音乐唱腔体系，也演化为格萨尔戏剧音乐唱腔曲牌。

史诗说唱音乐曲牌主要体现在曲牌与曲牌的联套或不同板式的组合。有时相同的曲牌在不同的唱段、不同的场景、不同的人物与情绪中所表达的表情意义完全不同。格萨尔的音乐，所有格萨尔的唱腔曲调基本上承袭这样的一个曲式结构，即音乐中所体现的"起承转合"——散慢快散四个部分。开始部分是歌颂佛、释迦牟尼和度姆，散板。紧接着是介绍自己的来历、历史、褒扬自己的功绩，这段音乐承继的慢板或者原板。第三段是比喻的章节，唱时快速。第四段是询问敌人有何目的，在唱腔上加强了力度，节奏回归到散节拍。"起承转合"是元代文人范梈提出的有关旧体诗文章法结构的术语。他认为："作诗有四法：起要平直，承要春容，转要变化，合要渊永。""起承转合"的原则也被运用到中国音乐创作结构中，小到音乐片段，大至音乐套曲。起即起始、开头；承指承接、过渡，承接起部的蕴意；转即转折，在此往往与前面的材料有对比或反向关系；合则是收束。如果说"起承转合"在中国音乐中起着内在形式连接的作用，那么音乐中所彰显的节奏序列——散慢快散的显现，就成了外在的、听觉上的空间节奏。特别要提到的是散板节奏，在格萨尔说唱音乐中，散拍子、散板、散节奏给予音乐旋律线条向上的韵律感，有种向上运行的生命力，在和声色彩中没有得到完满解决，因此这种时间节奏上的自由性赋予了音乐继续的发挥、展衍，为下一段人物的登场、表白、陈述埋下音乐发展动机的伏笔。格萨尔说唱音乐在板式变化、唱腔结构、曲牌等方面，说唱音乐与藏戏音乐更是密切相关、互通有无、相互影响。格萨尔藏戏音乐与说唱音乐板腔体结构的曲种基本上采用相同的板式。

藏戏音乐起源于公元7世纪的雅隆地区，直到目前它只保留了长调、中调、短调、常调、谐和反面人物唱腔等六种原始唱腔。所有音乐唱腔大都是以人物定曲，专曲专用，各种不同的曲牌也大都是根据腔调旋律的长短不同和人物的身份不同分类的。无论何种曲牌的唱腔，基本都是由一句唱词和两个段落以上的分节歌的旋律组成。

藏戏唱腔高亢雄浑，基本上是因人定曲，每句唱腔都有人声帮和。均为自由节奏的散板。唱腔的运用主要是按照剧中人物的身份来确定，且专曲专用，不得随便借用。藏戏唱腔主要有长调［达仁］、中调［达珍］、短调［达通］、悲调［觉鲁］、歌戏混合腔［谐玛］、说唱混合腔［谐玛当木］等。每个唱腔一般只能唱七字至九字句两种，个别唱词最多字数不得超过十三个。数板的词句和字数可不受限制。

藏戏具有与其他剧中不同的主要特点就是大多数唱腔的开头都有类似模拟动物吼叫声为引子，这是根据西藏歌音七品的基本要求而设计唱腔的。所谓歌音七品是："中令、仙曲、绕地、六合、五合、奋志和近闻。"上述每一个歌音都要求模拟动物的吼叫声，诸如"中令声似鸿雁的叫声，仙曲声似黄牛的吼声，绕地声似山羊的叫声，六合声似孔雀的啼鸣，五合声似杜鹃的啼鸣，奋志声似骏马的嘶鸣，近闻声似大象的嚎叫"[1]，等等。这是藏戏音乐受说唱音乐的影响，但它的唱腔曲牌在音乐风格、曲式结构、调式调性以及伴唱形式等方面与白面具藏戏音乐之间存在着较大的差异。它的绝大多数唱腔曲牌都在公元14世纪后藏地区的"卓舞"音乐、"古尔鲁"音乐、"谐青"音乐等基础上逐渐繁衍而成。该剧种的唱腔比较丰富，曲牌种类也最多，但这些唱腔曲牌和其他藏戏剧种的唱腔一样都是以人物定曲，专曲专用。

藏族戏曲剧种都以演唱各种人物传记为主要内容，人们为了区分歌曲和戏曲，习惯地将戏曲唱腔称为"朗达"，即藏语意为传记。"朗达"基本上是无伴奏的清唱，即便是在载歌载舞的表演中，也只是用鼓钹这两种打击乐器伴奏。朗达主要用于各种舞蹈、表演的伴奏，同时也起着描写环境、衔接唱念和统一节奏等作用。鼓钹点子多是从藏族最古老的民间"野牛舞""狮子舞""鼓舞"和大型民间传统歌舞"甲谐"，以及藏族歌舞艺术的鼓钹点中吸收并加以发展而成的。

藏戏中的朗达，即藏戏音乐的唱腔曲牌，它们既不是曲牌联套体，也不是板式变化体，大都是一支支比较独立的曲牌体。这些唱腔的"牌名"出自以下几种情况：一是根据唱腔旋律的长短而区分为长调、中调、短调；二是根据音乐旋律的风格与结构形式不同而分为歌戏混合腔和说唱混合腔；三是根据不同调式的转换而分反调唱腔；四是根据剧情的不同使用情况而分为赞词唱腔、终曲唱腔、常用唱腔、普通唱腔；五是根据人物的身份区分为野人唱腔、乞丐唱腔和反面人物唱腔；等等。格萨尔藏戏的音乐唱腔都具有高亢、悠扬、优美、刚健等特色和乡土气息，它与其他藏戏剧种的音乐之间形成了鲜明的对比。可以说，格萨尔藏戏音乐是由格萨尔说唱音乐演化而成的。

---

[1] 扎西东珠、马岱川译：《岭众煨桑祈国福》，民族出版社2009年版，第226页。

第 九 章

格萨尔戏剧演述的诗学特质

自 2002 年以来,我们一直关注由藏族格萨尔史诗转换为一种新的呈现形式——格萨尔戏剧演述形态。这种戏剧演述沿袭了藏族传统口头叙事史诗中的讲唱是由一人承担的特点,即在具体表演中讲述人扮演各种角色的声音,讲述格萨尔史诗故事,而演员要依据讲述人的讲述事件进行戏剧扮演,展示戏剧情境。这其实是一种演述史诗的戏剧表演。基于此,本章就格萨尔史诗说唱中存在的音调、韵律、节奏、唱词诗节、声腔、叙事范式等诸多因素来关注史诗说唱音乐与戏剧演述所产生的诗学审美特质。

一 格萨尔口头叙事语言与诗学

格萨尔戏剧演述形态一般依据史诗口头叙事的诗歌节奏、韵律、唱腔曲调等叙事特征,通过极其谨慎的戏剧转写,呈现出戏剧演述的诗学特质。这种口头叙事表演有其独特的结构和审美特征。这一特点恰恰是史诗遗韵。因为"口头艺术讲述的声音是由多种声音构成的。这不仅是因为其中不同人物,以及同一人物在不同场合会有不同的讲话方式,而是口头故事情节发展的叙事本身也是由不止一种声音所承担的。一则口头故事可以通过阅读、默诵的方式来了解其内容,但其主要的意义还是存在于大声朗诵当中,声音的意义往往要大于其他许多因素。为此,口头叙事中的讲唱就是由多种声音构成的"①。民族志诗学"主要关注以口耳相传的方式进行的交流，比如用说话、吟诵、歌唱的方式而呈现的谚语、谜语、咒语、预言以及各种叙事"②语言。它的核心思想是要把文本置于其自身的文化语境中加以考察，并认为世界范畴内的每一特定文化都有各自独特的诗歌，这种诗歌有独自的结构和审美上的特点。③

每个民族都形成了自己稳定的艺术传统，创造了独特的民族艺术，民族艺术发展的支点是民族精神，它凝聚了一个民族的哲学、性格、文化与心理积淀。民族的精神气质是在漫长的历史发展中形成的，与此同时，民族的精神气质与一个民族生活的环境、时代有关，这是决定一个民族文化传统与民族精神的重要元素。

格萨尔史诗便是藏民族创造的一部民族艺术，它呈现了古代藏族民间文化与口头叙事艺术的形式，形象化地演述了古代藏族历史。格萨尔史诗是在藏族古代神话传说、诗歌、谚语等民间文学的丰厚基础上产生和发展起来的，并有无数艺术家世代承袭着有关它的吟唱和表演。格萨尔史诗表演不仅延续了古老的口头叙事艺术，而且也是藏族音乐的重要组成部分之一，它主要包括民间说唱音乐、歌舞音乐、宗教音乐和器乐等。藏族音乐是以诗与乐，或诗、乐、舞三位一体为主的音乐艺术，其中诗的地位在乐之上。诗与乐之间的关系或多或少地影响到旋律和节奏的特征。每一个民族的语言都有鲜明的韵律和节奏。可见，要考察藏族格萨尔戏剧演述形态，必须研究藏族语言的诗学特质。

（一）富有诗韵音调的藏族语言

诗韵，作诗所依据的韵律，一般指声调，是将相互押韵的字放在规定的位置上，就构成了诗韵。押韵是增强诗歌音乐性的重要手段。藏族语言是一种音调语言，其音调分成高调、低调和降调。借助有音高重音，口头语言获得了一种天然的旋律感。藏族诗人一般都习惯按口语音调为

---

① ［美］理查德·鲍曼：《作为表演的口头艺术》，杨利慧、安德明译，广西师范大学出版社2008年版，第267页。
② 同上。
③ 同上。

词谱曲,或者说藏族语言本身具有较强韵律感——一种诗韵音调。因此,格萨尔口头叙事诗歌的节奏一般是由诗词音节的自然时值决定的。从史诗《格萨尔》的直接创造者、继承者、传播者——格萨尔仲巴艺人群体的传承传统看,英雄史诗的说唱,最初是由言语与古拙的音韵相合而成①,两者水乳交融,其后经过广泛的艺术借鉴、创新,从而形成了史诗传承的外延形式,并有了多样化的表演特点和韵律化的音乐体系。即是说,它主要由说唱和颂唱诗韵两部分组成。此外,格萨尔口头叙事表演还吸收民歌音乐、说唱音乐及宗教诵经调、格萨尔调、吉祥调、道歌调等,从而形成了格萨尔史诗说唱音乐与戏剧演述形态。

(二) 独具韵律的说唱艺术

格萨尔口头叙事表演唱词与唱腔的韵律性,使格萨尔口头叙事语言极具审美特性。格萨尔使用本地方言演唱,唱词叙事性较强,散韵结合,为民间歌谣形式。史诗唱词一般以四句为多,四句为一个段落或一个场次,格萨尔戏剧唱词一般保留了四句唱段,但是,在有些剧目中,唱词有所扩展,一般为七句或八句。唱词讲究修辞手法、注重语调和句式结构,语言通俗易懂,便予演唱,又具古朴、凝重之感。表演时只唱不舞,舞时则一句也不唱,念白较少,舞步多采自寺庙跳神身段并掺杂本地民间歌舞舞步。该剧种已有场次的区分,它的表演时间和空间较为自由。剧中人唱完一段后即由唱者和伴舞者共同起舞,段落与段落间是由歌和舞交替进行衔接,剧情在歌舞交替中发展。

例如在《阿达拉姆》一剧中,格萨尔到内地去时,家中妃子阿达拉姆病死,灵魂下了地狱。格萨尔回国后,进入地狱,与阎王论理,救出阿达拉姆。如唱词为:

仁慈的菩萨请引导,
阿达拉姆啊你听着:

---

① 周炜:《西藏文化的个性——关于藏族文学的再思考》,中国藏学出版社1997年版,第152页。

在那阴间死活戈壁滩，
人头骷髅敖包入云霄。

此段唱词韵律是由一些不规则的诗句组成，这种韵律是更接近戏剧的诗句，即复杂而冗长。它属于山歌型，故事的叙事性较强，呈现出人物的性格、爱憎情感与情绪，塑造了格萨尔英雄的形象，同时也塑造出阿达拉姆美、善、可爱的形象。

据著名藏学家石泰安先生分析，格萨尔史诗中韵律极强的唱段主要来源于《米拉日巴道歌集》，米拉日巴道歌的韵律是很精湛的。米拉日巴道歌是一种古老的韵律，格萨尔史诗和米拉日巴道歌的韵律一样，便于歌唱。格萨尔史诗便成为喇嘛教诗人的一部很流行的口传文本，也成了戏剧类真正表演的内容。也就是在7—9世纪的古代，赞普及其信徒们十分注重两类土著文献，即用散文写成的故事或传说、用诗歌和对歌形式写成的谜语，还有包括在内的先祖世系。这些成为赞普们传播一种教化人的文学，并由此而传播宗教的真谛。格萨尔史诗保留了其踪迹。① 据石泰安先生考证，这一特点与土著巫教具有共同特征，即通灵人的叙事行为。其诗歌形式、表演和通灵人的讲述都暗含着藏民族的历史记忆——说唱史诗故事，即用歌唱扮演史诗角色。这种歌唱便是继承史诗韵律和说唱艺术而成为戏剧演述形态的诗学特质。

（三）史诗音乐的音声语境

"民族志诗学有四个核心的构成要素，即声音、视觉、诗歌和对话。"② 对格萨尔戏剧演述的诗学特质的探讨，主要是通过叙事的修辞和审美特征的分析，即是在鲜活的口头传统中，通过记录演述的音声、乐谱和表演情境来体现其诗学韵味。格萨尔口头演述的诗学特征，不仅体现在音乐审美特征上，而且也完整地呈现在演述情境之中。"民族志诗学的记号不仅能够阐述语词，还能解读沉默、声响的变化、音声的语调，成

---

① ［法］石泰安：《西藏史诗与说唱艺人的研究》，西藏人民出版社1993年版，第831页。
② 朝戈金：《口头史诗诗学》，《民俗研究》2007年第2期。

为声音效果的产物"①。格萨尔戏剧叙事是通过说唱艺人的演唱而进行戏剧扮演的。演唱是由说唱音声的语调构成,这是戏剧演述继承格萨尔史诗演述诗学的特征之一。

史诗说唱音声是一种颂唱形式,有很强的节奏感和感染力,气势宏大,听者能够受到很大的鼓舞。由于《格萨尔》文学唱词和说唱韵律、节奏规律和结构格式的独特性,使得史诗说唱具有了口头文学的叙事性、口传性和极强的韵律特征,呈现出格萨尔音乐叙事的美学特质。

史诗音乐音声的韵律性可从两方面分析,一是史诗中纯语言学的分析与研究,即格萨尔史诗中诗歌内在规律性的"韵律"。这种韵律,一方面指的是在诗歌内部构架中语法结构,即重复诵念。如诗歌语气、语调等因素和诗歌反复吟诵等特点。这些因素标志着诗歌的结构,格萨尔史诗依据藏民族语言特征,诗歌由分行、分段,由四字句或五字句等构成韵律性。由于格萨尔史诗是以口耳相传的说唱表演,由史诗说唱者进行史诗说唱表演,或者说是史诗说唱的戏剧演述,这种通过口头艺术表演过程中的声音、语气等变化的表演特性,展示了格萨尔史诗韵律的诗性美。可以说,特殊的表演语境,决定了其史诗口头传统中的语法和诗学特性。另一方面是指史诗音乐的韵律性,史诗说唱音乐中的"节拍",节奏、调式、旋律构成的规律性的韵律特征。如格萨尔史诗中的道歌调,它形成了一种特殊的魅力,使其道歌既具有民间古老的韵律特征,又具诗歌格律特征。在《格萨尔王传》史诗中的诗句都由7音节组成,7音节又组成三种典型的长短格韵律。例如:

> 愿今天觉如(格萨尔儿时名字)的这雷石,
> 把魔地鼠之地打成旷野。
> 愿佛三宝加以指引!
> 若不修持密教经典,

---

① 朝戈金:《口头史诗诗学》,《民俗研究》2007年第2期。

谁也不会德识广大。①

这种诗的格律以一种引人注目的规则性而在格萨尔史诗中得到很好的应用，并反复出现在格萨尔口传文本中。不仅可以从《格萨尔》唱词中看出藏戏在文学上有其一脉相承的关系，也可以从表演形式上，特别是在借歌唱来敷演故事、描绘人物情感变化的表现方式上，清晰地辨别其传统渊源。其曲调既具有诗歌朗诵韵律，又有进行曲式和推进式节奏；既有述说英雄颂歌调式，且具抒情性和庄严性，曲调优美生动，音乐形象富于戏剧性。如东赞的演唱：旋律为 D 商调式，是根据唱词进行三遍反复。极富韵律性，节奏铿锵有力。见谱例。②

其音乐曲调正如格萨尔音乐学家扎西达杰先生所言，格萨尔音乐是以一种进行曲为主基调且反复演唱，使整个故事、对话都是在"歌唱"状态中进行，极具丰富性和多元性。事实上，格萨尔史诗是一部叙事诗剧。

二　格萨尔说唱音乐中的民歌与曲牌

音乐，是随着原始人的劳动节奏，随着图腾意识的勃起而回流出的天籁之音。在初期，诗、乐、舞三位一体，密不可分。格萨尔说唱音乐是构成口头叙事语言的重要元素之一。它用独特的说唱韵律、民歌演唱刻画人物，抒发情感，渲染气氛进行音乐叙事。

---

① ［法］石泰安：《西藏史诗与说唱艺人的研究》，西藏人民出版社1993年版，第719页。
② 陈乔记谱，陈乔系青海民族大学中国少数民族艺术专业2012级民族戏剧学硕士。

（一）说唱与鲁体民歌格律的有机融合

格萨尔说唱与藏族民间传统的歌舞有着极为密切的关系。《格萨尔》史诗口头叙事中保留了极为丰富的藏族鲁体民歌音乐。鲁体民歌通常一首有数段，以三段的为最多，也有少数只有一段的，每段少至二三句，多至十数句，其中采用三至五句的较为普遍。鲁体民歌的格律每句有七个音节和八个音节的两种，间或有九个音节的。在敦煌出土的吐蕃时期藏文文献中，就有"鲁"这种歌体，可见其源远流长。

藏族格萨尔说唱曲调，不但数量众多，风格多样，种类齐全，而且音乐形象生动、丰富，旋律手段细腻、多变，有道歌调、喜庆调、河水慢流调、哈热哈通、嘶鸣调、格萨尔调、吉祥调等各种类别，各类之中又包括多种不同旋律的唱腔。

民歌曲调在演唱时，以说唱为主，一边说唱一边表演，演唱风格独特，唱腔浑圆低沉，苍凉悠扬，大体上分为格萨尔调、诵经调、道歌调和民歌。格萨尔调与道歌调，浑厚而低沉，为王臣演唱的曲调。"格萨尔的唱词部分多配用鲁体民歌和自由体民歌的格律。"[①] 格萨尔说唱音乐中不受这种规律的限制，往往不分段，根据内容需要，有时一口气唱下去，犹如江河奔流，一泻千里，多达数百行。这种内容，这种气势，只有用鲁体民歌的格律才能充分表达。

民歌曲调构成了格萨尔口头叙事表演唱腔。民歌曲调一般为王妃、仙女演唱，其唱腔悠扬、婉转，具有浓郁的藏族民间小调韵味。格萨尔戏剧唱腔既吸收史诗说唱韵律唱腔特点，又保留民歌特色，古朴原始，音乐有节律但稍带散板，其演唱形式为一人主唱——讲述，也有集体的群唱和独唱，行腔方法是把宗教诵经的发音法和民间的山歌、锅庄唱法结合起来。特别是唱腔旋律，多数是和鼓韵、唢呐演奏的旋律相近的，风格也趋于一致。它的唱腔结构，大部分由上下两个乐句组成，并常重复第二乐句，以加强结束时的情绪。每句由 7 个或 8 个字组成。每段唱词少则 4 句，多则 8 句至 10 句。

---

① 边多：《论格萨尔说唱音乐的历史演变及其艺术特色》，《西藏研究》2009 年第 4 期。

在说唱《格萨尔》的几种类型艺人中的"仲肯"艺人的演唱,他们讲究要说、唱、跳三技集于一身①,情绪融贯,形象地表演,即所谓:"唱要音全调齐分大小,跳要姿美准确有程式,说要流畅完整分详简。"②其中的"跳",含有舞蹈和表演两种意义。我们在考察中观察了史诗说唱艺人才让旺堆在说唱时的表演动作之后认为:他反复的动作基本不变,即右手托帽,左手表演。而在民间格萨尔剧表演则吸收藏区的"锅哇"(武士舞)、粗犷的"卓"(锅庄舞)、抒情的"伊"(弦子舞)和技巧性较高的"热巴"舞等融入戏剧表演之中,比较谐调、优美。如在青海果洛查郎寺的《格萨尔》"羌"舞的演唱,扮演格萨尔王者在绘有雪山雄狮、战神等图案的十几杆旗帜的引导下昂然出场,他全副盔甲,佩剑持刀,威风凛凛;总管王察根和汉地富商俄吾对酒当歌,歌颂格萨尔的千秋功绩;美丽的王妃珠姆和梅萨翩翩起舞,十三员大将舞刀弄枪,好一阵威风……既有说唱又有舞蹈,乐队、道具、服装也很齐全。在格萨尔藏戏中完全保留格萨尔神舞的表演程式。

(二)格萨尔史诗中的曲牌遗存,透射着戏剧演述形态的诗学特性

青海省研究格萨尔史诗的学者郭晋渊先生认为,藏戏曲牌基本特点大致可以从三十多部《格萨尔》史诗故事中发掘摘录的有关藏戏音乐的曲牌资料,逐一进行深入探讨。据文献记载,《格萨尔》史诗中描摹出雏形藏戏或史诗在音乐发展方面的基本特点,有如下三方面:(1)古拙的仿声特征;(2)拟形传情到戏剧化绎化特征;(3)由模糊的戏剧形态向雏形藏戏音乐戏剧化发展的定型特征。他认为,在史诗《格萨尔》中,远古音乐的生成源于仿生,这种仿生是融入了格萨尔音乐曲牌名称中的。这部分可称为仿声的音乐曲牌,它为我们传达了远古的音乐信息,是这部分音乐文化材料中最重要、最原始的材料③。

例如,史诗在文字上的记述是:

---

① 扎西达杰:《〈格萨尔〉音乐研究简介》,《青海社会科学》2000 年第 5 期。
② 同上。
③ 郭晋渊:《格萨尔史诗的藏戏文化》,《西藏研究》1991 年第 4 期。

喜鹊上扬调
　　白鹅嬉鸣调
　　云雀六变调
　　六趾类（蜂、蝇等）颤音调
　　白狮六变调
　　母虎遥啸调
　　骏马长嘶调
　　细雨淅沥调
　　……①

　　仿声音乐的仿声对象，就是藏区常见的飞禽走兽、草木花卉、江河湖汊和风雨雷电声、嘶叫声以及想象中的崇拜物的虚构鸣声，等等。从曲牌上看，这些仿声音乐不但模拟出了仿声对象的单纯音调，而且还反映出了他们的变、颤、转、换等音质色彩，不但模拟出了自然鸣声的常规音色，而且还有更细微的变化特点②。这些宝贵的仿声音乐文化，为我们揭示了藏族原始音乐源起形成的重要特征，也为格萨尔戏剧音乐的发展演变研究提供了重要的理论依据。
　　继仿声乐之后，藏族音乐——尤其是以说唱形式为主的史诗、戏剧音乐，又形成了以拟神拟形为特点的描写人物形态、情感色彩、性格特点的戏剧音乐。如：

　　母虎倨傲调
　　雄狮盛气调
　　狮鬣发火调
　　闪电骤燃调
　　江河怒卷调
　　花朵吐蕾调

---

① 郭晋渊：《格萨尔史诗的藏戏文化》，《西藏研究》1991 年第 4 期。
② 同上。

蜜蜂尖声调
……①

从以上曲牌中，我们可以感受到很强烈、很鲜明的形象特征，情感表达方式、史诗戏剧音乐风格特征等。我们不仅聆听这些曲牌叙说着的场面，而且从曲牌中体会出其中所描画出的人物形象特征。所以说，戏剧音乐的基本特征、功能，同戏剧的内涵是一种完美的遇合。藏族戏曲音乐在雏形期向戏剧化嬗变的事实，已在这些文化材料中初窥端倪了。

《格萨尔》史诗所遗存的曲牌中，还有一些具有更加浓郁的文学排铺性特点。也就是说这种音乐形式，已不再是单纯的仿声、拟形，而是与一定情节紧密相关的情节化的描写音乐②。这类音乐既仿声又拟形，既现实又夸张。例如：

愤怒咆哮调
震慑四敌调
食敌肉咆哮调
舌战六变调
壮歌长韵调
狮虎对峙调
悲痛自缢调
兀鹰翻飞调
和悦丝绸调
……③

以上诸曲牌，律动感和生动性十分强烈和突出。从这中间，我们似乎可以直接看到勇士征战打斗的凶猛之势，聆听到勇士们英勇奋战之情

---

① 郭晋渊：《格萨尔史诗的藏戏文化》，《西藏研究》1991 年第 4 期。
② 同上。
③ 同上。

境等立体的戏剧场景。

据郭晋渊考证,由于格萨尔有着与众不同的出生、地位、权力、使命等,因而格萨尔的专曲也明显地与众不同。格萨尔是史诗中除了不能用魔敌及个别人物的几十个专用曲调外,唯一可以通用一切曲牌的人物,而他的专曲却只有他出场时才可使用,对此史诗中有一定的规定性文字。①

  如:吉祥徽旋调
  威慑会场调
  神咒伏魔调
  大小颤韵调
  威凌远扬调

这些曲牌调式因人而设置,专曲专用,或高贵与圣神,或勇猛而威严,或缓慢委婉,或激情澎湃,或低沉与古怪,多姿多彩的音乐曲牌既塑造了格萨尔英雄之神韵,叙述了格萨尔英雄气概和精神特质,也描绘出格萨尔史诗中各种人物的性格特征。如格萨尔在史诗中是贯穿始末的核心人物,他被称为"恶小子觉如(童年名)""世界雄狮大王""制敌如意宝珠""引拔众生的喇嘛""黑头凡人的救主",等等②。

《格萨尔》的说唱曲牌名称是它特有的音乐特征,也是塑造各种不同音乐形象的标记和基本手段。这种与剧目息息相关,有着深刻含义而又丰富多样的曲牌,使《格萨尔》戏剧具有强烈的艺术感染力。具体表现为:(1)内涵深刻的曲牌展示了不同人物角色的音乐形象,包括景物、事物、不同人物、战争、不同的道具等,且与史诗中不同的图腾标记有关;(2)艺人们神秘、奇特的演唱能力,使这部宏伟的史诗更具强烈的艺术感染力,旋律多变以及不同节拍交替出现,使曲调优美生动,音乐形象富于戏剧性的,衬词"啊啦、塔啦",既有助于艺人们的演唱,又具

---

① 郭晋渊:《格萨尔史诗的藏戏文化》,《西藏研究》1991年第4期。
② 同上。

有浓厚的宗教色彩；（3）说唱音乐的功能通过史诗文化载体，不仅了解了藏民族的生活、文化、宗教、战争、民俗等，更进一步了解了藏民族与其他民族的文化交流信息；（4）通过说唱《格萨尔》，激励了藏族人民追求真、善、美，憎恨丑与恶，团结互助，勤劳勇敢，并通过说唱史诗传授生产技能和生活方面的知识，具有教育的功能；（5）人们通过聆听《格萨尔》艺人演唱表演，感受到健康向上的精神力量，感到愉悦和快乐，故而它有着浓厚的娱乐功能。例如，格萨尔演唱的曲调旋律优美，抒发了虔诚的宗教情怀，具有浓郁的审美色彩。

（三）说唱调乐曲结构的多姿多彩

格萨尔说唱音乐形态包括结构、节拍、节奏、调式调性、音程、音区等音乐语言精彩组合，其中装饰音、变化音及滑音的运用使说唱曲更具华丽色彩；在主题类型、乐段结构内的组织手法、旋律线条的进行特点及其曲调与歌词的关系以及附加音、附加节奏等均具有藏民族史诗韵律感。① 这里，尤其要指出的是，格萨尔说唱曲调还具有宣叙调的色彩。宣叙调，意为"朗诵"，又称朗诵调，是歌剧或清唱剧中速度自由，伴随简单的朗诵或说话似的歌调，它原本是与咏叹调并用的一种乐曲。在格萨尔剧音乐中便更加呈现出藏民族戏剧演述诗学韵味。

如《赛马称王》宴会上使用"江河缓流曲调"，委婉动听，如潺潺流水，天籁之音，给人以空灵之感。

赛马场上用"嘶鸣调"唱，激昂，其唱腔，从曲式结构看，每个乐句为 2 小节，共 8 小节组成，为 C 羽调式。见谱例②：

---

① 扎西达杰：《格萨尔的音乐性》，《藏学》1993 年第 2 期。
② 陈乔记谱，陈乔系青海民族大学中国少数民族艺术专业 2012 级民族戏剧学硕士。

这是一种具有叙述、吟唱性质的朗诵调。它以藏语言音调为基础，节奏自由，曲中依言语的自然和强弱，而行旋律化与节奏化。说唱者演述腔调伴随简单的朗诵或说话似的歌调，叙述介于歌唱和朗诵之间的独唱段落，为宣叙调的音乐形式。这种调式是开展剧情的段落，故事往往就在宣叙调里进行，这时角色有较多对话，这种段落不适宜歌唱性太强，就用了半说半唱的方式，它很像京剧里的韵白。京剧中，青衣、小生或老生都有一种带有夸张语音音调的念白，它虽不是很旋律化，但可使道白便于与前后的歌唱衔接，其功能与西方歌剧里的宣叙调很近似。据我们对果洛格萨尔戏剧现场考察，格萨尔史诗演述声音、视觉、诗歌和对话呈现的诗学特征，在格萨尔戏剧演述中得以继承与延续，构成了其诗学特质。

三　格萨尔说唱音乐中的戏剧唱腔

实际上，格萨尔戏剧演述形态是继承格萨尔说唱艺术的，其曲调、唱腔、念白等都以说唱来呈现的。其说唱音乐在戏剧叙事上更重视说念的韵律，而唱的部分不同人物有不同唱腔。格萨尔唱腔分为两类，一是说唱唱腔，二是歌唱唱腔，各具审美特色。说唱唱腔，即唱腔有抒情性唱腔、叙事性唱腔和戏剧性唱腔。抒情性唱腔的特点是字少声多，旋律性强，长于抒发内在的感情；叙事性唱腔的特点为字多声少，朗诵性强，适用于叙述、对答的场合；戏剧性唱腔多为节拍自由的散板，节奏的伸缩有极大灵活性，因而长于表现激昂强烈的感情。这三类曲调的交替运用，构成了戏曲音乐变化多端的戏剧性。中国戏曲有很多传统剧目，其所以能在舞台上久唱不衰，主要得益于其中脍炙人口的说唱唱腔。

（一）说唱唱腔

格萨尔说唱音乐在演唱上的贡献，莫过于唱腔上的流派创造。演员依据格萨尔人物性格基础上创造的不同唱腔，更具有格萨尔说唱艺术的诗学特质。

具体表现在以下几方面：

一是格萨尔说唱调，在戏剧演唱时，即是给戏剧中每个人物的大段歌词，配以一定的曲调进行反复演唱。其说唱形式在青海果洛地区表现为，剧情中各角色的说唱均由一人承担，歌唱部分可由一人或数人承担。二是格萨尔说唱曲调独具特色：（1）人物的性格塑造方面，在一定程度上是由曲牌、衬词、曲调合成的，这是格萨尔史诗音乐特有的一种现象，格萨尔戏剧沿袭了此特点；（2）格萨尔说唱调包含各种不同的体裁，歌舞型、山歌型、对歌型、酒歌型、故事调型、朗诵型、进行曲式、述说式、英雄颂歌式等。[①] 在格萨尔戏剧中既继承了其说唱曲调，又在此基础上发展戏剧音乐特色。三是格萨尔说唱曲调的丰富性，在艺人说唱时，同一曲调由不同说唱者演唱时会呈现出多种唱腔，如马赞，有多个表演者演唱会呈现的多种说唱曲调，调式、韵律多姿多彩，唱腔极为丰富，构成了格萨尔戏剧音乐的叙事特征。

（二）歌唱唱腔

唱腔主要是指藏族民歌，富有抒情性，在音乐演唱上注意了声情结合与声形结合。这是《乐论》中提出的，它是一部藏族音乐实践的总结，是研究藏族音乐的宝贵文献。据考察，从 1980 年起，青海省果洛藏族自治州民间格萨尔藏戏团，通过《赛马称王》《霍岭大战》《英雄诞生》等演出，沿袭了《格萨尔》史诗说唱音乐和史诗音乐传统，吸收了"伊"（藏族民间歌舞曲）、"勒"（喜庆时唱的酒曲）、"则柔"（藏族民间的一种小型表演唱）等不同形式和风格的藏族民歌，提炼融合到藏戏音乐中。在唱腔的运用上，根据不同的人物性格和剧情需要选用设计唱腔，对原来的音乐唱腔既有保留又有改编，但均遵循格萨尔原有的较规整的四句体说唱调结构，也有单句体反复和多句体；以羽调式居多，也有商调式、宫调式和徵调式。在演唱形式上，一方面，格萨尔剧有唱有白，歌唱部分运用了独唱、领唱、齐唱、合唱等多种表现手段；另一方面，剧中人物的念白、宾白和对白均由一人承担，以说唱形式演述。此外还采用了民族乐器（包括藏戏特色乐器）加西洋管弦乐的混合乐队。至此，在

---

① 扎西达杰：《格萨尔的音乐性》，《藏学》1993 年第 2 期。

"格萨尔"戏剧音乐方面的表现力日趋完善。

(三) 戏剧唱腔

格萨尔戏剧唱腔具有明显的标题性专用唱腔音乐,即沿袭了说唱唱腔,又糅合歌唱唱腔。郭晋渊研究员在论文《〈格萨尔〉史诗的藏戏文化》中,详细阐述了《格萨尔》唱腔音乐本来丰富多彩,但它由于完全依靠原始的口传形式保存于民间,未能以文字形式一一记录下来,使其失去了众多的唱腔。而广大的民间仍保存着许多类似唱腔。近代许多"仲肯"的说唱表演,他们为了讲述更多更长的史诗而把主要精力集中在内容方面。对于音乐唱腔的使用,有一些是人物专曲专用的,有一些是人物共同使用几首唱腔的情形,但是,没有很明显的标题性专用唱腔。目前果洛地区所演述的格萨尔史诗的所有说唱记载,都是为了更好地塑造和表现众多人物的艺术形象与思想感情,在每段重点唱段前不仅明确了唱腔的标题名称,而且有的人物对自己所使用的唱腔做出了种种解释和赞美。如在《霍尔岭大战》中,当格萨尔王从羌塘回到岭国时,蓝色的猎鹰在对国王的唱段中唱道:"我很想唱首《洁白的六声曲》,但我嘴角坚硬不能唱,现用《猎鹰六声曲》唱出家中发生的诸事。"[①] 如《赛马称王》全书共由 56 个唱段组成,其中以人物特定标题性专曲专用的唱腔就达 36 首之多;《霍尔岭大战》全书共由 233 个唱段组成,其中以人物特定标题性专曲专用的唱腔就有 46 首;等等。如果按此方法对《格萨尔》中的所有音乐唱腔进行统计,那么可以肯定《格萨尔》的音乐唱腔不仅丰富多彩,而且数多量大,是一种十分庞大的曲调群体。[②] 郭晋渊在论文中还指出,关于不同人物所使用的特定标题性专曲专用的问题,在《格萨尔》中有了简略的说明。如在《达岭大战》中,岭国要人妮琼唱道:"深明行道是活佛曲,九声是咒师曲,母虎吼叫是官人曲,吉祥八宝是僧人曲,我唱喜鹊扬声曲。"[③] 这反映了不同人物使用标题性专曲专用

---

① 郭晋渊:《格萨尔史诗的藏戏文化》,《西藏研究》1991 年第 4 期。
② 同上。
③ 同上。

的习惯。另外，随着故事情节的变化，每个主要人物又有众多特定标题性唱腔，而且为了表达不同的感情使其成为不同的种类。在《赛马称王》和《霍尔岭大战》中格萨尔王使用几十个不同种类的唱腔，如《大海盘绕古尔鲁曲》《金刚古尔鲁曲》等是显示人物特殊地位的唱腔；《宛转的情曲》《终生无变曲》《吉祥八宝曲》是表现人物谈情说爱的曲种；《呼天唤地曲》《呼神箭歌曲》是祀祭用的曲种；表现人物在大庭广众叙述实例的专用曲种有《大河慢流曲》《欢聚江河慢流曲》《高亢宛转曲》；表现人物战斗激情的专用曲种有《攻无不克的金刚自声曲》《威镇大地曲》；等等。类似情况在《格萨尔》说唱艺术中处处可见。所有这些充分说明，音乐以其独有的艺术手段或功能塑造了众多不同人物的艺术形象，为史诗的内容增添了无比辉煌的光彩，为格萨尔戏剧音乐和唱腔体系的形成、发展起到了巨大作用。

总而言之，一方面，格萨尔说唱音乐传统，保留说唱韵律、曲牌特点，在唱腔上，注重情感的抒发和演唱形式的多样化，如独唱、合唱等。另一方面，在戏剧化的手法上做了多方面的尝试和开创。如在作曲技巧上，格萨尔剧不但对格萨尔史诗音乐与唱腔的运用更为完备和富有变化，使之更符合戏剧化与性格化的要求，而且在曲调的处理上也更致力于情感表达的细致入微，更注意到旋律上的婉转优美，比较有意识地运用音乐上的"声情"来发挥文学上的"词情"。在演唱艺术上，不仅要以本土民族语言演唱，保留纯正的本土语言、句法结构、平行关系等重要因素，包括朗诵、歌唱、吟诵、说话、语气等。

四 格萨尔戏剧演述的诗学特质

民族志诗学，不仅关注诗歌的词语，而且也关注情境性语境中的诗歌表演，表演对于理解诗歌的社会角色和审美价值具有重要意义[①]。因为，口头艺术讲述的声音是由多种声音构成的，它包含音调、韵律、节

[①] [美]理查德·鲍曼：《作为表演的口头艺术》，杨利慧、安德明译，广西师范大学出版社2008年版，第267页。

奏、唱词、诗歌、角色扮演、戏剧叙事等诗学特征。格萨尔史诗说唱者用多种声音讲述不同人物，而戏剧演述继承其形式，由讲述者用不同声音承担故事叙事表演角色的吟诵、对话和说唱。因而，格萨尔戏剧演述中完整地呈现了史诗遗韵之诗学特质。

（一）戏剧演述情境的诗性特征

我们对格萨尔戏剧演述情境做了观察，以此探讨其诗学特质：

  2014年8月15日，青海果洛藏族自治州建州60周年庆典，格萨尔说唱艺人和格萨尔藏戏团都参加表演。其中，甘德龙什加寺、龙恩寺、达日县查朗寺格萨尔藏戏团表演了马背藏戏《赛马称王》，该剧的表演是由一说唱者用不同的声音承担戏剧中所有人物的演唱包括说唱、歌唱、念白等，其他演员在表演场地扮演各个角色。
  如格萨尔戏剧《赛马称王》第一场：
  说唱人讲述：岭国众将聚达塘，
  苏青魏马邀诸君，
  晁同倡议行赛马，
  总管叔叔做决定。
  扮演格萨尔、晁同、嘉察等演员用戏剧表演程式图解其内容。
  由此观之，格萨尔戏剧是由一讲述人承担各种角色的唱词，扮演各种角色的声音，以讲述格萨尔史诗故事展示戏剧情境，而演员要依据讲述人的讲述事件进行戏剧扮演，是一种演述史诗的戏剧说唱表演。可以说表演作为一种口头交流的模式，演述则是将口头叙事用戏剧行为展现情境与场景的一种表演。所以格萨尔戏剧演述形态的叙事方式，便是说唱或者说讲述，且说唱音乐贯穿整个史诗表演，具有较强的诗性特征。①

从这一幕看出，格萨尔戏剧演述依然是史诗韵文形式，但是一种歌

---

① 《格萨尔文库》第一卷，甘肃人民出版社1996年版，第280页。

体。这种歌体的体裁，是在古代藏族民歌的基础上逐步形成发展起来的。格萨尔史诗一般都是四、五、六、七言，整齐而无变化的句式，当剧作家将史诗转写戏剧演述过程中依然保留了该句式。

  2014年6月8日，笔者前往青海黄南藏族自治州同仁县江什加村，拜见藏戏传承人李先加戏师，在访谈中，了解到他们表演格萨尔戏剧形式则不同于果洛，首先具有相应的语言形式，使整齐划一的句式，变为变化多端的生动活泼的句式，以便铺叙情节，刻画人物，展开冲突。这种戏剧体诗的歌诗，它是声与诗结合的产物。如格萨尔戏剧《阿达拉姆》的诗体格式是：

> 阿达拉姆啊，你别畏怕向上行，
> 跟我格萨尔往上行，
> 耳听我铿锵铠甲声往上走，
> 目盯我白闪闪的盔光往上走，
> 紧跟我赤兔往上走。
> 且上行来且祈祷，
> 心向西天做祷告。①

  格萨尔说唱艺人为了使原有的诗适应歌唱，就加进了"散声"，散韵结合，就成了长短句，使旋律有所变化。这种变化，就是元稹在《乐府古题序》中所说的"因声以度词"。格萨尔戏剧中描写就细腻得多了，这正是戏剧演述所需要的。格萨尔剧在演述其史诗时，其长短句就是词，词在音乐上"犯调"（相当于戏曲的"集曲"）的出现，更加促使了诗句的变化，诗与声共同进入了戏剧剧诗的境界。因此，词"能言诗之所不能言"② 这对剧诗描写情感的起伏、节奏的变化、浓淡的调剂、高潮的迭起都是有利的，使戏剧叙事有了审美性。

  这里值得指出的是，史诗格萨尔说唱音乐属于民间音乐，史诗是通

---

① 《格萨尔文库》第一卷，甘肃人民出版社1996年版，第280页。
② 苏国荣：《中国剧诗美学风格》，上海文艺出版社1986年版，第8页。

过它的基本旋律和节奏来塑造艺术形象的。格萨尔史诗由说白形式的散文部分和演唱形式的韵文两部分组成并推动史诗故事发展的,二者既刻画人物形象,又推动故事情节发展,紧密结合且不可分割。史诗音乐的文学叙事性既表现在散文说白部分,又呈现在韵文演唱形式之中。格萨尔故事是以口耳相传的方式进行交流的口头叙事文学,最初都是靠艺人的口头说唱来流传的,其诗歌语句、声音、韵律等构成史诗音乐叙事元素。当史诗以戏剧形式叙事表演时,仍然由艺人完整地再现史诗所有的表演特性,"比如用说话、吟诵和歌唱方式呈现史诗中的谚语、咒语、预言以及各种叙事"[①]。情境性语境中的诗歌、史诗和戏剧表演的结合,呈现出诗性美,从而使格萨尔戏剧具有史诗音乐的文学叙事性。至于用"声音叙事,就是保留格萨尔演唱的原有语言来呈现,如诗歌格律、重复句、比喻、排比、语句、语调、韵律以及仪式中的咒语、预言、祷辞等"[②],这些元素构成了史诗音乐的文学叙事特质,既便于说唱和表达,又更具感染力,同时,形成了格萨尔戏剧演述的诗性特征。

(二) 说唱者戏剧演述的史诗遗韵

格萨尔演述形态,即表演形态。在人文社会学科领域里对"表演"一词有各种各样的用法,在人类学中主要有两种,一种是把表演看成特殊的、艺术的交流方式;一种是把表演看成特殊的、显著的事件。前者的特点在于表演是一种艺术性的言说方式和交流模式;后一种特点在于将视角和方法致力于"文化表演"的研究。《格萨尔》戏剧演述形态既是一种特殊的艺术交流形式,又是一种特殊的历史事件。在表演中格萨尔说唱居于特别重要的位置,这种以说唱为主的叙事特点的形成,既是对史诗叙事方式的继承,又是口头叙事表演传统的延续。安多地区固有的格萨尔调为代表的说唱艺术,在演唱艺术的发展上具有很高成就。它善于运用长篇歌唱形式,来刻画人物形象,由讲述人叙述故事,演员依据

---

① [美] 理查德·鲍曼:《作为表演的口头艺术》,杨利慧、安德明译,广西师范大学出版社 2008 年版,第 267 页。

② 同上。

讲唱内容运用戏剧动作合歌舞而表演故事，同时它又是对历史事件的描述，即一种文化表演。如青海果洛格萨尔史诗讲述者充当着重要的角色——他们艺术性地叙述和赞颂着格萨尔，同时也艺术性地展示了自己的行为。而这种行为既是他们的生活方式，又是社会生活行为。这种社会行为作为艺术交流模式的表演而建立，从而维持着整个价值体系。

格萨尔史诗口头叙事是由一说唱者以多种声音演唱故事构成的，格萨尔戏剧演述继承史诗之遗韵。即不同的人物，以及同一人物在不同场合会有不同讲述方式和不同的声音、语气、语调等，同时剧情发展的叙述本身也是由不止一种声音所承担的，包括朗诵、歌唱、吟诵、对话等。因而，我们课题组于2013年9月5日至12日，对于格萨尔演述情境中演述者个体演唱行为，在黄南州泽库县格萨尔藏剧团做了为期一周的考察，对于更藏吉和洛娃艺人的演唱与表演行为做了记录，以此来关注口头演述的诗学特质。

访谈1：

被访谈人：更藏吉，女，藏族，30岁，1983年出生于青海省黄南藏族自治州泽库县一个很不知名小村落，村落只有一百余户人家。她会唱十多种格萨尔曲调。她说在藏戏表演时可承担多个角色的演唱。她为我们演唱了格萨尔出征调、珠姆调、晁同调、丹玛调、辛巴调、道歌调、吉祥调、赞帽调、凯旋调。

根据录音记谱：格萨尔出征调①：

---

① 陈乔记谱，陈乔系青海民族大学中国少数民族艺术专业2012级民族戏剧学硕士。

254 / 格萨尔史诗从说唱到戏剧演变研究

珠姆演唱调①：

访谈 2：

被访谈人：洛娃，男，藏族，50 多岁，泽库人。他为我们讲唱了《英雄诞生》篇中的一段，时间 30 多分钟。在说唱中语气、语调、唱腔极为丰富。

图 18　更藏吉和洛娃

泽库县的两位说唱者，与笔者曾在果洛考察格萨尔说唱者的表演形态和声音、语气、神情等有所不同。格萨尔艺人都能说唱几部、几十部、

---

① 陈乔记谱，陈乔系青海民族大学中国少数民族艺术专业 2012 级民族戏剧学硕士。

甚至上百部的史诗故事，他们说唱相同的内容，或者不同的内容都是各具特色、自成体系，也可以说一个说唱艺人就是一种风格。这种独特的说唱艺人风格一方面是由格萨尔艺人的特殊性所决定的，如艺人神灵附体行为、讲话方式、声音等；另一方面由口头叙事形式决定的，所有口头叙事包括散文叙事，其实都是诗性的。"这种诗性是由叙事过程中的沉默、换气、停顿等语气以及本土语言、句法结构、平行关系等重要因素决定的"[1]。

在这里，首先，我们通过对泽库格萨尔艺人的观察，可看到讲述人在戏剧演述中呈现出的史诗遗韵。

一是，讲说格萨尔故事的说唱者，用多种声音承担或者扮演故事中所有人物的行为和表情，叙事中语调、语气多变、声音顿挫有致，且伴有歌唱（赞颂之词）；二是，说唱者熟悉多个曲调，并用多个曲调塑造人物形象；三是其曲调与格萨尔史诗中音乐曲调相同。由此，我们获知格萨尔戏剧演述形态中呈现出的说唱叙事的诗性美。

总之，格萨尔史诗和戏剧中的讲述人特征大致相同。格萨尔史诗不仅讲述整部故事情节，而且扮演故事中所有的角色（不同角色有不同情感色彩说唱），格萨尔戏剧继承这种演唱形式，整部戏剧专门有一个讲述者承担所有角色的演唱，也就是说，"一人主唱"的特殊表演形式，即格萨尔史诗说唱艺术，已有戏剧演员扮演所代替。也就是在格萨尔戏剧表演中，这个剧情和角色都保留了说唱艺术的特点，不论短篇还是长篇，都是连说带唱由一人包到底，而剧中每个角色只有用动作表演说唱的内容，而不需演唱。其表演是以一种特殊的、艺术的交流方式，表达一种特殊的、显著的事件。这也反映了格萨尔戏剧演述中还保留着史诗说唱艺术的言说方式和交流模式。

在考察中记录演述的音声、乐谱和表演情境及表演者呈现的诗学特质是十分有意义的。讲述人说唱表演，始终是口头叙事，以口头讲述形式流传的一种说唱艺术。泽库洛娃的讲述呈现给我们的是歌唱、歌手和叙述事件的表演，他的歌唱显示了藏语言韵律之美，语调或高亢或婉转，

---

[1] 朝戈金：《口头史诗诗学》，《民俗研究》2007年第2期。

犹如一曲高山流水、语气舒缓流畅，其表演极富美感。笔者认为，这种美感来源于藏民族的语言，其藏语言具有音乐性，因为藏语言有音高，有调式、音阶、旋律等音乐特征，其中不同的诗行、不同的人物、不同的段落均有不同的音乐曲调，可以说是单声部旋律语言的史诗表演。格萨尔诗人正是通过诗歌与音乐的结合，以口头创作、即兴演唱的活态的口头叙事形式得以传播的。我们可以从《赛马称王》卷中看到这些模式的例证。这部史诗歌的音乐记录便是个现成的例证，如格萨尔戏剧《赛马称王》觉如用河水慢流调唱道①：

旋律唱段为 G 宫调式，它是一种特殊的故事说唱，散文、韵文交替进行。史诗通常与音乐紧密结合的，诗歌成为音乐的载体，诗歌的繁荣带动音乐文化的发展，在格萨尔史诗的吟唱中，藏族音乐得到发展。这一文体风格是在表演中创造和形成的，从遥远的时代起，所有的演唱者都是如此，洛娃的演唱自然而然地形成自己的模式和节奏，一部史诗歌的开头有其独特的模式，它有自己的开端和节奏。至少有一个不断重复的韵律模式，用来支撑持续的叙述。从更藏吉的演唱中可以看出，她的讲述通过韵律、节奏和旋律的转变，有时候是为了强调戏剧性，会出现一个偏离主要模式变异的诗体，等到再度重新演唱时，还会有另一种变异的文体，史诗的结尾也有其结束的曲调。

通过对格萨尔史诗说唱艺人的考察，我们发现《格萨尔》说唱通常是由一人演唱，说唱者扮演史诗中所有的角色，由一人承担多人声音，包括表现叙事中的语气变化、声音顿挫等诸多因素，他们有着超常的模仿才能。无疑，格萨尔史诗是特定地域和特定民族独有的诗歌形式，其

---

① 陈乔记谱，陈乔系青海民族大学中国少数民族艺术专业 2012 级民族戏剧学硕士。

藏民族的语言调值、修辞手法等诸方面的独特性，使其史诗的说唱更具民族神韵和艺术精华。因此，当格萨尔史诗转写为戏剧演述形态时，就是史诗说唱音乐传统的延续、继承和发展。

依据格萨尔说唱和戏剧演述的考察与描述，我们大致可以总结和归纳出以下诗学特质：

首先，口头文本在史诗和戏剧表演文化语境中，依然保留着自己独有的诗歌叙事结构，比如，格萨尔讲述人的说话、吟诵和歌唱等叙事形式，呈现出藏民族特定文化的独特性与审美特征。

其次，格萨尔戏剧演述保存传统，作为演述的音声或乐谱的记录，它将音声的多种表达方式赋予戏剧形式的言说与交流，较完整地再现文本所具有的表演特性，即用口头诗歌的原有语言来呈现格萨尔戏剧演述，是十分有意义的。

最后，格萨尔戏剧保留了口头艺术中的多种声音，即一个人物在不同场合会有不同的说唱方式，包括语气、语调、韵律等因素。这是诗性的，这种诗性是由叙事过程中存在的语言特征，如音调、韵律、节奏、唱词、诗节、声腔、叙事范式等诸多因素所决定的。因此，呈现了格萨尔戏剧演述形态中史诗表演所产生的诗学效果。

第 十 章

格萨尔戏剧结构与程式

自 20 世纪 80 年代初,格萨尔研究从格萨尔学开始成为一个整体的研究领域以来,格萨尔学研究特定象征形式——说唱表演和文本,就一直处于这门学问探究的中心,而且它们的确维持了一种有关社会、文化、语言、艺术与意识形态等格萨尔学天生研究对象的整合观点,这正是令人振奋的原因。进入 21 世纪,格萨尔口头文学、口头传统的研究,戏剧、乐舞和说唱文本与动态表演情境研究已经受到学者关注,得到来自比以前更为广泛的学科的研究。格萨尔史诗表演的研究,是能够为这种学术事业做出充分贡献的领域之一,就在对于口头叙事表演的研究方面。尽管格萨尔研究把自己的论述集中在说唱与文本的研究,但格萨尔说唱表演,实际上是一种独特的戏剧表演,是集中在戏剧、表演和文本之上。本章就以格萨尔表演为中心,研究戏剧结构与表演程式所具有的文化意义。

一 史诗结构与戏剧程式

《格萨尔》口头叙事表演的艺术结构,大体有两类:即以事件为中心和以人物为中心的结构方式。两种结构,在《格萨尔》史诗里兼而有之,交替使用,互相补充,形成了格萨尔口头叙事表演独特的结构方式。正如格学大师降边嘉措所言:"《格萨尔》同时采用了以人物为中心和以事件为中心相结合的结构方式,所以显得灵活多样,充分显示了它的丰富性、多样性和随意性，而这种特殊的结构方式，为它的发展创造了条件。"① 实际上，格萨尔戏剧依然保留史诗口头叙事表演的艺术结构与程式。

格萨尔史诗采用"一系列象征符号和一系列象征性行为，并通过戏剧化这一形式，展示了藏族部落的社会关系"②。《格萨尔》史诗的事件是战争，"它的全部内容展示了一场场世俗与神魔的战争场面，英雄、美人、圣哲、魔王、暴君、奸臣等等纷纷登场，事件的情节比较集中、紧凑，所有的活动都围绕一个中心事件来展开，形成了一幅幅感人的战争画卷"③。这一主题又是以人物为中心的，"以格萨尔作为贯穿全书的中心人物，编织故事，安排情节"④。比如《降伏魔国》《霍岭大战》《降服霍尔》《岭与姜国》的战争起因看，这几部应该属于保卫物质财富的战争。从整个史诗的结构上看，这类战争处于全部史诗的前部，为社会关系的变化铺垫了话语权。因此，产生了岭国和格萨尔保卫国家的利益和人民的物质资料之上的远征和讨伐。如北方魔王鲁赞，抢走格萨尔的王妃梅萨，爆发了降伏魔国的战争。霍尔王趁格萨尔远在北方，举兵犯境，掠夺国家的财宝，而爆发了霍岭大战。所以，这些事件就变成了社会力量的象征化力量的象征行为展示，成为一种戏剧表演的性质和特征的仪式行为。

其中每个故事中，在整个《格萨尔》史诗中又形成一定的程式，除去《天界篇》《英雄诞生》《地狱之部》等少数几部外，一般都是一个分部本讲一个战争故事。一个故事由三个部分组成：一是战争的起因；二是战事，这是故事的主体；三是战争结束。结局是善与恶的斗争，格萨尔胜利，妖魔失败。这种结构成为说唱表演的固定模式。

史诗文体也是固定程式。一般为散韵结合，主体唱段包括开头，主要故事内容和结尾。开头包括赞辞、祈祷词以及自我介绍；主要内容，

---

① 降边嘉措：《格萨尔论》，内蒙古大学出版社1999年版，第617页。
② 周炜：《西藏文化的个性——关于藏族文学的再思考》，中国藏学出版社1997年版，第139页。
③ 同上。
④ 降边嘉措：《格萨尔论》，内蒙古大学出版社1999年版，第617页。

是唱词的核心；最后一般是以颂赞结束全诗。值得注意的是，这种固定结构和表述方式，格萨尔史诗中的明显表现出重复特征，无论是结构还是语言、内容，都具有一定的程式，它便于格萨尔讲述者记忆和表演。

史诗表演"程式"可指代两种现象，一是重复使用的名词属性形容词；二是表演场景的重复。我们可以从多种角度来研究重复的词语，诸如文本分析、计算重复的数量，将相同的词语分门归类，从而抽绎出以程式进行创作的方法。但是，我们以往是用这种方法来研究文本，并非从口头演唱者中研究最初未经研究者记录的口头诗歌表演，也没有考虑这些文本是否为同一说唱者演唱，是演唱的还是背诵的，不管这些文本的搜集背景如何。因此，关于特定传统中口口相传的过程，其中的许多细节尚待分析。在这章中，我们试图从史诗说唱艺人的角度，从传统的角度来考察戏剧表演结构与程式，这正是格萨尔史诗说唱表演的延续。

关于格萨尔戏剧表演结构与程式，既继承了格萨尔口头叙事表演的说唱结构，又融入了藏戏表演的"温巴顿""雄""扎西"三段式戏剧结构，其音乐唱腔与格萨尔史诗说唱特征、韵律、曲调、唱腔等是一致的。戏剧表演程式是戏曲中运用歌舞手段表现生活的一种独特的表演程式，它是作为演员进行舞台创作的戏剧艺术语言，具有较强的可塑性。其表演程式一般是从生活中提炼，但又从生活出发，根据人物性格和戏剧规定情境创造而成为一种程式的规范，其基本特征为综合运用唱、念、做、打等多种手段讲述故事的程式化和戏剧化的歌舞表演。格萨尔戏剧既具有中华民族戏剧共同的风格特征，如歌、舞、剧、技的有机结合以及戏曲程式化的表演手段，又在产生、形成与发展的历史中，有自己独特的人文生态环境以及民族语言、音乐、唱腔、舞蹈动作的艺术提炼与规范，且有不同的综合方式，形成了格萨尔戏剧独有的表演程式，即以歌舞性与戏剧性相统一、虚与实相结合的戏剧表演程式来演述格萨尔史诗的戏剧形态。

二　格萨尔剧目与表演

藏族史诗《格萨尔王传》，以讲述格萨尔这一理想中的民族英雄人物的坎坷经历和他克敌制胜的非凡业绩而构成了宏大的叙事结构,《天岭卜筮》《英雄诞生》《赛马称王》《降伏魔国》《霍岭大战》《地狱救母》等许多部故事,虽然独立成篇,但就史诗的整体结构来说,形成了一个具有内在联系的叙事链条,那就是格萨尔这一天神之子应岭国百姓的祈盼,投胎转世,来到人间,成为岭国国王后,征战四方,在与各种敌对势力的较量和角逐中,靠神力和勇武取胜,造福百姓,最后重返天国的神话故事。格萨尔史诗植根于当时社会生活的沃土,不仅概括了藏族历史发展的重大阶段和进程,揭示了深邃而广阔的社会生活,同时也塑造了数以百计的人物形象。格萨尔戏剧把这一系列可歌可泣的情节内容重塑为完整的艺术整体,以戏剧表演展示了格萨尔史诗的博大精深和整体合一。

(一)主要剧目故事情节

格萨尔戏剧以演出《格萨尔王传》史诗为主要内容。果洛格萨尔剧目是由果洛各寺院的活佛依据《格萨尔王传》和《格萨尔故事》文本节选改编,并由他们兼导演,由僧人扮演剧中人物而表演的剧目。民间表演剧目主要有《赛马称王》《天岭卜筮》《英雄诞生》《十三轶事》《霍岭大战》《阿德拉姆》《格萨尔出征》《格萨尔降魔》《岭与姜国》等剧目。专业剧团改编创作剧目有《赛马称王》《霍岭之战》和《辛丹虎狮合璧》等。

主要剧目故事情节介绍如下:

《赛马称王》根据《格萨尔王传》故事改编,由果洛藏族自治州各寺院"格萨尔"藏戏团演出。该剧主要描写格萨尔在叔父晁同的迫害下,经历了种种磨难,终于成长起来。到十五岁时,岭国举行盛大的赛马会。格萨尔在赛马中夺得第一名。按岭国规矩当了岭国国王并娶最美丽的珠姆为妻。

《天岭卜筮》根据《格萨尔王传》故事改编,由果洛藏族自治州各寺院"格萨尔"藏戏团演出。该剧主要描写人间妖魔鬼怪横行,善良百姓遭受欺压和残害;部落之间互相征战,民不聊生。天神们看到后,心中不忍,便集会商量,决定派天神幼子顿珠呷保降生人间,扫除暴虐,消除妖魔,拯救黎民百姓。顿珠呷保当时不愿下凡,便躲藏起来。九次躲藏，九次都被找到。最后，他同意降生人间，这就是格萨尔王。

《英雄诞生》根据《格萨尔王传》故事改编，由果洛藏族自治州各寺院"格萨尔"藏戏团演出。该剧主要描写尕部落杀了岭国总管王戎擦叉根的儿子，岭国起兵报仇。尕部战败，首领逃走。首领之妻、龙王的三女儿尕姆被岭国抢去做了僧伦的妻子。他们便成了格萨尔人间的父母。在尕姆怀格萨尔时，父亲的第三个妻子纳提门，怕尕姆生了男孩对自己不利，便和僧伦的弟弟晁同勾结起来，挑拨离间，唆使僧伦把尕姆赶出家门，住在荒郊野外的破帐篷里，格萨尔就在这种逆境中降生人间。

《十三轶事》根据《格萨尔王传》故事改编，由果洛藏族自治州各寺院"格萨尔"藏戏团演出。该剧主要描写晁同为了夺取权力，千方百计迫害格萨尔母子。当格萨尔刚刚降生时，晁同便把他埋在土坑里，格萨尔以神通逃出土坑。晁同让喇嘛念恶咒诅害格萨尔，格萨尔也设法战胜。晁同对格萨尔进行了十三次迫害，都被格萨尔躲过或战胜。格萨尔母子以挖人参果、捉田鼠甚至乞讨为生，过着贫苦的日子。后来，母子二人到了黄河川，使当地变成牧草丰盛、牛羊肥壮的地方，格萨尔当了黄河川的主人。

《霍岭之战》根据《格萨尔王传》故事改编，由果洛藏族自治州各寺院"格萨尔"藏戏团演出。该剧主要描写霍尔国黄帐王依仗自己的势力，为娶到美女做妻子，便派人寻找，发现珠姆最美丽，黄帐王心中大喜，又探知格萨尔去北地降魔未回，便决定趁机入侵岭国抢夺珠姆。岭国众英雄和百姓在总管王叉根和格萨尔的异母哥哥贾察协呷尔的率领下，奋起抵抗霍尔的侵扰。经过浴血奋战，岭国屡屡获胜。霍尔国损兵折将，惨遭失败，正要退兵逃遁，不料晁同背叛，向霍尔王通风报信，并做内应，致使协呷尔等岭国众英雄被杀。珠姆团结众将与百姓继续抗击，也遭失败。珠姆被抢走以后，晁同当了岭国国王。格萨尔的父亲被迫放牧牛羊。后来，格萨尔摆脱了梅萨的阻碍，得知岭国确实情况，便立即赶回岭国。在牧场见到父亲，探听到了晁同的行动，捉住晁同，给以应得的惩罚，救回了珠姆。

《阿德拉毛》又名《阿达拉姆》，根据《格萨尔王传·地狱救妻》编演。由果洛、黄南藏族自治州民间藏剧团表演。故事叙述格萨尔王远征后,王妃阿达拉姆染重病,百药无效,历49日去世。其魂入地狱,见阎王诉说生前所做善事的故事。有判断善恶的黑白二人自其左右肩上出。白者道其为王妻、信佛无恶,应入极乐世界;黑者道其为坏人,应入地狱受罪。阎王不能决,遂将其打入地狱。格萨尔回国后,知妻灵魂下了地狱,便进入地狱,与阎王理论,救出爱妃与十八层地狱受难者。

图19 《阿达拉姆》中格萨尔地狱救妻一场   (曹娅丽拍摄)

《辛丹虎狮合璧》,根据《格萨尔王传》故事改编。由青海海南藏族自治州民间歌舞剧团表演。故事讲述了很久以前,在美丽的花花岭国里,有一个孩子名觉如,他在奇异境界里诞生和长大成人。在岭国英雄云集、赛马争夺王位时,力战群雄并得胜称王,遂进驻岭国都城森周达泽宗,尊号为格萨尔,并娶美丽的姑娘珠姆为妻。他降敌驱害造福藏族人民,为这片纯净而祥和之地带来了幸福和安康,岭国祥和的生活在桑烟中缭绕,彩幡中飘扬。岭国在逐渐富饶和强大,但也常遭到敌国的侵扰。格萨尔称王后的第三年,再次率兵执锐,驰骋沙场,而国土的安康交由骁勇善战的英勇大将来保卫。在一场别开生面的文武比试中,以智慧取胜的嘉察协噶最终担负起这个卫国的重任。但因他赤胆忠心和权威士气却遭到格萨尔叔父晁同、岭国奸臣的嫉陷。阴谋满腹的晁同密谋霍国残暴好色的葛嘎尔王，协同敌国将珠姆掳走，借此怪罪于嘉察夺取兵权。嘉察义无反顾地率军与霍国大军抗衡，在晁同背叛的危局之下身先士卒，勇敢杀敌。最终以少抗多，殒命沙场，留得忠烈之名世代传扬。

从《格萨尔王传》的故事结构看，纵向概括了藏族社会发展史的两个重大的历史时期，横向包容了大大小小近百个部落、邦国和地区，纵横数千里，内涵广阔，结构宏伟。主要由三个部分构成：第一，降生，即格萨尔降生部分；第二，征战，即格萨尔降伏妖魔的过程；第三，结束，即格萨尔返回天界。三部分中，以第二部分"征战"内容最为丰富，篇幅也最为宏大。除著名的四大降魔史——《北方降魔》《霍岭大战》《保卫盐海》《门岭大战》外，还有18大宗、18中宗和18小宗，每个重要故事和每场战争均构成一部相对独立的史诗，成为戏剧表现的主要内容。

据《藏族文学史》所举的《格萨尔》的内容看，除《天岭卜筮》《英雄诞生》《赛马称王》《提吾让玉国》《地狱救母》《安定三界》《中华与岭国》《阿达拉姆》等外，其余的各部都与上述的物质战争有关。这种物质战争又分为两类："一种是保卫物质财富的战争，一种是从奴隶主阶层（暴君、魔王）那里夺回属于人民的物质财富的战争。"① 两者均反映了藏族部落社会的财产观念——部落的、私人的财产和物质资料应该得到保护，掠夺是非法的，这是完全符合部落和奴隶利益的。格学研究者周炜博士在《西藏文化的个性——关于藏族文学的再思考》中，详细分析格萨尔史诗的战争主题除上述一种外，还强调了"第二种战争是夺回属于人民的物质资料，再分配的战争，它在史诗中的数量最多，如《祝古兵器库》《松岭大战》《索布马国》《珊瑚聚国》《典马青稞国》《白利羊国》《米努绸缎国》《西宁马国》《开启药城》等都属于这种战争"②。实际上，"格萨尔史诗主题多是战争内容，在古代时期藏民族先民认为格萨尔是战胜苦难、捍卫国土家园、保护人民的物质财产和拯救人

---

① 周炜：《西藏文化的个性——关于藏族文学的再思考》，中国藏学出版社1997年版，第148页。
② 同上。

类的化身，他们祈望实现格萨尔征服外部世界，夺回财富，重新分配给人民的思想愿望。这里的人民包括岭国和被征服的部落的人民。这类战争明显的特点是极富有物质欲"①。可以说格萨尔成为满足人民物质欲的化身，《格萨尔》被物质化了。比如《松岭大战》讲述了格萨尔率兵战胜松巴国王甲玛坚赞，夺取松巴犏牛的故事。犏牛作为藏族必不可少的耕牛和高原之舟，是极为重要的生产资料，《松岭大战》所表现的对犏牛的渴求欲和藏族人民的心理是一致的。《典玛青稞国》讲述格萨尔的大将典马叉香原是典马青稞国人，被国王萨霍尔驱逐到岭国。后在格萨尔的帮助下，打败了典马国，打开青稞库，分配给人民。这正好反映了藏族人民对青稞的欲求。藏族社会发展到史诗时代，它的社会形态的变迁是相当缓慢的，它的集体无意识除了表现在对精神的追求上，还显露出它对物质的极大崇拜。由于人民长期处于物质资料的极度缺乏中，起码的物质需求长期得不到满足，而幻想与实际生活的需求却又无边无际，于是史诗的作者们只能不断地将这种需求赋予格萨尔。人们渴望布绸，就创作了《米努绸缎宗》，人们缺医少药，就出现了《开启药城》，人们需要金钱，就有了《阿里黄金国》。可以说集体无意识之故，《格萨尔》的创作者和接受者的心理达到了统一，于是《格萨尔》才出现了一系列的物质战争，表现了史诗物质崇拜的哲学内涵。周炜博士认为："《格萨尔》的这种哲学思想体系可以说源于普度众生的观念，然后它又超越了这种主观唯心主义。岭国的世界，是用战争和物质实现了的理想社会，《格萨尔》所认识的世界是精神和物质二元统一的世界，这就是藏族的集体无意识在《格萨尔》中的哲学体现，这就是《格萨尔》的全部哲学思想价值。"② 在格萨尔剧目中除战争外，更多的是有关格萨尔降生人间，扫除暴虐，消除妖魔，拯救黎民百姓具有神话和巫术色彩的内容，既含有艺术性，又具宗教性，既有浪漫色彩，又具现实意义。

---

① 周炜：《西藏文化的个性——关于藏族文学的再思考》，中国藏学出版社1997年版，第149页。

② 同上。

（二）戏剧冲突与史诗内涵

戏剧冲突即 conflict of dramaturgy，表现人与人之间矛盾关系和人的内心矛盾的特殊艺术形式。它来源于拉丁文 conflitus，可译为分歧、争斗、冲突，等等。同时也是戏剧中矛盾产生、发展、解决的过程，由戏剧动作体现出来。

从戏剧艺术诞生时起，剧作家就用多种方式表现人所面临的各种矛盾。在不同时代，不同国家，由于社会生活的变异性，由于剧作家观察、表现社会生活的角度和深度不同，作品中戏剧冲突的内容和表现方式都有所不同。人们可以从作品的戏剧冲突中感受到特定时代、特定国家社会生活和人际关系的某些本质方面。在戏剧理论中，很多学者也曾在不同程度上强调戏剧冲突在戏剧作品中的地位和作用，如伏尔泰认为每一场戏必须表现一次争斗；黑格尔把"各种目的和性格的冲突"看作戏剧的"中心问题"；法国戏剧理论家布伦退尔在《戏剧的规律》中，则明确把冲突作为戏剧艺术的本质特征；此后很多理论家同意布伦退尔的观点，遂形成了解释"戏剧的本质"这一命题的一种观念——冲突说。在中国戏剧理论和批评中长时间流行一种说法：没有冲突就没有戏剧。

布伦退尔把戏剧冲突的内容看作意志冲突，即人的意志与神秘力量和自然力量之间的冲突。J. H. 劳森试图从社会学的角度发展布伦退尔的意志冲突说，把戏剧冲突的内涵引申为社会性冲突。他一再指出：人们都是在特定的社会环境中生活着，社会环境不断对人们发生影响，人们从中获得印象，并产生"采取行动的欲望"——自觉意志。人的意志必须受到两方面的检验：其一，他对社会环境的认识是否正确；其二，他要采取的行动及其后果是否符合"社会必然性"。人总是生活在现实的社会关系之中，因而，人们所面临的各种矛盾以及由此而产生的冲突，都具有社会性。

劳森所说的社会性冲突，正是赋予意志冲突以社会内容，强调剧作家在处理戏剧冲突时应反映社会关系的本质方面和社会必然性。布伦退尔提出的意志冲突和劳森强调的社会性冲突，都只是从某个角度说明了戏剧冲突的内涵。另外，一些戏剧理论家们对此则有不同的看法，有人认为，在具体的作品中，某一人物要与其他人物发生冲突，虽然总是包含着自觉意志的作用，人物之间冲突的尖锐程度，也往往取决于冲突中人物自觉意志的强度，但是，在很多剧作中，人物自觉意志形成的过程、意志与行动的关系，却往往显得复杂得多。

人物受特定情境的影响，往往要经历复杂的内心活动过程才凝结成意志，在意志形成之后也不一定就直接采取行动，从意志到行动的过程往往由于心理活动的复杂性而形成微妙多变的状况。因此，尽管剧作家在处理戏剧冲突时不可避免地会涉及人物的自觉意志，然而，在冲突的实际过程中，它并不是单一的决定性力量。

《格萨尔》史诗的规模和它所描写的内容都是十分浩繁的。①"但是它的内涵又都超不出物质和精神两方面，从哲学意义上讲，精神和物质组成了《格萨尔》的世界，是《格萨尔》的作者们对世界认识的结果。"② 人是生活在现实的社会关系之中，人们所面临的各种矛盾以及由此而产生的冲突，都具有社会性，是社会性冲突。他要采取的行动是符合社会必然性的。正如周炜博士所论证的《格萨尔》中的无数次战争，都是物质和精神结合的具体表现。所谓物质，就是同妖魔的战争后被解放了的生产力和生活资料。所谓精神，则是把《格萨尔》的岭国作为理想国的模式，然后向其他大小邦国推行的佛主所倡导的"善道"③。这是构成《格萨尔》戏剧冲突的主要动因，也是史诗内涵所在。毫无疑问，格萨尔史诗故事的社会性冲突，正是赋予意志冲突以社会内容，因此，格萨尔戏剧在处理戏剧冲突时反映了社会关系的本质方面和社会必然性。比如周炜先生在《西藏文化的个性——关于藏族文学的再思考》中认为，格萨尔是人类童年的精神支柱：

> 《格萨尔》作为一部民族的史诗，它是人民群众对物质世界观察审视的结果。9 世纪后，藏族社会走向分裂，各种战争、骚扰、掠

---

① 周炜：《西藏文化的个性——关于藏族文学的再思考》，中国藏学出版社 1997 年版，第 198 页。
② 同上书，第 199 页。
③ 同上。

夺，打破了吐蕃王朝建立的和平与宁静，作为整个藏民族的精神依附的宗教也被摧毁了，人们没有精神寄托，没有物质的满足，这是一个悲惨的世界。但是出于物质和精神愿望的需要，迫使他们诅咒现实而追忆和向往那种逝去了的和平与宁静，这是他们的精神唯一能够依附的东西。《格萨尔》史诗借助文学艺术创造了一个幻想的、理想的、精神所需要的《格萨尔》王国，这个王国具体以岭国为标志。①

在开篇《天岭卜筮》中，人间妖魔肆虐，百姓遭受苦难，天上众神知道后，聚会商议，决定派天神之子降生人间，扫除暴虐，推崇佛道，拯救人间，这正是整个史诗所要表现的思想。7世纪以前的苯教和后来的藏传佛教，一直主宰着人们的精神世界，在藏族先民的意识中只有苯教和藏传佛教所表现的世界才是最美好的，只有神灵才是世界和平、幸福的主宰。《格萨尔》史诗出发点就是要摆脱现实的苦难，只有通过幻想的神灵，才能达到情感及精神的满足，于是他们借助神灵来创造理想的世界，可以说，这种神灵就是人类美好的"善道"推行者②。《天岭卜筮》就是借助神灵创造的理想世界的反映，而以后的所有部卷都是这种精神的延伸。

格萨尔是神的化身，又是理想和精神的推行者。"格萨尔是为了解除人民的苦难，才来到人间的，自己要砸碎人间一切的不平等，要在人间推行善道"③。当格萨尔赛马称王，成了岭国的主宰后，这种精神和理想便真正成了现实。而此时的岭国便真正具有了象征的意义，它象征着人类最美好的一切，象征着和平、幸福、丰富的物质和精神生活。《格萨尔》史诗母题便在"善道"战胜"魔道"，美战胜丑，使整个世界达到了理想的胜境。这就是，《格萨尔》史诗所要追求的真正的唯美世界。同时，《格萨尔》在进入传播形态后，对广大接受者来说，它同样适应和满

---

① 周炜：《西藏文化的个性——关于藏族文学的再思考》，中国藏学出版社1997年版，第213页。
② 同上书，第214页。
③ 同上书，第199、214页。

足了人们精神上的需求。也就是说,"象征着史诗创造者精神和愿望的《格萨尔》,正好与整个接受者的心理相吻合,并达到了一致。由于有了这种美学意义上的契合,《格萨尔》才具备了被藏族人民接受的内在条件"。①

格萨尔作为藏族集体精神的代表之一,仅仅是一种精神愿望的寄托是不够的。"频繁的战争、掠夺,在摧毁了上层建筑的同时,也摧毁了藏族社会的经济基础,生产资料和生活资料变得极为贫乏。物质生活的匮乏与需要,成为藏族社会的主要矛盾。因此,物质的希求与精神的希求是并驾齐驱的,即史诗把人类精神的欲念和物质的欲念赋予了《格萨尔》"②。因此,其因素构成戏剧冲突,使我们从格萨尔作品中感受到这一特定时代、特定环境、特定部族的社会生活和族群的种种关系,这也是戏剧情境的基础,是展现人物性格,反映生活本质,揭示作品主题的重要手段。戏剧冲突在作品中的表现方式,是多种多样的。一是可能表现为某一人物与其他人物之间的冲突,有学者把这种方式称为外部冲突。二是也可能表现为人物自身的内心冲突,有学者把它称为内部冲突。戏剧冲突的这两种方式,有时各自单独展开,有时则交错在一起,相互作用,互为因果。三是还可能表现为人同自然环境或社会环境之间的冲突,这种冲突也需要戏剧化。格萨尔戏剧冲突三者都具备。如在《赛马称王》一剧中,格萨尔与叔叔晁同的正面交锋、较量,使全剧的矛盾冲突发展到高潮。在冲突中,格萨尔始终居于矛盾的主导地位,制约着晁同的一切行动。这折戏结构巧妙,庄谐并存。既有与叔叔调侃,又有明争暗斗;格萨尔赛马称王的用意,与叔叔信誓旦旦的虚假许诺,以及格萨尔王妃的默契配合等,也都是在这一折冲突中表现得尤为突出。也就是说,格萨尔神话将天神与地魔之间的天地冲突转移到一种政治冲突上,部落在这种政治冲突中分成了相互对抗的阵营。但是前者的天地之间的对抗是原始的冲突,而后者的转移是人类神话中都具有的主题——部落的分裂

---

① 周炜:《西藏文化的个性——关于藏族文学的再思考》,中国藏学出版社1997年版,第213、214页。

② 同上。

和战争。

格萨尔戏剧依据格萨尔史诗塑造了数以百计的人物形象。无论是正面的英雄还是反面的暴君，无论是男子还是妇女，无论是老人还是青年，都刻画得个性鲜明，形象突出，给人留下了不可磨灭的印象，尤其是对以格萨尔为首的众英雄形象描写得最为出色，从而成为藏族文学史上不朽的典型。通过人物本身的语言、行动和故事情节来实现塑造人物形象，是《格萨尔》史诗的特色之一。因此人物虽然众多，却没有给人雷同和概念化的感觉。同是写英雄人物，但却各不相同，写格萨尔是高瞻远瞩，领袖气派；写总管王则是机智、仁厚，长者风度；嘉察被写得勇猛刚烈，丹玛则是智勇兼备。人人个性突出，个个形象鲜明；对妇女形象的塑造更是语言优美之至，人物形象栩栩如生。

格萨尔戏剧冲突的主要特征表现在以下几方面：

1. 尖锐激烈：在戏剧中，一些平淡的矛盾往往被组成有声有色的冲突，由于矛盾的双方都有足够的冲击力，冲突的最后爆发时格外强烈。

2. 高度集中：戏剧的冲突是在既定时间和空间里表现社会矛盾。

3. 进展紧张：戏剧冲突必须是扣人心弦、波澜起伏的，使观众一直处于紧张和期待之中。

4. 曲折多变：戏剧冲突往往是曲折复杂，变化多端的。

由此，我们获知：戏剧冲突的本源：作为生命体的戏剧。戏剧人类学认为：戏剧不仅仅只是审美，它被人类创造出来时，首先是为了自己生命的需要。古希腊"酒神祭"戏剧的发生，就是为了人的生产和农作物的生产丰收，才举行祭祀仪式，才有我们的戏剧。这就是一种生活和生命的需要。人类的情感要表达、要宣泄，也就需要艺术。这也是一种生命的需要。生命的存在在于运动，动作是运动的表现形式。动作通过符号的形式体现出来：（1）形体；（2）语言；（3）情感（人类文化的两大符号系统：一为语言、文字；二为艺术）。两种或两种以上的相对立的动作即构成冲突。《格萨尔》史诗也是如此，其戏剧冲突的本源———一种生活和生命的需要。格萨尔戏剧恰恰是一部演述藏民族生命的赞歌。

以上通过静态文本的描述和分析，其戏剧冲突的本源，可以说是重塑社会思想的另一个维度：即是说将文学剧本的研究模式用到社会研究当中——即对早期果洛格萨尔史诗进行以戏剧表演为中心的研究,格萨尔史诗犹如早期的"社会戏剧"(特纳)的记录,其中反复出现的悬念剧增的一系列情节,的确是古代藏族社会的写照,为我们展示了早期的藏族社会画卷——戏剧冲突的本源。在这里我不想讨论这些和关注其社会的结构、模式和过程——例如亲属关系、世仇、财产、权力和世界观等。为了讨论口头艺术表演,格尔兹在他的论文《对社会思想的重塑——应该说是对社会与人文思想的重新整合》中提出"重塑"的概念,他把社会行为视为出现这种重塑的证据,而那些为社会行为充当解释性类比(interpretive analogies)[①] 基础上的特定象征形式——即戏剧、游戏和文本。格尔兹认为,它们的确维持了一种有关社会、文化、语言、艺术与意识形态等民俗学天生研究对象的整合观点。我们多年来在戏剧表演领域耕耘并致力于格尔兹所表述的这种重塑。实际上,格尔兹的重塑是采用表演这个含义的,就戏剧和文本来说,表演为研究者提供了一种有关社会生活象征构成的多样性视角。依据人类学的研究,至少有三种以表演为中心,这些视角中最普遍的一种,建立在"作为实践的表演"(performance as practice)概念之上,第二种是以"文化表演"为参考框架,第三种则是从"口头表演的诗学"(poetice of oral performance)概念中发展出其主要观点。其中"口头表演的诗学",是鲍曼所关注的主要一种,他曾主要针对口头艺术提出这样一种观点,即把表演视为一种交流的模式,一种言说的方式。也就是说他把表演理解成对诗学功能的展演,这种展演正是言说艺术的本质。

格萨尔戏剧最引人注目的口头艺术表演都同故事讲述和诗歌朗诵有关。这两者是相关的:散文与韵文相互交错是格萨尔口头叙事中共有的独特属性。至于这种口头艺术表演,发展为戏剧演述形态——一种言说方式和一种交流的方式,这种方式的确延续了口头叙事传统,显示了格萨尔艺人能够运用多种叙事文类,精心创作的有关往日英雄业绩的传说,延续至现代。值得注意的是,格萨尔戏剧表演是一种独特的口头叙事传

---

① [美]理查德·鲍曼:《作为表演的口头艺术》,杨利慧、安德明译,广西师范大学出版社2008年版,第158页。

统的展示，就是通过特殊技巧和效果来展现格萨尔表演者的交流能力——口头艺术构成了一个完整的符号系统，该系统围绕着作为交流模式的表演而建立，道德价值和社会行为则通过戏剧冲突这种表演而获得展演和持续。所以说，格萨尔戏剧文本研究的意义，在于对道德价值的要求怎样在社会生活行为中通过交流得到现实和认可的努力当中，都包含了一种建立在审美基础之上的表演成分，而构成戏剧冲突和戏剧表演的那种社会行为，往往可以充当这些表演的社会结构的依据和结果。这也正是我们将要继续在戏剧演述形态中探讨的问题。

三　戏剧演述形态的说唱叙事结构

演述形态，即表演形态。在人文社会学科领域里对"表演"一词包含多种含义，也有多种用法。在人类学中主要有两种，一种是把表演看成一种特殊的、艺术的交流方式；另一种是把表演看成一种特殊的、显著的事件。前者的特点在于表演是一种艺术性的言说方式和交流模式；后一种特点在于将视角和方法致力于"文化表演"的研究。《格萨尔》戏剧叙事形态既是一种特殊的艺术交流形式，又是一种特殊的历史事件。在表演中格萨尔说唱居于特别重要的位置，这种以说唱为主的叙事特点的形成，一方面与藏族文学和音乐的结构特点相联系，另一方面与北杂剧的结构特点很相似，这与其所继承的艺术传统有密切关系。其中特别是民间说唱艺术对它有重大的影响。以安多地区固有的格萨尔调为代表的说唱艺术，在演唱艺术的发展上具有很高成就，它善于运用长篇歌唱形式，来刻画人物形象，有讲述人叙述故事，演员依据讲唱内容运用戏剧动作合歌舞而表演故事，同时它又是对历史事件的描述，即一种文化表演。前文对文本做了分析，此节则描述讲述者的特征——讲述者充当着重要的角色。他们艺术性地叙述和赞颂着格萨尔，同时也艺术性地展示了自己的行为。而这种行为既是他们的生活方式，又是社会生活行为。这种社会行为作为艺术交流模式的表演而建立，从而维持着整个价值体系。

（一）讲述人叙事结构

格萨尔戏剧演述形态保留了格萨尔仲肯的叙事表演结构，由一人承担说唱剧目的全部内容，并扮演各个角色的声音、语气、语调，由戏剧演员依据格萨尔仲肯的说唱表演。其史诗说唱表演与戏剧演述呈现了各自的特点：

1. 讲述人演述行为特征

《格萨尔》史诗中一个特殊的角色"仲肯"，他是专门朗诵、讲说格萨尔故事的人，即史诗说唱者，他用多种声音承担或者扮演故事中所有人物的行为和表情。据考察，在格萨尔史诗讲述中的行为特征表现为：（1）在讲述前神灵附体；（2）有超常的记忆力和模仿力；（3）有极强的语言能力；（4）面部表情为翻白眼或双目紧闭，面部肌肉抖动，处于神灵附体状；（5）叙事中语调、语气多变、声音顿挫有致，且伴有歌唱（赞颂之词）；（6）自控力较弱，一旦进入讲述状态便无法停下来结束讲述内容；（7）讲述中的手势，右手托帽，左手做旋转或高举之动作。

在格萨尔戏剧表演中的行为特征为：（1）介绍故事发生的地点、事件和人物；（2）讲述剧情；（3）叙事中语调、语气多变、声音顿挫有致；（4）由多种声音讲述不同人物，具有较强的模拟性；（5）演唱不同人物的唱腔；（6）组织戏剧的表演，承担着戏剧导演的角色。

通过观察，格萨尔史诗和戏剧中的讲述人特征既有相同之处，又有不同特点。格萨尔史诗不仅讲述整部故事情节，而且扮演故事中所有的角色（不同角色有不同情感色彩说唱）。格萨尔戏剧一方面继承这种演唱形式，整部戏剧专门由一个讲述者承担所有角色的演唱，另一方面又赋予了讲述人的表演性，也就是说，演唱者既是剧情的介绍者，又是戏中的扮演者，同时又是表演戏剧的组织者（戏师）。这个人物很像西藏藏戏"温巴顿"的表演风格，类似"温巴顿"中的"甲鲁温巴"，它是藏戏演出时的开场戏，出场人物有三种："甲鲁"（即说唱者、戏师）、"温巴"（面具者）、"拉姆"（仙女）多人。由他们组成一个歌舞队，边歌边舞，也有韵白，内容都是酬神、祈祷、祝福，并由一名甲鲁介绍剧情。很显然，"仲肯"便是甲鲁角色，他在藏戏表演中是戏师，把握演出的总体走向，以格萨尔调、喜庆调和道歌调以及说唱形式交代剧情、介绍人物，每场演出必有他迎接演唱者上场表演，然后再送演员下场，至演出结束。

实际上，格萨尔戏剧表演艺术的形成，首先是继承了"仲肯"这一传统，以讲唱来构成整个舞台表演的中心环节，用它来作为揭示剧中人物的内心感情、创造舞台形象的主要艺术手段。从《格萨尔》戏剧唱词中，不仅可以看出藏戏在文学上有其一脉相承的关系，也可以从表演形式上，特别是在借歌唱来敷演故事、描绘人物情感变化的表现方式上，其传统渊源清晰可辨。

与这种历史传统相联系的另一特点，则是藏戏由藏区说唱藏戏故事表演中"一人主唱"的特殊表演形式，即说唱艺术，已有演员表演所代替。也就是在格萨尔戏剧表演中，这个剧情和角色都保留了说唱艺术的特点，不论短篇还是长篇，都是连说带唱由一人包到底，而剧中每个角色只有用动作表演说唱的内容，而不需演唱。其表演是以一种特殊的、艺术的交流方式，表达一种特殊的、显著的事件。这也反映了格萨尔戏剧表演形式中还保留着史诗说唱艺术的言说方式和交流模式，这是一种独特的戏剧说唱叙事结构。

2. 讲述人说唱表演程式

《格萨尔》说唱史诗流传到现在，已有一千多年的历史。它的传播范围越过了民族区域和国境，世世代代被藏族和其他民族的人民所接受和珍爱。就《格萨尔》本身来说，之所以流传至今，是因为作者所赋予它的某种功能的潜力，也就是引起人们兴趣和审美的诸要素所决定的特色——符合民族传统审美方式的说唱形式。

《格萨尔》的表演方式，始终是口头叙事，以口头讲述形式流传的一种说唱表演，尽管有部分章节和部卷被寺庙喇嘛整理，刻写成书，但它与整个民族口头流传的数量相比，则是极少的一部分。《格萨尔》史诗的叙事主要是以说唱艺人为媒介，由接受者主要通过听觉接受的。它由两大部分组成，诗歌部分和散文部分。诗的部分全部由说唱艺人进入角色，进行演唱，是《格萨尔》中每个人物的唱词。散文部分是叙述性语言，叙述事情的经过和由来，起到上下连接的作用，是说唱艺人说的部分。如果我们把史诗放到特定的说唱环境中去考察，就会发现，《格萨尔》在叙事的时候，实质上是作为一种系列诗剧表演的形式出现的，属于一种表演艺术，具有曲艺的表演特征。是诗与歌的结合，是诗的节奏和旋律、歌调的结合。说唱艺人实质上是一种诗剧或曲艺的表演艺术家，而接受者则是他的听众。曲折的故事情节，动听的曲调，精彩的表演，对接受者来说完全是一种对综合艺术的美的享受。总之，它是综合表演艺术，而不是单纯的史诗。《格萨尔》说唱形式通常是由一人演唱，说唱者扮演史诗中所有的角色，一会儿装扮成"通灵人"（巫师），一会儿装扮成仲肯（讲唱艺人），为同伴表演，也就是说，有一人承担多人声音，包括表现叙事中的语气变化、声音顿挫等诸多因素，他们有着超常的模仿才能。其说唱艺人，很少有动作，意在用歌声打动听众。

说唱故事之前还要举行仪式，即说唱艺人在演唱前，必须向神祈祷，通过神灵的附身，将自己变成《格萨尔》中的某个人物，最后再开始演唱。

《格萨尔》的唱腔多达百种以上，在有经验的说唱艺人中，几乎每一个人物都规定有几种调子。这些调子，有的雄浑，有的委婉，既适应于人物的性格，又与故事的内容吻合。这种说唱、表演方式，对于能歌善舞的藏族人来说，是民族固有的，是人民所喜闻乐见的，它符合民族传统的审美方式，这就是《格萨尔》和接受者之间的契合点之一。正是有了这样的审美交流，对于《格萨尔》的流传和发展才起了重要作用。格萨尔戏剧便是继承这一说唱传统相沿至今。

（二）说唱叙事方式

"说唱"，包含藏族传统的"折嘎"① 说唱和"拉玛麻尼"② 说唱，是一种深受藏族人欢迎和喜爱的、古老的而广泛流行于民间的曲艺形式。

《格萨尔》戏剧发展到现在，它的说唱叙事形态是在史诗说唱表演基础之上不断地丰富和完善着。据考察，《格萨尔》的说唱叙事方式大致可归纳为以下几方面：

---

① "折嘎"：藏族说唱曲调，同汉族曲艺中数来宝相似。
② "拉玛麻尼"：是指藏族诵经曲调中的玛尼调式。

首先，自我介绍形式。史诗说唱表演开场白，由说唱者自我介绍，接着介绍山、水风物等。格萨尔戏剧开场中，继承史诗说唱形式，有说唱者自我介绍，然后介绍史诗故事、人物、事件，这是戏剧表演中重要的讲唱因素。

其次，在语言描写形态上史诗大量运用排比句法。排比在《格萨尔》口头叙事表演中，形式多样，极为丰富，是一种特殊的描写手段。格萨尔戏剧表演则继承了此特点，使其表演呈现出史诗的宏伟性、戏剧性和口头叙事表演的程式性。

最后，祈祷式。祈祷贯穿整部史诗，《格萨尔》中的每一个人物出场时，向各自的神祇祈祷的唱词、语气、语调，独具特色。语气激昂，语调极富节奏感和韵律感，很像咏叹调，或宣叙调。

这是藏族史诗和戏剧独有的刻画人物的一种手段，也是《格萨尔》史诗便于说唱的一种叙述和描写的形式。

周炜在《西藏文化的个性——关于藏族文学的再思考》文中，提出《格萨尔》史诗说唱叙事形态与文体与八大传统藏戏剧目是极为相似的。藏戏剧目属于藏族的话本小说，如《曲杰罗桑》《朗萨雯波》等都是属于长篇作品，从文体上看都是韵散体①，《格萨尔》史诗和藏戏一样，都是叙事长诗。尤其在藏族古代说唱艺人的眼里，说唱史诗和说唱话本小说从其形式到内容都是相同的，像《曲杰罗桑》《朗萨雯波》等十多部中长篇韵散作品由艺人们可以转换为记忆进行传播与演唱。这一观点，在格萨尔戏剧起源中清晰可辨，格萨尔戏剧沿袭了史诗说唱形式是不言而喻的。

总之，藏族文学的文体形式是基本一致的，都是韵散体，也即是由诗歌（韵文）和散文组成的文体②。数千年以来，这种形式延续至今。这种现象为藏民族所接受，成为他们最喜欢、最熟悉的文体形式，因此，格萨尔戏剧叙事形态世代传承至今，成为藏民族族群的历史记忆。

---

① 周炜：《西藏文化的个性——关于藏族文学的再思考》，中国藏学出版社1997年版，第191、192页。

② 降边嘉措：《格萨尔论》，内蒙古大学出版社1999年版，第56页。

四 戏剧表演程式与程式动作

（一）表演程式

表演程式是戏曲中运用歌舞手段表现生活的一种独特的表演方式，它是作为演员进行舞台创作的戏剧艺术语言，具有较强的可塑性。其表演程式一般是从生活中提炼，但又从生活出发，根据人物性格和戏剧规定情境创造而成为一种程式的规范。格萨尔戏剧既具有中华民族戏剧共同的风格特征，如歌、舞、剧、技的有机结合以及戏曲程式化的表演手段，又在产生、形成与发展的历史中，有着自己独特的人文生态环境以及民族语言、音乐、唱腔、舞蹈动作的艺术提炼与规范，且有不同的综合方式，形成了格萨尔戏剧独有的表演程式，即以歌舞性与戏剧性相统一、虚与实相结合的戏剧表演程式来演述格萨尔史诗的戏剧形态。

1. 虚与实相结合的表演程式

果洛格萨尔戏剧的表演，是一种独特的文化现象，既保留着说唱艺术的戏剧形态，又承袭了传统藏戏的表演程式。其表演，可以说是一种哑剧表演，在表演中，只有一位说唱者来演唱整个剧情和完成所有角色的独白、对话内容，而演员扮演说唱中的角色是以哑剧表演完成的。哑剧表演者是对说唱者说唱史诗故事的生动诠释。因此，它不是按戏剧舞台要求，把史诗改编成戏剧文学剧本进行戏剧演述的，而是嵌入了哑剧表演的史诗说唱[1]。尽管"格萨尔"戏剧在演唱中，加强和丰富了某种描写性的舞蹈身段，如格萨尔赛马时的表演身段与珠姆敬献庆功酒时的表演身段，这种描写性的舞蹈身段，往往是对典雅文辞的图解[2]。

2014 年 8 月 14 日，笔者前往青海省果洛藏族自治州，考察格萨尔戏剧表演。8 月 15 日下午 2 时，果洛州甘德县龙什加寺表演了马背藏戏《赛马称王》。马背藏戏是一种写实的马背戏剧表演形式，独具审美风格。其独特性在于广场马背藏戏是在马背上表演的一种艺术形式，在马背上

---

[1] 曹娅丽:《青海果洛"格萨尔"藏戏艺术》,《西藏艺术研究》2003 年第 4 期。
[2] 同上。

每个角色必唱、念、舞、技等。笔者将对其演述形态做详细描述:

演员 40 余人,骑着马匹均从演出场地右侧骑马入场,会集到演出场地中央,围绕煨桑台按顺时针方向祭拜。之后,演员下马宣布赛马称王之事,然后大臣观赛。其他演员均上马表演,唱、做、舞、技均在马上完成,其戏剧程式与传统藏戏相似,具有戏曲"虚拟性"的特点,尽管舞台设在空旷的草原上,演员凭借虚拟的表演和精湛技艺,表现骏马奔驰在辽阔草原上和格萨尔赛马称王的真实情景。呈现了格萨尔赛马称王的戏剧表演,使观众产生身临其境的感觉。

图 20　马背藏戏《赛马称王》入场

接着,扮演格萨尔的演员在马上追逐魔臣,与之展开斗争,格萨尔通过智慧战胜了种种艰险。表演中,魔臣被格萨尔战胜后,跌下马,这一情境由演员虚拟的表演,其戏剧动作经过艺术夸张,既规范又优美,而且固定下来成为藏戏程式化动作,给人以和谐、健壮、豪迈的美感。可以说,格萨尔戏剧,不仅表演形式独具魅力,而且表演风格潇洒而典雅,构成了一种具有民族地域特色的戏剧形态之美[1]。

---

[1] 曹娅丽:《青海果洛"格萨尔"藏戏艺术》,《西藏艺术研究》2003 年第 4 期。

图 21　马背藏戏《赛马称王》场景一

在表演赛马过程中，演员们都要从表演场地骑马至山坡（表演场地至山坡距离为 200 米）绕行一周，象征"追逐"，相当于汉族戏曲中的"跑圆场"①。其表演风格强悍、干练，场面宏大，气势壮阔，有着浓郁的藏民族的生活气息。

图 22　马背藏戏《赛马称王》场景二

格萨尔戏剧的整个表演艺术手段都有抒情写意、炼形拟神的诗化倾向②。如在唱、舞、韵、白、表、技、艺各个方面，都开始产生表达戏剧意境和人物内心感情的程式化表演技术。因而，格萨尔戏剧唱腔、动作

---

① 曹娅丽：《青海果洛"格萨尔"藏戏艺术》，《西藏艺术研究》2003 年第 4 期。
② 同上。

和舞蹈有一套写意的程式规定,在戏中直接穿插的大量民间艺术表演,一般都未加以戏剧化也没有对它做更多的适应藏戏程式化表演的加工改造,完全搬自生活中的形态进行表演,写实风格就很浓厚。因此,格萨尔戏剧呈现为虚实相结合的表演程式。

2. 歌舞性与戏剧性统一的表演程式

藏族是能歌善舞的民族。藏戏中载歌载舞的特点比汉族戏曲更为突出与浓郁,可以说是一种以歌舞演故事的戏剧表演。具体表现为藏戏的表演是和歌舞相结合进行的,其戏剧表演艺术的六功,除口语道白外,其余唱、舞、韵、表、技艺等,无不与歌舞有不同程度的关联。它和话剧很不一样,不是直接用日常生活中的说话和神情动作来表演,而是用歌唱和简单的舞蹈化动作来表演。这些类型化的歌唱和程式化的舞蹈动作,是吸收继承古代藏族民间和宗教歌舞音乐的艺术传统。基于此,格萨尔戏剧既继承了古老的宗教乐舞仪式,又保留了说唱因素并融入了民间舞蹈和民歌,形成了格萨尔戏剧表演特点。

格萨尔戏剧在演出中还可以直接穿插许多民间歌舞、宗教歌舞和歌舞性很强的民间艺术表演。这些歌舞表演有的与剧情紧密结合,如《赛马称王》,格萨尔登上王位,全部落或者说整个部族都为此庆祝,载歌载舞,用歌舞更能表现人物内心世界的戏剧性感情波澜,便有了戏剧性歌舞表演。这种歌舞表演是藏族生活的主要内容,即是说歌舞既是一种艺术传统的延续,又是生活习俗的延续。因而,藏戏歌舞是戏剧性的表演,也是生活中情感的抒发。因为藏戏的戏剧性带有很强的抒情性,而歌与舞恰恰是最善于抒发内心情感的。藏族的歌舞形式,往往是诗、乐、舞三位一体,使戏剧程式化歌唱、舞蹈,产生抒情状物的功能。格萨尔戏剧,它一方面以藏族歌舞铺排剧情发展,另一方面用说唱形式推动剧情的展开。因此,格萨尔戏剧的戏剧性既通过强烈的歌舞性与说唱艺术的结合来演述故事,又以戏剧程式动作,规范了戏剧表演,达到了歌舞性与戏剧性的有机统一。

3. 生活化与多样化动作统一的表演程式

格萨尔戏剧在表演艺术中一方面采用了一部分古朴简约的生活动作,如打酥油、挖蕨麻果等,运用夸张虚拟的手法与戏剧程式动作相结合,

图 23　格萨尔戏剧中的生活化动作

丰富了表演动作；另一方面，将一些生活中的动作舞蹈化和戏剧化，如骑马、奔跑等形体动作，是经过艺术加工高度综合的戏剧表演程式动作。在格萨尔戏剧演述形态中，保留着生活场景这一形式特点，他们一般在演出时，在场与场之间往往保留着生活动作表演的内容。如《英雄诞生》一剧中，格萨尔童年时和母亲一起挖人参果度日，采集野果等行为，其形体动作就是通常的劳动动作；又如在《赛马称王》一剧中，骑真的马匹，赛马也是骑马赛跑，其表演未经艺术加工的生活场景，使整个戏剧既古老粗犷，又细腻生动，既韵味隽永，又丰富热闹，既欢快活跃，又趣味盎然，既风趣幽默，又具藏民族的生活色彩。其戏剧情境的美是其他戏曲无法相比的。它按诗的完整取象法，随心所欲地采撷宇宙万物之美，以观察体验社会上各阶层人物为重点，同时也观形拟神于大自然的一切生态意韵，取其有利于塑造某一种神态，化入表演艺术中去。为了更具弘扬佛法的作用，直接将宗教艺术，如神佛身段舞姿搬进戏剧之中。使每场的表演十分生动，更具格萨尔戏剧的表演特点。

（二）格萨尔剧表演的基本动作

格萨尔剧基本动作分为三种类型。一种是纯粹外部动作：如情节剧

图 24　格萨尔剧的动作展现

中的许多动作，是为动作而动作，又能引起观众兴趣，但不能激发观众的情感，是表现行为的过程，如程式动作中的趟马、圆场，等等。一种是性格化动作：即能说明人物性格的动作，能引起观众的兴趣，能激发观众对人物的爱憎。另一种是推动剧情的戏剧动作，通过唱、做、念、舞表现出来。在戏曲中，戏剧动作包括唱、做、念、舞，要使人物行动起来，就要尽量地让人物唱、做、念、舞。格萨尔戏剧在表演中具有以下表演特征。

1. 戏剧表演身段与技法

格萨尔藏戏的形成可追溯到格萨尔民间说唱艺术和格萨尔神舞，因而，格萨尔戏剧既具有说唱表演特征，又具有戏剧表演的程式性。其戏剧表演程式、身段动作在果洛地区因剧团传承与生存方式不同又可分为多种，且各具戏剧表演特色。其中包括格萨尔专业藏戏团的身段表演动作都有严格规定，并固定下来成为程式化动作。而民间藏戏却更多的是生活化和歌舞化的表演，有些动作也略带程式表演。格萨尔剧的程式化和生活化、歌舞性与戏剧性和谐统一于表演形式之中。尤其格萨尔剧在表演技艺上，由于作品题材及角色类型的发展，唱、念、做、打各种表现手段的提高，各行角色的各种表演技术已日渐复杂起来。无论在歌唱、念白还是在做功、舞蹈身段上都形成了某种较为严格的表演程式。

2. 丰富多彩的表演技法

格萨尔戏剧在形成发展的过程中，吸收藏族古往今来各种各样表演艺术的同时，又借鉴吸收汉族古典戏曲的程式表演动作，综合熔铸成藏族歌舞表演艺术技法，主要有唱、舞、韵、白、表、技、谐等几种。

唱：格萨尔戏剧中歌唱的成分很多，因为格萨尔剧本多来自《格萨尔》说唱本，而藏族的民间说唱本又多以诗句形式写成，故多以说唱的形式来表达故事情节和叙事中的人物对话。

舞：格萨尔戏剧舞蹈也占很大分量，载歌载舞是它的一个明显特色；在演出时，唱腔中间和表演部分，都要穿插已固定格式的戏剧舞蹈；人物表演动作也基本上舞蹈化，成为程式性和戏剧化了的舞蹈身段动作。

韵：格萨尔戏剧中韵词念白运用较多，并贯穿全剧，如每段之间的剧情介绍，都用的是韵白，剧中人物的对话，也都用的是说"雄"的韵调。

白：格萨尔戏剧口语道白运用十分丰富，这是说唱艺术中特有的一种表现形式。

表：格萨尔戏剧的表演身段和动作，除戏剧化舞蹈外，还有汉族古典戏曲的程式表演动作与藏族生活动作相融合的表演形式，主要吸收戏曲中君王、君臣走台步的身段动作，并与藏戏中王臣步法糅合在一起，成为格萨尔剧的表演程式动作；当然，因角色不同而有各自的表演特点，但更多的是生活化的写实表演。

谐：指穿插的民间歌舞，是青海安多地区民间歌舞结合藏戏舞蹈而形成的表演风格，这种舞蹈一般在歌舞场面作为烘托剧情而出现。

格萨尔戏剧表演已形成类型化、舞蹈化、戏剧化、性格化的程式化艺术手段，程式化的表演身段只是整个格萨尔剧中的一个重要部分，但不是全部，戏剧中还有一部分生活化或接近生活化的表演。

3. 载歌载舞的民族特性

格萨尔戏剧表演自20世纪80年代运用说唱与舞蹈相结合的艺术经验，逐渐形成了"载歌载舞"的表演形式。这种表演形式对于发展藏族戏曲表演中的舞蹈艺术，具有重要的历史意义。我们知道，在昆山腔的演唱中，其实"载歌载舞"的表演形式为后来地方戏曲和京戏的舞蹈表演，创造了先例，积累了丰富的艺术传统。直到今天，还经常为京剧和其他地方剧种的表演所取法和借鉴。格萨尔剧的舞蹈表演，在民间戏剧团体的演唱中，虽然加强和丰富了某种描述性的舞蹈身段，但剧本的唱词典雅，文学性和舞台戏剧性的结合也不够，因此，这种描述性的舞蹈身段只是对典雅文辞的描摹，事实上还是说唱表演形式。而专业藏戏团的表演取得了一定的成就，基本上包括两个方面的成就。一个方面是它适应了抒情性和动作性都很强的演唱场景的需要，创造了许多抒情舞蹈表演和单折的抒情歌舞剧。如《赛马称王》这一剧目，由于艺术家的不断创造，在舞蹈身段上已形成了一套比较严格的演出程式，成为今后学习和演出中的优秀范本。其中有些戏，歌舞表演中的舞蹈部分，都是从特定的生活形态中提炼出来的，有着丰富的生活基础。另一方面的成就，则是它适应了许多通过叙事或写景来抒发情感的演唱场景的需要，创造了一些偏重于描写的舞蹈表演。这种描写舞蹈乃是从生活中说话时的辅助姿态和手势发展起来的，它能帮助表达唱词所描写内容，使想象中的对象更为具体化。这样一来，就必然大大加强了演唱的形象感染力。

目前，格萨尔戏剧的表演更趋于成熟，即歌舞性与戏剧性有机地统一起来。因此，可以说，戏曲的舞，是一种无声的语言，具有抒情状物的功能。作为藏戏中的舞蹈，它不再是单纯的藏族舞蹈，而是一种戏剧化的舞蹈。在格萨尔戏剧舞蹈表演中编导注意吸收当地民间舞蹈及宗教舞蹈的动作，同时也保留了传统藏戏中甲鲁、温巴的许多舞蹈身段。民间舞蹈如"则柔"（藏语意为"歌舞"或"歌乐"）、"古典舞"、"仙女舞"等；宗教舞蹈如"羌姆"中的"祭神舞""鹿神舞""法器舞"等。然而，这种吸收并非是完整的套搬，而是注重舞蹈的姿态、造型和场面的铺排以及表现出藏戏的神韵、意境，有选择、有目的地截取舞蹈动作注入藏戏之中。

巫术仪式舞蹈在格萨尔戏剧中的运用，一般保持原始状。像《赛马称王》一剧，就吸收穿插了很多巫术仪式占卜赛马是否夺魁，其舞蹈动作，由巫师围绕祭台祈祷、占卜、念念有词地发咒语，既营造了古朴、神秘的意境，又描绘出典型环境下藏族人民欢乐吉祥的情境。

在格萨尔戏剧中，还有许多表演动作和技巧是采用浪漫写意的手法，从骑马、狩猎、牧羊、挤牛奶、剪羊毛、打酥油等生产劳动姿态中接受动作原型，与带有虚拟性的舞蹈语汇有机地结合在一起，形成不同风格。这种舞蹈在格萨尔戏剧中依然保留着。如在果洛州歌舞团演出的《赛马称王》"赛马"一场中，出场动作弃戏剧艺术的"圆场"，改用藏族舞蹈中的"骑马步"动作，不仅具有藏民族特征，而且强化了戏剧性，突出了典型环境下的人物性格，凸显了藏民族戏剧的鲜明个性。

五 戏剧表演结构与角色扮演

（一）格萨尔戏剧结构

戏剧表演结构包括两方面，一是指文本组织结构，二是指表演结构，前者是静态的，包括文本的结构、内容、语言、角色等，后者则是动态的，包括表演的结构、节奏、扮演和演述形态等。

1. 格萨尔剧文本结构

格萨尔戏剧在文本结构上表现出两大特点：一是基本上采用每本"四折一楔子"；二是采用说唱本的演唱体制，故在角色上有说唱者扮演全剧角色的说唱。在这两种组织结构形式下，再把歌曲、宾白、科砌等等表演，即说、唱、做、舞艺术有机地结合在一起，形成以散、韵结合的组织结构完整的文学剧本。

说唱是格萨尔戏剧中的重要组成部分，也是抒发人物内心情感的主要手段之一。它是以散曲中的套曲组成的。所谓套曲，也叫"套数"，是由同一宫调中的若干曲牌相贯而成的。在格萨尔剧中，每一个套曲，称为一折，相当于现代剧中的一幕。折，也就是段，既是音乐的组织单元，也是故事情节发展的自然段落。每本格萨尔戏剧通常由四折组成，演述一个完整的故事。但也有例外，如《英雄诞生》就由五折组成，不过，这种戏剧形式，在整个格萨尔戏剧中极少。此外，还有被称作"楔子"的短场。"楔子"是格萨尔戏剧借鉴元杂剧在折之外增加的短而独立的段落，一般用在剧的开头，作为剧情或人物的简略介绍。也有用在折与折之间，用以衔接剧情的，与现代戏中的过场戏差不多。

值得指出的是，格萨尔民间戏剧团体和专业剧团在演述格萨尔戏剧时有着不同的演唱方式。民间剧团在演述格萨尔剧时，每折由一人独唱或者说唱，有的甚至全剧四折，都由一人讲唱到底。其他角色，只有少量对白或者对白也由说唱者担任。但在"楔子"中也偶有其他角色唱民间小调之类的歌曲。一般均由男性说唱者演唱全剧内容。在专业剧团中的歌曲比较集中地由主要角色演唱。

在这里需要指出的是，据考察青海格萨尔戏剧与汉族戏曲结构很相似，就是宾白的存在，即台词，也是格萨尔剧中的重要组成部分。剧情的发展，穿插，前后照应，人物形象的塑造，以及插科打诨，滑稽幽默等，很多是靠宾白来完成的。格萨尔剧中的宾白，就其种类而言，有韵白、散白、快板，以及顺口溜之类；就其表达的方式而言，有独白、对白、旁白、插白、同白等；就其作用而言，宜于叙事，交代明快；用五言或七言二句或四句诗，就可以表明角色的身份、境遇；或者在"曲冷不闹场"的地方，间插一诨，滑稽幽默，引人发笑。一个剧本，如果没有宾白，曲词写得再优美，恐怕都会成为互不连贯的散体。因此，宾白绝不是"演剧时伶人自为之"①，而格萨尔戏剧中的宾白是不可分割的重要组成部分，但是格萨尔戏剧宾白依然由讲述人承担。

2. 格萨尔剧的表演结构

据实地考察，格萨尔戏剧在民间表演时，以剧情讲解员分段介绍演出，全体演员始终在场作伴唱伴舞的古老形式，也可用现代的分幕分场，提炼冲突，集中紧凑的结构，排练时戏师做十分灵活的处理，如果时间许可，观众也有要求，按剧本原原本本地讲解演出，同时也可以挑比较精彩的又能基本连贯表达主要剧情的几段来演，有的甚至只演整本中的一个段落，演出一两小时也行。格萨尔戏剧结构除了保留三段式外，即开场、正戏和尾声外，演剧前后还有赞词、祝词、歌舞、占卜仪式、庆典仪式等，其表演文本结构比较灵活，且十分丰富。

20世纪八九十年代，一些学者认为格萨尔史诗继承传统藏戏的表演

---

① 臧懋循：《元曲选序》，中国戏剧出版社1998年版，第4页。

特征,"藏戏文化是其雏形期文化内涵的积淀"①,可称为格萨尔史诗藏戏。如青海省格萨尔研究所研究员郭晋渊在论文《"格萨尔"史诗的藏戏文化》中提出,格萨尔史诗与藏戏表演具有相似性,他认为:

    格萨尔史诗藏戏文化属于藏戏,源起于图腾崇拜仪式与8世纪在桑鸢寺竣工典礼时上演酬神醮鬼的法舞,从此相沿成习。13世纪对印度古典剧目的译介,对藏戏剧本的规范化起到了重要作用,以至至今,14世纪出现了汤东杰布这样一位戏剧文化倡导者。他组建六姐妹剧团公演藏戏。自此,有专业的、民间的或官方的藏戏剧团等几个重要发展阶段承前启后的过渡衔接,是藏戏发展中不可或缺的组成部分。因而,由《格萨尔》艺人所借鉴的藏戏表演形式中,可大致推断出雏形或藏戏的一般表演形态,主要体现在:(1)祭礼仪式;(2)拟形传神的表演;(3)神话的道具;(4)运用乐器伴奏等四个方面②。

又据石泰安先生在《西藏史诗和说唱艺人的研究》著述中,认为格萨尔史诗故事、人物以及说唱形式与藏戏剧目《诺桑王子的故事》以及汤东杰布的行为等有着密切关系,另外与跳神仪式有非常大的关系。提出"格萨尔史诗则广泛地使用了这种内容。格萨史诗中搜集了其中的某些文本,藏戏则使用了其他一些文本,这一切确实证实白老翁汤东杰布与跳欠舞中的地神白老翁具有同等的职能"③。毫无疑问,格萨尔戏剧表演形态与藏戏有许多相同之处。

据我们多次实地考察,格萨尔戏剧形态,基本上与传统藏戏演出结构相同,只是表演形式具有自己的独特性。主要体现为三方面:一是开场的祭祀仪式与讲述人介绍剧情,主要是祭祀佛祖,向菩萨、神灵及先祖祈求护佑并吟唱对他们的赞叹颂扬之词,之后由讲述人介绍剧情;二

---

① 郭晋渊:《"格萨尔"史诗的藏戏文化》,《西藏研究》1991年第4期。
② 同上。
③ [法]石泰安:《西藏史诗和说唱艺人的研究》,西藏人民出版社1993年版,第35页。

是正戏，即由说唱人讲述史诗故事，演员扮演，其间以戏剧化歌舞和表演程式演述故事，这部分就是整个剧目的核心部分；三是赞颂英雄的歌舞表演，即祝吉祥圆满，结束剧情。格萨尔戏剧表演运用道具和乐器伴奏。另外，值得指出的是格萨尔戏剧在各寺院表演中，形式多样，主要分为三种：第一种是广场马背藏戏；第二种是广场藏戏①；第三种是在舞台上表演的戏剧。其中广场马背藏戏是在马背上表演的一种艺术形式，在马背上每角必唱、念、舞、技等完成唱念做打表演②。而表演形态则可归纳为三部分，即仪式性开场歌舞与祭祀、正戏表演和歌舞庆典结束全剧，与传统八大藏戏表演结构是相同的。

（二）角色表演类型

格萨尔戏剧表演人物形象，像汉族戏曲中的生、旦、净、丑等行当一样，也可将角色表演类型综括为九种类型：

庄重型：威严、稳重、有气度。以唱、韵、表为主，像国王、天王、法臣等。一般指老王、大臣、头人老爷等角色。如《赛马称王》中的老晁同，《霍岭大战》岭国老王，还有岭国的四个忠臣。

英武型：挺拔、勇武、英俊、潇洒、刚健中不失儒雅，动作干练有力度。如王子、驸马等皆是。相当于小生，指年轻的国王，或王子，或少爷。如《赛马称王》中的格萨尔王。他们都有一定分量的戏，仅次于女主角。

秀丽型：俊美、飘逸、聪慧、大度，像仙女、公主、少女等。一般指仙女，或空行母、鹿女、贵夫人、公主等角色。像《赛马称王》中的王妃珠姆，还有《阿德拉姆》中格萨尔的妻子是剧中的女主角，剧情完全以她们为中心展开。

慈祥型：慈爱、善良，重唱功，表演要求稳重、端庄、娴静。在表演中突出母性光辉的老年角色，如王后、老妪等，如《赛马称王》中的母后甲嘎拉姆。

---

① 曹娅丽：《青海果洛"格萨尔"藏戏艺术》，《西藏艺术研究》2003 年第 4 期。
② 同上。

超俗型：此型角色大都超凡脱世、颇有道行，在剧中常常是济困扶危、抑恶扬善，指点迷津的角色，如大仙、上师、隐士等。

刚健型：勇猛、粗犷、豪放，要求动作幅度大、节奏强烈、棱角分明，像猎人、武将、兵勇等。

谐趣型：表演自由，动作夸张，时而是人物，时而又是演员自身，甚至可以直接与观众对话，颇类京剧中的丑角，如巫师、乞丐、贱民等。

险恶型：妖媚、邪恶、阴毒之女性角色，鬼祟、狡诈、狠毒、怪诞之男性角色，如妖妃、魔臣等。如《赛马称王》中的巫师、魔臣等，都有比较多的戏。

仿生型：为拟人化的飞禽走兽，或头饰上有原型标志，或戴兽形面具，表演上模拟动物和舞蹈。如《赛马称王》中的鹿、神马、仙鹤、猛兽等。

另外还有剧情讲唱角这是藏剧演出中的一个特有角色，一般由戏师担任，他在正戏中扮饰什么角色都可以，在开场戏和正戏中，以一口快速数板式的连珠韵白念诵的绝技，来掌握指挥整个演出。

六 舞台艺术形态

（一）格萨尔戏剧服饰与化妆

格萨尔戏剧角色服饰为两种，一种为藏族生活装，另一种与汉族戏曲服装相似，也称藏族古装。藏族生活装，即普通的藏服。古装，男角服饰，据说是依照《格萨尔王传》壁画或"格萨尔故事"制作的服饰，与羌姆服饰相似，即身穿绣有各色图案的宽袖彩袍，着荷花状绣、有五色彩线的披肩，背插五色彩旗，腰系绘有动物头像（一般为狮头或虎头）或威猛的愤怒明王面容，边缘绘头颅与火焰的宽带，与汉族戏曲"蟒袍"相似。女角穿裙子、戴龙凤冠，因男扮女装，故须戴头套。因此，女装亦酷似汉族戏曲服饰①。

---

① 曹娅丽：《青海果洛"格萨尔"藏戏艺术》，《西藏艺术研究》2003年第4期。

角色服饰均由寺内僧人自己制作，其造型的参照物不外有三①：一是从西藏传来的模式；二是唐卡、壁画、佛像上的式样；三是汉族戏曲服饰。将诸素材融为一体，形成了自己的独特造型。用料有布、织锦、皮革等，饰以珍珠、玛瑙、宝石、羽毛，既结实大方，又玲珑华贵。

　　化妆，在化妆方面，藏戏既可以主要运用现代的化妆艺术，同时也不放弃面具，如在开场戏和正戏中有些人物还戴那些面具表演，保持独有的浓烈的传统特色。果洛格萨尔戏剧化妆很有特色，演员不戴面具，一律根据角色的需要在面部用色彩勾画，酷似京剧脸谱，如白面为奸臣、黑脸为魔或巫师等。

　　庄重型和英武型一般化妆采用生角脸谱，藏地吐蕃人的面部特征，如卷曲的胡须和鬓角，浓眉卷发等。秀丽型和慈祥型一般采用仙女、度母面部特征，显其女性的俊美、飘逸和聪慧。险恶型一般化成白脸或黑脸，其中"咒师"这一角色，在戏中为占卜卦算的巫师，一般头戴黑穗"咒师帽"（与羌姆咒师帽相同），黑穗将脸部遮住，或画成黑面黑发黑须脸谱。②

　　格萨尔戏剧表演道具别具特色。在史诗说唱中，格萨尔说唱艺人不仅绘声绘色地说唱表演，艺人表演时所运用的箭、托举着帽子、现场悬挂的唐卡等，具有了完整的舞台艺术体系（包括舞蹈、美术、道具以及人物扮演等）的综合因素。而有些"仲肯"艺人的演唱形式实际上已成为戏剧表演了。如《格萨尔》"仲肯"艺人的演唱形式虽然名目繁多，但是大体上可归为两类。一类是说唱艺人带四男四女扮演者，他们各持乐器、道具一件，根据史诗的演唱和出现人物的次序而陪衬演唱，演唱时有说有动作。其中戴格萨尔帽的说唱艺人，既当主角扮演格萨尔等主要正面人物形象的角色，又当节目主持人，介绍人物、道具、叙述故事的来龙去脉。另一类是艺人手捧演唱时戴的特形帽演唱。实际上，两种演述方式从不同角度都体现出戏剧表演特征。这些表演形态便是格萨尔戏剧的原型。

---

① 曹娅丽：《青海果洛"格萨尔"藏戏艺术》，《西藏艺术研究》2003 年第 4 期。
② 同上。

（二）格萨尔戏剧演出场所

藏戏适于广场演出，演出场所一般是在寺内场地或平坦草地表演。有些寺院由于处在深山峡谷之中，很难找到一块平整开阔地面，演出地点经常选在辽阔的大草原上，尤其是马背藏戏，需要赛马以及在马背上完成唱念做打表演，因此以平坦开阔的草地作为演出舞台。①

格萨尔戏剧的演出基本上保持着最初的舞台形态，即广场演出形式。广场作为藏戏的舞台，具有独特的审美形态。特别是民间藏戏演出依然保留着原始的广场演出形态。由于演出性质，观众对象各不相同，有两种不同类型的演出场所。

一类是寺院藏戏的演出场所，即可分为两种。一种是在寺院宗教法会活动上的演出。这种演出，是寺院藏戏的演出，它将戏剧作为法会上一种敬神娱神且娱人的形式，这在当时寺院宗教活动中是颇为流行的②。演出场地一般是在寺院大殿前的院坝或在寺院内部某四合院中或某殿宇建筑群周围的空坪。例如果洛格萨尔戏剧演出是在寺院庄严的经堂前开始的，经堂作为演员换穿服装、戴面具的地方。经堂前宽阔的石阶空地就是舞台。在经堂左角蹲坐着两个身披袈裟的乐手，他们一人掌镲、一人击鼓，这就是乐队。观众围坐在场地四周观看。

另一类，是民间藏戏的传统演出场所，一般在广场、庙宇和其他各种自然环境中进行演出。也可分为两种，一种是在广场平地上（均为打麦场）依托大自然，以草原、山水、牛羊等为舞台背景，进行演出。如青海海北刚察县沙陀寺演出的《格萨尔出征》一剧，演出场地选在村庄错落、四周环山的打麦场，场地中央设有煨桑台，桑烟袅袅，观众环四周而坐。③ 另一种，在广场或空旷草地上搭台演出藏戏。20世纪50年代，民间藏戏兴起，这时期藏戏演出则是民间迎神、祈愿法会的节日广场演出，它是群众欣赏戏曲的主要场所。演出场所既继承了早期的广场演出，

---

① 曹娅丽：《青海果洛"格萨尔"藏戏艺术》，《西藏艺术研究》2003年第4期。
② 曹娅丽：《青海黄南藏戏》，文化艺术出版社2007年版，第80页。
③ 同上书，第82页。

又有所发展,即出现了戏台庙台演出。改革开放以来,由于社会经济和文化生活的发展,各阶层的观众对戏曲欣赏上有了更多的要求。演出场所有所变化,便在村前或空旷的广场上临时搭台演出。这种戏台,观众可以从三面看戏。这类农村演剧活动的情况,甚至在广大农村依然保留着,成为草原上最耀眼的亮点。

这是民间藏戏剧场的一个重要变化,标志着剧场意识的高度增强。但也透射出藏戏功能的变迁以及戏曲文化发展的要求等种种信息。这里需要指出的是,专业藏戏团的剧场走向了现代舞台。舞台美术突破以往传统藏戏舞台设计,使之更趋戏曲化和现代化。它主要是表现和深化剧作的思想内涵,塑造人物形象,再现剧情环境。自从2009年《赛马称王》等戏剧搬上舞台后,格萨尔戏剧的发展就进入了一个新的历史时期。这个时期的特征是:在剧作形式上,一种新的戏曲文学体裁——融合藏族的神话传说、佛教故事、史诗、诗歌等文学艺术的戏曲,代替了说唱艺术,在声腔及舞台演出方面,则反映了当时社会风尚,也反映了这一时期藏戏在艺术上的发展和进步。在戏曲演出方面,演出场所的普遍,演出活动的频繁,也都达到了前所未有的程度。显而易见,舞台美术的创新拓展了现代藏戏独特的审美意蕴。

道具布景。近年来,有的演出广场有了简单的布景,即在选定的空旷地挂有一块幕幔,作为舞台布景,演员在幕幔前表演,幕幔的两端可以掀起的地方就是上、下场门。这种幕幔的作用,首先在于净化舞台:把前台与后台隔离开来,把与戏无关的事物隐蔽起来,以免分散观众的注意力。其次起着美化舞台的作用:幕上的双钱图案,是用来装饰舞台的,后来的戏曲演出中,幕幔上还用各种藏族堆绣图案,是进一步强调美化舞台作用的结果[1]。

果洛格萨尔戏剧中使用的道具比较少,主要有哈达、马鞭、刀、弓箭等,有时在演出场地放置一长凳,为君王大臣之宝座[2]。布景一般选依山傍林之地,以山峦、草原为背景,真实地再现格萨尔驱除邪魔、解救

---

[1] 曹娅丽:《青海黄南藏戏》,文化艺术出版社2007年版,第82页。
[2] 同上书,第80页。

黎民百姓之痛苦及赛马称王的剧情，给人以身临其境之感。也有些寺院，除了寻找一块宽阔的草地之外，还置一面长方形的幕布，上面绘有格萨尔英雄像，或画有山峦、草原、帐篷、牛羊等，铺摊在草地上作为广场舞台布景。

图25　马背藏戏演出广场　　（邸莎若拉拍摄）

这里值得指出的是，广场舞台布景与《格萨尔王传》史诗的绘画资料相同。《格萨尔王传》史诗的说唱艺人在讲唱格萨尔故事时，一般依据一幅画有格萨尔故事的画面进行说唱，无论是流浪说唱艺人还是《格萨尔王传》史诗的说唱艺人都在看着画面，解说其故事。但这种做法，并不是所有艺人都使用，而是在特殊情况下，比如表演性质的不同而用不同的表演方式。据文献记载，一说唱艺人以一支装饰彩带的箭矢指点格萨尔的传奇事件，他们是依照流浪说唱艺人绘画的形象而绘制的。中心是一尊神、一名英雄或一名上师，其周围的情节均配以简单的解说词。这些绘画只能用于解释对格萨尔史诗的一种说唱①。由此，我们不难看

---

① ［法］石泰安：《西藏史诗和说唱艺人的研究》，西藏人民出版社1993年版，第122页。

出,在格萨尔戏剧表演布景中所呈现的故事画面与此雷同,这并非偶然,而是一种格萨尔说唱形式在戏剧表演中的延续与继承。

总而言之,从古至今,藏戏广场演出一直是伴随着戏曲的发展而发展着。其发展规律大致是这样:由空旷的广场演出逐渐趋于庙台,由露天广场演出逐渐趋于搭建戏棚,由虚拟性表演到虚实结合的藏戏表演。当然虚拟性表演与广场演出及舞台装置有着必然的联系。但是,从广场藏戏发展到剧场藏戏,从场地演出到搭建戏台演出,从露天剧场到室内剧场,是一种进步,也是一种变迁。这样一种变化过程一方面是戏剧的文学性、艺术性进一步得以提升,另一方面也使属于该剧种原生态、本色的内容和形式被割弃。更为重要的,是藏族戏剧原本所具有的观演关系被分割。所以,无论怎样的变化与选择,藏戏从形式到内容都应具有本民族的特色和活力,是自己民族的,能够服务于民众,能够揭示藏族精神和历史传统,表达出人民的心声和情感,这是藏戏艺术所具有的核心和灵魂。

余 论

藏戏，即藏族戏剧，萌芽于8世纪，形成于14世纪，距今有700多年的历史，是我国较为古老的民族剧种之一。藏戏是少数民族戏剧重要的组成部分，也是影响较大的剧种，在中国戏曲史中占有重要的地位。藏戏，在西藏称为"拉姆"，即藏语意为仙女舞，其表演形式有说有唱且有仙女舞铺排剧情。在青海和甘肃，藏戏则称为"南木特尔"，即藏语意为讲述传记故事，即是说，藏戏以藏族歌舞、说唱等综合性形式来表现故事内容，它包括宗教、哲学、历史、道德、婚姻、文艺、民俗等，是藏族传统文化的聚合体，具有较高的文化价值和艺术审美价值。格萨尔藏戏便是以演唱格萨尔史诗故事为主的戏剧表演艺术。这种戏剧表演沿袭了藏族传统口头叙事史诗中的说唱艺术，即由说唱艺人扮演各种角色，讲述格萨尔史诗故事，而演员要依据讲述人仲肯讲述的事件进行戏剧扮演，展示戏剧情境，是一种演述史诗的戏剧表演，其表演独具戏剧美学特征。

一 格萨尔史诗从说唱到藏戏演变的基础

通过前面章节的梳理与阐述，从藏族史诗演述类型及其文本形态多样性来分析，格萨尔藏戏演述与藏民族世代相传的史诗相呼应，甚至与传统习俗相互解释，因为，藏族格萨尔史诗与戏剧发生、功能、发展及其演述形态、叙事模式之间存在文本转化关系，是口头传统与戏剧的互文与衍生，从而格萨尔史诗从说唱走向了戏剧演述，并自成一个完整独特的史诗说唱形态的戏剧演述审美体系。

　　首先，格萨尔口头叙事说唱表演在民间有两种流传形式，一是口头说唱形式，二是以抄本、刻本形式传唱。口头说唱是其主要形式，是通过说唱艺人的游吟说唱世代相传。其口头说唱表演可归纳为四方面的特点。（1）格萨尔史诗是一种曲艺表演形态，即说唱艺术表演，它包含古老的民歌、说话、吟诵、歌唱、咒语、预言、仪式与祭祀以及各种叙事。（2）具有丰富多彩的民间调式与曲牌，迄今为止保留着大量的格萨尔说唱曲调及音乐种类，既丰富又独特，如格萨尔调、喇嘛嘛呢、古歌、嘶鸣调、河水慢流调、道歌调、吉祥调、赞帽调、凯旋调等，是一个难得的"曲调库"和音乐生态系统。（3）神奇而独特的说唱艺人，是史诗中一个特殊的角色——"仲肯"，即专门朗诵、讲说格萨尔故事的人（史诗说唱者），以"一人多角"的方式，通过说唱，扮演各种人物和讲述神奇而多彩的神话故事。仲肯的每一次表演都是单独的歌吟，每一次表演都是独一无二的，每一次表演都带有说唱者的情感。可以说，每一位格萨尔说唱者既继承传统，又发挥着各自的创造力，令人赞叹。在青海，说唱格萨尔的村落数十个，艺人达百余人。每一个"仲肯"说唱曲调不同，独具审美个性。格萨尔藏戏继承了说唱艺人说唱表演，这是研究格萨尔藏戏演变的活态资料库。（4）说唱曲目极为丰富，《格萨尔王》《英雄诞生》《赛马称王》《霍岭之战》《地狱救母》《北方降魔》等120余部。

　　其次，格萨尔藏戏是藏戏艺术中独放异彩的重要组成部分，也是青海藏戏剧种中的一个具有代表性的流派。它植根于青藏高原独特的自然环境与多元的人文环境，与格萨尔史诗相生相伴，逐渐发展成为我国少数民族戏剧中独具特色的戏曲剧种，成为藏族优秀文化宝库中的一颗璀璨的明珠。格萨尔戏剧孕育于早期藏族叙事文学、神话传说和宗教仪式，融合民间歌舞以说唱形式演述格萨尔史诗故事，而发展为格萨尔戏剧样式的。在青海果洛、玉树藏区各寺院表演中，形式多样，主要分为两种，一种是广场马背藏戏，另一种是广场藏戏，各具审美特色。

　　最后，格萨尔藏戏有着独特的表演结构，它是以说唱形式演述格萨尔史诗的一种戏剧艺术形式，是在继承史诗说唱传统的基础上，保留了说唱艺术的特点,即由说唱艺人讲唱格萨尔史诗故事,戏剧演员扮演故事中的人物,这种演述史诗的戏剧表演,沿袭了史诗说唱表演传统——格萨尔说唱人叙述的因素,又呈现出早期汉族戏曲表演程式。一则表现为具有丰富而自成体系的表演程式、技艺技法,历代藏戏艺人在长期的艺术实践中,既继承说唱艺术传统,又吸收寺院格萨尔壁画人物形象、格萨尔乐舞、民间舞蹈及藏族生活素材动作等,创作出各种行当及成套的表演程式,手势指法、身段步法和人物造型,故而自成一个完整独特的格萨尔藏戏表演体系。二则格萨尔藏戏的唱腔与唱词独具审美特色,既保留了格萨尔说唱曲艺音乐因素,也吸收了当地民歌、舞蹈音乐素材。它的唱词就是史诗,既富有诗韵音调的韵律,又具诗学特征。此外,格萨尔藏戏还吸收了史诗音乐、说唱音乐及宗教音乐等,从而形成了格萨尔藏戏表演唱腔体系。

因此,格萨尔藏戏既具有中华民族戏剧共同的风格特征,如"乐舞本位,歌、舞、剧、技的有机结合等,又具有与古希腊戏剧很类似的贯穿始终的讲解人和伴唱伴舞队,面具表演,史诗式讲唱文学的剧本结构和说唱艺术的表演格式等特殊之处"①,形成了格萨尔藏戏独有的戏剧表演美学风格。

二 格萨尔藏戏表演具有戏剧美学特征

格萨尔藏戏表演是格萨尔史诗说唱表演的延续,即由说唱艺人演唱史诗内容,由演员扮演其人物角色,戏剧文本并非创作的演出脚本,而是史诗说唱文本,即格萨尔史诗依然是鲜活的口头创作,它所呈现的戏剧艺术样态既承袭了口头叙事表演传统,又具戏剧诗的审美特征。

(一) 保留着格萨尔说唱叙事的曲艺表演形态

"说唱",包含藏族传统的"折嘎"② 说唱和"拉玛麻尼"③ 说唱,是

---

① 刘志群:《中国藏戏史》,西藏人民出版社2009年版,第4页。
② "折嘎":藏族说唱曲调,同汉族曲艺中数来宝相似。
③ "拉玛麻尼":是指藏族诵经曲调中的玛尼调式。

一种深受藏族欢迎和喜爱的、古老的而广泛流行于民间的曲艺形式。曲艺表演形态，也就是说，"一人主唱"的特殊表演形式。在果洛格萨尔藏戏中保留着格萨尔史诗说唱人讲述整部故事情节，扮演故事中所有的角色（不同角色有不同情感色彩说唱），格萨尔藏戏整部戏剧专门有一个讲述者承担所有角色的演唱，这个角色保留了说唱艺术的特点，不论短篇还是长篇，都是连说带唱由一人包到底，而剧中每个角色只有用动作表演说唱的内容，而不需演唱。其表演是以一种特殊的、艺术的交流方式，表达一种特殊的、显著的事件。

（二）说唱人"仲肯"的扮演延续了史诗说唱传统

格萨尔说唱传统一是说唱人的存在，二是仪式性。格萨尔史诗向戏剧转变经历了一个较为复杂的过程，但是，至今藏戏中保留了说唱人的扮演——延续了史诗的说唱传统。如在史诗中有专门的"通灵人"，即仲肯，他在讲唱神话故事前要举行祭祀仪式，占卜或念咒语，或者祝祷赞词等，之后再开始讲述故事；另有流浪说唱艺人演唱时，首先赞颂神灵，祝祷神灵护佑，之后讲述故事。因此，格萨尔藏戏诸多方面延续了史诗传统。

1. 说唱人仲肯表演特征。格萨尔藏戏演述形态保留了格萨尔仲肯的叙事表演特征。一是仪式性。藏戏演出前，有僧侣和说唱艺人在演出场地煨桑台前举行诵经、煨桑、祝祷仪式。二是讲说格萨尔故事的说唱者，用多种声音承担或者说扮演故事中所有人物的行为和表情。叙事中语调、语气多变、声音顿挫有致，且伴有歌唱（赞颂之词）。三是说唱者熟悉多个曲调，并用多个曲调塑造人物形象。四是其曲调与格萨尔史诗中音乐曲调相同。由此，我们获知格萨尔藏戏演述形态中呈现出的说唱叙事的诗性审美特征。

2. 格萨尔藏戏是史诗形态的说唱表演形式。据考察，其《格萨尔》的说唱叙事方式大致可归纳为以下几方面。一是自我介绍形式。史诗说唱表演开场白，由说唱者自我介绍，接着介绍山水风物等。格萨尔戏剧开场中，继承史诗说唱形式，有说唱者自我介绍，然后介绍史诗故事、人物、事件，这是戏剧表演中重要的讲唱因素。二是在语言描写形态上史诗大量运用排比句法。排比在《格萨尔》口头叙事表演中，形式多样，极为丰富，是一种特殊的描写手段。格萨尔藏戏表演则继承了此特点，使其表演呈现出史诗的宏伟性、戏剧性和口头叙事表演的程式性。三是祈祷式。祈祷贯穿整部史诗，《格萨尔》史诗中的每一个人物出场时，说唱艺人向各自的神祇祈祷的唱词、语气、语调，独具特色。语气激昂，语调极富节奏感和韵律感，很像咏叹调，或宣叙调。藏戏继承了其说唱特点，这是藏族史诗和戏剧独有的刻画人物的一种手段，也是《格萨尔》史诗便于说唱的一种叙述和描写的形式。如青海果洛龙什加寺格萨尔马背藏戏团表演的《赛马称王》一剧，这种延续史诗说唱的戏剧扮演，可以说是鲜活的格萨尔诗剧。

3. 格萨尔口头叙事唱词与唱腔的韵律性，使格萨尔藏戏语言极具审美特性。格萨尔史诗使用藏族语言演唱，唱词叙事性较强，散韵结合。为民间歌谣形式，史诗唱词一般以四句为多，四句为一个段落或一个场次，格萨尔藏戏唱词一般保留了四句唱段，但是，在有些剧目中，唱词有所扩展，一般为七句或八句。唱词讲究修辞手法、注重语调和句式结构，语言通俗易懂，便于演唱，又具古朴、凝重之感。表演时只唱不舞，舞时则一句也不唱，念白较少。舞步多采自寺庙跳神身段并掺杂本地民间歌舞舞步。该剧种已有场次的区分，它的表演时间和空间较为自由。剧中人唱完一段后即由唱者和伴舞者共同起舞，段落与段落间是由歌和舞交替进行衔接，剧情在歌舞交替中发展。

格萨尔藏戏的唱腔，是一种歌体，是在古代藏族民歌的基础上逐步形成发展起来的。藏族民歌一般句数不等，有三、五、六句，多至八九句，每句的音节相等，一般六至十一个音节。其节奏特点悠扬，叙事性较强。在格萨尔藏戏叙事中，其主要形式是说唱，其中说唱中许多曲牌就是藏族民歌，形成了格萨尔藏戏的诗性叙事的审美特征。

(三) 歌舞性与戏剧性相统一

格萨尔藏戏由最初用说唱和舞蹈来演述故事。至20世纪80年代，形成戏剧性与歌舞相结合的戏曲程式。藏族是能歌善舞的民族，藏戏中载歌载舞的特点比汉族戏曲更为突出与浓郁，可以说是一种以歌舞演故事的戏剧表演。具体表现为藏戏的表演是和歌舞相结合进行的，其戏剧表演艺术的六功，除口语道白外，其余唱、舞、韵、表、技艺等，无不与歌舞有不同程度的关联。它和话剧很不一样，不是直接用日常生活中的说话和神情动作来表演，而是用歌唱和简单的舞蹈化动作来表演。这些类型化的歌唱和程式化的舞蹈动作，是吸收继承古代藏族民间和宗教歌舞音乐的艺术传统。基于此，格萨尔藏戏既继承了古老的宗教乐舞仪式，又保留了说唱因素并融入了民间舞蹈和民歌，形成了其藏戏表演的审美特征。

格萨尔藏戏在演出中还可以直接穿插许多民间歌舞、宗教歌舞和歌舞性很强的民间艺术表演。这些歌舞表演有的与剧情紧密结合，如赛马称王，格萨尔登上王位，全部落或者说整个部族都为此庆祝，便有了歌舞性表演；有的与剧情无多大关系，只是民间歌舞是藏族生活的主要内容，即是说歌舞既是一种艺术传统的延续，又是生活习俗的延续。因而，藏戏歌舞是戏剧性的表演，也是生活中情感的抒发。因为藏戏的戏剧性带有很强的抒情性，而歌与舞恰恰是最善于抒发内心情感的。由此看出，藏族的歌舞形式，往往是诗、乐、舞三位一体，使戏剧程式化歌唱、舞蹈，产生抒情状物的功能。一些最动人心弦的戏剧场面，往往用歌舞更能表现人物内心世界的戏剧性感情波澜，用载歌载舞，包括灵活穿插杂技百艺表演的艺术形式，也往往更有效地展现隐伏在故事中的戏剧性矛盾冲突。而马背藏戏，它一方面以藏族歌舞铺排剧情发展，另一方面用说唱形式推动剧情的展开。因此，格萨尔藏戏的戏剧性既通过强烈的歌舞性与说唱艺术的结合来演述故事，又以戏剧程式动作，规范了戏剧表演，达到了歌舞性与戏剧性的有机统一。

（四）生活化与多样化动作相统一的表演程式

格萨尔藏戏在表演艺术中一方面采用了一部分古朴简约的生活动作，如打酥油、挖蕨麻果等，运用夸张虚拟的手法与戏剧程式动作相结合，丰富了表演动作；另一方面，将一些生活中的动作舞蹈化和戏剧化，如骑马、奔跑、射箭等形体动作，形成了藏戏高度多样的综合性与戏剧表演紧密结合的藏戏程式动作。其表演形式主要表现为两种情形：一是在抒情、戏剧高潮处集中运用演员的唱、韵、白、表等专业技能，演员便应用生活化动作表演；在说明性、过场性和交代性的场面就用歌舞铺排，并使之戏剧化；有时就以说、念诵的办法一带而过——有话即长、无话即短，重要地方泼墨挥洒、淋漓尽致，非重要地方轻描淡写、一笔带过。

（五）格萨尔藏戏的剧诗美学风格

格萨尔藏戏的叙事呈现了剧诗的美学风格，它经历了声与诗的结合、抒情与叙事结合的两个历史发展阶段，乃至第三阶段的"合歌舞以表演一故事"①的戏剧体诗，既具有民间叙事诗的特性，又有剧诗美学风格。

1. 声诗融合的审美特征

格萨尔藏戏文本源于史诗说唱，戏剧扮演源于格萨尔乐舞②，其乐舞又可追溯至史诗说唱，是有声之诗，它由"歌诗""舞诗"组成。从格萨尔藏戏演述形态中不难发现，它是用舞台人物动作来贯穿全体的多声诗的综合体。即清人阮云所云："戏曲，歌者舞者与乐器全动作也。"③ 这便是戏曲的根本特征。格萨尔藏戏不仅是用歌、乐、舞演述戏剧，更重要的是格萨尔藏戏是一种特殊形态的声诗，声与诗的结合，就成了格萨尔藏戏剧诗美学风格形成的重要因素。

2. 歌诗曲调的美学风格

果洛格萨尔藏戏在演唱时，有鼓、竹笛、唢呐、三弦琴、手风琴等伴奏，以说唱为主，一边说唱一边表演，演唱风格独特。唱腔浑圆低沉，苍凉悠扬，大体上分为格萨尔调、诵经调、道歌调和民歌。格萨尔调与道歌调，浑厚而低沉，为王臣演唱的曲调如《赛马称王》中格萨尔唱腔。民歌曲调一般为妃、仙女演唱，其唱腔悠扬、婉转，具有浓郁藏族民间小调的韵味。

3. 舞诗的戏剧叙事的审美特质

声诗的进一步发展就是舞诗，格萨尔藏戏就是有声诗发展至舞诗，

---

① 苏国荣：《中国剧诗美学风格》，上海文艺出版社1986年版，第98页。
② 曹娅丽：《"格萨尔"藏戏：一种奇特的文化现象》，《民间文化论坛》2007年第2期。
③ （清）阮元：《揅经室一集》卷一，《释颂》，中华书局1993年版，第86页。

即由格萨尔史诗说唱,至神舞(亦称羌姆乐舞)开始向戏剧转化,戏剧则来自格萨尔英雄诞生与称王的宗教乐舞。这种乐舞出现扮演人物,来表现一个故事,即已将格萨尔史诗扮演人物的戏剧因素吸收进来,即如王国维所说:"歌舞之人,作古人之形象矣。"① 格萨尔"羌姆"乐舞,源于藏族原始宗教本波教,是集音乐、舞蹈、面具、服饰、舞谱、乐谱及喇嘛教仪式于一体的综合性藏族本土宗教乐舞表演形式。羌姆乐舞以驱鬼镇邪颂赞英雄、神灵、祖先为主旨,不仅能渲染出宗教祭祀礼仪的庄重气氛,还有表演格萨尔故事的社会功能。值得提出的是,格萨尔乐舞一是有了扮演人物的角色;二是着假面;三是角色扮演的舞姿不仅富有宗教色彩,而且具有了戏剧性和审美性。

(六)格萨尔藏戏广场演出的审美特征

演出场地为空旷平坦的草地。布景一般选依山傍林之地,以山峦、草原为背景,是一个天然的戏剧大舞台。除了寻找一块宽阔的草地之外,还置一面长方形的幕布,上面绘有格萨尔英雄像,或画有山峦、草原、帐篷、牛羊等,放置草地作为广场舞台布景。这种广场演出方式极具民族特色,体现了藏民族天人合一的美学思想,因为藏戏产生形成于青藏高原这一特定的自然地理环境,独特的自然生态环境,是孕育格萨尔藏戏技艺的自然基础。因此,格萨尔藏戏生成的自然形貌和人文环境,孕育了藏民族生活习俗和审美信仰生态理念以及所蕴含的价值观念及其文化生态观等,内化了他们对自然的崇拜、价值观、知识、态度和技能。

(七)格萨尔藏戏服饰的审美性

角色服饰分为两种,一种为藏族生活装,另一种与汉族戏曲服装相似,也称藏族古装。藏族生活装,即普通的藏服。古装,男角服饰,据说是依照"格萨尔"壁画或"格萨尔故事"制作的服饰,与羌姆服饰相似,即身穿绣有各色图案的宽袖彩袍,着荷花状绣有五色彩线的披肩,背插五色彩旗,腰系绘有动物头像(一般为狮头或虎头)或威猛的忿怒

---

① 苏国荣:《中国剧诗美学风格》,上海文艺出版社1986年版,第9页。

明王面容，边缘绘头颅与火焰的宽带，与汉族戏曲"蟒靠"相似。女角穿裙子、戴龙凤冠，因男扮女装，故需戴头套。因此，女装亦酷似汉族戏曲服饰。

总而言之，格萨尔藏戏表演，是史诗说唱传统的延续。正如戏曲史学家张庚所言："剧诗是对民族戏曲遗产的继承"，格萨尔藏戏不仅是对史诗的继承，也是对史诗遗产的继承与发展，它是叙事诗和抒情诗二者的结合体。情节、冲突、人物、对话都具备了某些戏剧所需要的因素，后人把它改编成戏剧，形成了民族剧诗风格。事实上，在《赛马称王》戏剧表演中，遗留了格萨尔说唱人叙述的因素，又呈现出格萨尔藏戏表演的审美特征。因此，具有民族戏曲"剧诗"的美学风格。

三 格萨尔藏戏承载着丰富的、独特的民族记忆

格萨尔藏戏承载着丰富的、独特的民族记忆，而记忆却又是容易被忽视和遗忘的，极容易在不知不觉中消失。因而，保护格萨尔戏剧遗产也就是保护了独特的文化基因、文化传统和民族记忆。

赫尔德认为："一个有前途的民族的真正的基础，恰恰是该民族人民的诗歌传统。正是通过民众的诗，比如歌谣、故事、传说等，一个民族的精神才能得到表达，才能够代代传承。因此，民众的口头传统被称作'人民的资料库'，它是民族认同的一种重要表达方式，是民族文化内聚性和连续性的结构模式，也是该民族社会生活与政治的根本依据。"① 赫尔德强调传统对于政治合法性和社会延续性所具有的重要意义。在他看来，口头传统在现代复杂社会中至今盛行着社区凝聚意识、地缘与血统的情感纽带和对民族精神的趋同性的范围里，保持着最为强大的生命力。因此，他主张搜集民俗的目的，是把它从濒临消亡的状态中抢救出来，并为了民族精神而保留这些民俗。格萨尔戏剧作为世界性非物质文化遗

---

① ［美］理查德·鲍曼：《作为表演的口头艺术》，杨利慧、安德明译，广西师范大学出版社2008年版，第210页。

产的社会价值,就在于这种具体地存在于环境中的文化凝聚力和表现力。方言、俗语、母题、原型、声腔、程式、传统等,都是藏戏艺术形态特征,而这些特征都和具体的、特定的族群、地域的文化特征有密切联系。这种联系成为藏戏活动的社会心理环境,并因此成为社会认同的重要方式。藏民族族群演述格萨尔戏剧活动就和文化群落的情感认同有关,格萨尔戏剧表述是族群认同的历史记忆和凝聚民族情感的纽带。

在世界文化背景下重建民族文化认同,需要以保护世界文化遗产的多样性为前提。在中国文化的背景下,民族文化认同则必须以保护不同群落文化的多样性为前提。一个文化群落的成员之间能够相互交流沟通、能够对共享的文化背景自豪,这样的社会才能产生精神凝聚力。有了这样的凝聚力就有了群落的文化个性,也就有了整体意义上的文化多样性。

因此,保护非物质文化遗产,对于创造适宜的社会环境来说,承续不同民族、群体、地域优秀的人类文化传统,对于维护人类文化的多样性,对于人类社会的可持续发展,以及人类的相互沟通、相互了解、相互团结协作等,具有重要意义。另外,从马背藏戏中可看到,戏剧遗产在传承过程中,与格萨尔说唱艺术旅游节相结合,其后果是走向艺术商业化,这会改变传统文化所体现的特定民族的文化精神和人类情感、特有的思维方式、传统价值观念和审美理想,将为现代社会所产生的不稳定的文化观念所消解或代替。一个民族深层文化基因的改变,必然带来民族个性的变异和扭曲,以及民族特征的弱化甚至消亡。

这种现象应引起人们足够的重视。遗产属于特殊人群的认知和表述,尤其是那些与众不同的文化遗产以及"口头与非物质遗产"。它们的存在价值在很大程度上直接来源于原住民特定的认知系统,如宗教信仰、仪式庆典、建筑样式、建筑风格、民族服装、民间技艺、音乐舞蹈、饮食习惯、口头传统等,这些都属于某一个人群或族群认知系统的产物。这一切不仅有助于确立所谓独一无二的"文化物种"属性,也构成区分我们—他们的差异性边界。所以,尊重和分享不同的遗产,等于尊重和分享不同族群的认知体系。反之,那些创造和分享自己文化遗产的族群和民众也需要提高认识,不可以轻易丢失自己赖以为据的文化标识,因为丢失了它们就等于丢失了自我。

因此，我们研究格萨尔史诗从说唱到戏剧演述，一要考虑演剧与美学意识形态的关系，二要考虑隐藏在演剧这个文化行为背后所体现出的藏族族群的个体情感和审美心理。因为，戏剧研究观照的对象不仅是戏剧之外在行为和有关戏剧的感性材料，而更多关注的是戏剧的精神和灵魂，戏剧存在的意义，戏剧与生命的联系以及与社会存在的内在联系。这是理解格萨尔戏剧对于史诗说唱延续的关键所在。所以，格萨尔史诗自产生以来，就以自己独有的艺术方式在青藏高原传承着，并深深地打上了特定区域的特定族群的烙印——格萨尔史诗和戏剧在青藏高原藏族族群中世代传唱着，这种传统不是靠文字，而是用音乐来吟唱，没有曲谱，也没有文字，是唱出来的史诗与戏剧。但又不只是唱，还有边歌边舞，他们会走路就会跳舞，会说话就会歌唱，他们的语言就是韵律化的诗歌，这一切都是生活中发生的事情，是藏民族生活中的真实写照，他们的生活充满了艺术，充满了诗意，事实上青藏高原这个神秘而独特的地方到处栖息着诗意的民族和神奇的艺术，他们诗意的审美生存方式，延续至今。

首先，格萨尔史诗从说唱到戏剧的演变，经历了神话到传说，信仰到膜拜，说唱到演述的过程，也就是说，格萨尔戏剧演述再现格萨尔史诗故事，而且透射着所有艺术原型——原始艺术形态的文学、音乐、舞蹈三位一体时代的延续，这是格萨尔史诗得以传承与认同的基础。其次，《格萨尔》史诗植根于青藏高原独特的自然环境与多元的人文环境，与《格萨尔》史诗相生相伴，从文本的生成、诗体的选择和人物的扮演，构成了藏族戏剧独特的演述形态，成为藏族戏剧的一个重要组成部分。格萨尔史诗遗产贯穿中华民族知识体系、文化传统和审美表述，是藏族人民集体创作的一部独树一帜的世界文化遗产。

更为重要的是，无论戏剧表演者还是史诗说唱者他们以会讲述格萨尔故事为荣，藏民族把会说格萨尔故事的视为神人，是有至高德行的文化人；把表演看成一种特殊的、艺术的交流方式，认为是神授予讲述人才智和表演才能的。讲述人的口头表演，是通过展演荣誉来展示交流能力——特殊技巧和效果成为表演者的具体行动。讲述人在讲述中充当着重要的角色，因此，他们朝着被艺术性地叙述和赞颂的目标前进，艺术性地展示自己的行为。同时，它帮助人们追忆往昔的光荣和荣耀，强化历史的自豪感，起到凝聚族群历史记忆的作用。毫无疑问，格萨尔戏剧便是青藏高原特定地缘族群集体认知价值的审美体现。

总之，格萨尔藏戏表演传统是一种特殊的文学，是综合性的艺术，也是一种十分重要的文化民俗事象。它不仅记录不同民族的起源、历史、祖先和英雄功绩，而且展现了各民族的社会生活、传统文化、审美心理和观念表述方式。不但有自己的思想内容和艺术形式，也有独特的表演形态和传承方式，因此，留住历史记忆，对于格萨尔口头叙事表演的保护与传承，具有重要的现实意义。

参考文献

（一）专著

1. 《马克思全集》，人民出版社 1986 年版。
2. 《新唐书·吐蕃传》卷 216 上。
3. 《辞海·民族史》吐蕃条。
4. 《全唐书》卷 281。
5. 《旧唐书·吐蕃传》卷 196 上。
6. 蒲文成：《青海佛教史》，青海人民出版社 2001 年版。
7. 蒲文成：《甘青藏传佛教史》，青海人民出版社 2001 年版。
8. 蒲文成、王心岳：《汉藏民族关系史》，甘肃人民出版社 2008 年版。
9. 降边嘉措：《格萨尔论》，内蒙古大学出版社 1999 年版。
10. 张庚、郭汉城：《中国戏曲通史》，中国戏剧出版社 1980 年版。
11. 佟锦华：《藏族民间文学》，西藏人民出版社 1991 年版。
12. 王尧：《藏戏故事集》，西藏人民出版社 1991 年版。
13. 吴毓华：《古代戏曲美学史》，文化艺术出版社 1994 年版。
14. 曲六乙：《三块瓦集》，中国戏剧出版社 2001 年版。
15. 曲六乙：《中国少数民族戏剧通史》，中国民族摄影出版社 2016 年版。
16. 王文章：《中国少数民族戏曲剧种发展史》，学苑出版社 2007 年版。
17. 苏国荣：《中国剧诗美学风格》，上海文艺出版社 1986 年版。

18. 苏国荣：《戏曲美学》，文化艺术出版社1995年版。
19. 刘志群：《中国藏戏史》，西藏人民出版社2009年版。
20. 刘文峰：《中国戏曲文化史》，中国戏剧出版社2004年版。
21. 马少波等：《中国京剧史》，中国戏剧出版社1990年版。
22. 刘志群：《我国藏戏系统剧种论》，《中华戏曲》1988年版。
23. 朝戈金：《口传史诗诗学：冉皮勒〈江格尔〉程式句法研究》，广西人民出版社2000年版。
24. 角巴东主：《〈格萨尔〉风物遗迹传说》（藏文），青海民族出版社2002年版。
25. 胡志毅：《神话与仪式：戏剧的原型阐释》，学林出版社2001年版。
26. 格勒：《藏族早期历史与文化》，商务印书馆2006年版。
27. 王文章：《中国非物质文化遗产概论》，文化艺术出版社2006年版。
28. 周炜：《西藏文化的个性——关于藏族文学的再思考》，中国藏学出版社1997年版。
29. 角巴东主、多杰才让：《神奇的〈格萨尔〉艺人》，北京民族出版社2001年版。
30. 罗念生：《论古希腊悲剧》，中国戏剧出版社1985年版。
31. 郭净：《心灵的面具》，上海三联书店1998年版。
32. 马也：《戏剧人类学论稿》，文化艺术出版社1993年版。
33. 朱光潜：《悲剧心理学》，安徽教育出版社1996年版。
34. 傅谨：《草根的力量——台州戏班的田野调查与研究》，广西人民出版社2001年版。
35. 彭兆荣：《遗产反思与阐释》，云南出版集团2008年版。
36. 彭兆荣：《文学与仪式：文学人类学的一个文化视野》，北京大学出版社2004年版。
37. 朱狄：《艺术的起源》，中国社会科学出版社1982年版。
38. 王应诚、多杰太主编：《黄南藏戏考察报告》（内部资料），1985年。

39. 中国西南民族研究学会编：《藏族学术讨论会论文集》，西藏人民出版社 1991 年版。

40. 汤惠生：《青藏高原古代文明》，三秦出版社 2003 年版。

41. 中国佛教文化研究所主编：《米拉日巴大师集》，张澄基译，民族出版社 2001 年版。

42. 朱狄：《原始文化研究》，生活·读书·新知三联书店 1988 年版。

43. 孟昭毅：《东方戏剧美学》，经济日报出版社 1997 年版。

44. 陈兆复、邢琏：《原始艺术史》，上海人民出版社 1998 年版。

45. 彭兆荣：《人类学仪式的理论与实践》，民族出版社 2007 年版。

46. 角巴东主、恰嘎旦正：《格萨尔新探》，青海民族出版社 1994 年版。

47. 角巴东主、恰嘎旦正：《霍岭大战》（上、下），民族出版社 1999 年版。

48. 年治海、白更登主编：《藏传佛教寺院明鉴》，甘肃民族出版社 1993 年版。

49. 李安宅：《〈仪礼〉与〈礼记〉之社会的研究》，上海世纪出版集团 2005 年版。

50. 南文渊：《藏族传统文化与青藏高原环境保护和社会发展》，中国藏学出版社 2008 年版。

51. 青海省地方志编纂委员会：《青海省志（文物志）》，青海人民出版社 2001 年版。

52. 桂译师循努贝：《青史》（藏文本上册），四川民族出版社 1985 年版。

53. 刘晓春：《仪式与象征的秩序》，商务印书馆 2003 年版。

54. 张海洋：《中国的多元文化与中国人的认同》，民族出版社 2006 年版。

55. 刘锡诚：《中国原始艺术》，上海文艺出版社 1998 年版。

56. 刘志群：《藏俗与藏戏》，西藏人民出版社、河北少年儿童出版社 1999 年版。

57. 曹本冶：《中国民间仪式音乐研究》，上海音乐学院出版社 2008

年版。

58. ［奥］西格蒙德·弗洛伊德：《论宗教》，王献华、张敦福译，国际文化出版公司 2007 年版。

59. ［英］泰勒·爱德华：《原始文化》，见史宗主编《20 世纪西方宗教人类学文选》，上海三联书店 1995 年版。

60. ［法］石泰安：《西藏史诗和说唱艺人的研究》，西藏人民出版社 1993 年版。

61. ［德］尼采：《悲剧的诞生》，周国平译，生活·读书·新知三联书店 1986 年版。

62. ［美］阿尔伯特·贝茨·洛德：《故事的歌手》，尹虎彬译，中华书局 2004 年版。

63. ［英］王斯福：《帝国的隐喻：中国民间宗教》，江苏人民出版社 2009 年版。

64. ［美］理查德·鲍曼：《作为表演的口头艺术》，杨利慧、安德明译，广西师范大学出版社 2008 年版。

65. ［美］约翰·R. 霍尔、玛丽·乔·尼兹：《文化：社会学的视野》，周晓虹等译，商务印书馆 2002 年版。

66. ［法］爱弥尔·涂尔干：《宗教生活的基本形式》，见史宗主编《20 世纪西方宗教人类学文选》，上海三联书店 1995 年版。

67. ［英］马林诺夫斯基：《巫术与宗教的作用》，载史宗主编《20 世纪西方宗教人类学文选》，上海三联书店 1995 年版。

68. ［苏联］托卡列夫：《神话与神话学》，魏庆征译，载《民间文学理论译丛》（第一集），中国民间文学出版社 1986 年版。

69. ［法］丹纳：《艺术哲学》，傅雷译，天津社会科学院出版社 2004 年版。

70. ［德］格罗塞：《艺术的起源》，蔡慕晖译，商务印书馆 1984 年版。

71. ［美］弗朗慈·博厄斯：《原始艺术》，金辉译，上海文艺出版社 1989 年版。

72. ［奥地利］勒内·德·内贝斯基·沃杰科维茨：《西藏的神灵与

鬼怪》，谢继胜译，西藏人民出版社1993年版。

73. ［英］J. G. 弗雷泽：《金枝》，新世界出版社2006年版。

74. ［美］乔治·E. 马尔库斯、米开尔·M. J. 费切尔：《作为文化批评的人类学》，王铭铭、蓝达居译，生活·读书·新知三联书店1998年版。

75. ［美］阿尔伯特·贝茨·洛德：《歌手的故事》，尹虎彬译，中华书局2004年版。

76. ［美］维克多·特纳：《戏剧、场景及隐喻：人类社会的象征性行为》，刘珩、石毅译，民族出版社2007年版。

77. ［美］克利福德·格尔兹：《文化的解释》，纳日碧力戈等译，上海人民出版社1999年版。

78. ［丹麦］克斯汀·海斯翠普编：《他者的历史：社会人类学与历史制作》，贾士蘅译，中国人民大学出版社2010年版。

79. ［美］伊万·布莱迪：《人类学诗学》，中国人民大学出版社2010年版。

80. 刘志群：《中国藏戏表演审美体系》，西藏人民出版社2017年版。

81. 刘文峰、谢玉辉主编：《全国剧种剧团现状调查报告集》，中国戏剧出版社2005年版。

82. 王明珂：《华夏边缘：历史记忆与族群认同》，社会科学文献出版社2006年版。

83. 容世诚：《戏曲人类学初探》，广西师范大学出版社2003年版。

84. 马盛德、曹娅丽：《人神共舞——青海宗教祭祀舞蹈考察与研究》，文化艺术出版社2005年版。

85. 曹娅丽：《史诗、戏剧与表演》，上海大学出版社2016年版。

86. 曹娅丽、刘志群、阿旺丹增：《藏地诗颂：青藏高原藏戏遗产的保护与研究》，文化艺术出版社2010年版。

87. 曹娅丽：《青海黄南藏戏》，文化艺术出版社2007年版。

88. 曹娅丽：《格萨尔遗产的戏剧人类学研究》，民族出版社2013年版。

89. 曹娅丽：《青海藏戏艺术》，民族出版社2009年版。

90. 郭晓虹：《格萨尔音乐人类学研究》，青海人民出版社 2014 年版。

（二）地方材料及期刊论文

1. 角巴东主、娘吾才让编纂：《托岭之战》《杂日药物宗》《卡切玉宗》，北京民族出版社 2003 年版。

2. 角巴东主、娘吾才让：《角巴东主娘吾才让论文集》，青海民族出版社 2004 年版。

3. 角巴东主：《黑鹰三兄弟》，炎黄文化出版社 2005 年版。

4. 角巴东主：《江河源〈格萨尔〉风物遗迹传说》，青海民族出版社 2006 年版。

5. 朝戈金：《民族文学研究》2000 年第 1 期。

6. 边多：《论格萨尔说唱音乐的历史演变及其艺术特色》，《西藏研究》2009 年第 4 期。

7. 边多：《浅谈"格萨尔"说唱音乐艺术》，《西藏研究》2002 年第 4 期。

8. 郭晋渊：《〈格萨尔〉史诗的藏戏文化》，《西藏研究》1991 年第 4 期。

9. 扎西达杰：《格萨尔音乐研究简介》，《青海社会科学》2000 年第 5 期。

10. 彭兆荣：《神话叙事中的"历史真实"：人类学神话理论述评》，《民族研究》2003 年第 5 期。

11. 曹娅丽：《"格萨尔"藏戏：一种奇特的文化现象》，《民间文化》2007 年第 2 期。

12. 曹娅丽：《迈向戏剧与文化表演事件的诗学——以"格萨尔"史诗为例》，《四川戏剧》2013 年第 7 期。

13. 曹娅丽：《青海藏戏遗产的传承与创新：以沙陀寺、珠固寺藏戏船沉现状调查为例》，《西藏艺术研究》2008 年第 1 期。

14. 曹娅丽：《青海藏戏艺术》，载朱恒夫、聂圣哲主编《中华艺术论丛》第 7 辑，同济大学出版社 2007 年版。

15. 曹娅丽：《青海果洛"格萨尔"藏戏艺术》，《西藏艺术研究》

2003 年第 4 期。

16. 曹娅丽：《试论藏族仪式剧"公保多吉听法"的流传与演变》，《青海民族研究》2001 年第 2 期。

17. 曹娅丽：《青海湖"祭海"、"跳神"礼仪》，《青海社会科学研究》2002 年第 2 期。

18. 曹娅丽：《藏传佛教寺院羌姆乐舞考察》，《西藏艺术研究》2000 年第 2 期。

19. 曹娅丽：《格萨尔诗学审美特质研究》，《青海民族大学学报》2014 年第 3 期。

20. 曹娅丽：《从格萨尔史诗到音画诗剧》，《民族艺术研究》2014 年第 5 期。

21. 曹娅丽、邸莎若拉：《论格萨尔藏戏表演的审美特征》，《江苏社会科学》2016 年第 4 期。

后　　记

　　《格萨尔》是流传于我国藏族、蒙古族等民族中的一部享誉世界的口头叙事英雄史诗，它包含了藏民族丰富的历史、社会、自然、科学、宗教、道德、风俗、文化、艺术等知识，具有极高的学术价值、美学价值和艺术价值。藏族《格萨尔》史诗在传唱过程中，形成了多种演述类型及艺术表演形式，格萨尔藏戏便是独具藏民族特色的演述类型，也是独具民族特色的戏剧艺术种类。在我国，格萨尔史诗演述各个门类艺术的研究大致可分为三类：第一类致力于系统整理与挖掘格萨尔史诗口头文类为学科发展框定范畴；第二类则为格萨尔史诗诗学体系建构提供学术支持，编撰论著启迪学理。尤其在学界，关于格萨尔史诗诗学研究贡献巨大；第三类面对现实，侧重记录和阐释格萨尔口头史诗与藏戏的发生与发展历程，可以说本人关注较早，并有了一些研究成果，这些成果是建立在田野考察基础之上的，也是本人深入探索格萨尔史诗由说唱演变为戏剧的基石。

　　自2000年以来，本人致力于《格萨尔》史诗戏剧表演艺术研究，算起来关于格萨尔藏戏的研究成果共计四部。这部《格萨尔史诗从说唱到戏剧演变研究》历经三年，是我完成的第四部。第一部是《格萨尔戏剧遗产的人类学研究》，那是2000年7月，我第一次赴青海省果洛藏族地区考察格萨尔史诗说唱艺术，却意外地发现青海果洛地区格萨尔藏戏团首次走出藏传佛教寺院，参加在果洛州举办的"玛域格萨尔艺术节"，让我亲眼看见了寺院"格萨尔"藏戏表演，其说唱韵律、唱腔、角色扮演等犹如印度梵剧，独具诗剧特色。特别是表演形式，格萨尔剧中角色，穿着戏装,骑着真马,手执兵器,在高亢激越的《格萨尔》史诗说唱曲调旋律中,"厮杀"在绿茵草原上;戏剧中的每个角色在马背上完成唱、做、念、打等戏曲表演程式,是一种有实物的表演,而且,不受时空制约,即圆场、绕场和过场皆在演出广场外围利用崇山峻岭、河流草原、马匹进行表演,虚实结合,具有民族戏曲"剧诗"的美学特征,据此写出的论文一经发表,便引起藏戏学界和格萨尔学界的关注。至此,我便开始了长达十余年的田野考察,每当草原绿了的时节,青海省果洛、玉树等藏区的草原便成为辽阔的戏台,藏民族在这里演述格萨尔藏戏——格萨尔文化艺术节,我就是这里的一名痴迷"观众"——观察、访谈、录音、录像、学唱,在这高海拔地区行走数日至艺术节结束,归来兮,心旷神怡,格萨尔戏剧遗产的人类学研究在脑海里诞生了,并获批全国艺术科学规划办国家社会科学基金艺术学西部项目。考察期间,完成了第二部《格萨尔马背藏戏》一书,被青海省列为青海省非物质文化遗产保护丛书,由青海人民出版社出版。

第三部是《格萨尔史诗口头叙事表演的民族志研究》,这是国家社科基金项目,本课题是关注史诗演述语境、类型及其文本形态多样性的研究,就体例而言,它不是一般意义的传统民族志,也不是刻意为之的实验民族志,而是一个带有"日志"色彩的田野作业,是我精神上的、身体上的、灵魂深处的感受,是我亲眼看到的、摸到的真实的"他"者的生活全部。因为,每一部分由不同的时间段的考察描述,每一段描述都记录了我身心的体验和"他"者智慧的彰显,每一个文字都带着我的民族情结,从而凝聚为我对青藏高原民族艺术的挚爱。就内容而言,关注弥漫在口头叙事表演艺术形式背后的非物质的自然人文生态,关注创造这些作品的主题情境——族群的价值观、思维方式、生产方式和生活方式,关注史诗与戏剧的关系及其美学蕴含,尤其是考察口头叙事表演文本所呈现的戏剧表演民族志诗学特征。

第四部《藏族格萨尔史诗从说唱到戏剧演变研究》,尝试运用理查德·鲍曼表演理论,通过说唱演述案例,来考察格萨尔戏剧叙事过程中文本和动态表演的互动,探讨格萨尔史诗从说唱文本到戏剧演述形态及其演变研究。这是通过长期考察与研究,发现藏族格萨尔史诗从说唱到戏剧演变过程极具特殊性，即史诗、民俗与表演的互文性。基于此，展开这项研究的意义在于：其一，从史诗说唱描述研究，转向在说唱演述语境中研究戏剧演变过程，强调在田野中观察藏民族史诗演述情境、仲肯艺人、说唱文本、乐舞文本、剧诗文本的生成与社会生活、社会关系、文化传统之间的复杂关联等，呈现出格萨尔戏剧生成的整体研究取向，诸如格萨尔史诗生成时空、人、社会、表演、变迁、日常生活等系列关键词，成为研究格萨尔史诗、说唱、戏剧的学术取向，并具有了学术范式的意义。其二，对藏族格萨尔史诗书写类型及其文本形态的多样性与戏剧演述之间的文本转化进行较深入的研究，拓展了藏族格萨尔史诗从说唱到戏剧演变研究的维度，推进少数民族戏剧发生与演变的研究视野和研究角度，凸显了藏族格萨尔史诗从说唱到戏剧演变研究的意义，以及在藏戏学研究上的独特贡献。

如果说四部成果有什么特色的话，那就是笔者尝试进行的格萨尔戏剧艺术研究：一是艺术人类学，二是遗产学，三是少数民族戏剧学。本人30余年来所从事的是藏族戏剧研究，从艺术人类学、遗产学和少数民族戏剧艺术的角度做了30余年田野作业，将"传统—现代""过去—现在""他者—我者"进行戏剧艺术形态方面的深描，为学界提供了一种可能的研究范式，尤其是为中国少数民族戏剧领域提供一些案例，或者说由史诗本体研究转向格萨尔史诗演述各个门类艺术的研究，尤其是戏剧艺术门类体系研究。

此外，为了完成这一课题，课题组成员多次深入青藏高原深处开展系列田野调查活动，包括青海果洛、玉树、黄南、甘肃甘南、西藏等地，发表论文多篇，在国家核心期刊《民族艺术》《江苏社会科学》等发表，并延伸出系列课题。

本课题于2018年按期顺利结项。感谢全国艺术科学规划办对本课题的重视，感谢评审专家，还有我的恩师厦门大学教授、博导彭兆荣老师，在百忙中审阅书稿并拨冗作序，为本书增色，特此感谢。感谢青海民族大学的学术友人郭晓虹及我的研究生，他们为史诗音乐谱例分析付出了劳动，感谢中国艺术研究院邱莎若拉助理研究员，完成了第一、二、三、四、七章的撰写，感谢南京旅游职业学院课题组成员霍艳杰老师完成了文献综述和田野资料整理等工作,感谢南京旅游职业学院对本书出版资金的支持,感谢中国社会科学出版社及张潜博士付出的智慧与劳动,感谢家人和学术友人的支持。

曹娅丽

2020 年 5 月 1 日于南京江宁